Valentina May
Abendnebel

W0293609

Valentina May

# Abendnebel

Apfelblütenträume 3

PIPER

Mehr über unsere Autoren und Bücher:
www.piper.de

Wenn Ihnen dieser Roman gefallen hat, schreiben Sie uns
unter Nennung des Titels »Abendnebel«
an empfehlungen@piper.de, und wir empfehlen Ihnen
gerne vergleichbare Bücher.

ISBN 978-3-492-50217-7
© 2020 Piper Verlag GmbH, München
Redaktion: Ulla Mothes
Covergestaltung: Favoritbüro, München
Covermotiv: Bilder unter Lizenzierung von Shutterstock.com genutzt
Printed in Germany

# 1.

*Das kann doch nicht wahr sein!*

Entsetzt schüttelte Imke den Kopf. Sie hatte ausdrücklich eine naturnahe Apfelskulptur geordert. Aber dieses Kunststoffding vor ihr passte so gar nicht zu dem Gut und dem nostalgischen Ambiente. Sie war bitter enttäuscht.

Vor der Kulisse des alten reetgedeckten Fachwerkhauses mit der aufwendig verzierten Fassade wirkte der mannshohe Apfel, der eigentlich Kunden anlocken sollte, lächerlich, wenn nicht gar billig. Das war Stilbruch, nein mehr, Frevel. Es wäre das Gleiche, wenn Finn in seinem altehrwürdigen Kapitänshaus Plastikstühle um den Esstisch stellen würde.

»Nehmen Sie das sofort wieder mit«, wies Imke den Spediteur an.

Der öffnete den Mund zum Protest. »Aber …«

»Egal was Sie sagen wollen, das Ding da bleibt auf keinen Fall hier. Packen Sie es wieder ein und bringen Sie es zurück.«

Widerwillig winkte er seinen Begleiter herbei, einen stämmigen Kerl mit Keulenarmen, der die Apfelskulptur auf die Ladefläche des Lasters zurückwuchtete.

»So was ist mir noch nicht untergekommen«, murmelte er vor sich hin. Imke ignorierte sein Murren und zupfte stattdessen an ihrem Seidentuch, das sie um den Hals trug.

Der Lkw hatte längst das Gut verlassen, als Imke noch immer auf derselben Stelle verharrte. Da hatte sie extra diesen Platz gleich hinter der Prunkpforte ausgesucht, um Kunden und Festgäste auf das bevorstehende Apfelblütenfest einzustimmen, und nun das!

Diese Rasenfläche schrie nach einer Skulptur. Irgendwas musste doch zu finden sein. Imke ließ ihren Blick schweifen, von der weißen Prunkpforte mit den alten goldenen Lettern hinüber zu der riesigen Backsteinscheune, in der sich ihr kleiner, aber feiner Hofladen befand, und den Lagerhallen. Alles war farbenprächtig gestaltet, besonders das Gutshaus mit dem hellblauen Balkon über dem Eingang und den vielen Spruchbändern auf den Holzbalken. Sie hatte sich dazu einen edelwirkenden Apfel im Großformat vorgestellt. Aus Terrakotta oder Marmor oder einem anderen Material, das die Blicke auf sich zog. Was also könnte auf das bevorstehende Fest neugierig machen?

Die Uhr am Glockenturm des Gutshauses schlug sechs Mal und erinnerte sie daran, dass sie zurückgehen und den Laden abschließen musste. Das Ziffernblatt der Uhr zierte eine verhüllte Aphrodite, die einen goldenen Apfel in der Hand hielt. Plötzlich kreisten Wörter in ihrem Kopf – Frühling, Lebenszyklus, Fruchtbarkeit –, die sie auf die Idee brachten, das Bild zum Symbol der Matthiesen-Feste zu erklären. Skulptur hin oder her, eine Art Festlogo war tausendmal besser. Siegesgewiss ballte sie die Hand zur Faust, bevor sie über den gepflasterten Hof zum Laden lief.

Kurz bevor sie bei ihrem Laden angekommen war, um sich ein letztes Mal für heute zu vergewissern, dass sie alles ordnungsgemäß hinterließ, weckte gedämpftes Gelächter ihre Aufmerksamkeit. Sie schaute hinüber zur Lagerhalle und sah Daniel, der mit Okka, einer der Plantagenarbeiterinnen, zusammenstand und flirtete. Imkes Magen ballte sich zusammen. Sie unterdrückte die aufsteigende Enttäuschung und Eifersucht und legte die Hand auf die Klinke der Ladentür.

Seufzend starrte sie auf die Kistenstapel daneben. Die Arbeit lag wie ein Berg vor ihr. Der Vorarbeiter Jens hatte ihn ihr mit dem Hubwagen vor die Hofladentür gestellt, als sie wegen einer Besorgung im Ort gewesen war. Die Verabredung hatte sie glatt verpasst. Bestimmt hätte Jens ihr die Kisten in den Laden getragen. Jetzt musste sie die allein schleppen, denn alle Mitarbeiter waren bereits in den wohlverdienten Feierabend entschwunden. *Selbst schuld!*

Imke bereute im Stillen, sich so weit aus dem Fenster gelehnt und ihrem Bruder Tom zugesagt zu haben, das Gut während seiner Abwesenheit kommissarisch zu leiten. Zu ihrem Bedauern hatte sie die Aufgabe doch unterschätzt, denn jeder Knochen im Leib schmerzte. Sie fühlte sich ausgelaugt. Ihre Schwägerin Pia hatte sie davor gewarnt, sie könnte sich körperlich übernehmen. Jetzt war es zu spät, und sie musste ihr Bestes geben.

Sie öffnete die Ladentür und trat ein. Kaum hatte sie einen Fuß in den Laden gesetzt, verflüchtigten sich die negativen Empfindungen. Vielleicht lag es auch an dem süßlichen Apfelduft, der in der Luft schwebte, bis in ihre letzte Gehirnwindung drang und ihren Geist nach jedem Betreten auf angenehme Weise umnebelte. Der Laden war quadratisch und nicht größer als ihr Zimmer im Gutshaus. Und er sah wunderbar einladend aus.

Seit drei Uhr morgens war sie auf den Beinen, hatte den Laden von oben bis unten geputzt und die Regale neu eingeräumt, Pappschildchen beschriftet und die Waren mit neuen Preisetiketten versehen. Sie hatte sich keine Pause gegönnt. Luxus, den sie sich nicht leisten konnte. Alles sollte perfekt für das Fest sein, das in gut zwei Wochen stattfinden würde. Weil sie wollte, dass Tom stolz auf sie war.

Seit über fünfzig Jahren wurde das Apfelblütenfest Anfang Mai auf dem Matthiesen-Hof gefeiert. Der Beginn einer neuen Apfelsaison.

Was würde sie in diesem Jahr erwarten? Fast wäre im vergangenen Jahr der erfolgreiche Mariella-Apfel durch ein Unwetter vernichtet worden. Zum Glück hatten ihr Bruder Tom und Schwägerin Pia die Zerstörung der Apfelbäume verhindern können. Tom hatte die Apfelsorte wiederentdeckt, die nach ihrer Tante benannt worden war. Nie hätten sie sich vorstellen können, dass sich diese Apfelsorte zum Erfolgsschlager entwickeln würde.

Durch Pias Werbung war der Zustrom an Kunden stetig gewachsen. Selbst für Touristen war ihr Gut eine Sehenswürdigkeit im Alten Land. Viele von ihnen wurden zum Fest erwartet. Deshalb musste sie sich besonders viel Mühe bei der Festgestaltung geben.

Wenigstens unterstützten Jens und Daniel sie bei der Arbeit auf der Plantage. Beide waren loyal und verlässlich.

*Mit der kommissarischen Leitung willst du dich nur beweisen!*

Ja, sie wollte ihren Brüdern zeigen, dass sie es schaffen konnte. Alles hätte wunderbar geklappt, wenn Birthe, ihre Vertretung für den Hofladen, nicht gekündigt hätte. Nun musste Imke sich um den Laden kümmern.

Seit zwei Wochen rackerte sie sich ab, und es war nicht abzusehen, wann Tom und die anderen von der Recherchereise zurückkehren würden. Trotz mehrerer Monate Nachforschung gab es noch immer keine Spur von ihrer Schwester Caroline, keinen Hinweis, dass sie tatsächlich lebte. Zermürbende Monate, die ihre Gefühle Achterbahn fahren ließen. Je länger die Recherchen dauerten, desto mehr geriet Imke ins Grübeln, und ihre Befürchtungen verstärkten sich, dass ihre verschollene Schwester vor fünfundzwanzig Jahren vielleicht doch in der Elbe ertrunken sein könnte.

Sie schaute zum Fenster hinaus. Die Dämmerung legte sich wie ein dunkles Tuch über die endlos erscheinenden Apfelbaumreihen. Auf dem Gut war es still.

Keiner würde sie stören, wenn sie die Apfelbestellungen bearbeitete, obwohl sie heute für eine kleine Ablenkung dankbar gewesen wäre.

Ihr Tag endete erst gegen Mitternacht, wenn sie erschöpft ins Bett fiele.

*Hör auf, im Selbstmitleid zu versinken!*

Sie war ganz steif, als sie sich erhob und zu den Kisten hinauslief.

Während sie sich darüberbeugte, drang ihr der süße Apfelduft in die Nase. Wie auf Kommando knurrte ihr Magen, denn seit dem Vormittag hatte sie nichts mehr gegessen. Eigentlich waren die Früchte zum Verkauf gedacht und abgezählt, aber ihr Hunger war so groß, dass sie gierig einen der rotbackigen Mariella-Äpfel aus der Kiste griff und hineinbiss. Er war saftig und süß. Genüsslich leckte sie den Saft von den Lippen. *Der Geschmack kann süchtig machen.*

Der köstliche Apfel ließ sie einen Augenblick die strapaziöse Arbeit vergessen. Nachdem Imke ihn komplett verspeist hatte, schnippte sie den Stiel fort und wischte mit dem Handrücken über ihren Mund.

Danach wandte sie sich erneut den zwei Dutzend Holzkisten zu. Vor ihr standen nicht die normalen Kisten, sondern viel größere. Oft genug hatte sie beobachtet, wie Okka und Gesa diese gewuchtet hatten. *Es wäre doch gelacht, wenn ich das nicht auch schaffe.* Sie streifte sich Handschuhe über und griff nach der obersten Kiste. Die war schwerer als gedacht und brachte sie zum Prusten. Ihre lädierten Handgelenke knackten, und Schmerz durchzuckte ihren Arm. Sie schrie auf und ließ die Kiste los. Das brachte den ganzen Kistenturm ins Wanken. Es half nichts, sie musste es schaffen. Allein.

»Mit Schwung wird es schon gehen«, sprach sie sich selbst Mut zu. Imke holte tief Luft, spannte die Muskeln an, hievte die Kiste hoch und drehte sich keuchend um.

Sie spürte, wie ihre Arme nachgaben und die Last sie nach unten zog. Gleich würde die Kiste auf die Erde knallen, weil sie sie nicht mehr halten konnte, und sie daraufstürzen. Sie biss die Zähne zusammen, verdrängte den Schmerz in den Unterarmen und spannte noch einmal alle Muskeln an, um die Kiste abzusetzen.

»Herrgott, Imke! Das ist doch viel zu schwer für dich.«

Daniel packte zu und hielt die Kiste. Sie spürte seine warmen Finger an ihren.

»Daniel …«, keuchte sie.

»Du kannst jetzt loslassen«, forderte er sie auf. Ihre steifen Finger lösten sich. Langsam stellte Daniel die Kiste auf den Boden.

Ein Prickeln lief durch ihre Hände, das durch seine Berührung ausgelöst worden war.

»Danke«, sagte sie leise.

»Dreißig Kilo in der Kiste … das ist viel zu schwer für dich. Sollen die auch alle rein?« Er deutete auf den Kistenturm. Imke nickte und trat einen Schritt vor.

»Ich mach das«, sagte er bestimmt.

»Okay.«

Während Daniel die nächste Kiste in den Laden schleppte und sie ihm folgte, beobachtete Imke ihn.

Irgendetwas war heute anders an ihm, bis ihr auffiel, dass er sich rasiert hatte. Der gewohnte Dreitagebart war weg. Aber auch so sah er unglaublich gut aus. Sie wagte nicht, ihm in die Augen zu sehen, weil sie fürchtete, ihre Gefühle zu verraten. Als er an ihr vorüberging, schwebte der Duft seines Aftershaves hinter ihm her. Auch das war anders, es war nicht das frische, das nach Zitrone duftete, sondern hatte eine orientalische Note. Ihr Geruchssinn war durch ihre Experimentierfreude mit Pflanzen sehr sensibel. Ihr entging nicht, dass Amber und Koriander im Duft enthalten waren.

»Wo soll die hin?«, platzte Daniel in ihre Grübeleien und zeigte auf die Kiste zu seinen Füßen.

»Dort drüben. Neben den Tisch.« Sie zeigte auf den uralten, klobigen Küchentisch, der einst ihren Urgroßeltern gehört hatte. Sie hatte ihn eigens für besondere Dekorationen aufgearbeitet und lackiert. Daniel stellte die Holzkiste daneben. Schon drehte er sich um und schnappte sich vom Stapel die Nächste. Sie bewunderte seine Muskeln, die sich unter dem fliederfarbenen Hemd wölbten.

Erst jetzt bemerkte Imke, dass Daniel Jeans und T-Shirt gegen einen schwarze Samtcordhose und Hemd getauscht hatte. Er sah umwerfend gut darin aus.

»Lass ruhig, und schieb sie nur in den Laden. Sorry, ich habe nicht gesehen, dass du gute Sachen trägst.«

»Keine Sorge, ich pass schon auf. Die paar Kisten … das ist doch schnell gemacht«, antwortete er lächelnd und trug bereits die nächste vor den Tisch und darauf eine weitere. Zwischendurch schaute er immer wieder auf die Uhr. Kleine Schweißperlen glänzten im Licht auf seiner Stirn.

»Hast du noch einen Termin?«, fragte sie scheinbar beiläufig. Sie fingerte an der Dekoration auf dem Verkaufstresen herum, während sie gespannt auf seine Antwort wartete.

»Ja, eine Verabredung«, antwortete er freudig und blieb mit der Apfelkiste vor ihr stehen.

Imke zeigte ihm, wo er sie abstellen sollte. Sie brachte keinen Ton über die Lippen, denn ihre Kehle war plötzlich wie zugeschnürt. Dass Daniel ein Date haben könnte, versetzte ihr einen Stich. Bestimmt war seine Begleiterin hübscher als sie. *Ohne die hässlichen Narben.*

Unbewusst tastete Imke nach dem Schal, der ihre Brandnarben verdeckte. Ein solch attraktiver Mann wie Daniel fand sicher schnell eine Freundin. Er hatte nie ein Wort über eine Verabredung verloren. Auch Tom hatte nie erwähnt, ob er sich mit einer Frau traf. Seitdem ihr Bruder ihn das erste Mal zum Abendessen mitgebracht hatte, war Imke von Daniel fasziniert gewesen. Aus der anfänglichen Schwärmerei für diesen Mann war im Laufe der Zeit Verliebtheit geworden.

Daniel hingegen benahm sich sehr charmant, aber er behandelte sie wie eine Schwester oder einen weiblichen Kumpel, nicht wie eine begehrenswerte Frau. So war es ihr bei den meisten Männern ergangen. »Du bist eine Frau zum Pferdestehlen!« Wie oft hatte sie das gehört.

Es hatte lange gedauert, bis sie gelernt hatte, mit ihrem Makel zu leben. Viel zu oft schämte sie sich für die roten, wulstigen Narben an ihrem Hals, deren Farbe sich bei Erregung noch intensivierte.

Während Daniel Kiste für Kiste zu den von ihr bestimmten Plätzen trug, fragte sie sich die ganze Zeit, mit wem er sich verabredet haben könnte. Im Geist ging sie die Frauen durch, die infrage kämen. Vielleicht eine der Kundinnen oder eine neue Hilfskraft? Welchen Typ Frau mochte er eigentlich? Weder Tom noch Daniel selbst hatten jemals in ihrer Gegenwart ein Wort über eine Frau auf dem Gut verloren. Von der Neugier geplagt, war sie versucht, ihn nach seiner heutigen Verabredung zu fragen. *Du bist doch nur eifersüchtig!* Schnell verwarf sie das Vorhaben wieder, das ihre Gefühle verraten hätte. Wenn Daniel auch nur ahnen würde, was sie für ihn empfand! Die Erfahrung hatte sie gelehrt, vorsichtig zu sein.

Es hatte sich tief in ihr Gedächtnis gebrannt, wie sie in der Schule wegen ihrer Narben gehänselt und ausgeschlossen worden war, als wäre sie eine Aussätzige. Sie erinnerte sich noch gut an die Blicke und das Getuschel der anderen. Ganz zu schweigen an das Desaster mit ihrem letzten Freund Sören. Der junge Däne hatte vor ein paar Jahren sein Praktikum auf der Matthiesen-Plantage absolviert. Alle hatten für den gut aussehenden Mann geschwärmt. Auch Imke hatte nicht lange seinem Charme widerstehen können. Sören hatte ihr das Gefühl gegeben, die Einzige zu sein, die er begehrte, dass sie sich fest eingebildet hatte, er würde ihre Empfindungen erwidern. Leider war es Sörens Ziel gewesen, über sie einen festen Job auf der Apfelplantage zu bekommen. *Ich bin so blind gewesen!*

Zufällig hatte sie ein Gespräch zwischen ihm und einem der Erntehelfer belauscht. Wie abfällig Sören sich über ihre Narben geäußert hatte. Das hatte sie geschockt und tief verletzt. Tagelang hatte sie sich danach vor Liebeskummer und Scham in ihrem Zimmer eingeschlossen, bis ihre Haushälterin Frauke sie davon überzeugt hatte, dass es sich nicht lohnte, um einen Kerl wie Sören zu trauern. Seitdem versteckte sie die Narben unter einem Tuch. Sogar nachts hatte sie immer eins griffbereit liegen.

»So, die Letzte«, verkündete Daniel und riss sie aus ihren trübsinnigen Grübeleien.

»Danke, das war wirklich sehr nett von dir.«

Ihr Gegenüber lächelte so charmant, dass sie ganz weiche Knie bekam. *Bild dir bloß nichts ein.*

Im Geist verglich sie Daniel mit Sören. Daniel war so ganz anders als der Däne, dessen Blick immer ein wenig verhangen gewesen war. Dass es von Verschlagenheit herrührte, hatte sie in blinder Verliebtheit nicht gleich erkannte. Daniels Blick war offen. Nie hatte sie ihn über jemanden lästern gehört. Sie fühlte sich in seiner Gegenwart wohl. Er war humorvoll und hilfsbereit, das schätzte sie an ihm.

Gern hätte sie noch mit ihm geplaudert, vielleicht auch ein Glas von ihrem selbst gemachten Apfelwein getrunken. Pia hatte ihr erklärt, dass sie Mut fassen und Daniel einladen sollte. Aber sie wollte nicht noch einmal so bitter enttäuscht werden wie von Sören. Sie sehnte sich nach einem Mann, der sich nicht an ihren Narben störte.

»Ich wünsche dir noch einen schönen Abend und viel Spaß bei deiner Verabredung.« Die Worte kamen nur schwer über ihre Lippen.

»Danke, Imke. Also, dann, mach's gut«, antwortete er fröhlich, bevor er sich umwandte und den Laden verließ. Imke sah ihm traurig nach. In ihrer Fantasie malte sie sich aus, wie er eine bildhübsche Frau zum Essen ausführte und später eng umschlungen mit ihr tanzte. Die Vorstellung war unerträglich.

*Verdammte Gefühle!*

In diesem Augenblick fühlte sie sich einsam. Wie gern hätte sie sich jetzt Pia anvertraut. Sie dachte an ihre Brüder, die beide ihr Glück gefunden hatten. Nur ihr schien das Schicksal keine Erfüllung in der Liebe zu gönnen.

Traurig und wütend zugleich verließ sie den Hofladen. Es war ohnehin Zeit, bei ihrem Vater nach dem Rechten zu sehen. Bestimmt hatte er wieder üble Laune und würde ihr vorwerfen, dass sie sich nicht genügend um ihn kümmerte. In den letzten Wochen hatte sie sich ihm nur selten widmen können. Die Vorbereitungen für das bevorstehende Apfelblütenfest und die Verantwortung für das Gut raubten ihr alle Zeit und Kraft.

Im Vorgarten war es dunkel. Sie hatte vergessen, die Zeitschaltuhr zu stellen, damit die Lichterketten in den Bäumen leuchteten und das Haus angestrahlt wurde. Eigentlich gehörte das zu Pias Aufgaben. Jetzt wirkte das Gutshaus trist und deprimierend.

Einen Moment lang blieb sie stehen und blickte auf die alte Holzbank neben dem Eingang, als die Erinnerungen an ihre

Kindheit sie einholten. Deutlich hörte sie das Lachen ihrer Tante Mariella, die mit ihr auf der Bank saß, sie auf dem Schoß hielt, sie herzte und ihre Späße machte. Imke versuchte, sich an deren Gesicht zu erinnern, aber die Konturen verschwammen jedes Mal. Nur dass sie schwarzes Haar wie ihre Mutter besaß, war ihr im Gedächtnis geblieben, und wie gut sie immer gerochen hatte.

Später hatte ihr Vater erzählt, dass Tante Mariella ihre Seife und Crème mit Rosenwasser selbst hergestellt hatte, so wie sie auch ihre Kleider selbst genäht hatte. Auch Imke hatte einst ein Kleid von ihr bekommen. Vaters Erzählungen nach war ihre Tante sehr eitel gewesen. Eitler als ihre Mutter. Den Männern hatte sie reihenweise die Köpfe verdreht. War sie deshalb mit ihrer Mutter in Streit geraten und hatte das Gut verlassen? Ihr Eltern hatten nie mehr ein Wort über Tante Mariella verloren, nachdem sie das Gut verlassen hatte. Nicht einmal, als die Fremde sie aufgesucht und Mariellas Totenschein gezeigt hatte. Ihre Mutter war in Tränen ausgebrochen, während ihr Vater stumm vor sich hingestarrt hatte.

In ihrer Familie wurde immer alles totgeschwiegen.

Imke schloss die Haustür auf. Wenn Tom und Pia zu Hause waren, erfüllten Stimmen und Gelächter das alte Gutshaus.

Jens und Daniel waren seit der Abreise ihrer Geschwister nicht mehr zum Abendessen gekommen. Schuld daran war ihr Vater, der misslaunig alle vergrätzte und die beiden hinter ihrem Rücken während der Abwesenheit Toms ausgeladen hatte.

So musste Imke allein essen. Weil sie sich einsam an der großen Tafel fühlte, deckte Frauke für sie am Tisch in der Gutsküche. Sie vermisste Tom, Pia und die anderen sehr.

Auch heute hatte Frauke das traditionell blau-weiße Keramikgeschirr auf den Küchentisch gestellt. Auf dem Ofen stand ein Topf, aus dem es delikat roch. Imke lief hinüber und hob den Deckel an. Frauke hatte heute Himmel und Erde zubereitet. Mit geschlossenen Augen beugte Imke sich weit über den Topf und schnupperte. Wie köstlich das roch. Ihr Hunger war so groß, dass sie beschloss, erst etwas zu essen, bevor sie ihren Vater besuchte.

Hastig holte sie sich den Teller und tat sich großzügig von der gestampften Kartoffel-Apfel-Mischung mit Zwiebeln und Speck auf. Auf die dazugehörige Blutwurst verzichtete sie jedoch. Früher als Kind hatte ihr Vater sie gezwungen, die Wurst zu essen. Mit Tränen vor Ekel hatte sie diese hinuntergewürgt.

Sie setzte sich an den Tisch. Am lebhaftesten ging es zu, wenn ihr Bruder Finn mit seiner Lebensgefährtin Maike und deren Tochter Anna samt Hund das Wochenende hier verbrachten. Leider kam das viel zu selten vor, denn sobald die Ausflugsfahrten begannen, blieben sie in der Schlei. Maike, die Reederin und Kapitänin war, hatte Imke zu einer Ausflugsfahrt auf ihrem Dampfer eingeladen. Aber die Arbeit auf dem Gut nahm sie so in Anspruch, dass ihr kaum Freizeit blieb.

»Du musst einmal etwas anderes sehen als das Gut mit der vielen Arbeit. Hast du denn noch nie Urlaub gemacht?«, hatte Maike sie vor einiger Zeit gefragt.

Urlaub! Der hatte sich nie ergeben. Das letzte Mal war sie mit der Schule im Schullandheim in Malente gewesen. Für ihren Vater und auch Tom war es undenkbar, die Plantage zu verlassen. »Ein Matthiesen lässt sein Gut nicht im Stich«, hatte Vater ihnen immer eingebläut. Erst Pia hatte ihren Bruder zu dieser Recherchereise überreden können. Imke beneidete ihre Geschwister darum.

Manchmal, wenn sie vom Stress auf dem Gut ganz erschöpft war, überlegte sie, alles stehen und liegen zu lassen, um Maike in Stolteby zu besuchen. Doch jedes Mal hatte sie ihr schlechtes Gewissen davon abgehalten. Sie war nicht unzufrieden, im Gegenteil war das Gut ihre Heimat, die Geborgenheit vermittelte.

Heißhungrig aß Imke den Teller leer. Als sie das schmutzige Geschirr in den Geschirrspüler stellte, öffnete sich unerwartet die Küchentür. Ihr Vater stand auf seinen Gehstock gestützt und mit grimmiger Miene auf der Türschwelle.

»Madame geruht endlich nach Hause zu kommen. Anstatt sich um ihren Vater zu kümmern, hantiert sie lieber in der Küche herum«, blaffte er sie an. Imke rollte mit den Augen und stöhnte innerlich auf. Er lebte mal wieder seine schlechte Laune aus, weil keiner ihrer Brüder da war, mit denen er sich normalerweise stritt. Kurz war sie geneigt, etwas Heftiges zu erwidern. Doch dann sagte sie sich, dass das Leben ihres Vaters von schweren Schicksalsschlägen geprägt war und ihn verbittert hatte. Bevor sie sich umdrehte, atmete sie tief ein.

»Hallo Papa«, begrüßte sie ihn freundlich. Sie wusste selbst nicht, woher sie diese Gelassenheit und Ruhe nahm. »Das Apfelblütenfest steht jetzt im Mittelpunkt. Nur noch knapp drei Wochen. Ich möchte nicht, dass etwas schiefläuft.«

»Wieso denn du? Wo sind Tom und dieser nichtsnutzige Finn?«, echauffierte er sich. Sein Kurzzeitgedächtnis funktionierte nicht mehr so gut. Imke betrachtete ihren Vater. Im letzten Vierteljahr hatte er rapide abgenommen, und sein Haar war schütter geworden. Auch sein Erinnerungsvermögen ließ nun nach, und er redete manchmal wirr.

»Papa, ich habe dir doch erst heute Morgen erklärt, dass sie verreist sind«, erklärte sie. Er pochte mit dem Stock auf den Boden.

»Gar nichts hast du!«, warf er ihr vor.

»Ganz bestimmt, Papa. Du hast es nur leider wieder vergessen«, antwortete sie und lächelte nachsichtig. Im selben Moment merkte sie, dass sie einen Fehler begangen hatte. Ihr Vater lief vor Wut rot an.

»Mein Gedächtnis funktioniert hervorragend. Noch gehört mir das Gut zur Hälfte. Ich lasse mich nicht von euch einfach beiseitedrängen!«

Sie bemerkte, wie seine Hand, die sich auf den Gehstock stützte, zitterte. Es war wirklich nicht leicht mit ihm.

»Niemand möchte dich … beiseitedrängen, Papa. Soll ich dir vielleicht eine Tasse Kräutertee zur Entspannung kochen?« Ablenken war das Beste, was sie in diesem Augenblick tun konnte. Er würde seinen Irrtum sowieso nicht einsehen.

»Ich bin entspannt. Aber meinetwegen«, gab er nach und lief grummelnd zum Tisch, wo er auf einen Stuhl sank. Imke kochte sofort Wasser. Die ewigen Dispute mit ihm war sie leid. Sie fühlte sich heute ausgelaugt und wollte nur noch ins Bett. Aus dem

Hängeschrank nahm sie eine Tasse und einen Teebeutel, über den sie das kochende Wasser goss. Sofort zog der Duft nach verschiedenen Kräutern durch die Küche. Sie stellte die Tasse vor ihn hin. Vorsichtig schlürfte er von dem heißen Gebräu und verzog das Gesicht.

»Viel zu bitter«, beschwerte er sich. »Deine Mutter kann es einfach besser«, stichelte er. Imke hatte sich langsam daran gewöhnt.

»Mama ist tot. Du musst wohl oder übel akzeptieren, dass ich mich darum kümmere«, erwiderte sie gelassen.

»Carla hat doch vorhin noch mit mir gesprochen.« Die Traurigkeit in seiner Stimme zerriss Imke das Herz. Er vermisste sie noch immer, und das würde sicher nie aufhören.

Ihre Mutter war nur drei Jahre nach Carolines Verschwinden gestorben. Ihr Tod hatte eine nicht zu füllende Lücke hinterlassen. Heiraten wollte ihr Vater nicht mehr. Nach dem Tod der Mutter hatte er all deren Sachen an caritative Vereinigungen gespendet. Heute hätte Imke sicher dagegen protestiert, aber damals als Kind hatte sie sich dem Willen des Vaters gebeugt. Nur die Lieblingskette ihrer Mutter, eine Perlenkette, deren Verschluss ein goldener Apfel war, hatte er behalten. Mittlerweile war die Kette ein Vermögen wert und schlummerte im alten Wandtresor.

In einem der letzten Briefe ihrer Mutter an eine Freundin hatte sie davon geschrieben, dass die Kette eigentlich für Caroline bestimmt sei. Aber weil Caroline vermutlich tot war, hatte ihr Vater verfügt, dass Imke sie zu ihrer eigenen Hochzeit geschenkt bekommen sollte.

Vieles hatte sich mit dem Tod der Mutter verändert. Weil ihr Vater für sie und ihre Geschwister kaum Zeit gehabt und Frauke alle Hände voll zu tun hatte mit dem Haushalt, war er gezwungen gewesen, sich nach einem Kindermädchen umzusehen. Wie hatten sie darum gefleht, Frauke möge sich um sie kümmern. Aber ihr Vater hatte darauf bestanden, dass eine richtige Erzieherin sich um sie kümmern sollte. Keines der Kindermädchen war lange geblieben, weil sie Vaters Launen nicht ertragen wollten.

Als sie und ihre Brüder mehrfach den Unterricht geschwänzt

hatten, um am Elbstrand zu spielen, hatte Frauke sich eingemischt. Sie hatte ihrem Vater vorgeworfen, seine Kinder zu vernachlässigen. »Verständnis und Liebe brauchen die Kinder!« Ihre flammenden Worte klangen noch immer in Imkes Ohren.

Ihr Vater hatte zwar nie zugegeben, sie nach dem Tod der Mutter alleingelassen zu haben in ihrem Schmerz, aber wenigstens hatte er Frauke zugestanden, für sie und ihre Brüder da zu sein. Wie sehr hatten sie alle ihre geliebte Mutter vermisst. Hastig verdrängte sie die schmerzvollen Erinnerungen. Manchmal wünschte sie, ihr Gedächtnis wie einen Speicher löschen zu können.

»Ich geh jetzt zu Bett. Gute Nacht, Papa.« Sie beugte sich zu ihrem Vater hinunter, stützte sich auf seine Schulter und gab ihm einen flüchtigen Kuss auf die stoppelige Wange.

»Ist heute Sonntag?«, fragte er und tätschelte ihre Hand.

»Nein, Papa, Samstag.« Als sie ihre Hand zurückziehen wollte, hielt er sie fest.

»Du bist eine gute Tochter«, sagte er leise. Imke glaubte, sich verhört zu haben. In all den Jahren hatte sie nie ein Lob von ihm bekommen.

»Bist immer für mich und die anderen da und rackerst dich auf dem Gut ab. Auch heute bist du bei mir, obwohl du eigentlich mit Freunden den Abend verbringen solltest, statt allein mit deinem kranken Vater.«

Nie hätte sie vermutet, dass er sich über sie so den Kopf zerbrach.

»Papa, ich hatte einen anstrengenden Tag. Morgen muss ich wieder früh raus. Da steht mir nicht der Sinn nach Ausgehen.«

Obwohl sie oft den anderen neidisch zuhörte, wenn sie von ihren erlebnisreichen Wochenenden und Eroberungen erzählten. Die besuchten diese angesagten Clubs, denen sie nichts abgewinnen konnte. Einen Mann fürs Leben würde sie dort nicht finden, sondern nur oberflächliche Bekanntschaften. Darauf konnte sie gut und gerne verzichten. Es war schwer, jemanden zu finden, der ihr Engagement für die Plantage und ihr Interesse an der Natur mit ihr teilte. *Daniel schon!* Die Stimme in ihrem Kopf wollte nicht verstummen. Daniel war unerreichbar für sie. Rasch verdrängte sie den Gedanken.

Früher hatte sie Tom manchmal auf dessen Geschäftsreisen begleitet. Aber die waren von Jahr zu Jahr seltener geworden, und inzwischen nahm er verständlicherweise lieber seine Frau Pia mit.

»Warum gehst du nicht mit Annika aus?«, hakte der Vater zu ihrem Leidwesen nach, denn sie verspürte keine Lust, das Thema zu vertiefen.

»Das erspare ich mir lieber. Nicht Annikas wegen, aber sobald die anderen diese Narben sehen«, sie hielt kurz inne und zeigte auf ihren Hals, »nehmen sie Reißaus, als hätte ich Lepra oder so.«

»Komm, setz dich einen Moment zu mir«, forderte er sie auf und zog einen Stuhl zurück. Imke zögerte, bevor sie darauf Platz nahm. Sie wusste nicht, was sie von der unerwarteten Redseligkeit ihres Vaters halten sollte. Irgendetwas musste geschehen sein. In Erwartung, eine Antwort auf diese Frage zu bekommen, folgte sie seiner Aufforderung.

Er musterte sie eine Weile eingehend, als wolle er sich jeden Millimeter ihres Gesichts einprägen.

»Du sahst schon immer anders aus als Caroline«, stellte er fest. »Nicht so zart und zerbrechlich. Aber du hast stets gelächelt.«

*Ich bin eben kein blond gelockter Engel.*

»Das liegt doch schon eine halbe Ewigkeit zurück«, antwortete Imke. Sie spürte, dass ihn etwas bewegte, und nahm seine Hand in ihre. Die fühlte sich kühl und knochig an.

»Was ist denn heute mit dir los, Papa? Du bist so … so anders.«

»Bin ich nicht«, widersprach er barsch. Jetzt war er wieder ganz der Alte, worüber sie irgendwie froh war, weil es ihr vertrauter war.

Er starrte geradeaus, als wäre er in Gedanken weit weg.

»Sonst darf ihr Name nicht in deiner Gegenwart fallen, und jetzt vergleichst du mich sogar mit ihr?« Sein verändertes Verhalten musste doch einen Grund haben. »Ich verstehe das nicht, Papa. Ist es wegen Toms und Finns Recherchereise?«

Sie überlegte, ob heute ein besonderer Tag der Erinnerung für ihn war, aber dieses Datum sagte ihr nichts. Vermutlich hatte die

Reise ihrer Brüder damit zu tun. Sie hatten damit wieder alles aufgewühlt, was Jahre tief in seinem Innern geschlummert hatte.

»Ich will nicht darüber reden. Vergiss es«, antwortete er und entzog ihr seine Hand. Da war sie wieder, die altvertraute Distanz zwischen ihnen, die es ihr erschwerte, ihm jemals näherzukommen. Jedes weitere Wort würde nur in einem Streit enden. Aber sie war zu erschöpft dafür.

»Ich gehe jetzt hinauf in mein Zimmer«, sagte sie.

Imke eilte aus der Küche, bevor er ihr antworten konnte. Nur einen kurzen Moment war ihr Vater zugänglich gewesen wie schon lange nicht mehr. Was hatte das ausgelöst?

Auf der Treppe nach oben zu ihrem Zimmer hielt sie vor Carolines Porträt inne und betrachtete es. *Sie ist viel hübscher als ich.* Die Nase ihrer Schwester erschien ihr viel gerader zu sein, und der Mund schmaler als ihrer.

Alle waren ganz vernarrt in Caroline gewesen. Sie selbst konnte sich nicht an sie erinnern, denn sie war noch ein Baby gewesen, als ihre Schwester verschwunden war.

Oft genug hatte sie sich aber gefragt, wie es mit einer älteren Schwester gewesen wäre. Wenn Caroline tatsächlich noch lebte, hatten sie viele gemeinsame Jahre verloren.

In ihren Gedanken spielte sie alle Möglichkeiten durch, wie Carolines Leben verlaufen sei. Scheinbar wusste sie nichts von ihrer Familie, sonst hätte sie sich längst bei ihnen gemeldet. Oder war ihr vielleicht damals doch etwas zugestoßen? Doch ein Gefühl tief in ihr drinnen ließ sie nicht daran glauben.

Vielleicht war ihre Schwester sogar in der Nähe aufgewachsen, und sie waren sich bereits ohne es zu wissen schon einmal begegnet. Oder lebte Caroline vielleicht im Ausland? Es gab so viele Möglichkeiten.

Imke fragte sich, wie Caroline wohl heute aussah. Gab es da nicht ein Computerprogramm, das ein Gesicht altern lassen konnte? Vielleicht wäre es möglich, Carolines Gesicht anhand eines Fotos irgendwie zu rekonstruieren.

In der Küche rumorte ihr Vater laut. Sie musste jetzt allein sein und eilte die restlichen Stufen hinauf.

Oben in ihrem Zimmer angekommen, lief sie hinüber ins Badezimmer und ließ Wasser ein. Ein heißes Bad würde, so hoffte sie, beruhigen und ihre verspannten Muskeln lockern.

Während sie im warmen Wasser lag, grübelte sie weiter über Caroline nach. Eine Gesichtsrekonstruktion wäre überflüssig. Bestimmte Merkmale verlor ein Mensch sein ganzes Leben lang nicht. Vererbte, familienspezifische Eigenarten. Alle Matthiesens besaßen ovale Gesichter mit hohen Wangenknochen. Deshalb glaubte Imke, dass sie ihre Schwester immer erkennen würde, selbst wenn sie sich die Haare färbte oder sonst ihr Aussehen veränderte.

## 2.

Das zarte Grün der Obstbäume und das weiße Blütenmeer, das bis zum Horizont reichte, waren Boten des Frühlings. Ausgehend von den Blüten schwebte ein atemberaubender, süßer Duft durch die Luft. Dann erwachten auch Daniels Bienenvölker aus dem Winterschlaf und unternahmen die ersten Flüge.

Im Frühjahr hatte er genug zu tun. Jeder Bienenstock musste kontrolliert werden, ob alle Bienen den Winter gut überstanden oder sich Krankheiten eingeschlichen hatten. Daniel streifte sich seinen Imkeranzug über, setzte den Schutzhut auf und zog das Netz übers Gesicht, bevor er sich den Bienenstöcken näherte.

Unzählige Honigbienen umschwirrten ihn, als er ankam. Vorsichtig hob er den Deckel des ersten Stockes an, nachdem die Bienen zum Reinigungsflug aufgebrochen waren, und suchte nach der Königin. Als er sie fand, war er erleichtert. Anschließend entfernte er die Altwaben und prüfte die Brut. Mit geschultem Blick erkannte er sofort, dass bei diesem Volk alles in Ordnung war. Zufrieden klappte er den Deckel wieder zu und lief zum nächsten Bienenstock.

Die Arbeit würde ihn den ganzen Vormittag kosten. Eine Handvoll Bienenstöcke bei jedem Apfelfeld galt es zu überprüfen. Auch wenn es anstrengend war, liebte Daniel diese Arbeit. Es war jedes Jahr für ihn ein aufregendes und zugleich beglückendes Erlebnis, wenn nach dem Winter Leben in die Bienenstöcke einkehrte und seine Völker summend auf den Apfelfeldern nach Pollen suchten.

Eine Biene setzte sich auf seinen Arm. Eine Weile betrachtete Daniel das winzige Tier, das seine Vorderbeine aneinander rieb.

Obwohl er das schon unzählige Male gesehen hatte, war er immer wieder davon fasziniert. Das gelbe Pollenhöschen verriet, dass die Biene bereits emsig gesammelt hatte. Seine Bienen liebten die Ruhe. Jede heftige Bewegung könnte sie in Aufruhr versetzen und stechen lassen. Nach einem Stich starben die Bienen. Das hatten die eifrigen Sammler wahrlich nicht verdient. Geduldig wartete er, bis das Tier sich in die Luft erhob und zum Bienenstock zurückflog, um sein Gut loszuwerden.

Am Rande der Apfelfelder hatten sich Wildbienen angesiedelt, für die er Nisthilfen selbst gebaut hatte. Da Wildbienen im Erdboden nisteten, hatte er mehrere Kübel mit Blähton und lehmhaltigen Sand gefüllt, die er ständig befeuchtete. Oberhalb der Kübel hingen die Nisthilfen, befestigt an metallenen Rankgittern. Es waren Holzklötze, in die er fingerlange Löcher gebohrt hatte.

Nach dem Unwetter im vergangenen Spätsommer hatten sich die Pflanzen wieder prächtig erholt. Es schien ein gutes Bestäubungsjahr zu werden, das den Obstbäumen viele Früchte bescherte. Er gönnte Tom den Erfolg von Herzen.

Sein bester Freund fehlte ihm sehr, besonders ihre Gespräche und Frotzeleien. Sie besaßen den gleichen Humor und konnten über jedes Thema sprechen. *Über fast jedes,* korrigierte er sich selbst. *Nur über Imke nicht.*

Wie Imke die Neuigkeit aufnehmen würde, falls ihre Schwester noch lebte? Daniel hielt sie für hochsensibel und verletzlich. Dennoch ruhte in ihr eine Stärke, die man auf den ersten Blick nicht vermutet hätte. Trotz der vielen Schicksalsschläge, die die Familie heimgesucht hatten. Nie hatte er sie schlecht gelaunt erlebt. Sie war das Herz der Matthiesen-Familie. Ohne sie hätten sich ihre Brüder einander niemals mehr angenähert. Die Krankheit ihres Vaters hatte schließlich die drei Matthiesen-Geschwister enger zusammengeschweißt.

Tom, der Älteste, fühlte sich als Beschützer der jüngeren Schwester. Manchmal übertrieb er es, wie Daniel fand. Seit Imkes Unfall schirmte der Freund seine Schwester regelrecht ab, insbesondere vor Männern. Dabei war Imke nicht auf den Mund gefallen und clever und könnte sich durchaus allein wehren. Doch Tom hätte Imke wie ein Löwe verteidigt und jeden in die Flucht geschlagen, der sie verletzte. Nicht einmal vor Daniel hätte er Halt gemacht. Diese übertriebene Fürsorge resultierte daraus, dass Tom sich noch heute für Carolines Verschwinden verantwortlich fühlte.

Daniel bedauerte jeden Mann, der sich in Imke verlieben und Tom als Gegner bekommen würde.

Eine Szene war Daniel im Gedächtnis geblieben. Nach dem gemeinsamen Essen im Gutshaus hatte er eine lustige Anekdote aus seiner Schulzeit zum Besten gegeben. Imke hatte gelacht, bis ihr die Tränen gelaufen waren. Nach Atem ringend hatte sie den Kopf gegen seine Schulter gelehnt, während er ihr freundschaftlich den Rücken getätschelt hatte.

Ihm war Toms warnender Blick nicht entgangen, als er sie berührt hatte. Hastig hatte er die Hand zurückgezogen. Er wollte keinen Stress haben, besonders nicht mit seinem besten Freund.

Seitdem ging er bei Imke auf Distanz. Frauen gegenüber war er sehr vorsichtig. Seitdem er seinen Job als erfolgreicher Softwareentwickler an den Nagel gehängt und Imker geworden war, hatte er sich nur selten mit einer getroffen. Sobald die Frauen von seiner Entscheidung erfuhren, dass er die Karriere als erfolgreicher Entwickler für ein einfacheres Leben auf dem Land aufgegeben hatte, suchten sie das Weite. *Geld und Karriere wären denen lieber.* Wahrscheinlich lag es daran, dass die meisten Frauen einen Mann suchten, der ihnen ein finanziell sorgloses und komfortables Leben bieten konnte, während er ein bescheidenes Dasein führte. In den Wintermonaten lebte er von der Bestäubungsprovision des Frühjahrs und dem Verkauf seines Honigs. Keine bombastischen Einnahmen, aber ihm reichte es.

Während er über das Apfelfeld streifte, dachte er unwillkürlich an die Zeit in seiner Softwarefirma zurück. Um keinen Preis der Welt hätte er sein jetziges gegen das alte Leben tauschen mögen. Ständig war er von einem Termin zum nächsten gehetzt, hatte nächtelang bei literweise schwarzem Kaffee programmiert, nur um die Software an die Kunden rechtzeitig ausliefern zu können. Schlafmangel und fehlende Bewegung hatten ihr Übriges getan. Bei einem Routine-Gesundheitscheck hatte ihm der Arzt geraten, seinen rastlosen Lebenswandel aufzugeben. Doch er hatte dessen Ratschläge nicht beherzigt, weil er von seiner Arbeit besessen gewesen war. Also hatte er weitergeschuftet, seine Schwindelanfälle kleingeredet, bis er im Büro nach irgendeiner der vielen schlaflosen Nächte zusammengebrochen war.

»Herr Seidel, Sie haben einen Burn-out. Keinen Stress mehr. Stellen Sie Ihr Leben um, bevor es zu spät ist.«

Die Diagnose und eindringlichen Worte des Arztes hatten ihn erschreckt und schließlich bekehrt. Während seines anschließenden Aufenthalts in einem Sanatorium hatte er seine Zeit zum Nachdenken genutzt. Er hatte begriffen, dass sein Lebensstil ihn nur in eine Sackgasse manövriert und seine Gesundheit beeinträchtigt hatte. Die verordneten Spaziergänge in der Natur hatten ihm Fauna und Flora nähergebracht. Als er erfahren hatte, wie bedroht die Welt der Bienen war, fühlte er sich dazu berufen, etwas für ihren Schutz zu tun. Die Vorstellung, ihnen zu helfen, setzte in ihm Energien frei und beflügelte ihn zu Weiterem. Durch diese Initiative bekam sein Leben einen anderen Sinn. Gesunde Ernährung und der Verzicht auf Genussmittel, dafür viel Bewegung an der frischen Luft rückten in den Fokus. Von Tag zu Tag war es mit ihm gesundheitlich bergaufgegangen. Er hatte gespürt, dass die digitale Welt ihn nicht glücklich machte, und sich geschworen, ihr zu entsagen.

Einem glücklichen Umstand hatte er es zu verdanken, dann auch tatsächlich Fuß in der Imkerei zu fassen. Auf einem seiner Spaziergänge hatte er den Imker Helmut kennengelernt. Wie begeistert Helmut von seinen Bienenvölkern erzählt hatte, war letztendlich der Anstoß für Daniel gewesen, sein Leben radikal zu verändern.

Er hatte seine Firma verkauft und war Helmuts Einladung gefolgt, sich vier Wochen auf dessen Hof mit der Imkerei vertraut zu machen. Familie, Freunde und auch Freundin Carina hatten ihn wegen dieser Entscheidung für verrückt erklärt und sich von ihm abgewandt. Aber Daniel war davon überzeugt, dass es die richtige Entscheidung gewesen war. Seitdem er als Imker arbeitete, hatte er innere Ruhe und Gelassenheit gefunden und war obendrein der Natur nähergekommen. Kein Verstellen mehr, keine schlaflosen Nächte, um profitabel zu sein. Seinen Bienen war es gleichgültig, ob er erfolgreich oder ein armer Schlucker war.

Im Laufe der Jahre seines Imkerdaseins hatte er viel dazugelernt und war mittlerweile wegen seines Honigs im Alten Land bekannt geworden.

Natürlich hatte er das auch Imke zu verdanken, die seinen Honig jedem Kunden anpries. Für das Apfelblütenfest hatte sie eine Großbestellung aufgegeben. Nicht nur, dass sie seinen Honig zum Kauf anbieten wollte, er wurde auch in ihren köstlichen Hörnchen verarbeitet. Damals hatten Tom und er das erste Honiggebäck probieren dürfen. Er war überrascht gewesen, welch delikate Geschmacksnote der Honig dem Teig verlieh. Bei dem Gedanken an Imkes Hörnchen lief ihm das Wasser im Mund zusammen. Doch er wusste auch, welche Arbeit in ihnen steckte.

Er hatte Tom fest versprochen, auf seine Schwester achtzugeben, damit sie sich nicht übernahm. Leichter gesagt als getan, denn Imke ließ sich nicht bremsen. Sie war eine ehrgeizige Perfektionistin, die das Apfelblütenfest zu einem besonderen Event machen wollte. Dahinter steckte ihr Wunsch, ihren Brüdern zu beweisen, dass die Planung bei ihr in guten Händen gelegen hatte und sie ebenso in der Lage war, ein traditionelles Fest dieser Größenordnung allein zu organisieren.

Gestern Abend im Laden waren ihm ihre dunklen Augenringe aufgefallen, und sie war seit Toms Abreise schmaler geworden. Wie gern hätte er ihr etwas abgenommen.

»Danke, aber das schaff ich schon allein«, hatte er oft genug von ihr gehört.

Am späten Vormittag beendete er seinen Rundgang über die Apfelfelder und kehrte zufrieden zum Gut zurück.

Vor dem Hofladen hatte Imke den Tisch und die beiden Regale

bereits neu dekoriert. Er blieb stehen und bewunderte ihre Arbeit. Sie besaß wirklich ein Händchen fürs Dekorieren. Als er sie loben wollte, stellte er fest, dass sie nicht mehr im Laden war. Dann fiel ihm ein, dass Frauke heute ihren freien Tag hatte und Imke sich sicherlich um ihren Vater kümmern musste.

Zwei Frauen mittleren Alters mit Einkaufskörben näherten sich dem Laden und blieben stehen, als sie Daniel sahen.

»Ist denn heute zu?«, fragte die Grauhaarige der beiden verwundert ihre Begleiterin.

»Aber es hängt doch kein Schild draußen«, bemerkte die andere, Blondgefärbte, deren Haaransatz ebenfalls silbern schimmerte, und drückte die Klinke hinunter. Die Tür war verschlossen.

»Da komme ich extra zu Fuß her, um Honig für meine kranke Schwiegertochter zu holen, und jetzt stehe ich vor verschlossener Tür. Und das schon zum zweiten Mal in den letzten Tagen.«

»Wenn Sie nur Honig möchten, kann ich Ihnen den auch geben«, bot Daniel an und zauberte ein Lächeln auf die Lippen der beiden Frauen.

»Aber nur den Seidel-Honig. Einen anderen mag meine Schwiegertochter nicht.« Die Blondgefärbte tippte mit dem lackierten Finger gegen die Ladenscheibe, hinter der sich die Pyramide aus seinen Honiggläsern befand, die Imke gestern kunstvoll aufgebaut hatte.

»Selbstverständlich. Einen anderen bieten die Matthiesens auf dem Gut gar nicht an«, bestätigte Daniel freundlich. »Wenn Sie vielleicht kurz hier warten mögen, ich bin gleich wieder zurück.«

Die beiden Frauen schienen zu überlegen, nickten dann aber. Daniel eilte zum Gutshaus, wo er Imke vermutete.

Er klingelte an der Haustür. Als niemand aufmachte, umrundete er das Haus und lief in den Garten.

Die Terrassentür stand offen. Daniel klopfte gegen die Scheibe und streckte den Kopf ins Haus. »Imke?«, rief er.

Als er keine Antwort erhielt, trat er ins Esszimmer. In der Küche hantierte jemand mit Geschirr. Daniel folgte dem Geräusch und stand nur wenige Atemzüge später auf der Schwelle zur Küche.

Imke schien ihn nicht gehört zu haben und war eifrig dabei, Geschirr aus dem Geschirrspüler in den Hängeschrank einzuräumen. Um sie nicht zu erschrecken, wartete er, bis sie die letzten Teller verstaut hatte, bevor er sich räusperte. Sie fuhr erschrocken herum.

»Daniel! Herrgott, was machst du denn in meiner Küche?«, rief sie überrascht aus.

»Vor deinem Laden warten zwei Kundinnen, die meinen Honig kaufen möchten, aber die Tür ist abgeschlossen«, erklärte er und zuckte verlegen mit den Schultern.

Imke nickte seufzend. »Habe vorhin gerade erst zugemacht. Kann mich eben nicht zweiteilen«, erklärte sie.

Daniel fiel auf, dass ihre Augen und Nase gerötet waren, als hätte sie geweint.

»Ich kann die beiden nicht so wegschicken. Könntest du denen nicht schnell Honig verkaufen und das Geschlossen-Schild raushängen?«, fragte er.

Imkes schaute auf ihre Armbanduhr. »Nee, beim besten Willen nicht. Heute bleibt der Laden leider zu«, antwortete sie hastig. »Sorry, ich muss Papa nämlich gleich noch zum Arzt fahren«, schob sie zur Erklärung nach.

Daniel dachte an die beiden Kundinnen, die sie damit sehr verärgern könnte. Wenn das so weiterginge, würden bald alle Kunden abspringen. Er hatte doch am Nachmittag frei. Da kam ihm eine kühne Idee.

»Vielleicht magst du mir den Ladenschlüssel geben, dann übernehme ich das«, bot er ihr an.

Imke hielt in der Bewegung inne und schaute ihn nachdenklich an.

»Ja, klar. Aber schließ danach gleich wieder ab. Ich werde erst in gut zwei Stunden zurück sein.« Wieder seufzte sie.

»Ach, Daniel, tausend Dank. Am liebsten möchte ich den Laden bis zum Fest ganz schließen, aber wir brauchen unbedingt die Einnahmen.«

Der Laden lag Imke sehr am Herzen, das spürte er. Sie hatte

ihn aufgebaut, aber jetzt während der Festvorbereitungen war er wie ein Klotz am Bein.

»Ich könnte bis zu deiner Rückkehr im Laden bleiben. Mein Kontrollgang ist eh zu Ende. Ich wollte zwar noch Brennholz hacken, aber das kann ich auch auf morgen verschieben.« In den Nächten war es noch immer recht kühl, dass er den Ofen befeuern musste. Unter dem Schauer lag noch Holz, das Tom ihm aus dem gutseigenen Wald überlassen hatte und nicht für den Eigenbedarf brauchte. Auch das war ein feiner Zug seines Freundes, das Holz nicht an Fremde zu verkaufen.

Imkes Augen weiteten sich vor Erstaunen.

»Das würdest du wirklich tun?«, fragte sie erstaunt und zog bereits das schmale Schlüsselbund mit der gelben Ente als Anhänger aus ihrer Jeanstasche.

»Kein Problem«, bestätigte er.

»Ich weiß gar nicht, wie ich dir danken soll.« Sie lächelte.

»Ich schon. Wenn du meine neue Honigsorte probierst und in dein Sortiment aufnimmst, sind wir quitt.«

Ihr Lächeln glich einem Sonnenstrahl.

»Abgemacht«, antwortete sie und hielt ihm das Schlüsselbund hin. Daniel nahm es entgegen, verabschiedete sich und eilte zum Hofladen zurück.

## 3.

So konnte es nicht weitergehen. Sie brauchte dringend jemanden, der im Laden aushalf. Daniels Angebot war wirklich sehr nett gewesen und hatte sie fürs Erste gerettet, aber es war keine Dauerlösung. Schließlich musste er sich um seine Bienen kümmern.

Imke lief zum Kühlschrank und nahm aus dem Tiefkühlfach zwei Portionen Essen heraus, die Frauke für ihren Vater und sie gekocht hatte. Sie steckte eine davon in die Mikrowelle und brachte sie anschließend zu ihrem Vater.

»Na endlich. Ich dachte schon, du hättest mich mal wieder vergessen«, nörgelte er, als sie mit dem beladenen Tablett sein Wohnzimmer betrat.

»Einen solchen Nörgler wie dich kann man gar nicht vergessen«, konterte sie grinsend. Seiner chronisch schlechten Laune, die er wie ein Schild vor sich hertrug, war nur mit Humor zu begegnen, fand sie. Sie kannte es nicht anders, aber ihre Brüder behaupteten, vor Carolines Verschwinden und dem Tod seiner Frau sei er ein ganz anderer Mensch gewesen. Und wenn er sich unbeobachtet fühlte, glaubte sie tatsächlich, Wärme in seinen Blicken zu erkennen.

Sie stellte das Tablett auf den Esstisch und öffnete die Flasche Apfelsaft, die ihr Vater stets zum Essen trank.

»So, Papa, lass es dir schmecken. Ich hole dich in einer halben Stunde ab.«

Er sah sie fragend an.

»Wohin denn in Gottes Namen?«, polterte er los.

»Zur Physio natürlich. Du weißt schon«, erklärte Imke und klopfte ihm im Vorbeigehen liebevoll auf die Schulter. Mit einer

Bewegung, als würde er ein Insekt abschütteln, wehrte er die Berührung ab.

»Ich will da nicht hin! Bringt doch nichts. Kaputte Knochen kann man nicht heilen«, sagte er.

»Wer rastet, der rostet. Das hast du immer gesagt. Wenn du nicht jede Woche zur Therapie gehen würdest, säßest du vermutlich schon längst im Rollstuhl.«

Manchmal war sie seine ständigen Nörgeleien und seinen Widerstand leid. Kein »Danke, Imke, dass du die Zeit opferst und mich dorthin bringst«, sondern immer nur Gemecker. *Lass dich nicht davon runterziehen!*

Er öffnete den Mund, um etwas zu entgegnen.

»Keine Widerrede.« Streng sah Imke ihren Vater an. Einmal hatte sie seiner Laune nachgegeben und wusste, wie sehr ihn eine fehlende Bewegungsstunde in der Mobilität zurückwerfen würde.

»Meinetwegen, wenn's sein muss«, gab er schließlich nach und erhob sich mühsam aus dem Sessel. Plötzlich taumelte er. Sofort war Imke bei ihm und stützte ihn.

»Ich führ dich hinüber. Halt dich an meinem Arm fest«, sagte sie, aber er stieß sie weg.

»Ich schaff das allein!«, fuhr er sie an. Dem einst vitalen Vater fiel es schwer, die Hilfe anderer anzunehmen. Imke erinnerte sich noch an die Zeit, da er stundenlang über die Plantage gestreift war, um jeden Baum zu inspizieren. Groß und kräftig war er gewesen wie ihre Brüder, voller Energie und Tatendrang. Die Apfelkisten hatte er allein geschultert und den langen Weg über die Apfelfelder zum Gut getragen, als sie noch keine Lastwagen besessen hatten.

Als Kind hatte sie ihn immer wegen dieser Muskelkraft bewundert. Auch viele der Oosthusener hatten deshalb vor ihm Respekt gehabt. Besonders nachdem er auf einem der Feste zwei betrunkene Pöbler vom Hof geworfen hatte. Noch deutlich hatte Imke die Szene von damals vor Augen. Heimlich hatte sie vom Fenster ihres Kindeszimmers aus alles beobachtet, wie der Vater die beiden sich wehrenden jungen Männer am Kragen gepackt und durch die Brautpforte gezerrt hatte. Jetzt war der Ol'Matthiesen, wie ihr Vater im Ort genannt wurde, ein gebrechlicher Mann, gequält von den Schatten seiner Vergangenheit.

Imke wurde von einer Welle tiefen Mitleids erfasst, als sie sah, wie er sich mühsam auf den Gehstock gestützt mit verkniffener Miene zum Stuhl schleppte und stöhnend darauf niedersank. Mit seinen geschwollenen Fingern griff er ungelenk nach dem Besteck. Seine Hände zitterten, als er mit der Gabel in das Bratenstück stach und mit dem Messer schnitt.

»Soll ich es dir vielleicht schneiden?«, fragte sie.

»Nein! Bin doch kein Kleinkind!«, blaffte er ohne aufzusehen. »Und jetzt geh endlich, damit ich in Ruhe essen kann.«

Trotz der Abfuhr gab sie es nicht auf zu hoffen, dass er eines Tages verstehen würde, wie besorgt sie um ihn war und dass sie ihm nur helfen wollte. *Du bist einfach unverbesserlich, Imke Matthiesen.*

»Bin schon weg.« Summend verließ sie das Zimmer.

Imke summte immer, um sich selbst aufzumuntern, wenn ihr Vater mal wieder einen schlechten Tag hatte und seine Launen an ihr ausließ.

Hastig schlang Imke ihr Essen hinunter. Es blieb nicht viel Zeit, um alles für die Fahrt mit dem Vater zum Physiotherapeuten vorzubereiten. Aus der Garage holte sie den Rollstuhl, um ihn vom Parkplatz bis zur Praxis zu kutschieren. Sie wappnete sich gegen seine Vorwürfe, denn er hasste den Rollstuhl. Vielleicht wäre es ihr an seiner Stelle auch so gegangen.

In dem Augenblick, als sie den Rollstuhl aus der Garage schob, rief jemand hinter ihr: »Hallo? Sorry.«

Imke drehte sich um und sah einen jungen, sympathisch aussehenden Mann in zerrissener Stonewashed-Jeans und Sweatshirt. Unter der bunten Strickmütze lugten Dreadlocks hervor. Mit der leicht gebräunten Haut erinnerte er sie an einen Jamaikaner, der einmal aushilfsweise auf dem Gut gearbeitet hatte. Über der Schulter trug er eine Instrumententasche.

»Hallo? Sorry … Ich habe eine question«, sprach er mit deutlich englischem Akzent.

Eigentlich hatte Imke weder Lust noch Zeit, ihm Gehör zu schenken, aber sein Lächeln war so charmant und ihre Neugier groß, dass sie seinem Wunsch nachgab.

»Bitte, aber machen Sie es kurz, ich habe es sehr eilig«, sagte sie freundlich.

»Sie gehören zu Matthiesen-Family?«, fragte er weiter.

»Ja, ich bin Imke Matthiesen«, antwortete sie und fühlte sich unwohl, als er sie musterte und sein Blick an ihrem Schal hängenblieb. Unwillkürlich zupfte sie daran. Hatte er vielleicht ihre Narben gesehen? Sie tastete danach und war beruhigt, dass ihr Schal wie vor wenigen Augenblicken noch saß. Er konnte also nichts gesehen haben. Als sie ihn betrachtete, kam ihr etwas an ihm vertraut vor.

»Kennen wir uns von irgendwoher?«, fragte Imke direkt. Für einen flüchtigen Moment blitzte es wachsam in seinen Augen auf. Dann schüttelte er den Kopf.

»No. Ich meine nein. Aber vielleicht … Sie haben mich spielen gehört. On the Street? Ich bin ein musician. Das hier«, er hob seine Instrumententasche an, »is my guitar. Habe von eine Fest, eine Party hier gehört.«

Vermutlich hatte sie ihn wirklich als Straßenmusiker erlebt, von denen einige hin und wieder in der Stader Fußgängerzone spielten.

Er kam wie gerufen, denn seit geraumer Zeit suchte sie nach der passenden musikalischen Unterhaltung.

Ein wenig frischer Wind bei den Beiträgen wäre sicher ganz reizvoll. Bislang hatte sie nur die Blaskapelle des Ortes gewinnen können, die jedes Jahr die gleichen Volkswaisen herunternudelte. Sie brannte darauf, eine Kostprobe ihres Gegenübers zu hören. *Mist!* Leider hatte sie dafür jetzt keine Zeit.

»Wollten Sie mich fragen, ob Sie beim Apfelblütenfest auf Ihrer Gitarre spielen können?«, kam sie ihm lächelnd zuvor, als er herumdruckste.

»Yes, yes.« Er strahlte. »Und? Is it possible?« Hoffnungsvoll sah er sie an.

»Okay, kommen Sie morgen früh gegen zehn Uhr wieder her und spielen mir was vor. Wenn Sie mich mit Ihrer Musik überzeugen, können wir darüber reden. Und jetzt entschuldigen Sie mich bitte, ich habe noch etwas Wichtiges zu erledigen.«

Wieder schenkte er ihr ein charmantes Lächeln.

»Thanks! Vielen Dank!«, rief er und sprang in die Luft, dass Imke sich ein Grinsen nicht verkneifen konnte.

Galant verneigte er sich und zog sogar die Mütze vom Kopf. »Sie werden nicht bereuen.« Danach stülpte er sich die Strickmütze wieder über die Dreadlocks. Er wollte sich gerade umdrehen, als Imke einfiel, dass er ihr noch nicht seinen Namen genannt hatte.

»Wie heißen Sie denn eigentlich?«, rief sie ihm hinterher.

»Johnny. Johnny B!«, rief er über die Schulter zurück.

Der Name sagte ihr nichts. Bestimmt sein Künstlername, vermutete sie.

»Dann bis morgen, Johnny B.«

Zum Abschied winkte er ihr lächelnd zu. »Until tomorrow!«

Imke klappte den Rollstuhl zusammen und wollte das unhandliche Teil gerade in den Kofferraum ihres Wagens heben, als Johnny zurückgeeilt kam und ihn ihr unerwartet aus der Hand nahm.

»Not for a lady«, sagte er und hob den Rollstuhl in den Wagen.

»Dankeschön.« Imke lächelte ihn an. *Wenn er ein wenig älter wäre …*

»Für eine beautiful lady mache ich gerne.«

Sein tiefer Blick machte sie verlegen, und sein Kompliment noch viel mehr. Hitze schoss in ihre Wangen. Noch nie hatte ein Mann sie als schön bezeichnet. Die meisten sahen in ihr die nette, kumpelhafte und hilfsbereite Imke vom Matthiesen-Gut. Mehr aber nicht. *Aber vielleicht verteilt er Komplimente an jede Frau.*

Dieser Johnny war schätzungsweise zwanzig. Zu jung für sie und nicht ganz ihr Typ. Seine Kleidung war ihr zu flippig. Bestimmt reiste er von einem Ort zum anderen. Dieses Nomadendasein war nichts für sie. Zugegeben, er sah gut aus, wenn auch kein Vergleich zu Daniel, der reifer und männlicher wirkte. *Der alle anderen Männer in deinen Augen aussticht.*

Leider war Daniel für sie unerreichbar. Er hatte sie noch nie begehrlich angesehen oder ihr ein solches Kompliment gemacht. Aus seinen Blicken las sie, dass er in ihr nur die kleine Schwester seines besten Freundes sah.

»Ja, was ist denn nun? Im Gegensatz zu dir war ich pünktlich und warte schon eine Ewigkeit lang auf dich«, wurden ihre Gedanken durch ihren Vater unterbrochen.

Johnny richtete sich auf und schaute zu ihm hinüber. Seine Miene verriet, dass ihm der Tonfall ihres Vaters missfiel. Er öffnete den Mund, und schien etwas entgegnen zu wollen. Imke schaute ihn an und schüttelte den Kopf. Für einen Moment lag Mitleid in Johnnys Blick. Na super, das war das Letzte, was sie von jemandem wollte. Erst recht nicht von einem Mann.

Sie verabschiedete sich von Johnny und sah ihm grübelnd nach, wie er zur Gutsauffahrt lief.

»Imke!«, rief ihr Vater ungeduldig. Seufzend drehte sie sich um und half ihm in den Wagen.

Auf dem Weg zur Physiotherapiepraxis war ihr klar, dass Daniel recht hatte. Der Hofladen war eine wichtige Einnahmequelle, und sie konnte es sich nicht leisten, ihn auch nur einen Tag zu schließen. Aber ihre Verpflichtungen, besonders jetzt, kurz vor den Festaktivitäten, ließen es nicht zu, acht Stunden oder mehr Kunden zu bedienen. Imke fasste den Entschluss, eine Job-Anzeige im Internet aufzugeben.

Neugierig sollte sie machen. Während sie auf ihren Vater wartete, verfasste sie den Kurztext. Kaum hatte sie ihn geschrieben, besserte sie an ihm herum. Auch mit dem nächsten war sie nicht zufrieden. Immer wieder verwarf sie ihre Einfälle. Das letzte Inserat lag schon zu lange zurück, weshalb es Imke schwerfiel, den Text zu formulieren. Als sie sich den letzten Entwurf noch einmal durchlas, schüttelte sie den Kopf. Viel zu langweilig. Seufzend ließ sie den Block sinken, auf dem sie ihre Vorschläge notiert hatte. Wenn doch nur Pia hier wäre, die stets ausgefallene Ideen hatte …

Frustriert verließ sie den Wartebereich und ging nach draußen. Das Freilichtmuseum auf der Insel befand sich gleich in der Nähe. Imke liebte es. Wann immer sie nach Stade fuhr, besuchte sie es so oft wie möglich.

## 4.

Während Imke durch das Freilichtmuseum schritt, erhielt sie eine SMS von ihrer Schwägerin Pia.

*Sind in der Schweiz und haben eine Spur zu Caroline gefunden. Melden uns in den nächsten Tagen, wenn wir mehr wissen. Auf dem Hof und mit dir hoffentlich alles okay? Drück dich, Pia.*

Im Anhang hatte ihre Schwägerin von sich und Tom ein Foto von einem Ausflug zum Matterhorn mitgesandt. Sensationell, wie Pia es mal wieder geschafft hatte, die schneebedeckte Felswand einzufangen, die im Sonnenschein wie mit Edelsteinen besetzt glitzerte. Ihre Schwägerin besaß eben ein Feeling für das Besondere und schaffte es, diesen Moment mit der einzigartigen Stimmung per Kamera festzuhalten. Immer wieder schaute Imke fasziniert auf die Fotos. Sie war noch nie in den Bergen gewesen. Obwohl sie schon immer dorthin wollte. Ihr Pflichtbewusstsein hatte sie jedes Mal zurückgehalten. Schließlich brauchte ihr Vater sie, in der schlechten gesundheitlichen Verfassung, in der er sich befand. Die ganze Arbeit im Laden würde liegenbleiben. Oft half sie auch bei Tom in der Erntezeit aus, wenn es erforderlich war. Sie konnte doch nicht alle hängenlassen. Da gäbe es im Urlaub sicher keine ruhige Minute für sie, weil sie immer das schlechte Gewissen plagen würde. Sie war eben anders als ihr Bruder Finn, auch wenn sie ihn manchmal darum beneidete, dass er diese Verpflichtungen nicht besaß. Dennoch hätte sie ihre Geschwister liebend gern auf diese Rechercheeise begleitet, anstatt allein hierzubleiben. Wenn ihre Geschwister tatsächlich etwas über Carolines Verbleib herausfinden würden, wäre sie nicht dabei. Das ließ ihr das Herz schwer werden.

Sie erinnerte sich noch gut daran, dass sie als Teenager einmal heimlich von zu Hause ausgebüxt war, um nach ihrer Schwester zu suchen. Die Polizei hatte sie dann beim Trampen aufgegriffen und nach Hause gebracht. Deprimiert drückte sie das Foto weg und tröstete sich selbst damit, dass hier auf dem Gut ihr Platz war. Wer sonst hätte sich sonst um alles kümmern sollen?

Um die Wartezeit totzuschlagen, setzte sie sich auf eine Bank in der Mittagssonne und versuchte, die Stellenanzeige, die sie schließlich aus ihren Versuchen ausgewählt hatte, für den Hofladen online zu stellen. Doch es wollte ihr nicht gelingen. Genervt gab sie schließlich auf. Diese virtuelle Welt war einfach nichts für sie. Imke hatte nie verstehen können, was viele daran schätzten. Ihr war der direkte Kontakt wichtiger. Das Handy nutzte sie nur zum Telefonieren oder um vielleicht eine Nachricht zu schreiben. Tom hatte irgendwann einmal erwähnt, dass Daniel sehr fit in Computerdingen war. Sie beschloss, ihn später um Hilfe zu bitten.

Für April war es an diesem Nachmittag sonnig und ungewöhnlich warm. Imke hatte schon ein schlechtes Gewissen, Daniel die ganze Arbeit im Laden allein überlassen zu haben, auch wenn er sich angeboten hatte. Leider hatte ihr Vater nach der Therapie auf einen Einkauf bestanden. Völlig verschwitzt und genervt vom Schieben des Rollstuhles durch volle Supermarktgänge eilte sie jetzt über das Kopfsteinpflaster des Gutshofes zum Hofladen.

In den Kugelakazien nahe den Lagerhallen zwitscherte es laut. Vögel bauten sich darin ihre Nester. Bald würden auch die Zugvögel zurückkehren. In der riesigen Scheune, in der Tom den Erntefuhrpark untergebracht hatte, brüteten jährlich dutzendweise Schwalben. Sie liebte es, der Natur so nah zu sein. Nie hätte sie sich vorstellen können, in der Stadt zu leben, wo sie aus dem Fenster nur auf Häuserwände sah. Die kleine Glocke über der Eingangstür verkündete ihr Eintreten. Daniel packte gerade einen Korb mit Honiggläsern aus, die er auf den langen Verkaufstresen stellte. Noch am Morgen hatte an derselben Stelle mindestens die gleiche Menge gestanden.

»Wie ich sehe, geht der Honig weg wie warme Semmeln«, staunte Imke, während sie auf ihn zulief. Daniel lächelte stolz.

»Ja, besonders der Honig von der Wildblumenwiese.« Er hielt ein Glas davon hoch. Es war die neueste Sorte, die er kreiert hatte und die Imke zu ihrem Bedauern noch nicht kannte.

»Eigentlich wolltest du mir den doch zum Probieren geben, bevor du ihn verkaufst«, scherzte sie und stieß ihn sanft mit dem Ellbogen an. »Ich hoffe, du hast mir wenigstens eine Kostprobe mitgebracht? Wie soll ich denn den verkaufen, wenn ich nicht weiß, wie er schmeckt.«

»Natürlich. Hier.« Daniel nahm aus dem Korb ein winziges Glas und reichte es ihr.

Imke schraubte den Deckel des winzigen Gläschens ab und schnupperte daran. Das Aroma des Honigs war einzigartig wie das jeder Sorte aus Daniels Ernte. Als sie die Augen einen Moment schloss, war es, als stünde sie an der sommerlichen Wildblumenwiese, die süß duftete.

»Und? Was sagst du zum Aroma?«, fragte er und sah sie gespannt an. Es freute sie sehr, dass er ihr Urteil schätzte.

Imke hielt das Glas noch einmal dicht unter ihre Nase.

»Ich rieche Salbei … Spitzwegerich … Mädesüß. Diese würzige Note … das könnte Johanniskraut sein und die Süße über allem vielleicht … Veilchen?«

»Klasse, Imke. Du hast wirklich einen außergewöhnlich guten Geruchssinn. Wie Tom.«

Ihr Bruder konnte mit verbundenen Augen jede eigengezogene Apfelsorte erkennen.

»Dieser Honig ist besonders cremig. Schau.« Er nahm einen der hölzernen Probierlöffel aus der Schale auf dem Tresen, tauchte ihn in den Honig ein, drehte ihn mehrfach um die eigene Achse, bis die klebrigen Fäden sich aus der Masse im Glas lösten und reichte ihn ihr anschließend. Imke schob ihn zwischen die Lippen und schloss dabei erneut die Augen. Tatsächlich war die neue Sorte, wie Daniel erwähnt hatte, sehr cremig, wie streichzarte Butter. Doch viel süßer. In ihrem Mund entfaltete sich das Aroma der

Blumenwiese sehr intensiv. Genüsslich schob sie den Honig von einer Seite auf die andere. Während sie schmeckte, sah sie im Geist die Wildblumenwiese vor sich. Das inspirierte sie zu einer neuen Backkreation. Eine Sahnetorte mit Blütenblättern, Äpfeln und diesem Honig … Sie musste so ein Rezept zusammenstellen.

»Mh, himmlisch«, sagte sie leise und leckte sich über die Lippen.

»Der Geschmack intensiviert sich, wenn du gleich noch einen zweiten Löffel hinterherschiebst«, schlug Daniel vor. Ehe Imke reagieren konnte, drückte er einen weiteren mit Honig ummantelten Löffel gegen ihren Mund. Sie war so überrascht, dass sie ihn nicht gleich öffnete.

»Oh, entschuldige bitte«, sagte er, als sich die klebrige Masse auf Kinn und Unterlippe verteilte.

Imkes Zunge fuhr erneut über die Lippen.

»Kein Problem. Ich hätte meinen Mund lieber öffnen sollen«, antwortete sie grinsend und leckte den Honig von der Lippe.

»Hast du vielleicht ein Taschentuch für mich?«, fragte sie, um ihr Kinn vom Honig zu befreien. Er fasste in seine Hosentaschen und zog sie heraus.

»Leider nein«, antwortete er. Sie erschauerte, als sie seinen Atem auf ihrem Gesicht spürte und ihr bewusst wurde, wie dicht er jetzt vor ihr stand. Noch nie war sie ihm so nah gewesen wie in diesem Augenblick. Langsam sah Imke zu ihm auf. Ein seltsamer Ausdruck lag in seinen Augen, eine Mischung aus Begehren und Abweisung zugleich. Ihre Knie wurden schlagartig weich wie Gummi und zitterten. Er streckte seine Hand aus und wischte sanft den Honig fort. Anschließend steckte er den Finger in den Mund und leckte ihn ab. Dieser Moment besaß etwas Intimes, und die Berührung hinterließ bei ihr ein Prickeln auf der Haut.

Dann berührte er noch einmal mit dem Zeigefinger die Stelle, dass Imkes Herz wild pochte. Sie fühlte sich wie gelähmt, hielt sogar den Atem an, als sein Finger tiefer zu ihrem Hals glitt, um den sie wie immer den Schal trug. *Meine Narben! Er darf sie nicht sehen.*

Das riss Imke aus der Starre, und sie trat erschrocken einen Schritt zurück. Gerade noch rechtzeitig, bevor Daniel die hässlichen Wülste unter dem Seidenstoff entdeckt hatte.

»Danke«, stieß sie heiser hervor und senkte den Blick.

Auch er wirkte plötzlich verlegen und riss die Hände hoch.

»Tut mir leid, ich wollte dir nicht … zu nahetreten. Aber ich dachte … ich dachte … ich wische ihn so gleich schnell weg«, stotterte er.

»Nein, nein, schon gut« Sie winkte ab und räusperte sich. Ihre Kehle war ganz eng und rau, dass sie husten musste.

Eine Weile standen sie sich schweigend gegenüber. *Warum sagt er denn nichts?*

»Deine neue Honigsorte ist wirklich etwas Besonders«, stieß sie hervor, als sie sein Schweigen unerträglich fand.

»Das … das …freut mich. Hoffentlich werden die Kunden ihn genauso mögen.« Er kratzte sich am Hinterkopf und trat von einem Fuß auf den anderen.

»Pia sollte einen neuen Flyer entwerfen, in den wir die neue Sorte aufnehmen …«

Im selben Moment fiel ihr ein, dass die Rückkehr ihrer Schwägerin ungewiss war. Es wäre möglich, dass die Heimkehr erst nach dem Fest stattfinden würde, falls sich die Spur zu Caroline als lohnenswert herausstellen sollte. Aber dieser Honig musste auf dem Fest unbedingt präsentiert werden. Ein Highlight wie der Mariella-Apfel.

»Mensch, ich hab ja ganz vergessen, dass Pia gar nicht da ist«, erklärte sie verlegen.

»Stimmt.« Er nickte. Als sie zu ihm aufsah, schaute er beiseite.

»Tom hat mir gesagt, dass du dich auch mit Computern, Webseiten und diesem ganzen virtuellen Kram auskennst. Könntest du nicht die Flyer …?«

»Nein!«, fiel er ihr entschieden ins Wort. Sein Blick verhärtete sich. Imke erschrak über seinen abweisenden Gesichtsausdruck. *Da bin ich wohl in ein Fettnäpfchen getreten.*

Auf diese heftige Reaktion war sie nicht gefasst gewesen. Das versetzte ihr einen Stich. Tom hatte er geholfen, und ihr versagte er seine Unterstützung?

»Offenbar habe ich gerade was Falsches gesagt. Sorry. Ich dachte nur … du könntest mir vielleicht helfen … Schließlich hast du meinen Bruder damals wegen der gelöschten Dateien unterstützt … aber okay, verstehe.«

Anstelle der eben noch gefühlten Nähe herrschte zwischen ihnen Distanz. Imke schluckte gegen den Kloß in ihrem Hals und wandte sich um. Als sie zur Tür lief, hielt er sie am Arm zurück.

»Imke, bitte, das war nur, weil es damals um die Existenz des Gutes ging. Ich habe meinen PC auch inzwischen verkauft«, erklärte er.

Ein Gefühl sagte ihr, dass er log. Aber welchen Grund sollte er dafür haben? Ihr fiel auf, dass sie eigentlich nichts über Daniels Vergangenheit wusste. Er sprach nie über seine Familie und auch nicht darüber, wie er Imker geworden war. Vielleicht wusste Tom mehr. Sie würde ihren Bruder bei nächster Gelegenheit fragen.

»Tja dann …« Enttäuscht entzog sie ihm ihren Arm und eilte aus dem Laden. Daniel war doch sonst immer so hilfsbereit. Ausgerechnet sie wollte er nicht unterstützen, obwohl sie allein war.

Sie hörte Schritte hinter sich. Es war Daniel, der ihr folgte. Imke lief schneller. So wie er sie enttäuscht hatte, wollte sie keine weitere Erklärung mehr anhören.

Kurz bevor sie das Gutshaus betrat, traf sie auf Okka, eine der Plantagenarbeiterinnen. Sie wusste, dass die junge Friesin ständig auf irgendwelchen Internetplattformen surfte. Bestimmt könnte sie ihr beim Erstellen der Anzeige helfen.

»Moin moin, Okka«, begrüßte sie die Mitarbeiterin. Immer wieder war Imke darüber erstaunt, wie ähnlich Okka der Schauspielerin René Zellweger war. Selbst wie sie ihren Mund verzog.

»Hast du vielleicht mal kurz Zeit für mich?«, fragte Imke.

»Klaro. Wo brennt's denn?«

Wie Okka das R rollte, amüsierte Imke. Doch sie verkniff sich zu grinsen.

Sie warf einen Blick zurück und sah, wie Daniel gerade wieder zurück in den Laden verschwand.

»Ich brauche dringend Hilfe im Hofladen und wollte eine Anzeige aufgeben«, erklärte sie Okka. »Du weißt ja, dass ich mit der Computertechnik auf dem Kriegsfuß stehe.«

»Wenn's weiter nichts ist.« Okka winkte ab. »Kein Problem. Ich hätte jetzt sogar noch ein wenig Zeit. Mein Freund holt mich erst später ab.«

»Prima. Dann lass uns ins Büro gehen«, schlug Imke vor.

Okka machte es sich auf dem Stuhl vor dem Computer bequem. Sie strich mit einer lässigen Bewegung ihr blondes Haar zurück. Unwillkürlich musste Imke daran denken, dass sie die Plantagenarbeiterin neulich mit Daniel hatte flirten sehen. Okka war sehr gesprächig und würde sicher offen zugeben, falls sich etwas zwischen ihr und Daniel anbahnen würde.

»Hast du eigentlich einen Freund, Okka?«, fragte Imke gerade heraus.

»Im Moment nicht. Aber vielleicht entwickelt sich da was«, antwortete die Friesin geheimnisvoll.

»So? Meinst du etwa mit … Daniel?« Es fiel Imke schwer, seinen Namen auszusprechen. Ihr war flau im Magen.

»Vielleicht«, antwortete Okka ausweichend und zwinkerte ihr zu. »Aber Daniel ist, was Frauen betrifft, sehr anspruchsvoll. Er steht auf einen ganz speziellen Typ, hat er mir verraten.«

Imke wurde hellhörig. Sie brannte darauf zu erfahren, was Okka ihr gleich erzählen würde.

»Ach, ja, und auf welchen?«, bohrte sie.

»Gwyneth Paltrow, Michelle Pfeiffer, Scarlett Johansson. Die hat er aufgezählt. Ein wenig wie die Pfeiffer sehe ich schon aus, oder?«, scherzte Okka.

»Ja, ja«, antwortete Imke, die das Gefühl hatte, als hätte ihr jemand die Faust in den Magen gerammt. Sie selbst entsprach keiner der genannten Hollywooddiven, denn sie war weder zartgliedrig gebaut noch besaß sie deren feine Züge. *Ich bin eine Frau und kein Püppchen.* Dass Daniel auf diesen Typ stand, enttäuschte sie sehr. Die Lust daran, Okka weiter über Daniel auszufragen, war ihr gründlich vergangen.

»Lass uns lieber die Anzeige bearbeiten«, sagte sie und wartete darauf, dass Okka den Browser öffnete.

Okkas Vorschläge zur Anzeigengestaltung halfen Imke bei der Entscheidung. Die schlanken Finger der Friesin glitten über die Tastatur. Währenddessen schaute Imke aus dem Fenster, das zur Hofauffahrt zeigte. Am Ende der Auffahrt lag die Landstraße, die an der Elbe entlangführte. Unten am Elbstrand befand sich Carolines Gedenkstein. Ein dunkelblauer Wagen fuhr auf der Landstraße und hielt unerwartet an. Nur wenige Schritte von seiner Position befand sich der Gedenkstein. Die gelben Rosen, der Wagen auf dem Gut, den Tom bemerkt hatte …

Gespannt beobachtete sie, was geschehen würde. Sie kniff die Augen zusammen und hoffte, den Fahrer zu erkennen. Aber es war unmöglich, bei der Entfernung auszumachen, ob es sich dabei um einen Mann oder eine Frau handelte. Wieso parkte er gerade dort? Zufall? Oder war es die unbekannte Person, die im letzten Jahr die gelben Rosen am Gedenkstein ihrer Schwester abgelegt hatte?

»So, fertig«, hörte Imke Okka sagen.

»Hm, hm«, antwortete Imke und konnte den Blick nicht von dem Wagen lösen. Noch war niemand ausgestiegen.

»Jetzt musst dir nur noch den Text durchlesen. Wenn er dir gefällt, dann stelle ich ihn gleich online.« Okkas Worte sickerten nur langsam in ihr Bewusstsein.

Imke antwortete nicht.

»Imke?« Der Seitenhieb mit Okkas Ellbogen löste sie aus der Starre.

»Was ist denn los? Ich dachte, die Anzeige wäre dir wichtig?«, beklagte sich die Plantagenarbeiterin. Sie schien verärgert zu sein, dass sich bei Imke das schlechte Gewissen regte.

»Oh, entschuldige bitte, aber ich war ganz in Gedanken.«

»Das habe ich gemerkt. Lies es dir bitte durch. Wenn ich etwas ändern soll, dann los.«

Imke beugte sich zum Bildschirm vor und studierte die Zeilen, die Okka eben eingetippt hatte.

Nette, freundliche Aushilfe in Hofladen auf dem Matthiesen-Gut für sofort gesucht. Angemessene Bezahlung und geregelte Arbeitszeit. Bei Interesse melden Sie sich bitte unter der folgenden Telefonnummer.

»Und, bist du damit einverstanden?«, fragte Okka Imke, die schon wieder verstohlen zu dem fremden Wagen hinüberschielte. Erst als er wegfuhr, vermochte sie sich auf den Text der Anzeige zu konzentrieren.

»Klingt gut.« Imke nickte anerkennend.

»Prima, dann stelle ich ihn jetzt online.« Mit einem zufriedenen Lächeln und einem Fingertipp gelangte die Anzeige auf die Internetplattform.

»Danke, Okka.« Imke drückte die Hand der Plantagenarbeiterin.

»Da nicht für. Wenn ich noch etwas für dich tun kann, sag mir Bescheid.«

»Ja, ja, natürlich«, antwortete Imke geistesabwesend, denn noch immer beschäftigte sie der Wagen, der davongefahren wa.

»Da hinten hat ein fremder Wagen geparkt«, sagte sie zu Okka und zeigte aus dem Fenster.

»Na und? Das ist doch nichts Besonderes. Dort halten öfter welche an, in der schmalen Parkbucht, um schnell mit dem Handy zu telefonieren.«

Vielleicht hatte Okka recht, aber irgendetwas sagte Imke, dass der Fremde mit den Blumen zurückgekehrt war. Sie musste hinunter zum Gedenkstein und nachschauen, ob sie recht behielte.

Hastig verabschiedete sie sich von Okka.

»Vielen Dank noch mal.«

Kurz nachdem Okka gegangen war, eilte Imke aus dem Haus und lief die Hofauffahrt hinab zum Elbstrand. Sie folgte ihrem Bauchgefühl, der Fahrer könnte dort nur wegen des Gedenksteins gehalten haben.

Wenn sich diese Vermutung bestätigte ... Sie spann den Gedanken nicht weiter, denn sie hatte niemanden aus dem Fahrzeug steigen sehen. Aber sie hatte auch nicht die ganze Zeit hingesehen.

Außer Atem erreichte Imke endlich die Stelle, an der der Wagen kurz zuvor gestanden hatte. Die Reifenprofile waren am Straßenrand noch sichtbar. Tatsächlich hatte der Wagen nur wenige Schritte vom Gedenkstein geparkt. Wirklich nur reiner Zufall? Sie lief zu der Stelle, die ihrer verschollenen Schwester gewidmet war. Dort lagen keine Blumen. Wahrscheinlich hatte sie sich wirklich geirrt und der Fahrer war nur wegen eines Telefonats an den Straßenrand gefahren. Irgendwie enttäuschte sie diese Vorstellung. Sie schüttelte über sich selbst den Kopf.

*Imke Matthiesen, du siehst schon Gespenster!*

## 5.

Die Sonne stand tief am Horizont, als Daniel die Ladentür abschloss, um sich auf den Nachhauseweg zu begeben. Es war spät geworden, denn er hatte nach Ladenschluss noch allerhand aufgeräumt und gesäubert. Imke hatte genug Stress. Sorgsam legte er, wie Imke es ihm aufgetragen hatte, den Schlüssel in den ladeneigenen Briefkasten.

Es dämmerte und war kühl geworden. Vor dem Eingang des Gutshauses brannte Licht. Manchmal war Millie, die Gutskatze, dafür verantwortlich, die neben dem Eingang nach ihrer Futterschale suchte. Im selben Augenblick öffnete sich die Tür, und Imke stellte ihre Sneakers draußen neben den Fußabtreter. Das hellbraune Leder war fleckig. Da erinnerte er sich, dass sie vorhin die Auffahrt hinabgeeilt war. Ihre Rückkehr war ihm jedoch entgangen. Die schmutzigen Schuhe deuteten darauf hin, dass sie unten am Elbufer gewesen war. Durch die Ladenscheibe hatte er den dunklen Wagen gesehen, der in der Nähe des Gedenksteins gehalten hatte. War sie vielleicht mit dem Fahrer verabredet gewesen? Ein Verehrer? Bei der Vorstellung, ein anderer Mann könnte mit Imke flirten, verspürte er einen Anflug von Eifersucht.

*Was hast du denn geglaubt? Dass sie keinen anderen ansieht?*

Imke gehörte zu einer der angesehensten Familien im Alten Land. Jeder mochte die lebenslustige, humorvolle Frau. Ihr war es zu verdanken, dass der Hofladen florierte, denn die meisten Kunden kamen nur ihretwegen. Weil sie immer am Leben anderer Anteil nahm und stets die richtigen Worte fand. Gefühlvolle Worte. Manche besuchten den Laden nur, um sich einen Rat von ihr zu holen, sei es in Gartendingen oder fürs Backen oder weil sie ihr ihre Sorgen anvertrauen wollten.

*Und wegen ihrer Honighörnchen*, ergänzte er im Geist und schmunzelte. Tom war der Motor im Plantagenbetrieb, aber Imke die gute Seele des Hofes.

Viel zu oft dachte er an Imke. Er sah ihr Gesicht vor sich, die enttäuschte Miene, weil er sich geweigert hatte, ihr bei der Anzeige zu helfen. Aber es fiel ihm schwer zu erklären, weshalb er es nicht konnte. Sie könnte es sicher nicht verstehen. Niemand würde das. Er selbst verstand sich nicht.

Am liebsten hätte er sie vorhin tröstend in die Arme gezogen.

Doch das wäre ein Fehler gewesen, denn eine gemeinsame Zukunft wäre ihnen nie vergönnt. Tom würde eine Beziehung zwischen ihnen nicht billigen. Außerdem konnte Daniel ihr nie das bieten, was sie gewöhnt war. Sein Leben war karg, sein Haus viel zu klein. Imke hingegen war den Luxus des großzügigen Gutshauses gewöhnt. Unter einem Dach mit allen Matthiesens käme nie für ihn infrage. Verdammte Gefühle!

Wütend schlug Daniel seine Jacke durch die Luft.

Der Weg zu seinem Haus führte an den Apfelfeldern vorbei. Die Knospen waren bei vielen Bäumen aufgebrochen. Orangerot versank die Sonne am Horizont. Noch immer schwebte der süße Duft durch die Luft und lockte seine Bienen an.

Das Summen der Insekten war jedoch leiser geworden. Wenn es dämmerte, kehrten sie in ihre Stöcke zurück.

Keinen Tag hatte Daniel dieses Leben auf der Matthiesen-Plantage bereut. Apfelbaumreihen soweit das Auge blickte. Der Anblick des zarten Grüns und der weißen Blüten erinnerten ihn an die Hochzeit seiner älteren Schwester Bettina im Freien. Die blühenden Apfelbäume vermittelten ihm das Gefühl, durch den Garten Eden zu laufen. Wenn er aufgebracht oder deprimiert war, zog es ihn hinaus in die Natur. Die Stille, der leichte Wind, der von der Elbe heraufwehte, ließen ihn Sorgen und Probleme schnell vergessen. Hier fühlte er sich eins mit der Natur. Mit seinen Bienen.

Nachdem Daniel die Wildblumenwiese passiert hatte, bemerkte er wieder einen Wagen, der unerlaubt auf einem der plantageeigenen Privatwege gefahren war und hinter dem nächsten Apfelfeld mit Toms neuen Züchtungen parkte. Tom achtete immer streng darauf, dass keine Fremden die Zuwegungen der Plantage nutzten. Vor einigen Jahren hatten Touristen ein Picknick am Rande des Apfelfeldes gemacht. Es war einer der heißen Sommer, die Erde knüppelhart gewesen und die Bäume trocken. Achtlos hatten die Touristen nach dem Rauchen ihre Kippen weggeschnippt. Einer der Bäume hatte Feuer gefangen. Tom hatte es noch rechtzeitig bemerkt, sonst wäre vermutlich das gesamte Apfelfeld abgebrannt. Seitdem standen überall Schilder am Anfang der Wege mit der Aufschrift *Privatweg. Durchfahrt verboten.* Die meisten hielten sich daran. Aber es gab immer wieder welche, die sich darüber hinwegsetzten. So wie der Fahrer des dunklen Wagens dort. Was wollte der hier? Daniel lief auf ihn zu.

»Hey, das ist Privatbesitz!«, schrie er und bedeutete dem Fahrer umzudrehen. Doch der dunkle Wagen hielt noch immer. Die Scheibe an der Fahrerseite war Zweifingerbreit heruntergekurbelt. Er musste Daniel also verstanden haben. Dennoch reagierte er nicht, was ihn wütend machte.

»Hallo, Sie da! Haben Sie mich nicht verstanden? Können Sie die Schilder nicht lesen? Das hier ist ein Privatweg!«

Das Fenster schloss sich. Daniel kniff die Augen zusammen. Doch die Dämmerung erschwerte es, den Fahrer zu erkennen. Wütend rannte er auf ihn zu. Plötzlich heulte der Motor auf, der Wagen schoss nach vorn, wendete am Ende des Apfelfeldes und brauste zur Elbe hinunter. Daniel versuchte, das Nummernschild zu lesen. Doch der Ford war zu schnell, sodass er nur das Kennzeichen für Hamburg erkannte. Kurz jedoch glaubte Daniel, die Silhouette einer Frau hinterm Steuer erkannt zu haben. War das vielleicht Pias Freundin Lena? Die wohnte doch in Hamburg, wenn er sich richtig erinnerte. Aber weshalb nahm sie dann nicht die Gutsauffahrt? Vielleicht sollte er morgen Imke fragen.

Bevor Daniel sein Haus betrat, schaute er in den Briefkasten. Wie immer war er mit Werbung voll. Wer hätte ihm auch schreiben sollen? Damals hatte er alle Brücken hinter sich abgebrochen und niemandem verraten, wohin er gegangen war. Keiner hatte seine Entscheidung verstanden, im Gegenteil, er wurde für verrückt erklärt. Seine Eltern waren entsetzt darüber gewesen. Ein erfolgreicher Unternehmer warf doch nicht den Job hin. Die Krankheit Burn-out gab es für die Familie Seidel nicht.

Hier in Oosthusen auf der idyllisch gelegenen Matthiesen-Plantage führte er ein sinnvolles Leben, fernab von Druck und Zwängen. Die Menschen hier waren ihm ans Herz gewachsen, und auf seine Bienen, die er hegte und pflegte, war er stolz.

An manchen Abenden jedoch kam ihm sein Haus leer und still vor, besonders nach den geselligen und harmonischen Runden mit den Matthiesens. Oder nach einem langen Tag wie heute. Er beneidete Imke um diese Aufgabe nicht. Manche Kunden waren sehr anstrengend gewesen. Gern hätte er seine heutigen Erlebnisse mit einer Partnerin geteilt. Zum Einschlafen fehlte ihm die Wärme und Zärtlichkeit einer liebenden Frau. Früher hatte er gehofft, dass Carina diese Lücke füllen könnte. Doch er hatte begreifen müssen, dass ihr wie seinen Eltern nur der Erfolg im Beruf wichtig war. Daniel lehnte den Kopf gegen die hohe Lehne seines Ohrensessels und schloss die Augen. Er versuchte, sich daran zu erinnern, wie sie ausgesehen hatte. Stattdessen sah er Imke vor sich. Er öffnete die Augen und schüttelte den Kopf. Toms Schwester musste er sich aus dem Kopf schlagen.

Daniel starrte in das prasselnde Kaminfeuer, das er kurz zuvor entfacht hatte. In seiner Hand hielt er ein Glas Fruchtwein. Er drehte es zwischen den Fingern, während er an Imkes Bitte dachte. Damals in seiner Firma hatte er die Flyer immer selbst entworfen und gedruckt. Er dachte an die Recherche für Tom, die ihn in alte Zeiten zurückversetzt hatte. Eine Zeit, die er lieber vergessen sollte. Sobald er an einem Computer saß, fühlte er sich ferngesteuert. Alles um ihn herum schien er zu vergessen. Die virtuelle Welt glich einem Parasiten, der in sein Hirn eindrang und sein Handeln bestimmte. Um nicht mehr der Versuchung zu erliegen, hatte er den Computer kurzerhand verkauft. Nur nicht wieder in diesen Teufelskreis geraten. Ohne Helmuts Hilfe und die seines Therapeuten hätte er das seelische Tal nie verlassen können.

Wenn Tom auch nur geahnt hätte, was die Recherche am Computer in ihm ausgelöst hatte …

Während er darüber nachsann, klingelte das Telefon. Daniel schaute auf die Uhr. Zuerst beschloss er nicht ranzugehen, bis ihm der Gedanke kam, es könnte womöglich jemand vom Gut sein. Doch die riefen nur in einem Notfall an.

Er stand auf und lief zum Telefon, das sich im winzigen Flur zwischen Wohn- und Schlafbereich befand.

Die Nummer auf dem Display war ihm unbekannt. Nach kurzem Zögern nahm er ab.

»Hallo, hier spricht Daniel Seidel«, meldete er sich.

»Hi Daniel, Markus hier. Wie geht's dir?«

Daniel erschrak, als er die Stimme seines ehemaligen besten Mitarbeiters am anderen Ende hörte. Gleichzeitig stieg Wut in ihm auf.

»Woher hast du meine Nummer?«, fragte er, ohne auf die Begrüßung und Frage des anderen einzugehen. Er hatte weder jemandem mitgeteilt, wo er sich aufhielt, noch seine Telefonnummer weitergegeben.

»Reiner Zufall. Bin neulich mit Ramona bei ihren Eltern gewesen. Die wohnen in Jork, du weißt doch. Auf der Fahrt dorthin haben wir auf einer Apfelplantage angehalten. Matthiesen hieß die, glaube ich. Ich dachte, ich seh nicht richtig, als du über den Hof gelaufen bist. Habe dir noch hinterhergerufen, wollte mit dir reden. Aber du hast nicht gehört. Da bin ich einer sehr netten Blondine begegnet. Wir haben ein wenig geplaudert. Ich habe ihr von unserer gemeinsamen Studienzeit erzählt und ihr erklärt, dass wir befreundet sind und ich hier wäre, weil ich dich unbedingt sprechen müsse. Dann hat sie mir einen Flyer von dir in die Hand gedrückt.«

*Verdammt!* Daniel kniff die Lippen zusammen, denn an den Flyer, auf dem hinten ganz klein seine Telefonnummer stand, hatte er nicht mehr gedacht.

»Du hast gelogen«, warf Daniel ihm vor, denn sie waren nie wirklich Freunde gewesen. Markus' Selbstbeweihräucherung hatte er nie ausstehen können. Immer wieder war es zwischen ihnen zum Streit gekommen, weil ihre Ansichten über geschäftspolitische Entwicklungen weit auseinanderdrifteten.

»Ja, okay ... Kommilitonen und später Kollegen, wenn dir das lieber ist ...«, ruderte Markus zurück.

»Auch nicht. Du warst mein Angestellter, schon vergessen?«

Klare Bilder schwebten vor Daniels Augen. Nur zu gut erinnerte er sich an die Zeit nach seiner Diagnose. Er war so blöd gewesen, mit den anderen über seinen Burn-out zu sprechen. Danach hatten sie hinter vorgehaltener Hand über ihn getuschelt. Auch Markus. Darüber war er sehr enttäuscht gewesen, denn er hatte große Hoffnungen in seinen cleveren Mitarbeiter gesetzt. Daniel hatte sich ausgegrenzt gefühlt. Wie ein Aussätziger. Die mitleidigen Blicke, die ständigen Fragen nach seinem Befinden, das hatte ihn genervt, und er seine Entscheidung für eine offene Kommunikation hatte er bitter bereut.

»Nein ... nein ... natürlich nicht.« Es war aus Markus' Tonfall herauszuhören, dass es ihm unangenehm war.

»Warum rufst du an? Was willst du von mir?«, fragte Daniel geradeheraus und wartete gespannt auf die Antwort seines Gesprächspartners.

Daniel hatte seine Firma an die ehemaligen Mitarbeiter Serkan und Markus verkauft. Seitdem interessierte er sich nicht mehr für das Unternehmen. Nie hatte er den vollständigen Cut bereut, der nötig gewesen war, um zu sich selbst zu finden.

»Wir brauchen deine Hilfe«, sagte Markus ruhig. »Ein sehr wichtiger Deal ...«

»Du rufst vergeblich an. Ich werde mich an keinen PC mehr setzen und erst recht nicht programmieren!« Er hoffte, Markus damit abwimmeln zu können.

»Aber unsere Firma steht vor einem großen Problem. Darf ich dich daran erinnern, dass sie einmal dir gehört hat? Da kann dir doch das Schicksal des Unternehmens nicht völlig egal sein.«

Daniel schwieg. Eigentlich hätte ihm die Firma wirklich gleichgültig sein können, schließlich hatte er sie verkauft und war nicht mehr dafür verantwortlich. Andererseits hing sein Herz noch ein wenig daran, und es fiel ihm schwer, Markus abzuweisen. Der interpretierte sein Schweigen scheinbar als Aufforderung fortzufahren.

»Du hast doch damals an einer neuen Software für Überwachungskameras gearbeitet. Wir brauchen deine Erfahrung darin. Während wie noch relativ am Anfang stehen, bist du ein versierter Programmierer.« Markus klang verzweifelt. Aber Daniel hatte alle Unterlagen und Programmierschritte vernichtet.

»Tut mir leid, ich kann euch nicht helfen«, antwortete er, »ich habe keine Protokolle aufbewahrt und die Programmschablone von der Festplatte gelöscht.«

Die Entscheidung war ihm schwergefallen, aber weil er befürchtet hatte, nicht den Absprung zu finden, war er rigoros vorgegangen.

Stille am Ende der Leitung. Dann hörte er Markus schlucken.

Daniel konnte nicht vergessen, dass sein einstiger bester Mitarbeiter ihn während seiner Erkrankung im Stich gelassen hatte. Nun wollte Markus, dass er ihm half. Welche Ironie des Schicksals.

»Dann können wir den Termin nicht einhalten«, sprach Markus leise und stöhnte in den Hörer. »Was das bedeutet, kannst du dir ja an fünf Fingern abzählen. Zwei unserer fähigsten Programmierer haben das Unternehmen verlassen. Wir brauchen dich, Daniel. Komm zurück. Als Partner oder stiller Teilhaber. Was immer du willst.«

»Sie müssen endlich loslassen«, hatte ihm damals der Therapeut eingebläut.

Früher hätte Daniel bei diesem Angebot nicht gezögert, es anzunehmen. Jetzt gehörte es einem anderen Leben an, das nicht mehr seines war.

»Dein Angebot rührt mich, Markus. Aber ich bin kein Entwickler mehr und habe generell mit diesem Kapitel meines Lebens abgeschlossen. Ihr müsst euch leider jemand anderen suchen.«

Kaum dass er das gesagt hatte, regte sich sein Gewissen. Noch immer verspürte er dieses Verantwortungsgefühl für die ehemalige eigene Firma. Im fiel ein, dass sich irgendwo in seinem Schreibtisch noch eine Liste mit Kontaktdaten von versierten Entwicklern befand, die er Markus aushändigen könnte.

»Verstehe. Es ist ja auch nicht mehr deine Firma«, erwiderte Markus enttäuscht, bevor Daniel ihm die Liste vorschlagen konnte.

»Hör zu, Markus, ich habe da noch ein paar Kontakte …«

»Nicht nötig, Daniel, wir werden es auch ohne dich schaffen«, antwortete Markus entschieden.

»Aber ich könnte …«, startete Daniel einen letzten Versuch.

»Lass es gut sein, ich habe schon verstanden. Mach's gut.« Bevor Daniel den Gruß erwidern konnte, hatte Markus aufgelegt. Nachdenklich brachte er das Telefon wieder zurück. Binnen kurzer Zeit hatte er zwei Menschen sehr enttäuscht, erst Imke und jetzt Markus. Hatte er wirklich die richtige Entscheidung getroffen? Sein Verstand bejahte die Frage, während sein Herz ihm etwas anderes sagte.

# 6.

Das Vogelgezwitscher am Morgen hob Imkes Laune. Sie summte die Melodie eines Kinderliedes, während sie die Papiergirlanden mit den Apfelmotiven im Laden an den Haken befestigte, die sie kurz zuvor in die Wand geschlagen hatte. Die Dekoration sollte alle auf das bevorstehende Apfelblütenfest einstimmen. Sie liebte diese morgendliche Stimmung über alles, wenn noch kein hektisches Treiben herrschte, sondern es ruhig war. Der Laden bedeutete ihr viel, auch wenn er vielleicht in manchen Augen antiquiert wirkte. Aber sie konnte sich einfach nicht von den alten Regalen und Schränken trennen, die bereits ihre Urgroßeltern genutzt hatten. Stets schwebte der Duft von Äpfeln in der Lust, der sich je nach Jahreszeit mit Sommerschnittblumen oder anderem Obst vermischte. Jede der Jahreszeiten besaß etwas Besonderes. Im Winter roch es nach Tanne, Apfel, Sternanis und Orangen. Imke legte bei der Dekoration des Ladens besonderen Wert auf Natürlichkeit. Es gab in ihren Augen nichts Schöneres, als in der Adventszeit den Laden zu betreten und den Duft brennender Bienenwachskerzen zu riechen. Seit dem letzten Weihnachtsfest verkaufte sie auch selbstgearbeitete Adventskränze, die mit der kleinsten Apfelsorte und Bienenwachskerzen geschmückt waren. Das Bild der Plantage während eines Jahres wandelte sich stets. Genau das wollte Imke in ihrem Laden wiedergeben.

Im Frühjahr konkurrierten in schmalen Tontöpfen Tulpen in allen Farben mit Osterglocken. Bunte Blumen wetteiferten im Sommer um die Gunst der Betrachter, während im Herbst der Höhepunkt der Ernte seinen Duft hinterließ, die ihren Ausklang im Laub in Gold- und Rottönen fand. Dieser Jahreskreislauf spiegelte sich auch im Mobiliar und der Dekoration wieder. Viele hielten sie für verrückt, aber Imke war das egal.

Als es laut an die Scheibe klopfte, zuckte sie zusammen. Sie wandte sich zu schnell um, sodass die Leiter ins Kippen geriet. Erschrocken schrie sie auf und sah sich bereits rückwärts auf den Boden stürzen. Einzig Daniels beherztes Eingreifen, der wie der Blitz im Laden war und die Leiter gegen die Wand drückte, verhinderte einen Unfall.

»Was machst du denn da?«, fuhr er sie aufgebracht an. »Das ist nicht die richtige Leiter für solche Aktionen. Die rutscht bei jeder Kleinigkeit weg. Du hättest dir das Genick brechen können«, rügte er sie. Er hatte recht, aber in der Eile hatte sie die einfache Leiter aus der nahen Remise geholt.

»Zum Glück bist du ja da gewesen«, antwortete sie leichthin. Sie spürte, wie ihre Wangen glühten. *Hoffentlich bemerkt er das nicht.* Hastig sah sie zur Seite.

»Komm jetzt lieber runter«, forderte er sie auf.

»Ja, ja«, antwortete sie lächelnd.

Er legte seine Hände auf ihre Hüften, bis sie auf dem Boden stand. Dort, wo seine Hände ruhten, prickelte es auf ihrem Körper.

Imke war froh, als er sie losließ und sich ihre Verwirrung legte.

»Bist du hier, um dir ein Honighörnchen zu stibitzen?«, fragte sie und zeigte auf die Tortenplatte, unter deren Glaskuppel sich die Hörnchen befanden. Er kam fast jeden Morgen vorbei, um sich eines zu seinem Kaffee zu holen, was sie sehr freute. Die Momente mit ihm gehörten zu den Highlights an diesen stressigen Tagen, denn in Daniels Gegenwart schien die Welt einen Augenblick lang stillzustehen.

»Ehrlich gesagt nein, auch wenn sie verführerisch duften. Ich bin hier, weil mir gestern auf dem Nachhauseweg ein dunkler Wagen aufgefallen ist, der auf dem Privatweg zwischen Apfelfeld zwei und drei gehalten hat. Wusstest du davon? Ich meine, hast du irgendjemandem gestattet, den Privatweg zu nutzen?«

»Nein. Ob Jens es jemandem erlaubt hat, kann ich natürlich nicht sagen. Da musst du ihn selbst fragen.«

Imke erinnerte sich daran, dass Tom ihr auch einmal von einem dunklen Wagen berichtet hatte, der die Gutsauffahrt hochgekommen war. Der Fahrer war ihm irgendwie bekannt vorgekommen. Leider hatte er sich nicht mehr daran erinnern können, woher er ihn kannte. Doch in letzter Zeit kam es öfter vor, dass Fremde die Privatwege des Gutes unerlaubt nutzten, um einem Stau zu entgehen, und andere veranstalteten einfach inmitten der idyllischen Apfelfelder ein Picknick.

»Gut, dann werde ich ihn nachher fragen.«

Imke hatte eigentlich damit gerechnet, dass Daniel sich jetzt umdrehen und gehen würde. Stattdessen verharrte er an Ort und Stelle und starrte auf seine Fußspitzen.

»Ist denn noch was?«, hakte Imke nach.

»Ich … äh … also …«, stotterte er und schaute noch immer nach unten. Imke verkniff sich ein Grinsen. So hatte sie Daniel noch nie erlebt.

»Es tut mir leid … Ich werde dir natürlich bei dem Inserat helfen. Wenn du es noch möchtest.«

Er wirkte erleichtert und Imke war gerührt, dass er es sich anders überlegte hatte und ihr das aus freien Stücken anbot. Jetzt war sie es, die ihn enttäuschen würde.

»Das ist wirklich sehr nett von dir, mir das anzubieten, und ich bin dir sehr dankbar. Aber Okka hat mir schon geholfen. Die Anzeige ist bereits online.«

Es schien einen Moment zu dauern, bis er den Sinn ihrer Worte begriff. »Oh …«, antwortete er und nickte. »Dann komme ich also zu spät. Aber ich freue mich, dass dir jemand geholfen hat.« Imke forschte in seiner Miene. Obwohl er sich redlich Mühe gab, seine Empfindungen zu verbergen, gelang es ihm nicht, die Enttäuschung ganz zu verstecken.

»Ich werde dich dann um deine Meinung bitten, wenn die ersten Kandidaten hier aufschlagen«, erklärte sie augenzwinkernd. Ihre Worte zauberten ein Lächeln auf Daniels Gesicht. Sie war schon sehr gespannt darauf, wie viele sich auf die Anzeige hin melden würden.

Um zehn Uhr erwartete sie den Musiker. Eine halbe Stunde vorher schloss Imke den Laden und hängte an die Eingangstür das selbst gestaltete Holzschild mit der Aufschrift *Bin bald wieder zurück*. Sie war gespannt auf die Darbietung Johnnys und hoffte sehr, dass es ihr gefallen würde. Schon eine ganze Weile suchte sie nach einem besonderen musikalischen Highlight. Auf ihre Ausschreibung hin hatten sich unzählige beworben. Die bekannten Musiker hatte sie gleich aussortiert, denn sie verlangten eine horrende Gage, die ihr Budget überstieg. Die restlichen Bewerbungen klangen fade und schienen nicht das zu erfüllen, was sie sich erhoffte. Siebenundachtzig Bewerber, die infrage kämen, standen noch auf ihrer Liste. Sie alle hätte sie zum Vorspielen einladen müssen. Das kostete Zeit, die sie nicht besaß.

Bei diesem Johnny hatte sie spontan das Gefühl gehabt, dass er ihre Erwartungen erfüllen könnte. Sie wäre sehr enttäuscht, wenn sie sich geirrt hätte.

Auf dem Weg zum Gutshaus kam ihr Johnny bereits von der Auffahrt entgegen. Trotz des sonnigen Tages und den lauen Temperaturen trug er seine bunte Mütze. Seine Jeans hatte sicher schon bessere Zeiten gesehen, denn sie war unten zerfranst und eingerissen. Johnny wirkte wie ein Relikt aus der Hippiezeit. Freudig winkte er ihr zu. Er schien vor guter Laune nur so zu sprühen, denn zwischendurch hüpfte er.

Imke ging ihm grinsend entgegen.

»Hallo, Johnny. Schön, dass Sie gekommen sind.« Ihre Befürchtungen, er könne so unzuverlässig sein wie der Künstler im vergangenen Jahr, bestätigten sich zum Glück nicht.

»Hi, I'm glad to play my guitar.« Er drehte sich tänzelnd im Kreis. »But not Sie sagen, sondern du, okay?«

Seine gute Laune wirkte ansteckend.

»Okay, ich bin Imke«, antwortete sie und reichte ihm die Hand. »Kommen …« Sie stockte. »Komm bitte mit«, verbesserte sie sich. »Ich bringe dich ins Haus, wo du ungestört spielen kannst«, erklärte sie und schritt voran.

»Yes, gern«, erwiderte er freudig und folgte ihr pfeifend.

In der Deele weiteten sich seine Augen. »Wow! Wonderful!«, rief er bewundernd aus und ließ seinen Blick schweifen. Scheinbar hatte er noch nie eine Gutshaus-Deele gesehen, was Imke zum Schmunzeln brachte.

Sie hörte es in der Wohnung ihres Vaters rumoren und befürchtete, er könnte auftauchen und Johnny mit seiner harschen Art verschrecken. Um dem zuvorzukommen, wollte sie lieber nach ihm sehen, was er so trieb.

»Einen Moment, bitte, Johnny. Ich bin gleich wieder zurück«, wandte sie sich an den jungen Musiker und verschwand im hinteren Haustrakt, der zur Wohnung ihres Vaters führte. Die rumpelnden Geräusche drangen aus der Küche. Ihr Vater stand vor einem der Schränke und räumte ihn aus, als würde er etwas suchen.

»Suchst du was, Papa? Kann ich dir vielleicht helfen?«, fragte sie und eilte an seine Seite.

»Meine Eierpfanne«, antwortete er gereizt.

Imke fragte sich, was er damit wollte, wo sie ihm doch stets das zubereitete Essen brachte.

»Du willst dir doch nicht jetzt ernsthaft Eier braten?«, fragte sie ihn.

»Keine Eier. Ich will mir einen Pfannkuchen braten«, erklärte er wütend, und fuchtelte mit einer gusseisernen Pfanne in der Luft herum. »Das ist sie auch nicht. Ich möchte mal wissen, wo Frauke sie wieder versteckt hat.«

Die Hausangestellte kochte nicht in seiner Küche. Wie kam er also darauf, sie zu verdächtigen?

»Papa, das kann doch gar nicht Frauke gewesen sein. Sie kocht doch immer drüben in unserer alten Gutsküche«, versuchte sie den aufgeregten Vater zu besänftigen.

»Ja, eben, deshalb muss ich mir selbst die Pfannkuchen braten.«

Verwundert sah ihn an. Ihr Vater hatte noch nie am Herd gestanden und sich etwas zubereitet.

»Ich kann dir doch nachher welche backen«, bot sie ihm an.

»Nicht nachher, sondern jetzt. Traust mir nicht zu, dass ich das kann, oder was?«

»Du hast doch noch nie einen Pfannkuchen gebacken. Ich habe gerade ein Bewerbungsgespräch. Das dauert nicht lang.« Lächelnd nahm sie ihm die Pfanne aus der Hand.

»Aber nur mit Apfelmus«, bestimmte er und schien erleichtert über ihren Vorschlag. Seine Augen wirkten mit einem Mal glasig und waren am unteren Rand gerötet. Auf dem Weg zum Stuhl torkelte er, als wäre er betrunken. Dabei rührte er keinen Tropfen Alkohol an. Das hatte er ihrer Mutter kurz vor dem Tod versprochen. Sollte er wirklich etwas getrunken haben?

Ihr Vater war sehr blass, und Schweiß stand auf seiner Stirn.

Sobald Johnny gegangen wäre, würde sie den Arzt anrufen. Imke bemerkte, dass ihr Vater den Mund öffnete, um etwas zu erwidern. Aber nur ein Stöhnen drang über seine Lippen. Sie griff nach seinem Arm.

»Ich bringe dich jetzt lieber zur Couch. Du bist ja ganz blass, Papa. Ruh dich eine Weile aus«, schlug sie vor und befürchtete bereits eine barsche Antwort von ihm. Wider Erwarten protestierte er nicht, sondern ließ sich von ihr hinüberführen, wo er dann schwerfällig aufs Polster sank. Imke bekam es mit der Angst zu tun, als seine Hände zitterten.

»Ich rufe gleich unseren Hausarzt an, damit er nach dir sieht.« Imke wollte sich gerade umdrehen und zum Telefon gehen, als ihr Vater »Nein!« schrie. »Ich brauche keinen Arzt. Mir geht es sicher gleich besser, wenn ich erst mal eine Pille geschluckt habe. Bring mir die Tabletten, die auf dem Küchentisch liegen«, forderte er von Imke, die noch einmal vergeblich versuchte, ihn von einem Arztbesuch zu überzeugen.

*Vater kann so stur sein!*

Tom hatte zwar gesagt, dass sie ihn jederzeit anrufen könne, aber das wollte sie nicht. Noch nicht. Bruder und Schwägerin würden vor lauter Sorge sofort ihre Recherchen abbrechen und nach Hause zurückkehren.

Sie stopfte ihrem Vater ein Kissen in den Rücken, legte eine Wolldecke über seine Beine und reichte ihm die Tablette mit einem Glas Wasser.

Hastig schluckte er sie hinunter und legte sich dann hin. Imke setzte sich kurz zu ihm und nahm seine Hand. Es dauerte nicht lange, bis sein Atem gleichmäßig floss und das Zittern endete. Behutsam zog sie die Decke höher.

»Schlaf gut«, sprach sie leise zu ihm. Sie blickte hinab auf seine bleichen, eingefallenen Wangen. Er wirkte alt und zerbrechlich. Die Haut an seinen Händen spannte sich wie brüchiges Pergament über die Knochen. Sie kam nicht umhin, sich vorzustellen, wie es wäre, wenn Knut Matthiesen, zu dem alle seinerzeit bewundernd aufgeblickt hatten, einmal nicht mehr wäre. Das Gut ohne ihn konnte sie sich nicht vorstellen. Sie war voller Sorge um den Vater, als sie die Tür hinter sich schloss, um zu Johnny zurückzukehren.

Als sie das Ende des Flures erreichte, war er jedoch nicht mehr da. Enttäuschung machte sich in ihr breit. Doch dann hörte sie über sich ein leises Geräusch und wandte den Kopf. Johnny fingerte an seiner Hosentasche und drehte sich hastig um. Imke bemerkte, dass er vor Carolines Porträt stand. Schweigend sah er sie an, aber sein Blick signalisierte, dass er glaubte, sie wäre das auf dem Gemälde.

»Ich habe schon befürchtet, du könntest gegangen sein, weil du länger hattest warten müssen. Tut mir leid, aber mein Vater fühlte sich nicht wohl«, entschuldigte sie sich.

»No problem. Was ist mit deinem father?«

»Er leidet an Arthrose. Und Herzprobleme hat er leider auch«, gestand sie Johnny, der sie mitfühlend ansah.

»This is horrible«, bestätigte er.

»Ja, ist es. Aber jetzt spiel mir bitte etwas vor.« Das würde sie eine Weile ablenken.

Sie führte ihn in die Bibliothek, die ans Esszimmer grenzte. Früher hatte ihr Vater oft hier gesessen und Fachbücher studiert. Sie war froh, dass Johnny bei ihr war.

Der junge Musiker packte seine Gitarre aus und stimmte die Saiten. Dabei lächelte er Imke an.

»Was willst du hören? Welchen Song?«, fragte er.

»Spiel, wonach dir gerade ist.«

Johnny nickte und sang einen bekannten Song, der jeden Tag im Radio gespielt wurde. Sie kannte die Melodie, die ein Ohrwurm war, dass sie mitsummte und im Takt ihre Zehen bewegte. Anschließend sang er eine unbekannte Ballade, bei der es um das Wiedersehen von zwei Geschwistern ging, die durch den Krieg getrennt worden waren. Johnny sang mit so viel Gefühl, dass ihr Tränen in die Augen stiegen. Unwillkürlich musste sie an Caroline und ihre Familie denken.

»Was ist das für ein Song?«, fragte sie, nachdem der letzte Ton Johnnys verklungen war.

»Written by me«, antwortete er.

»Echt?«, fragte sie und nickte anerkennend.

Dieser Johnny war wirklich ein Naturtalent.

»But ich habe noch something«, sagte er und holte aus der Tasche eine Handpuppe heraus. Ein Pferd aus Plüsch, das er sich über die Hand streifte. Seine Bauchrednernummer brachte Imke zum Lachen.

»Du bist für das Apfelblütenfest engagiert!«, rief sie lachend aus. Johnny wäre das Highlight im Rahmenprogramm, davon war sie felsenfest überzeugt.

»Really?«, fragte er, als könne er es nicht glauben.

»Ja, wirklich.« Dann wollte sie mit ihm die Details zum Ablauf durchgehen. Doch er verstaute Handpuppe und Gitarre in der Tasche.

»Oh, sorry, but meine sister wartet auf mich«, entschuldigte er sich.

Imke war über seinen abrupten Aufbruch ein wenig enttäuscht, denn er hatte es tatsächlich geschafft, die dunklen Wolken zu vertreiben.

»Wenn du mir deine Handynummer gibst, rufe ich dich an. Dann können wir in Ruhe ein Treffen vereinbaren«, schlug Imke vor.

Plötzlich trat ein wachsamer Ausdruck in Johnnys Blick, als würde er etwas verbergen.

»No Handy. Habe keins.«

Junge Leute seines Alters in der heutigen Zeit und kein Handy? Das konnte Imke kaum glauben.

»Du hast wirklich kein Handy?«, fragte sie erstaunt, und Johnny schüttelte den Kopf. Ihre Frage schien ihn in Verlegenheit zu bringen. Dennoch verspürte Imke ein seltsames Gefühl, das sie sich nicht erklären konnte.

»No. No money.«

Also war Geld das Problem. Fahrende Musiker verdienten sicher nicht viel. Es war schade, dass ein solches Talent wie er sein Geld auf der Straße verdienen musste, anstatt durch Konzertsäle zu touren.

»Tut mir leid, ich wollte dir nicht zu nahetreten.«

»Schon okay.« Er winkte ab.

»Und wie wollen wir das dann mit dem Termin absprechen?«

Imke wollte ihn auf jeden Fall für den Event engagieren.

»Saturday? Same time? Here?«, fragte er.

Obwohl sie am liebsten sofort zugesagt hätte, musste sie einen Moment lang überlegen, weil ihr Terminkalender randvoll war. Egal wie, aber sie musste ihn irgendwie dazwischenschieben, denn sie befürchtete, er könnte es sich doch noch anders überlegen.

»Besser mittags. So gegen halb eins?«

Er nickte, dann reichten sie sich die Hand, und Johnny eilte davon.

Nachdenklich schaute sie ihm hinterher, bis er aus ihrem Blickfeld entschwunden war. Imke verspürte ein seltsames Gefühl. Sein wachsamer Blick und dass er genau vor Carolines Bild stehen geblieben war, konnte das wirklich nur Zufall gewesen sein?

Nachdenklich drehte sie sich um und kehrte noch einmal ins Haus zurück, um nach ihrem Vater zu sehen. Der schlief wie ein Baby auf dem Sofa. Imke nahm einen Zettel und schrieb für Frauke eine Notiz über den Schwächeanfall des Vaters. Die Hausangestellte kümmerte sich von mittags bis abends um ihn.

# 7.

Die schlanke Brünette in dem marineblauen Jumpsuit wirkte verloren, als sie vor dem Laden stand und sich umblickte. Imke öffnete erst in einer Stunde. Daniel ging auf sie zu.

»Moin moin. Falls Sie in den Hofladen wollten, der ist noch geschlossen. Oder kann ich Ihnen anders behilflich sein?«, sprach er sie an. Sie drehte sich um und lächelte. Der Blick war offen. Ihr hübsches Gesicht war sehr dezent und passend zu ihrem Outfit geschminkt. Alles an ihr wirkte perfekt aufeinander abgestimmt, bis auf die widerspenstige Strähne, die sich aus dem geschlungenen Haarknoten gelöst hatte. In ihrem Pony befand sich eine gefärbte Strähne in der Farbe ihres Anzugs. Sie hätte einem Modemagazin entsprungen sein können. Daniel war schwer beeindruckt von ihrem Aussehen und ihrer Ausstrahlung.

»Danke für die Info. Aber ich bin keine Kundin, sondern wegen dieser Annonce hier.« Sie hielt einen zerknitterten Computerausdruck in die Höhe.

Erst jetzt dämmerte Daniel, dass sie eine Bewerberin auf Imkes Anzeige wegen der Ladenhilfe sein könnte.

Dafür, dass die Anzeige erst gestern online gegangen war, hatte die junge Frau überaus schnell reagiert. Er scheute sich, ihr zu sagen, dass sie die erste Kandidatin war.

»Dann sollten Sie mit Frau Matthiesen reden.«

Das Lächeln der Brünetten erschien ihm vertraut, als wären sie sich schon einmal begegnet. Nur konnte er sich nicht daran erinnern, wann und wo das gewesen sein mochte.

»Ja, genau, Matthiesen. Sie sucht doch noch eine Aushilfe im

Laden für diesen Sommer, oder bin ich etwa zu spät?« Die Brünette sprach mit leichtem Akzent.

»Soweit ich weiß, ist nichts endgültig entschieden. Aber Genaues wird sie Ihnen selbst mitteilen. Kommen Sie, ich bringe Sie zu ihr.« Mit ausgestrecktem Arm deutete er die Richtung an und wartete höflich, bis sie voranschritt.

Gemeinsam überquerten sie den Gutshof auf dem Weg zu den Büros, die Imke heute allein gehörten.

Daniel entging nicht der schwingende Gang der Fremden, mit dem sie sicher schon so manchem Mann den Kopf verdreht hatte. Das erinnerte ihn wieder an Carina, die er ein für alle Mal vergessen wollte.

»Ich bin übrigens Chiara, Chiara Summers. Und Sie?«, stellte sie sich vor. Obwohl sie recht sympathisch wirkte, war da etwas in ihrem Blick, das ihn zur Vorsicht mahnte.

»Daniel Seidel. Ich bin der Imker auf diesem Gut.«

»Ach, dann sorgen Ihre Bienen für die vielen Früchte.«

»Ja. Summer? Kommen Sie aus England?« Daniel war ein Fan der britischen Insel.

»Nein, aus den USA«, antwortete sie.

»Was hat Sie denn nach Deutschland verschlagen, wenn ich fragen darf?«

Für einen flüchtigen Moment fiel ein Schatten über ihr Gesicht. Doch schnell hatte sie sich wieder gefangen.

»Meine Familie stammt ursprünglich aus Deutschland. Ich wollte gern das Heimatland meiner Vorväter näher kennenlernen«, sagte sie.

»Stammt sie aus der Gegend hier?«, hakte er nach.

»Ja, aus der Nähe von Hamburg.«

»Ihre Verwandtschaft wohnt noch in Deutschland?«

»Leider nein. Die Letzten Deutschen sind verstorben, der Rest wohnt in den USA.«

»Dann sind Sie also allein hier?«, bohrte Daniel weiter.

»Ja«, antwortete sie schlicht.

»Sie sprechen ausgezeichnet Deutsch«, lobte er, und sie lächelte.

»Danke. Das liegt wohl daran, dass ich zweisprachig aufgewachsen bin. Im Haus wurde Deutsch gesprochen, und draußen Englisch.«

»Das erklärt natürlich alles. So, da sind wir.« Daniel klopfte an die Tür des Bürotrakts, in den er Imke vorhin hatte eintreten sehen.

»Jaha!«, hörte er ihre Stimme.

Daniel drückte die Klinke hinunter und trat ein. Mit einer Geste bedeutete er Chiara, ihm zu folgen. Der Bürotrakt bestand aus drei neu ausgebauten Räumen in der großen Scheune. Im ersten Büro mit den Aktenschränken saß gewöhnlich Tom, der andere Raum mit den zwei Schreibtischen und Bildschirmen dahinter wurde von allen genutzt. Im letzten Raum befand sich weiteres technisches Equipment, wie Drucker, Scanner und Faxgerät.

Während Toms Abwesenheit nutzte Imke dessen Büro. Die Tür stand einen Spaltbreit offen.

»Imke, hier ist eine Bewerberin für den Hofladen.«

»Ja, nur herein«, antwortete sie, woraufhin er die Tür weiter aufstieß und Chiara sanft in den Raum hineinschob. Er nickte ihr aufmunternd zu, als sie zögerte. Für einen Augenblick glaubte er, es in Chiaras Augen kurz aufblitzen zu sehen, als würde sie Imke bereits kennen. *Seltsam!*

Imke sah auf. Ihr Blick hingegen verriet nichts über ein Wiedererkennen.

Kein Wort kam über Chiaras Lippen, dass sie sich vielleicht schon einmal begegnet waren. Daniel glaubte, sich das eben nur eingebildet zu haben.

»Bitte nehmen Sie doch Platz«, forderte Imke Chiara höflich auf und deutete auf einen der Stühle vor ihrem Schreibtisch. Nichts in Imkes Miene verriet etwas darüber, was sich hinter ihrer Stirn abspielte. Daniel verließ nur ungern das Büro, denn ihn beschlich ein seltsames Gefühl. Deshalb lauschte er noch eine Weile im Flur hinter der angelehnten Tür. Er wollte wissen, ob Chiara die Stelle bekommen würde.

»Es freut mich, dass Sie sich bei uns bewerben. Wie heißen Sie?«, hörte er Imke fragen.

»Chiara Summers«, antwortete die Fremde. »Hier mein Pass.«

Es herrschte eine Weile Stille. Zu gern hätte er einen Blick durch den Türspalt geworfen und Imkes Miene gesehen. Doch das hätte ihn verraten.

»Sie sind siebenundzwanzig?«, fragte Imke, deren Stimme irgendwie angespannt wirkte.

»Im Herbst«, korrigierte Chiara.

Imke schwieg.

»Haben Sie schon einmal in Deutschland gearbeitet?«, fuhr sie nach kurzem Räuspern fort.

»Nein, ich bin das erste Mal hier.«

»Sie haben Ähnlichkeit mit ...«

»Scarlett Johansson meinen Sie? Das sagen viele. Dabei finde ich nicht, dass ich so viel Ähnlichkeit mit ihr habe. Mein Gesicht ist runder und meine Nasenspitze zeigt nach oben. Und meine Haare sind auch dunkler.« Chiara lachte, und Imke stimmte ein.

»Ja, jetzt, wo Sie es sagen ... vielleicht ein bisschen. Na ja, egal. Kommen wir zurück auf Ihre Bewerbung. Sie wissen schon, dass es sich nur um eine Aushilfsstelle bis zum Apfelblütenfest handelt? Das ist in zwei Wochen«, fuhr Imke unbeirrt fort. »Wenn Sie damit einverstanden sind, würden wir das gern so unbürokratisch wie möglich halten.«

»Kein Problem. Ich bin Chiara. Wenn Sie mich siezen, komme ich mir so uralt vor«, bat sie. Auch Imke mochte es nicht, wenn Gespräche allzu steif verliefen und duzte lieber ihre Gesprächspartner.

»Tja, dann also Chiara«, erwiderte Imke nach einigem Zögern.

Nachdem sie sich auf die vertraute Anrede verständigt hatten, berichtete Imke der Bewerberin von der Vorbereitung des Apfelblütenfestes und welche Aufgaben Chiara im Hofladen erwarteten. Es war nicht richtig weiterzulauschen. Imke hatte alles im Griff. Sein verdammtes Misstrauen. Auf Zehenspitzen verließ Daniel den Bürotrakt.

In der Frühlingssonne gesellte er sich zu den Plantagenarbeitern unter die Pergola, die dort ihre Frühstückspause verbrachten. Es dauerte nicht lange, bis Chiara lächelnd zur Tür heraustrat und siegesgewiss die Hand zur Faust ballte.

*Sie hat den Job.*

Er freute sich, dass Imke endlich Hilfe bekam. Gleichzeitig beschlich ihn ein seltsames Gefühl bei der Neuen. *Du siehst schon wieder Gespenster!*

Nachdenklich schaute er der Amerikanerin hinterher, die in flottem Tempo die Gutsauffahrt hinunterlief.

Er wartete, bis sie nicht mehr zu sehen war, und ging zu Imke.

Die Bürotür stand weit offen. Aus Höflichkeit klopfte er sacht an. Imke sah von den Papieren auf. Auf den ersten Blick erkannte Daniel, dass es sich dabei um Personalbögen handelte. *Chiara.*

Imke strahlte ihn an.

»Ich glaube, wir haben einen Glücksgriff gemacht«, sprudelte es aus ihr heraus, bevor er sie fragen konnte.

»Mit dieser Chiara?«, hakte er nach.

»Stell dir vor, sie kennt sich mit Äpfeln und auch ein wenig mit deren Anbau aus. Ihre Großeltern waren Erntehelfer hier in der Gegend«, verkündete sie freudig.

Irgendwie erschien Daniel das zu perfekt. Wie Chiaras Aussehen. Hatte die Bewerberin das nur vorgegeben, um bei Imke Eindruck zu schinden und den Job zu bekommen?

*Lass doch endlich mal dein Misstrauen!*

»Und ich finde sie sehr sympathisch. Wir haben ein wenig privat geplaudert und festgestellt, dass wir einige Gemeinsamkeiten haben. Hast du ihren Jumpsuit gesehen? Der ist von einer Nobelmarke. Und diese Farbe und der Stoff… Eine Klasse für sich. Meinst du, mir würde so etwas auch stehen?«

Noch nie hatte Imke so vor Begeisterung gesprüht. Ihre Wangen glühten, und in ihren Augen lag ein Leuchten. Er fand sie in diesem Augenblick so schön, dass ihm der Atem stockte.

»Danke, dein Schweigen sagt alles.«

Imke war enttäuscht, das hatte er nicht gewollt.

»Das ist doch Blödsinn. Du hast mich nur mit deiner Frage völlig überrumpelt. Klar, du könntest ihn tragen. Aber ehrlich gesagt, das wärst nicht du in diesem Anzug.«

Der Jumpsuit passte zu einer gertenschlanken und mondänen Chiara, aber nicht zu Imke, deren Figur mit mehr weiblichen Rundungen ausgestattet war. Wenn er an ihren Po in der Jeanslatzhose dachte, wurde ihm ganz flau im Magen.

»Ach, und was passt dann zu mir?« Imke kniff verärgert die Lippen zusammen.

»Was deine Natürlichkeit unterstreicht«, antwortete er und stellte fest, dass er scheinbar schon wieder mit seiner gut gemeinten Bemerkung ins Fettnäpfchen getreten war. Dabei war das als Kompliment gedacht, denn Imke hatte es nicht nötig, sich so auffällig wie Chiara zu schminken. Sie wirkte allein durch ihre Ausstrahlung und ihr Wesen.

»Du hast ihr doch nicht den Job gegeben, weil sie gut gekleidet ist und um deine Gunst buhlt?«, brach es aus ihm hervor.

»Nein, weil sie auf mich einen zuverlässigen Eindruck macht und ich überzeugt davon bin, dass sie gut bei den Kunden ankommen wird«, verteidigte Imke die Neue.

Daniel fand es merkwürdig, dass Imke von Chiara eingenommen war. Die Matthiesen-Tochter war doch sonst nicht sofort Feuer und Flamme für Fremde.

»Du kannst sie anscheinend nicht leiden. Ich glaube, dass sie sich bewähren wird. Du musst dich damit abfinden, dass ich sie eingestellt habe. Ich wäre dir sehr dankbar, wenn du sie deine Abneigung nicht allzu sehr spüren lässt.« In Imkes Augen lag deutlich eine Warnung.

Ganz so begeistert wie Imke war er leider nicht. Aber an ihrem wütenden Blick erkannte er, dass es zwecklos war, Zurückhaltung gegenüber Chiara zu empfehlen.

»Wahrscheinlich muss ich sie erst kennenlernen«, fuhr er hastig fort.

Imkes Züge entspannten sich. »Du wirst erkennen, dass sie zu uns auf das Gut passt.«

Imke war zwar sehr offen, aber in Freundschaftsdingen sehr zurückhaltend. Hoffentlich erfüllte die Neue das, was Imke sich von ihr versprach. Er verspürte plötzlich das Gefühl, sie beschützen zu müssen. Sicher lag es daran, dass er sich Toms wegen für sie verantwortlich fühlte. *Warum gibst du nicht zu, dass du in ihr mehr siehst als eine gute Freundin?*

Hastig verdrängte er den Gedanken. Imke war Toms Schwester. Mehr nicht. Warum klopfte sein Herz dann schneller bei dem Gedanken, sie könnte sich Schutz und Trost suchend in seine Arme schmiegen?

»Die Zeit wird zeigen, ob sie wirklich hierher passt. Was wird sie denn eigentlich nach der Sommersaison machen?«, gab er zu bedenken.

»Nach Hause zurückkehren, es sei denn, ich kann sie überreden, in Deutschland zu bleiben und in Stoßzeiten bei uns auszuhelfen.«

»Damit würde ich lieber nicht rechnen.«

»Alter Miesepeter«, warf Imke ihm vor.

»Ich möchte nicht, dass du enttäuscht wirst«, gab er zu bedenken.

»Jetzt redest du dich heraus. Du magst sie nicht, gib es doch endlich zu.«

Imke war vom Stuhl aufgestanden und blickte ihn herausfordernd an.

»Ich bin nun mal vorsichtig und warte ab, wie sich die Dinge entwickeln.«

»Du bist schon wie Tom, der allen misstraut«, warf sie ihm vor.

Sein Blick blieb an ihren Lippen hängen. Wie immer, wenn sie verärgert war, zog sie einen Schmollmund. Im Geist malte er sich aus, wie es wohl wäre, ihn zu küssen.

Er ging auf sie zu und umfasste ihre Schultern.

»Gesundes Misstrauen ist angebracht. Wir werden sehen, wie Chiara sich macht. Ich freue mich jedenfalls für dich, dass du eine Aushilfe gefunden hast. Ehrlich.«

Imke trug ein ärmelloses T-Shirt mit breiten Trägern und wie immer einen Schal um ihren Hals. Seine Daumen ruhten auf ihrer Haut zwischen Träger und Hals. Wie zart sie sich anfühlte.

Es war das erste Mal, dass er sie so berührte. Wenn Tom davon wüsste …

Der Gedanke an Imkes Bruder ließ ihn hastig die Hände wegziehen, als hätte er sich verbrannt. Zurück blieb ein Prickeln in seinen Fingerkuppen.

Imke räusperte sich und trat einen Schritt zurück. Wie er aus ihrem Blick interpretierte, war er ihr zu nahegetreten.

»Ich muss jetzt in den Laden«, sagte sie heiser, drängte sich an ihm vorbei und floh aus dem Büro.

*Verdammt!* Er hatte eben eine Grenze überschritten. Ein unverzeihlicher Fehler.

Daniel folgte ihr langsam, in seinen Fingern noch immer dieses Kribbeln, das nicht aufhören wollte. Er hätte sie niemals anfassen dürfen.

## 8.

Daniels Berührung hatte Imke so durcheinandergebracht, dass sie sich nicht auf die Arbeit konzentrieren konnte. Weil wenig im Laden los war, schloss sie ihn vor der Mittagspause und ging ins Gutshaus. Sie musste jetzt ungestört sein und entschied sich für das einstige Arbeitszimmer ihres Vaters, das nur um seinetwillen erhalten geblieben war, aber seit einem Jahr nicht mehr genutzt wurde. Weder Tom noch Frauke betraten das einst heilige Refugium, in dem ein Sammelsurium uralter, vergilbter Dokumente und Fachbücher in dunklen Regalen lagerte.

Während Imke Rechnungen prüfte, schweiften ihre Gedanken immer wieder ab. Sie ertappte sich dabei, wie sie sich ausmalte, dass Daniels Finger weiter über ihren Körper gewandert wären. Seine kühle Hand hatte sich auf ihrer erhitzten Haut so gut angefühlt. Sie fuhr die Hautstelle ab, wo der Druck seiner Finger das Kribbeln hinterlassen hatte. Dabei stieß sie an den Schal um ihren Hals und wurde schlagartig aus ihren Fantasien hinauskatapultiert. Nicht auszudenken, wenn Daniel ihre Narben gesehen hätte. Bestimmt hätten sie ihn abgestoßen. Es durfte nicht noch einmal geschehen, dass er sie auf diese Art berührte. Sie musste zu ihm mehr Distanz wahren, wenn ihr Herz nicht schon wieder gebrochen werden sollte.

Entschieden griff sie nach der nächsten Rechnung. Aber die Ziffern und Buchstaben verschwammen vor ihren Augen. Für heute hatte es keinen Zweck, wenn sie sich in die Buchführung vertiefte.

Weil sie durstig war, ging sie in die Küche. Fraukes Weidenkorb stand auf dem Boden. Imke goss sich ein Glas vom eisgekühlten Apfeltee ein, der in einer Karaffe auf dem Tisch stand.

»Du bist schon hier?«, fragte sie die Haushälterin erstaunt, die üblicherweise erst gegen Nachmittag ins Gutshaus kam.

»Ich dachte mir, ich schaue lieber eher nach deinem Vater, jetzt wo er den Schwächeanfall hatte und du nur noch am Arbeiten bist.« Frauke bestückte den Kühlschrank mit dem Einkauf aus ihrem Weidenkorb. Imke war froh, dass die Haushälterin so umsichtig und fürsorglich war.

»Dann warst du schon bei Papa?« Mit einem Zug leerte Imke ihr Glas.

»Ja, eben gerade. Er hat mir gleich an den Kopf geworfen, dass ich die Terrasse nicht ordentlich gefegt hätte. Wenn er so drauf ist, geht es ihm schon wieder besser«, sagte sie grinsend.

Imke fiel ein Stein vom Herzen. Als sie ihrem Vater in der Frühe für das Frühstück in der Küche alles vorbereitet hatte, hatte er noch nicht auf seinem Stuhl gesessen. Das war ungewöhnlich für ihn, denn er stand noch immer aus alter Gewohnheit um fünf Uhr auf. Die Stille in seiner Wohnung hatte Imke erschreckt, weshalb sie auf Zehenspitzen zu ihm ans Bett geschlichen war, um auf seinen Atem zu lauschen. Zu ihrer Erleichterung hatte er tief und fest geschlafen.

Sein schlechter Gesundheitszustand bereitete ihr zunehmend Sorgen. In diesem Frühjahr schien seine Arthrose ihn besonders zu quälen, denn sein Konsum an Schmerztabletten war gestiegen.

»Dort drüben unter der Haube ist noch ein belegtes Baguette für dich. Ich dachte mir, dass du mittags wieder keine Zeit hast, dir etwas zu essen zu machen«, riss Frauke sie aus ihren Grübeleien. Die Haushälterin war wirklich ein Schatz.

»Ja, danke, dass du an mich gedacht hast.« Spontan umarmte sie die ältere Frau.

Am Nachmittag war Imkes Wut auf Daniel verraucht. Die Sonne schien warm vom Himmel herab. Von überallher tönte Vogelgezwitscher. Die ersten Schwalben waren angekommen und bauten unter dem Scheunendach ihre Nester. Der getigerte Stallkater Moritz überquerte gerade den Hof und verschwand durch die Klappe im Tor im Inneren der Scheune.

Eigentlich war es zu schade, den restlichen Tag im Laden zu verbringen, aber sie musste nun mal verlässlich geöffnet haben. Imke blickte sehnsüchtig zum wolkenlosen Himmel hinauf, bevor sie die Ladentür aufschloss. Ab Morgen würde Chiara ihr helfen, und dann könnte sie sich um das Schmücken des Gutes kümmern. Sie freute sich sehr, nicht nur wegen der Unterstützung, sondern weil sie glaubte, in Chiara eine Gleichgesinnte gefunden zu haben. Schon beim ersten Gespräch hatten sie sich prächtig verstanden. Sie besaßen viele Gemeinsamkeiten, wie die Liebe zu Äpfeln und zur Natur und mussten über die gleichen Dinge lachen. Bestimmt würde die Zusammenarbeit mit ihr heiter verlaufen. Doch ein wenig beneidete Imke ihre Aushilfe, die von der Kleidung bis zum Make-up einfach klasse aussah.

Als sie in den Laden trat, klingelte ihr Handy. Pia.

»Hi, Pia«, begrüßte sie ihre Schwägerin. »Wie geht es euch?«

»Gut. Die Landschaft und das Wetter hier sind traumhaft. Und wie sieht es bei dir aus? Kommst du mit den Vorbereitungen fürs Fest voran?«

Es tat so gut, die vertraute Stimme ihrer Schwägerin und Freundin zu hören. In diesem Moment war Imke besonders bewusst, wie sehr sie den Rest der Familie vermisste.

»Auch prima. Stell dir vor, ab morgen habe ich eine neue Aushilfe im Laden«, verkündete sie stolz und berichtete ihrer Schwägerin in wenigen Sätzen von Chiara, die sich auf ihr Inserat beworben hatte.

»Echt jetzt? Tom wird ein Stein vom Herzen fallen. Gestern Abend waren wir drauf und dran, nach Hause zurückzukehren. Die viele Arbeit, das Fest und so. Das ist doch kaum allein zu bewältigen. Du kannst bestimmt jede Menge Hilfe gebrauchen.«

»Ich schaff das schon. Ehrlich. Es ist wichtiger, dass ihr etwas über Caroline herausfindet. Außerdem habe ich ja noch Jens und Daniel, die sich um vieles kümmern«, widersprach Imke.

*Typisch Tom und Pia! Sie trauen mir das nicht zu.*

Natürlich bedeutete die Planung eines solchen Festes unglaublich viel Arbeit. Aber sie schaffte das.

»Du kennst doch deinen Bruder. Er hält es nie lange ohne seine geliebte Apfelplantage aus. Ständig redet er davon. Das wird sich sicher nie ändern.« Pia seufzte in den Hörer, während Imke grinste. Ihr Bruder war einfach unverbesserlich.

»Kann ich mir vorstellen«, antwortete sieImke. »Kannst ihn beruhigen, hier läuft alles wie am Schnürchen. Jens ackert auf den Apfelfeldern. Die ganze Plantage ist ein einziges Blütenmeer, besonders bei den neuen Züchtungen. Daniels Bienen leisten gute Arbeit. Wir können uns sicher auf eine reiche Ernte freuen.«

Imke berichtete Pia, dass Daniel ihre Bitte zunächst abgelehnt hatte, das Inserat online zu stellen. »Er war ganz schön schroff«, beklagte sie sich bei ihrer Schwägerin. Es tat so gut, mit Pia darüber zu reden.

»Oh je. Ich kann verstehen, dass du enttäuscht warst. Aber Tom hat mal erwähnt, dass Daniel Imker geworden ist, weil ihn sein Beruf als Entwickler aufgerieben hat. Er hat das damals nur gemacht, weil Tom ihn gedrängt hat und weil die Existenz des Gutes davon abhing und damit auch seine. Ich weiß, dass er seinen Computer verkauft hat. Seine Ablehnung hatte bestimmt nichts mit dir zu tun. Nimm dir das also nicht zu Herzen. Er mag dich.«

Pias Erklärung beruhigte sie ein wenig. Doch noch lange nach dem Telefonat kreisten in Imkes Kopf Pias Worte »er mag dich«.

*Sicher nur wie eine Schwester oder gute Freundin.*

Dabei erhoffte sie sich mehr von ihm. Doch das gestand sie Pia nicht, denn ihre intimsten Gedanken behielt Imke stets für sich.

»Das habe ich nicht gewusst. Daniel spricht über sein Privatleben so gut wie nie. Hätte ich das doch nur gewusst, dann hätte ich ihn auch nicht gefragt.« Die ganze Sache war Imke unangenehm.

»Zerbrich dir darüber nicht mehr den Kopf. Hauptsache ist doch, dass du jetzt eine Aushilfe hast.«

Pia hatte recht. Sie musste das ganz schnell vergessen.

»Jetzt haben wir genug vom Gut geredet. Erzähl mir lieber, wie weit ihr mit euren Recherchen seid.« Imke brannte darauf, mehr zu erfahren.

»Leider nicht sehr viel weiter. Einer der Befragten hat uns den Mann genau beschrieben, der sich als Carolines Vater ausgegeben hatte. Tom meint, es könnte Flaviu Bartolli gewesen sein. Der Mann, mit dem deine verstorbene Tante Mariella eine Zeit lang zusammen gewesen ist.«

Flaviu Bartolli und Tante Mariella … Drei Tage waren sie miteinander verheiratet gewesen, bis die Ehe annulliert worden war. Keine der drei Nächte hatte er an der Seite seiner Braut verbracht, sondern im Bett einer anderen Frau, wie sie von ihrer Mutter einst erfahren hatte.

Könnte Flaviu tatsächlich ihre Schwester entführt haben?

»Welchen Grund sollte er denn gehabt haben?«, sprach Imke ihre Frage aus, die ihr durch den Kopf geisterte.

»Geld …«, sinnierte Pia.

Ihre Mutter hatte ihn nicht nur als Frauenheld, sondern auch als geldgierig bezeichnet.

»Aber es hat nie ein Erpresserschreiben gegeben. Geld kann dann nicht das Motiv gewesen sein«, gab Imke zu bedenken.

Das passte alles nicht zusammen.

»Hm«, antwortete Pia und runzelte die Stirn.

»Und die Mutter? Oder was ist mit dem angeblichen Kindermädchen?«

»Wir haben Dr. Costa besucht. Du weißt schon, der Arzt, mit dem ich letztes Jahr wegen der Fotos telefoniert und gemailt habe. Leider kann er sich an keinen Namen erinnern. Nur an die gut aussehende Frau mit den dunklen Haaren, die sich immer mit ihrem Mann gestritten habe. Dr. Costa ist sich sicher, dass die Frau den Mann mit Flav angeredet hat. Das bestätigt die Aussage des anderen Zeugen in der Apotheke, als der angebliche Vater dort Medizin gekauft hat«, fuhr Pia fort.

»Kann Dr. Costa denn nicht wenigstens das Kindermädchen beschreiben? Anhand eines Bildes könnte sie vielleicht ausfindig gemacht werden.« Imke war viel zu sehr eine Matthiesen, und die gaben niemals auf. Sie schloss einen flüchtigen Moment die Augen. Tief in ihrem Innern spürte sie, dass ihre Schwester noch lebte. Irgendwo da draußen in der Welt. Leider konnte sie das nicht beweisen.

»Du denkst dabei sicher an ein polizeiliches Phantombild. Das ist leider nicht einfach. Wir kennen hier niemanden, der so etwas anfertigen könnte.«

Immer wieder verliefen die Spuren im Sand, oder es war nicht möglich, ihnen nachzugehen. Das war auch für Imke selbst auf die Entfernung hin wirklich deprimierend. Sie trommelte mit den Fingern auf dem Tisch.

»Verstehe«, antwortete sie. »Dann tretet ihr wirklich auf der Stelle.«

»Ja, leider. Aber wir halten dich weiter auf dem Laufenden. Morgen treffen wir den Fotografen von dem Atelier, der das jüngste Foto aufgenommen hat. Vielleicht erhalten wir durch ihn einen Hinweis, der uns weiterbringt.«

Ein weiterer Hoffnungsschimmer, an den sie sich klammerte.

Im vergangenen Jahr hatte Pia zufällig eine Aufnahme von einem Mädchen gefunden, von der sie glaubten, es könne Caroline sein. Dieses Foto hatte Raum für viele Spekulationen über das Schicksal ihrer Schwester geboten. Wie damals. Jeder noch so winzigen Spur waren sie nachgegangen. Doch bei keiner war ein brauchbares Ergebnis herumgekommen.

Immer wieder falsche Fährten. Es schien, als hätte sich die Erde aufgetan und Caroline verschluckt.

# 9.

Als Imke im Bett lag, kreisten ihre Gedanken noch immer um das Telefonat mit Pia. Wenn das kleine Mädchen tatsächlich ihre Schwester Caroline gewesen war, was hatte Flaviu mit ihr vorgehabt? Vor allem, warum hatte er ihre Schwester entführt? Oder steckte noch jemand anderes dahinter? Warum hatte Flaviu dann kein Geld von ihren Eltern gefordert? Weshalb die Schuhe am Elbstrand, die sie glauben machen sollten, Caroline wäre ertrunken? Währenddessen er die Odyssee mit einem kleinen Kind durch mehrere Länder gestartet hatte. Imke konnte sich nicht vorstellen, dass niemand mitbekommen hatte, wie ihre Schwester entführt worden war. Caroline musste doch geweint oder geschrien haben. Ihre Brüder hatten im Sand gespielt. Warum hatten sie dann nichts gehört? Hatte damals jemand doch etwas beobachtet und vielleicht nur geschwiegen? Je mehr sie sich das Hirn zermarterte, desto weniger ergab alles für sie einen Sinn. Es machte Imke verrückt, nicht mit den anderen die Orte besuchen zu können, die Hinweise zum Verbleib der Schwester liefern könnten. Wenn ihre Geschwister Caroline tatsächlich ausfindig machen würden, wäre sie nicht dabei. Die Vorstellung machte sie traurig. Eine Träne rann über ihr Gesicht und tropfte aufs Kopfkissen. Weit nach Mitternacht schlief Imke endlich ein und träumte davon, dass ihre Brüder Caroline gefunden hätten. Kalt und leblos in einem Sarg. Als sie sich im Traum über die Schwester gebeugt hatte, um ihr ins bleiche Antlitz zu schauen, wachte sie auf.

Eine Weile saß sie im Bett, die Knie angezogen und die Arme darumgeschlungen. *Was für ein grauenhafter Traum!*

Nach einer Weile stand die auf und lief in die Küche hinunter, wo sie sich einen Beruhigungstee aus Baldrianwurzel, Melissenblättern und Hopfenzapfen, die sie selbst verarbeitet hatte, kochte.

Der Tee schmeckte zwar nicht sonderlich gut, aber er half.

Oben auf ihrem Zimmer schlürfte sie ihn schlückchenweise und schlief noch vor dem Morgengrauen ein. Diesmal blieb sie von Albträumen verschont.

Imke blieb auch heute nicht viel Zeit zum Frühstücken, denn sie wollte alles noch etwas herrichten, bevor Chiara eintraf. Ihre neue Aushilfe sollte einen guten Eindruck vom Laden bekommen. Die Aussicht, endlich entlastet zu werden, ließ Imke summend über den Hof laufen.

Nachdem sie gefegt und umdekoriert hatte, erschien pünktlich um neun Chiara auf der Ladenschwelle. Neidvoll musste Imke gestehen, dass ihre Aushilfe auch heute wieder sehr chic gekleidet war, während sie in ihrer grünen Arbeitshose und der Gärtnerschürze über dem geringelten T-Shirt dagegen blass wirkte. Chiara trug einen Jeansrock mit auffälligen Silberapplikationen und ein pinkfarbenes T-Shirt mit weißen Tupfen, das ihre Figur umschmeichelte. Pinkfarbene Sandaletten komplettierten ihr Outfit. Selbst in ihrem Haar befanden sich pink gefärbte Strähnchen. Sie wirkte frisch wie der Frühlingstag. Ihre Hüften schwangen aufreizend hin und her. Die vorbeigehenden Plantagenarbeiter pfiffen ihr anerkennend hinterher.

*Was gäbe ich nur darum, wenn die Männer mir genauso hinterherschauen würden!*

Sie musste einfach mehr Wert auf ihr Äußeres legen und nicht nur in der praktischen Arbeitskleidung herumlaufen. Das einzige Kleid mit dem spitzen Ausschnitt zählte schon acht Lenze. Sie musste also etwas Neues zum Anziehen kaufen. In Stade oder am besten in Hamburg. Doch allein zum Shopping zu fahren, bereitete ihr keinen Spaß. Für sie selbst blieb meistens keine Zeit, und sie fiel jeden Abend todmüde ins Bett. Eigentlich hätte sie sich gern längst ein nettes Kleid für das Apfelblütenfest gekauft. Doch die Vorbereitungen für das Fest beanspruchten sie voll und ganz. Selbst im Winter, wenn es ein wenig ruhiger auf dem Gut zuging, war sie nie in die Stadt zum Einkaufen gefahren. In diesem Jahr, so versprach sie sich selbst, würde sie mit Pia oder Maike in der kalten Jahreszeit shoppen fahren.

Ihr Optimismus wurde durch einen Spruch Fraukes ausgebremst, der ihr gerade wieder eingefallen war: Aus dem Wurzelwerk einer Bauernhortensie kann keine Rose wachsen.

Flüchtig betrachtete Imke sich in der Schaufensterscheibe. Ein wenig kleidungsmäßig aufgepeppt wäre sie ganz passabel.

»Hi, guten Morgen, Imke. Ist das nicht ein herrlicher Tag? Ich freue mich so, dass ich hier arbeiten darf. Du sollst es nicht bereuen. Kann ich denn schon was tun?«, platzte Chiara in ihre Gedanken. Ihre neue Aushilfe lächelte breit. Sie sprühte voller Energie und Tatendrang, was auf Imke ansteckend wirkte.

»Hier sagt man nicht guten Morgen, guten Tag, sondern immer nur Moin moin«, korrigierte Imke Chiara. »Ist in dieser Region so üblich.« Die verdutzte Miene ihrer neuen Aushilfskraft brachte Imke zum Lächeln.

»Moin moin«, wiederholte Chiara. »Ist so ungewohnt«, fuhr sie lachend fort.

»Wirst dich schnell daran gewöhnen«, antwortete Imke.

Chiara wiederholte noch ein paarmal die Begrüßung auf verschiedene Art und Weise, dass beide kichern mussten.

*Bestimmt werden wir noch viel Spaß miteinander haben.* Selten hatte Imke sich so wohlgefühlt wie in Chiaras Gegenwart.

Anschließend führte sie ihre neue Aushilfe im Laden herum und erklärte ihr die Anordnung der Verkaufsprodukte. Imke befürchtete schon, Chiara könnte sich bei den ganzen Erläuterungen langweilen. Doch im Gegenteil, sie stellte Fragen, die ihr Interesse an Äpfeln bekundete.

»Und ganz wichtig …« Imke nahm einen von Daniels Flyern in die Hand und hielt ihn hoch. »Diesen Flyer immer den Kunden mitgeben und an das Apfelblütenfest erinnern, das in knapp zwei Wochen stattfindet.«

Chiara nickte. »Puh«, sagte sie, »ich weiß nicht, ob ich mir das auf Anhieb alles merken kann.«

»Das musst du auch nicht. Alles kommt im Laufe der Zeit. Außerdem kannst du mich jederzeit fragen«, bot Imke ihr an.

Dann wollte sie Chiara testen, ob sie ein gewisses Feeling für den Geschmack der Äpfel besaß, genauso wie sie es seinerzeit mit Pia gemacht hatte. Imke zog das Ersatztuch aus der Tasche ihrer Hose, das sie im Notfall ihre Narben immer bedecken konnte.

»Du musst noch einen kleinen Test bestehen«, erklärte sie der Neuen. »Dazu verbinde ich dir die Augen. Jeder muss ihn machen, um im Verkauf zu bestehen. Schließlich musst du ja die Kunden entsprechend beraten können. Jeder hat seine eigenen Geschmacksvorlieben.«

»Und was ist, wenn ich den Test nicht bestehe?«, fragte Chiara und wirkte zum ersten Mal unsicher.

»Dann musst du den ganzen Tag lang im Kühlhaus arbeiten«, erwiderte Imke und verbiss sich ein Grinsen. Natürlich würde sie ihre Aushilfe nicht dorthinschicken, wie Tom es mit Pia getan hatte.

»Ins Kühlhaus?«, rief Chiara entsetzt aus. »Hier ist es eh schon eisig. In Naples sind um diese Zeit schon mindestens fünfundzwanzig Grad!«

»Keine Sorge, war nur ein Spaß.« Imke zwinkerte Chiara zu, die erleichtert ausatmete.

»Ich möchte dein Verkaufstalent in Sachen Obst einschätzen können.«

»Oh je.« Chiara wedelte aufgeregt mit den Händen. »Ich weiß ja einiges über Äpfel, aber ob ich die Sorten auseinanderhalten kann, wage ich zu bezweifeln.«

»Lass es uns probieren.«

Imke war gespannt, wie sie sich anstellen würde. Sie verband Chiara die Augen.

Im Nu hatte Imke mehrere Apfelspalten von verschiedenen Apfelsorten geschnitten und zum Probieren auf kleine Teller gelegt. Zum Schluss bestückte sie einen weiteren Teller mit einem ihrer

Honighörnchen, denn sie wollte wissen, ob Chiara sie ebenso mögen würde.

»Ich lasse dich jetzt verschiedene Apfelsorten kosten, und du sagst mir, was du aus ihnen herausschmeckst. Hier kommt Nummer eins. Mund auf!«

Artig öffnete Chiara die Lippen, sodass Imke eine Apfelspalte hineinschieben konnte. Das waren alles Äpfel der letzten Ernte. Dieser Apfel war ein Spätreifer und eignete sich besonders für Kompott und Kuchen.

Gleich beim ersten Bissen prustete Chiara los und spuckte das Apfelstückchen aus.

»Oh my God! Ist der sauer!«, rief sie und spuckte das Apfelstückchen in die Hand. Sie rümpfte die Nase und schüttelte den Kopf.

»Den kann ich nicht essen. Was ist das für ein Apfel?«, fragte Chiara und wischte mit dem Handrücken über ihre Lippen, als könne sie den Geschmack damit entfernen.

»Ein Berlepsch. Sehr sauer.«

»Das war ja ein toller Test. Jetzt brauchst du mir die anderen gar nicht mehr zum Probieren geben, weil ich sowieso nichts mehr schmecke«, erklärte Chiara.

»Hier trink ein paar Schlucke Wasser, das neutralisiert.« Imke konnte sich ein Grinsen nicht verkneifen.

»Bist du jetzt bereit für das nächste Stückchen?«, fragte sie gleich darauf und nahm bereits eine Obstspalte vom Teller daneben.

»Ich warne dich, bestimmt schmecke ich jetzt gar nichts mehr«, behauptete Chiara.

»Abwarten.« Ehe die Aushilfe antworten konnte, schob Imke ihr die nächste Apfelspalte in den Mund.

»Mmh, der ist lecker«, sprach Chiara, während sie genüsslich den Apfel kaute. »Sehr süß, erinnert mich an die Weihnachtszeit, irgendwie zimtig.« Sie kaute schneller, dann wieder langsam und schien sich voll auf den Geschmack zu konzentrieren. Imke war über Chiaras Beschreibung überrascht. Bislang hatte noch keiner, dem sie den Apfel zum Kosten gereicht hatte, von Zimtgeschmack gesprochen. Chiara schien eine ausgeprägte Nase zu haben.

»Super! Das hast du richtig erkannt. Es ist der sogenannte Zucker- oder Zimtapfel«, lobte sie ihre neue Aushilfe. »Und jetzt dieser hier.«

Chiara seufzte.

Imke steckte Chiara, bevor sie etwas sagen konnte, eine weitere Obstspalte in den Mund.

Diesmal dauerte die Geschmacksprüfung länger. Chiara kaute und kaute, erst auf der einen Seite und dann auf der anderen. Schließlich leckte sie mit der Zunge den Saft von den Lippen.

»Schmeckt ein wenig nach ... Williamsbirne?«, stellte Chiara nach einer Weile fest.

Imke klatschte in die Hände. »Auch das ist richtig. Du bist ein Naturtalent. Jetzt bin ich mal gespannt, ob du den letzten, den schwierigsten unter ihnen beschreiben kannst.«

»Na, das hört sich fast nach einem Wunderapfel an.«

»Vielleicht«, antwortete Imke ausweichend und forderte ihr Gegenüber noch einmal auf, den Mund zu öffnen. Schließlich verschwand das letzte Stück Apfel zwischen den Lippen der Aushilfe.

Genüsslich kaute Chiara das Fruchtstück. »Mmh«, kam es über ihre Lippen.

Als der Saft aus ihren Mundwinkeln floss, leckte sie darüber.

»Das ist gar nicht so einfach. Er hat fast ein Bouquet wie ein Wein. Ich schmecke nicht nur Apfel, sondern ein Gemisch aus Aprikose, Kirsche und Apfel. Unglaublich lecker. Aber da ist noch etwas, das ich herausschmecke ...« Sie kaute noch immer, und Imke konnte sehen, wie sie das Stück von einer Seite auf die andere schob, dann innehielt und schließlich weiterkaute.

»Seltsam, aber ich habe das Gefühl in diesem Moment diese Plantage zu schmecken, die Früchte, die Erde, die Blüten und ... Honig.«

Imke blieb vor Staunen der Mund offenstehen. Kein Ton kam über ihre Lippen. Chiara war die Erste, die das Gleiche beim Geschmack empfand wie sie oder auch Tom. Diese Begabung kam selten vor und bestätigte Imke, sich bei der Einstellung Chiaras richtig entschieden zu haben.

»Habe ich was Falsches gesagt? Liege ich völlig falsch, fragte ihre Aushilfe und zerrte das Tuch von ihrem Kopf. Sie kniff die Augen zu, um sich an die Helligkeit erst wieder zu gewöhnen.

Noch immer fehlten Imke die Worte.

»Nun sag schon, ob ich recht hatte oder nicht«, drängelte Chiara.

»Ja, alles okay so«, antwortete Imke heiser.

»Und was ist das Leckeres? Ein überbackener Apfel etwa?« Lächelnd zeigte Chiara auf den Teller mit dem Honighörnchen.

Imke schüttelte den Kopf. »Nein, das ist ein von mir selbst kreiertes Gebäck. Ich würde gern wissen, ob es dir schmeckt.«

»Das lass ich mir nicht zweimal sagen.« Chiara nahm das Honighörnchen vom Teller und biss herzhaft hinein.

»Himmlisch, sensationell«, schwärmte Chiara. »Der Teig ist so locker. Davon könnte ich noch mehr verdrücken.« Sie klopfte mit der Hand den Puderzucker von ihrem T-Shirt. »Für das Rezept solltest du ein Patent anmelden. Verkaufst du die auch im Laden? Da muss ich mich aber zusammenreißen, wenn die hier rumstehen, dass ich sie nicht gleich alle aufesse.« Chiara leckte ihre Finger ab.

»Danke, es freut mich, wenn sie dir schmecken«, antwortete Imke und fuhr nachdenklich fort: »Wie du den Geschmack der Äpfel beschrieben hast, ist schon ungewöhnlich. Als wenn du auf einer Apfelplantage aufgewachsen wärst.«

»Liegt sicher daran, dass meine Mutter und mein Stiefvater einen Handel mit Früchten und Wein besitzen. Drüben in New Jersey. Ach ja, und nicht zu vergessen, dass meine Großeltern, wie du ja weißt, auf einer Altländer Apfelplantage als Erntehelfer gearbeitet haben. Scheint irgendwie in den Genen zu liegen.«

Das weckte Imkes Neugier.

»Auf welcher Apfelplantage denn? Hier gibt es ja so einige«, hakte Imke nach.

»Das weiß ich nicht so genau.« Chiara senkte den Blick. Scheinbar war es ihr unangenehm, dass ihr das Detail entfallen war.

»Wenn es dir wieder einfällt, würde ich es gern wissen. Ich kenne so ziemlich alle Familien von den umliegenden Plantagen. Von den Apfelbauerversammlungen und den gemeinsamen Aktivitäten. Das erklärt natürlich, warum du die Apfelsorten so genau beschreiben kannst.« Imke nickte, bevor sie Chiara zeigte, wohin die gelieferte und noch verpackte Ware in die Regale geräumt werden sollte.

Sie riss einen der Kartons auf und reichte Chiara die Dip-Gläser zum Einräumen.

»Hast du eigentlich noch Geschwister?«, fragte Imke, die vor Neugier darauf brannte, so viel wie möglich über ihre Aushilfe zu erfahren.

»Ja, zwei Stiefbrüder. Sind alle jünger als ich. Und du hast auch zwei Brüder, stimmt's? Die sind älter als du.«

»Woher weißt du das?«, fragte Imke erstaunt.

»Hast *du* mir das nicht erzählt in unserem ersten Gespräch?« Imke überlegte einen Moment, konnte sich aber beim besten Willen nicht daran erinnern, mit Chiara über ihre Familie gesprochen zu haben.

»Nein«, widersprach Imke, »ich kann mich nicht daran erinnern.«

Chiara zuckte mit den Achseln. »Ach, dann habe ich das wohl von dem rotblonden, attraktiven Kerl, der mich auf dem Hof abgefangen hat. Wie heißt er gleich noch …?«

Dann konnte Chiara nur einen meinen.

»Du sprichst wohl gerade von Daniel?«

Chiara nickte. »Ja, Daniel.« In ein, zwei Sätzen beschrieb sie den Imker, dass jeder Zweifel ausgeschlossen war.

Wie kam Daniel nur dazu, mit einer Fremden über Imkes Familie zu sprechen? Was fiel ihm nur ein? Privates war hier tabu. Sie musste ihn später zur Rede stellen. Doch je länger sie darüber grübelte, desto mehr kam sie zu dem Schluss, dass Daniel nie über ihre Familie zu Dritten gesprochen hätte. Er würde sich damit auf ein Terrain begeben, das ihn den Job kosten könnte. Und solch eine Stelle als unabhängiger Imker auf einer Apfelplantage war selten. Es wunderte sie auch, dass er bei ihrer letzten Begegnung kein Wort darüber verloren hatte. Sie würde ihn später in einer ruhigen Minute fragen.

Chiara zog den letzten Karton näher heran und begann, auch diesen auszupacken.

»Werde ich sie kennenlernen?«, fragte Chiara, während sie Imke nacheinander mehrere Flaschen Apfelessig reichte.

»Vielleicht«, wich Imke ihr aus. Sie wollte nicht jedem auf die Nase binden, dass ihre Brüder sich auf eine Nachforschungsreise zum Schicksal ihrer verschollenen Schwester begeben hatten.

»Wo sind sie denn gerade?« Vorsichtig hob Chiara eine weitere Flasche Apfelessig aus dem Karton.

»Auf einer Geschäftsreise in Südeuropa.«

»Sie leben beide auch auf dem Gut?«, hakte Chiara nach.

»Nur Tom. Ihm gehört diese Plantage. Finn hingegen hat mit Äpfeln nichts am Hut und lebt in Hamburg.«

»Und was macht er? Ich meine beruflich?«

»Er ist in der Finanzbranche tätig«, erklärte Imke. »Ich glaube, ich sollte dir lieber noch ein wenig mehr über das Apfelblütenfest erzählen.«

»Ja, ja, natürlich«, stimmte Chiara zu.

»Das Apfelblütenfest feiern wir Anfang Mai zum Auftakt der Frühjahrssaison, beginnend zur Sommerernte Anfang August das Apfelfest und im Oktober das Erntedankfest, das im ganzen Ort gefeiert wird.« Imke erläuterte Chiara die Details.

»Dann sind die Äpfel von eben von der letzten Ernte und stammen aus dem Kühlhaus?«, fragte ihre Aushilfe nach.

»Nein, sie werden in Hallen mit kontrollierter Atmosphäre gelagert. Unter ganz bestimmten Bedingungen wird das Altern der schnell verderblichen Früchte verlangsamt, sodass wir das ganze Jahr über Äpfel haben.«

»Das ist wirklich klasse. Ich liebe Äpfel. Der Geschmack des letzten Apfels könnte mich süchtig machen. Wie heißt er?« Chiara leckte sich über die Lippen.

»Mariella. Haben meine Eltern vor vielen Jahren gezüchtet.«

Kurz hatte Imke das Gefühl, dass Chiaras Blick starr wurde. Wie bei Finn, wenn der Vater ihn mal wieder als Taugenichts bezeichnet hatte.

»Sagtest du Mariella?«, wiederholte sie leise.

Der seltsame Unterton ließ Imke aufhorchen.

»Ja, Mariella. Er wurde nach meiner Tante benannt. Lange Zeit war er in Vergessenheit geraten, bis Tom ihn im letzten Jahr quasi wiederentdeckt hat. In der Zeitung stand schon ein Bericht über ihn, weil er die meistverkaufte Apfelsorte des Alten Landes ist.« Imke war stolz darauf. Im vergangenen Jahr hatte Pias Erntekalender mit den stimmungsvollen Fotos einen richtigen Hype um die Apfelplantage ausgelöst. Seitdem war der Name Matthiesen bekannt in der Region.

»Wiederentdeckt … ah, ja …« Chiara war plötzlich sehr ernst, was Imke verunsicherte. Erst als ihre Aushilfe sie anlächelte, dachte Imke, sich das nur eingebildet zu haben.

»Er ist wirklich superlecker«, bestätigte Chiara.

»Danke. Komm, jetzt müssen wir den Laden öffnen. Vielleicht schaust du mir zuerst einmal zu. Wenn du Fragen hast …«

»Ich glaube, du ahnst nicht, wie viele Fragen gleich auf dich einprasseln werden«, unterbrach Chiara sie scherzend.

Die Zeit bis zum Mittag verging wie im Flug. Chiara kam bei den Kunden, insbesondere den männlichen, sehr gut an. Neidvoll musste Imke sich eingestehen, dass sie sich fast überflüssig vorkam. Chiara flirtete gern und konnte in ihrer unnachahmlich humorvollen Weise den Kunden scheinbar alles aufschwatzen. Bereits beim mittäglichen Kassenabschluss hatten sie fast die doppelten Einnahmen zu verzeichnen. Als Imke den Laden zur Mittagspause abschließen wollte, stand Daniel mit einem Korb voller Honiggläser vor der Tür. Bei seinem Anblick klopfte ihr Herz schneller.

»Hallo, Daniel«, begrüßte sie ihn freundlich, aber ohne ihn anzusehen, denn sie merkte, dass sie rot wurde.

»Hallo, Daniel.« Auch Chiara begrüßte ihn und wollte ihm den Korb abnehmen.

»Das ist viel zu schwer für Sie.« Fest umklammerten seine Finger den Henkel. Imke entging nicht das freudige Aufblitzen in seinen Augen. *Wie charmant er Chiara anlächelt.* Das versetzte ihr einen Stich.

»Wollen wir nicht auch du zueinander sagen?«, schlug Chiara Daniel vor und strahlte ihn an. Daniel lächelte zurück. Imke entging nicht, wie sein Blick über Chiaras Körper glitt, die schlank wie ein Model war. Sie hätte wirklich ein Double von Scarlett Johansson sein können und entsprach demnach voll und ganz Daniels Frauentyp. Imke wäre am liebsten aus dem Laden gelaufen. Aber sie war gespannt, wie Daniel sich weiter verhalten würde.

»Gern«, antwortete er nach kurzem Zögern.

»Daniel, stell den Korb doch bitte auf den Tresen, damit wir ihn ausräumen können«, forderte Imke ihn auf und zeigte auf die Stelle neben der alten Kasse.

»Ja, natürlich«, antwortete er und folgte ihrer Aufforderung. Er legte das Geld für zwei Honighörnchen hin und steckte sie sich in eine Tüte.

»Ich packe den gleich aus.« Eifrig griff Chiara in den Korb und baute auf dem Tresen aus den Honiggläsern eine Pyramide.

»Gekonnt ist gekonnt«, kommentierte Daniel das.

»Ich hab da 'ne Idee.« Chiara lächelte geheimnisvoll. Imke und Daniel sahen sie abwartend an.

»Ich könnte eine Sphinx aus Pappe basteln und dahinter stellen mit der Überschrift: Schon im alten Ägypten wurde der Honig wegen seiner Heilkraft geschätzt. Was haltet ihr davon?«

»Also, ich finde das genial. Ist was völlig Neues.« Imke klatschte in die Hände.

»Ich weiß nicht, ob das wirklich bei den Kunden ankommt«, äußerte Daniel seine Bedenken. »Die meisten Kunden hier sind einfache Leute vom Land. Die finden das vielleicht ein wenig zu übertrieben.«

»Aber so locken wir vielleicht auch andere Kunden an, die von weiterherkommen«, widersprach ihm Imke, und Chiara pflichtete ihr bei.

»Ganz bestimmt. Und du willst doch, dass dein toller Honig reißenden Absatz findet.« Chiara legte ihre Hand auf Daniels, dass Imke unwillkürlich die Luft anhielt. Gleichgültig wie sympathisch sie Chiara auch fand, aber dass sie Daniel berührte, missfiel ihr. *Er ist nicht dein Freund!*

Nein, er war nicht ihr Freund, auch wenn sie es sich noch so sehr wünschte.

Daniel zog seine Hand zurück und kratzte sich am Kopf. Nichts in seiner Miene verriet, ob ihm die Berührung gefallen hatte. »Einen Versuch ist es wert«, stimmte er schließlich zu.

»Prima, dann machen wir das so«, entschied Imke.

»Ich muss dann wieder los.« Daniel wandte sich um und lief zur Ladentür.

»Magst du nicht mit uns die Mittagspause verbringen? Draußen auf der Bank vor dem Laden?«, kam Chiara Imke zuvor. Imke war gespannt auf Daniels Antwort.

»Ein anderes Mal vielleicht. Ich muss noch ein paar dringende Besorgungen machen.« Mit diesen Worten floh er regelrecht aus dem Laden. Deutlich spürte Imke die Spannungen zwischen ihm und ihrer neuen Aushilfe.

## 10.

Daniel verspürte bei Chiara immer mehr ein ungutes Gefühl, das er sich nicht erklären konnte. Nicht dass sie ihm unsympathisch gewesen wäre, im Gegenteil. Aber da war ständig etwas in ihrem Blick, etwas Lauerndes, das ihn mahnte, auf der Hut zu sein und gleichzeitig Imke zu beschützen.

Natürlich hatte er bemerkt, wie die neue Aushilfe sich darum bemühte, mit allen gut auszukommen.

Auf dem Weg zurück zu seinen Bienen zerbrach er sich weiter den Kopf darüber, was ihn genau an Chiara störte. Doch er kam zu keinem brauchbaren Ergebnis. Schade, dass Tom nicht hier war, mit dem er offen darüber hätte reden können.

Als er die Blumenwiese erreichte, hakte er das Thema ab.

Jetzt, da die Sonne am höchsten stand, hatten die Frühjahrswildblumen ihre filigranen Blütenköpfe geöffnet. Daniel blieb am Zaun stehen und ließ den Blick über seine Bienenweide, wie er sie nannte, schweifen. Am Rand der Blumenwiese hatte sich Kamille ausgebreitet, deren Duft in seine Nase drang. Rotes und weißes Leimkraut hatte sich zwischen Glockenblumen und Eisenhut ausgesät. Überall summte und brummte es. Das war Musik in seinen Ohren. Bienen und Hummeln mit dicken Pollenhöschen surrten von Blume zu Blume. Die Hochblütezeit lag im Sommer, wenn die ersten Wildrosenknospen aufbrachen. Immer, wenn er an der Blumenwiese stand, wusste er, weshalb ihn der Beruf des Imkers erfüllte.

Diese Blumenwiese hatte er Tom zu verdanken. Er vermisste ihn sehr.

Daniels Handy vibrierte in der Tasche. Zuerst überlegte er,

nicht ranzugehen. Doch weil es permanent weitervibrierte, nahm er den Anruf entgegen.

»Na, stehst du wieder vor deiner Blumenwiese?«, hörte er die vergnügte Stimme seines besten Freundes am anderen Ende der Leitung. Wie gut Tom ihn kannte und wusste, dass er im Frühjahr und Sommer in der Mittagspause stets die Wiese aufsuchte.

»Was hast du denn gedacht? Mensch, Tom, schön dich zu hören. Wie geht es euch? Wie kommt ihr mit euren Nachforschungen voran?«

Daniel war interessiert und nahm Anteil am Schicksal des Freundes. Seitdem er auf dem Matthiesen-Gut als Imker arbeitete, hatte er erfahren, wie sehr Carolines Verschwinden die Familie belastete. Der Seniorchef war ein verbitterter, alter Mann, der seinen Schmerz auslebte, ohne Rücksicht auf die Familienmitglieder zu nehmen. Daniel wusste, dass Tom sich seit dem schicksalhaften Tag mit Schuldgefühlen quälte, die sein Vater nur noch schürte, und fühlte mit dem Freund.

»Nach einigen Nachforschungen erhärtet sich unser Verdacht, dass Caroline nicht ertrunken ist, sondern damals eine Odyssee durch die Schweiz, Italien, Österreich bis nach Ungarn durchmachen musste. Allerdings fehlt, seitdem sie die Schweiz mit der angeblichen Mutter verlassen hat, vom Vater jede Spur. In Ungarn lebt eine Frau, die uns vielleicht weiterhelfen könnte. Finn und Maike kehren morgen wegen Anna und des Schiffbetriebs zurück. Aber …« Tom brach ab.

»Ihr beiden möchtet weiter, stimmt's?«, fragte Daniel.

»Eigentlich schon, aber ich habe ein schlechtes Gewissen wegen der vielen Arbeit, die wir euch zumuten …«

Daniel spürte, wie wichtig es Tom war, die Suche nach der vermissten Schwester fortzusetzen.

»Quatsch. Hier läuft alles, Tom. Wirklich. Mach dir keine Gedanken.«

Tom seufzte am anderen Ende. »Ich habe von Pia gehört, dass Immie jetzt eine Aushilfe im Laden hat.«

»Ja, Chiara«, antwortete Daniel verhalten.

»Und wie ist sie so?«, hakte Tom nach.

»Imke kommt sehr gut mit ihr klar«, antwortete Daniel ausweichend, denn er befürchtete, Tom könnte ihn nach der Neuen ausfragen. Seine Bedenken gegenüber Chiara hätten den Freund sich vielleicht gegen die Weiterreise entscheiden lassen. Das konnte er, auch wenn er noch so gern mit ihm darüber gesprochen hätte, nicht riskieren. Seinem Freund fiel es schwer genug, die Plantage anderen zu überlassen.

»Das beruhigt mich.« Tom klang erleichtert. »Und wie sieht es mit den Bienen aus?« Aus jedem seiner Worte wurde die Sehnsucht nach der Plantage deutlich. Ausführlich berichtete Daniel ihm von der prächtigen Apfelblüte.

»Dein Beschnitt war erfolgreich, und dank des milden Wetters hatten wir keine Nachtfröste. Einer ertragreichen Ernte steht also nichts im Weg. Ich schick dir ein paar Fotos, damit du dich selbst davon überzeugen kannst«, versprach Daniel.

»Danke.« In diesem einen Wort schwangen Erleichterung und Zufriedenheit des Freundes mit. Sie plauderten noch eine Weile miteinander, bevor sie sich voneinander verabschiedeten.

Daniel setzte sich ins Gras an den Rand der Blumenwiese und verspeiste seine Honighörnchen. Das Summen um ihn herum erfüllte ihn mit tiefer Zufriedenheit. Während er den Blick schweifen ließ, bemerkte er Chiara, die die Gutsauffahrt hinabschlenderte. Von der Straße bog ein dunkler Wagen in die Auffahrt ein und fuhr im Schritttempo hinauf. Daniel stutzte. Das war doch derselbe von neulich. Wieder war die Entfernung zu groß, als dass er den Fahrer erkennen konnte. Daniel fluchte. Der Wagen hielt am Rand an. Auch Chiara hatte ihn bemerkt. Sie wirbelte herum und eilte zum Gut zurück. Der Fahrer rief ihr etwas hinterher, was Daniel nicht verstehen konnte. Jetzt wusste er jedoch mit Gewissheit, dass es sich bei ihm um einen Mann handelte. Chiara blieb nicht stehen, und als der Wagen ihr hinterherfuhr, rannte sie vor ihm weg. War das vielleicht ein Liebhaber, dem sie den Laufpass gegeben hatte und der sie verfolgte? Der Fahrer gab auf und wendete den Wagen, bevor er in rasantem Tempo hinab zur Landstraße fuhr.

Immer mehr verstärkte sich in Daniel das Gefühl, dass Chiara etwas verheimlichte. War sie etwa vor dem Mann ins Alte Land geflohen?

Er musste sie zur Rede stellen, um Imke zu schützen.

## 11.

Imke war ein wenig enttäuscht, dass Chiara einen Spaziergang in der Mittagspause vorzog, anstatt mit ihr im Garten einen von Fraukes frischen Wildkräutersalaten zu essen und dabei zu plaudern. Sie lechzte danach, mehr von Chiara zu erfahren. Endlich hatte sie eine Frau gefunden, mit der sie sich auf Anhieb verstand, und erhoffte sich eine Freundschaft.

Als Imke zum Laden zurückkehrte, saß Chiara bereits auf der Bank davor, bleich, mit geweiteten Augen, als wäre sie einem Geist begegnet.

»Du bist so blass. Geht es dir nicht gut?«, fragte Imke besorgt.

»Doch, doch. Mein Spaziergang hat nur etwas länger gedauert als angenommen. Weil ich nicht zu spät kommen wollte, bin ich die Auffahrt hinaufgerannt. Habe momentan null Kondition. Zu viel Schreibtischarbeit. Früher bin ich jeden Morgen vor den Vorlesungen gejoggt. Aber jetzt schlafe ich lieber länger und frühstücke ausgiebig.« Chiara lächelte.

»Ich habe auch keine Zeit dafür«, gab Imke zu. »Du sagtest doch, dass du für ein Magazin arbeitest. Für welches denn?«

»Dein Gartenherz. Aber nur als freie Reporterin.«

Imke hatte von der bekannten Zeitschrift schon die eine oder andere Ausgabe begeistert gelesen.

»Dann habe ich vielleicht schon einen Artikel von dir gelesen.« Imke freute sich. »Ich habe noch die letzten drei Ausgaben hier. Da werde ich später mal nachschauen, ob ich deinen Namen unter einem der Artikel finde.«

»Ich arbeite nur für größere Artikel dem Chefredakteur zu, und natürlich besteht er darauf, dass sein Name erwähnt wird«, erklärte Chiara. Sie senkte den Blick, als wäre ihr das Thema unangenehm.

*Vielleicht ist sie auch nur sauer, weil sie ihren Namen nicht darunter liest.* »Dann schmückt er sich ja mit fremden Federn!«, kritisierte Imke und war wütend auf den unbekannten Mann, der Chiaras namentliche Nennung nicht zuließ.

»Ich bin ja dort zum Glück keine feste Mitarbeiterin. Ich glaube, du solltest den Laden schnell aufschließen. Dort hinten sind bestimmt ein paar potenzielle Kundinnen im Anmarsch.« Sie deutete mit dem Kinn hinter Imke.

Sofort öffnete Imke die Tür. Als wäre Chiara schon seit einer Ewigkeit hier auf dem Gut, war sie bereits dabei, das antike Schild mit den Angeboten vor den Eingang zu stellen, und trug zwei der Apfelkisten aus dem Sonderangebot nach draußen.

Imke war froh, eine solch umsichtige Hilfe gefunden zu haben, die sie nicht dauernd an etwas erinnern musste.

Kurz darauf betraten die beiden Kundinnen den Hofladen. Bevor Imke sie nach ihren Wünschen fragen konnte, waren beide Frauen bereits im Gespräch mit Chiara.

Auch bei ihnen schaffte es ihre neue Aushilfe, zusätzlich zu den geäußerten Wünschen noch zwei Beutel Äpfel anderer Sorten zu verkaufen.

Chiara erntete viel Lob für ihr Aussehen und ihre Bedienung. Die Zeit nutzte Imke, um zu Daniel zu laufen, der gerade den Hof überquerte. Wie immer schoss ihr Puls bei seinem Anblick in die Höhe, und sie musste sich sehr bemühen, ihm ihre Gefühle nicht zu offenbaren.

»Daniel!«, rief sie ihm hinterher. Er blieb stehen und wandte sich lächelnd zu ihr um.

»Hallo, Imke, brauchst du meine Hilfe?«

»Ja … Nein …«, stammelte sie. *Verdammt, reiß dich zusammen!*

»Was denn nun? Ja oder nein?«, erwiderte er lächelnd. *Sein Lächeln könnte Eisberge zum Schmelzen bringen.*

»Ehrlich gesagt wollte ich dich nur was fragen.«

»Dann schieß los«, forderte er sie auf. Dennoch fiel es ihr nicht dadurch leichter, die Frage zu formulieren.

»Ich … ich wollte eigentlich nur wissen …« *Warum schaut er mich so an?* Unwillkürlich fasste Imke den silbernen Apfel an ihrer Halskette, als wäre er die Bremse für ihren schnellen Herzschlag.

»Hast du Chiara von meinen Brüdern erzählt?«, fragte sie jetzt ohne Umschweife.

Daniel war augenscheinlich erstaunt. »Von deinen Brüdern? Nein, warum sollte ich?«

In Imkes Ohren klang das ehrlich. Sie konnte sich nicht daran erinnern, dass Daniel jemals gelogen hatte, seit sie ihn kannte.

»Na ja, vielleicht nicht so direkt, sondern einfach nur nebenbei … Ich hatte den Eindruck, dass ihr euch gut versteht.«

»Nein, ich habe kein einziges Wort über die beiden fallen lassen. Behauptet sie das etwa?« Imke spürte Daniels Ärger und wollte ihn nicht noch mehr aufbringen oder einen Streit zwischen den beiden heraufbeschwören. Sie versuchte sich an Chiaras Worte zu erinnern. Hatte sie wirklich Daniel gemeint? Immerhin war Jens auch blond, wenn auch rotblond.

»Dann habe ich da wohl etwas falsch verstanden.«

»Hm«, machte Daniel und trat von einem Fuß auf den anderen. »Ich habe nichts gegen Chiara, aber ich habe das dumpfe Gefühl, dass sie etwas Wichtiges verschweigt.«

»Aus welchem Grund? Ihre Papiere waren okay, und auch alles, was sie erzählt hat, klang plausibel. Du bist zu misstrauisch. Geben wir ihr doch die Chance.«

Daniel sah auf, sein Blick war besorgt. Er war ein vorsichtiger Mann, der alles und jeden prüfte, bevor er sich vertraut gab. Es hatte Monate gedauert, bis er und Tom sich über Privates unterhalten hatten, und weitere Monate, um an den gemeinsamen Abendessen teilzunehmen. An den ersten Abenden hatte er nur etwas gesagt, wenn ihn jemand angesprochen hatte.

Imke erinnerte sich noch gut an seinen anfänglich misstrauischen Blick, wenn ihm jemand seine Hilfe angeboten hatte. Genau der ruhte auf ihr.

»Ich dachte, ihr Männer mögt geheimnisvolle Frauen«, warf Imke ein.

»Sei bitte vorsichtig, Imke«, sagte er leise. Er streckte seinen Arm aus, als wolle er sie berühren. Aber er ließ ihn sinken und ging weiter zur Lagerhalle.

Daniels Worte stimmten Imke nachdenklich.

Aus dem Radio tönte laute Musik. Chiara räumte Bienenwachskerzen im Regal um und summte die Melodie mit, als Imke in den Laden zurückkehrte. Lächelnd beobachtete Imke eine Weile ihre Aushilfe, die ihre Anwesenheit noch nicht bemerkt hatte. Daniels Warnung kam ihr lächerlich vor. Chiaras Blick war stets offen und klar, und beim Einstellungsgespräch hatte sie ehrlich geklungen. Ihr Bauchgefühl sagte ihr, dass Chiara aufrichtig war. Und darauf hatte sie sich immer verlassen können.

Sacht tippte Imke ihr auf die Schulter. Chiara zuckte zusammen und wirbelte herum.

»Oh, mein Gott, ich habe dich nicht kommen gehört!«, rief sie aus und lachte.

»Vielleicht solltest du die Musik etwas leiser drehen«, antwortete Imke augenzwinkernd.

Sofort drehte Chiara den Lautstärkeregler und wandte sich wieder zu ihr um. »Ich habe das Regal geputzt und dabei die Kerzen nach Größe und Form sortiert. Gefällt dir das?«

Imke betrachtete die Arbeit und war mit dem Ergebnis zufrieden. Für solche Kleinigkeiten hatte sie nie Zeit gehabt.

»Ja, das sieht gut aus«, lobte sie Chiara, die strahlte.

Dann ging Imke ins Haus, um das Apfelblütenfest zu organisieren. Sie telefonierte mit Zulieferern und anderen Obstbauhöfen, die sich beteiligten, bis die kleine Glocke im Turm den Feierabend einläutete.

Erst danach kehrte Imke in den Laden zurück, drehte das Schild an der Tür mit der Aufschrift *geschlossen* um und schloss die Ladentür ab. Seufzend lehnte sie sich mit dem Rücken gegen die Tür und lauschte den sanften Klängen aus dem Radio, das Chiara eingeschaltet hatte. Imke hatte noch nie Musik im Laden laufen lassen, musste sich aber eingestehen, dass es ihr gefiel und Arbeit leichter von der Hand ging. Als ein lateinamerikanischer Song ertönte, schwang Chiara, die für den nächsten Morgen Regale neu bestückte, im Takt die Hüften. Imke beneidete sie um ihre geschmeidigen Bewegungen.

Die Aushilfe trällerte die Melodie mit und drehte sich um die eigene Achse. Übermütig lachte sie dabei, vor allem, als sie gegen ein Pfännchen stieß, das scheppernd auf den Boden fiel. Ihre Verrenkungen brachten Imke zum Staunen. Zwischen zwei Regalen vollführte die Aushilfe einen Handstand mit Überschlag, bevor sie kichernd mit beiden Füßen vor Imke stand.

»Eine Zirkusnummer im Laden ...« Imke schüttelte lächelnd den Kopf. Chiara schien immer für eine Überraschung gut zu sein.

Imke sah sich um. Sie legte großen Wert auf Seriosität und wollte nicht ins Gerede kommen.

»Bleib locker. Hat niemand gesehen«, versicherte Chiara, bevor sie zum Radio lief und es lauter drehte. Dann zog sie Imke in den Raum und animierte sie zum Tanzen. Zuerst wehrte Imke sich, aber Chiaras Heiterkeit war ansteckend, und es bereitete ihr eigentlich Spaß. Kichernd drehten sie sich im Kreis, bis ihnen schwindlig wurde und sie sich keuchend losließen. Das letzte Mal hatte Imke sich in ihrer Kindheit so unbeschwert gefühlt.

»Wow, war das geil!«, rief Chiara aus.

Und als Imke das Geld aus der Kasse nahm und zählte, war sie mehr als erstaunt. So viel hatte sie lange nicht verdient. Sie wagte nicht zu hoffen, dass das so weiterging.

## 12.

Normalerweise suchte Daniel gleich nach Feierabend in seinem Garten Ruhe in der Abgeschiedenheit. Dann fühlte er sich in eine andere Welt versetzt, ohne Sorgen und Probleme.

Heute jedoch hatte er Jens versprochen, vorher bei ihm auf dem Apfelfeld vorbeizuschauen, um mit ihm über den nächsten Arbeitsplan zu reden. Die Plantagenarbeit lastete schwer auf den Schultern des Vorarbeiters, und Daniel beneidete ihn nicht darum.

Die orange Sonne am Horizont stand tief und warf lange Schatten auf den Weg vor ihm. Das Summen der Insekten war leiser geworden. Allmählich kehrten die Bienen in die Stöcke zurück. Dann übernahmen die Grillen mit ihrem Konzert das Regiment auf der Wiese.

Auf dem Weg zum verabredeten Apfelfeld musste Daniel am Garten des Gutshauses vorbei. Im Vorbeigehen winkte er oft dem alten Gutsherrn Knut Matthiesen zu, der es sich nicht nehmen ließ, seine Blumen selbst zu pflegen, auch wenn das Bücken beschwerlich war. Heute jedoch war der Garten verwaist. Sicher lag es an dem frischen Ostwind, der durch die Kleidung fuhr. Knut Matthiesen fror sehr schnell. Selbst im Sommer hatte er letztes Jahr seine graue Strickjacke getragen.

Kaum hatte Daniel das Ende des schmiedeeisernen Gartenzauns erreicht, nahm er auf der weißgeputzten Garagenwand einen beweglichen Schatten wahr. Daniel hielt an, um den Seniorchef freundlich zu begrüßen. Doch beim näheren Hinsehen bemerkte er, dass es jemand anderes war, der im Garten an der Hausmauer entlangschlich. Daniel kniff die Augen zusammen. Es war der Schatten einer Frau mit schulterlangem Haar. Ihr Gang war aufrecht, fast tänzelnd. War das etwa Chiara, die durch den Garten tanzte? Hatte Imke sie ins Gutshaus eingeladen? Immerhin war sie sehr eingenommen von der neuen Aushilfe. Aber Daniel zweifelte, dass die Sympathie so weit reichte, dass Imke sich über alle familiären Regeln hinwegsetzte und ihr gestattete, das Reich ihres Vaters zu betreten. Wenn sie es wirklich war, musste sie sich unberechtigt Zugang zu Knut Matthiesens Wohnung und Garten verschafft haben. *Da war doch etwas faul.*

Chiara verbarg ihr Geheimnis mit einer offen zur Schau getragenen, fast übertriebenen Nettigkeit, die ihm schon auf die Nerven ging. Was wollte sie in Knuts Refugium? Wusste der alte Gutsbesitzer davon und warf sie deshalb nicht hinaus?

Ohne zu zögern übersprang Daniel den Gartenzaun, um Chiara zur Rede zu stellen. Mit weit ausholenden Schritten überquerte er den Rasen in Richtung Terrasse, wo er sie anhand des Schattens vermutete. Er lief zum Gartenhäuschen. Doch da war niemand zu sehen. Anschließend setzte er den Weg zur überdachten Terrasse fort. Auch dort traf er Knut Matthiesen nicht an. Daniel zuckte mit den Achseln. Wie hatte die Frau nur so schnell verschwinden können? Er betrat die Terrasse und schaute durch die raumhohe, breite Glasfront ins Innere. Oft saß Knut Matthiesen in seinem alten Ledersessel neben dem Aquarium und beobachtete die Fische. Aber auch dieser Platz war leer. Eine Tür in der zweiten Fensterfront klappte. Es musste die zur Küche sein. Bestimmt hatte Chiara ihn längst bemerkt und die Chance genutzt, sich im Haus zu verstecken. Und wenn er sich geirrt hatte? Schatten konnten verzerrt sein. Er musste sich vergewissern und umrundete den Pfeiler, der die Terrassenfläche teilte, um nachzusehen. Kaum hatte er die Küchentür erreicht, wurde sie aufgerissen. Anstelle von Chiara jedoch trat ihm Imke entgegen und schrie erschrocken auf.

»Herrgott, Daniel! Was machst du denn hier?«, rief sie und sah ihn fragend an.

Er musste seine Worte mit Bedacht wählen, falls er sich geirrt haben sollte.

»Ich … ich war auf dem Weg zu Jens. Plötzlich habe ich jemanden in eurem Garten gesehen und mir gedacht, dass ich lieber mal nach dem Rechten sehen sollte.«

»Das bin sicher ich gewesen. Ich habe Papas Gartenstuhl aus dem Gartenhäuschen geholt. Morgen soll es wieder sonnig sein, und ich dachte, es täte ihm gut, mit ihm ins Grüne zu fahren.«

Daniel blickte an Imke vorbei auf den Schatten an der weißgeputzten Wand, hinter der sich die Garagen befanden. Er war sich sicher, dass das nicht der Gleiche war, den er vorhin gesehen hatte. Die Frau hatte kein Tuch um den Hals getragen und ihre Haltung war so aufrecht wie der einer Ballerina gewesen.

»Ach so«, antwortete er. »Ist Chiara noch bei dir?« Er sah über ihre Schulter in die Küche.

Imke schüttelte den Kopf. »Nein, natürlich nicht. Wie kommst du denn darauf? Die ist doch längst nach Hause.«

»Ich dachte, ich hätte sie eben im Garten gesehen.«

»In unserem Garten? Was sollte sie hier wollen? Außerdem ist sie schon vor einer Stunde nach Hause gegangen.«

»Vielleicht ist sie ja noch mal umgedreht.« *Soll ich mich wirklich geirrt haben?*

»Dann hätte sie bestimmt geklingelt oder mich angerufen, und das hat sie nicht. Aber ich kann ja mal im Briefkasten schauen, ob sie mir einen Zettel eingeworfen hat.«

Während Daniel in der geöffneten Terrassentür wartete, ging Imke zur Haustür. Voller Ungeduld erwartete er ihre Rückkehr. Sein Blick schweifte durchs Wohnzimmer des Seniors, ob er etwas Verdächtiges bemerkte. Vergeblich.

Da kehrte Imke zurück. »Nichts«, sagte sie und zuckte mit den Achseln.

»Und es fehlt auch nichts?«, hakte Daniel nach und bemerkte, wie sich Imkes Blick verdüsterte.

»Ich bin die ganze Zeit hier gewesen. Da hätte ich doch was gemerkt«, antwortete sie.

»Wo wohnt sie eigentlich?«, fragte Daniel.

»In Oosthusen, bei Trixie. Hat sie mir erzählt.«

Trixie Weber, die eigentlich Beatrix Weber hieß, unterhielt eine kleine Pension im Dorfkern. Hin und wieder hatte sie Übernachtungsgäste, meistens jedoch nur für ein, zwei Nächte, denn die Pension war sehr spartanisch eingerichtet, und ein Frühstück gab es auch nicht. Auch er hatte einst bei ihr genächtigt, als er sich bei Tom um die Stelle als Imker beworben hatte. Im kleinsten Zimmer der Pension mit dem winzigen runden Fenster, das ihm wie ein Loch vorgekommen war. Jemand wie Chiara, die nach ihrem Outfit zu urteilen offensichtlich Komfort gewöhnt war, konnte sich dort nicht auf Dauer wohlfühlen. Es war nur eine Frage der Zeit, dass sie sich woanders einmietete. Vielleicht im Gutshaus. Bei dem Gedanken war ihm nicht ganz wohl.

»Weißt du denn, was Chiara von Beruf ist?«, fragte er.

»Journalistin.«

Imkes Antwort überraschte ihn. Aber irgendwie passte es zu ihr. Hatte er Vorbehalte gegen sie, weil er negative Erfahrungen mit Journalisten gemacht hatte? Nein, da war noch etwas anderes.

»Was will sie dann in deinem Laden? Undercover recherchieren?«

»Nein, sie arbeitet nur hin und wieder freiberuflich für ein renommiertes Gartenmagazin. Vielleicht kann sie einen Bericht über unser Fest schreiben. Wäre doch eine gute Publicity, findest du nicht?«

Er wurde bei Imkes Ausführungen stutzig. Eine Journalistin, die nebenberuflich auf einer Apfelplantage arbeiten wollte, kaufte er Chiara nicht ganz ab.

»Ja, wäre es. Weißt du denn auch, bei welchem Gartenmagazin?«, hakte er nach.

»Bei … Misstraust du ihr etwa?« Imkes Augenbrauen zogen sich zusammen.

»Sagen wir mal so, ich bin vorsichtig«, gestand Daniel.

»Brauchst du nicht. Alles, was sie berichtet hat, klang plausibel. Sie hat mich bestimmt nicht angelogen.« Imke klang gereizt und wandte sich ab.

»Okay. Wenn du das sagst.« *Dennoch werde ich Chiara weiter im Auge behalten*, schwor er sich.

»Ich frage mich ernsthaft, was du gegen Chiara hast. Oder ist das nur vorgespielt, weil du sie begehrst?«, fragte Imke unvermutet.

Etwas Lauerndes lag in ihrem Blick. Ihre Frage ärgerte ihn. Wie kam sie nur darauf, er könnte an Chiara interessiert sein? »Und wenn es so wäre? Immerhin ist sie eine bildhübsche Frau.«

Auf seine Antwort hin kniff Imke die Lippen zusammen, und er bereute bereits seine Worte. Sie schaffte es immer wieder, ihn zu provozieren.

Nachdem er sich von Imke verabschiedet hatte, eilte er zu Jens, der ihn bereits ungeduldig erwartete.

»Ich wollte gerade gehen. Dachte schon, du kommst nicht mehr.« Jens war sauer.

»Sorry, aber ich hatte jemanden in Knut Matthiesens Garten gesehen und deshalb mit Imke gesprochen.«

»Einen Einbrecher?«, fragte Jens überrascht.

»Ehrlich gesagt weiß ich das nicht so genau. Laut Imke fehlt nichts. Zuerst dachte ich, es wäre Imkes neue Aushilfe. Anscheinend habe ich mich geirrt.«

Daniel erläuterte Jens seine Vermutung.

»Was sollte sie im Garten von Old Matthiesen wollen?«

»Keine Ahnung. Aber ich habe bei ihr immer so ein komisches Gefühl«, gab Daniel zu. »Sie hat Imke gegenüber behauptet, dass ich mit ihr über Tom und Finn geredet hätte, was nicht stimmt.«

Jens kratzte sich am Hinterkopf und zog eine ernste Miene. »Das hätte ich ihr nicht zugetraut. Aber wenn sie tatsächlich im Garten gewesen ist, dann ist da was faul.«

Daniel beschloss, Chiara zu beobachten. War sie vielleicht von diesem Gartenmagazin geschickt worden, um über Imkes Laden zu schreiben?

Am Abend, als Daniel im Sessel vor seinem Kamin saß, grübelte er immer noch über Chiara nach. Das Feuer knisterte leise im offenen Kamin. Nachdenklich starrte er auf die züngelnden Flammen. Er war sich so sicher gewesen, Chiaras Schatten gesehen zu haben. Doch nach dem Gespräch mit Imke waren ihm Zweifel gekommen, auch weil sie viel zu schnell verschwunden war. Imke hätte es bemerkt, wenn Chiara ins Haus geflüchtet wäre. Hatte er doch Imkes Schatten gesehen? Er musste die Wahrheit herausfinden. Nur hatte er noch keinen Plan, wie er das anstellen sollte.

# 13.

»Und es macht dir wirklich nichts aus?«, fragte Imke Chiara und verspürte ein schlechtes Gewissen, weil sie das Schmücken auf dem Hof ihr überließ.

»Weißt du, ich schiebe seit Tagen den Quartalsabschluss vor mir her. Irgendwann muss ich ihn erledigen, sonst reißt Tom mir noch den Kopf ab.«

»Ich bin schwindelfrei, ich mach das gern.« Ehe Imke etwas erwidern konnte, erklomm Chiara Sprosse für Sprosse. Immer höher ging es hinauf, bis sie das Scheunendach berühren konnte. Bei dem Anblick bekam Imke feuchte Hände und ein flaues Gefühl im Magen. Ihren Brüdern hatte Höhe auch nie etwas ausgemacht. Auf dem Hamburger Dom mussten es immer die höchsten Karussells sein.

Plötzlich rutschte die Leiter. Imke schrie auf und umfasste sie fest mit beiden Händen, während Chiara lachte.

»Ist ja gut gegangen!«, rief sie herunter. Imke schwieg. Ihr schlug das Herz bis zum Hals.

»Willst du nicht lieber herunterkommen?«, fragte sie ihre Aushilfe. »Ich kann nicht länger bleiben.«

»Ich muss doch nur das Ende einhaken.« Chiara streckte sich, um an den Haken heranzukommen.

Imke beobachtete Chiara, wie sie das Ende der Apfelgirlande befestigte. Langsam stieg Chiara nach unten. Schweiß perlte von ihrer Stirn. Auf halber Höhe hielt sie kurz inne und zog ihr dunkelrotes T-Shirt aus, als stünde sie sicher auf der Erde. Der vorbeilaufende Jens pfiff anerkennend durch die Zähne. Imke entging nicht Jens‘ begehrlicher Blick, den er Chiara zuwarf. Sie musste gestehen, dass Chiaras rosa Top mehr zeigte, als verbarg. Ihre wohlgeformten Brüste zeichneten sich unter dem dünnen Stoff ab.

Auch Imke hatte sich heute mehr Mühe mit ihrem Outfit gegeben, weil sie nicht so gegen ihre flotte Aushilfe abfallen wollte. Aus der hintersten Ecke ihres Schrankes hatte sie Jeans und ein mintfarbenes T-Shirt herausgezogen, das zwar gut, aber längst nicht so chic war wie Chiaras. An verschiedenen Stellen zierten glitzernde Applikationen Chiaras Jeans.

Imke ließ die Leiter erst los, als Chiara auf dem Boden stand.

»Wo geht es jetzt weiter?«, fragte sie und sah sich um. Sie schien vor guter Laune und Tatkraft nur so zu sprühen.

Den ganzen Vormittag verbrachten sie mit dem Aufhängen der Girlanden. Imke war heilfroh, als es vorüber war.

»Möchtest du nachher in der Mittagspause vielleicht zu mir ins Gutshaus kommen?«, bot Imke Chiara an.

»Ich … ich weiß nicht. Ich möchte dir keine Umstände machen«, sagte sie.

»Das machst du nicht. Wie ich Frauke, unsere Haushälterin, kenne, hat sie sicher wieder ein paar mehr Sandwiches geschmiert. Sie macht die besten.«

Chiara lächelte. »Ja, dann …«

»Prima. Bis später«, sagte Imke. »Und vergiss nicht den Kassenschluss zu machen, bevor du in die Mittagspause verschwindest.«

Pünktlich mit dem halbstündlichen Glockenschlag spähte Imke durchs Fenster nach draußen, ob ihre Aushilfe wirklich käme. Chiara hatte wenig begeistert gewirkt, ihr beim Mittagessen Gesellschaft zu leisten, dass Imke ihrer Aushilfe ein Fernbleiben durchaus zutraute. Aber da kam sie schon, und Imke ging Richtung Haustür, um sie zu empfangen.

Als Chiara die Deele des Gutshauses betrat, schaute sie sich mit ernster Miene um und schwieg. Angesichts der Größe dieser norddeutschen Deele staunten alle, die sie das erste Mal betraten.

Chiara jedoch schien wenig beeindruckt. Pia hatte damals bei ihrem ersten Besuch den Eingangsbereich mit den dunklen

Deckenbalken und der Wandvertäfelung als bedrückend empfunden, weshalb sie Tom dazu überredet hatte, die Deele heller und freundlicher zu gestalten. Die Maler hatten alle dunklen Hölzer an den Wänden und der Decke weiß gestrichen. Die alten, rustikalen Eichentüren waren durch moderne aus Ahorn ersetzt worden. Tom hatte eine Wand durchbrochen, damit das Licht ungehindert durch die mit Ornamenten verzierten Glaselemente fallen konnte. Auch die klobige Sitzgruppe am Kamin hatte für filigrane, aber gediegenen Polstermöbel weichen müssen. Auch Imke fühlte sich in dieser hellen und lichtdurchfluteten Umgebung viel wohler. Nur die Gemälde an den Wänden und der Treppe waren geblieben.

»Euer Gutshaus hätte ich mir … anders vorgestellt«, warf Chiara ein und runzelte die Stirn. Imke sah sie fragend an.

»Irgendwie altmodischer mit Eichenmöbeln und so«, fuhr Chiara erläuternd fort.

»Das war vorher. Aber meine Schwägerin Pia, Toms Frau, fand das alles hier sehr deprimierend.«

»Ich mag die alten Dinge. Sie erzählen eine Geschichte«, antwortete Chiara. Fast glaubte Imke, so etwas wie Kritik herauszuhören, dass sie die Deele modernisiert hatten. Finn hatte es vor der Renovierung auch besser gefunden, weshalb es zwischen ihm und Pia zu einem kleinen Disput gekommen war.

»Komm mit in die Küche. Ich habe einen Mordshunger«, schlug Imke vor, als sie merkte, wie die Stimmung zu kippen drohte.

»Kann ich mir bitte vorher noch schnell die Hände waschen?«

Verwundert blickte Imke auf Chiaras Hände hinunter, die sie erst kurz vorher auf der Toilette im Laden gewaschen hatte.

»Ja, ja, natürlich. Hinter der Treppe gleich rechts«, erklärte sie Chiara und deutete mit dem Arm in Richtung Kamin.

»Genau gegenüber liegt die Küchentür. Dort werden wir die Sandwiches essen.«

Chiara eilte an der Treppe vorbei zur Gästetoilette, während Imke sich in die Küche begab.

Der alte, eichene Küchentisch war längst fertig gedeckt, aber Chiara noch immer nicht eingetroffen.

Imke schaute auf die Uhr. Ihnen blieb nur noch eine knappe Stunde Mittagspause. Sie kehrte in die Deele zurück, wo sie Chiara vermutete. Doch da war sie nicht. Einen Augenblick später näherte sich Chiara aus dem Flur, der zum Wohntrakt ihres Vaters und in den Garten führte.

»Ich habe dich schon vermisst.«

»Oh, sorry, aber ich bin nach der Gästetoilette falsch abgebogen und habe nicht gleich zurückgefunden.«

Scheinbar hatte Chiara ihr vorhin nicht genau zugehört.

»Na ja, nun bist du ja hier. Schau, die Küche liegt genau gegenüber. Ganz einfach«, erklärte Imke.

»Ach ja, ja.« Chiaras Wangen färbten sich rot. »Tut mir leid.«

»Schon gut. Jetzt lass uns endlich was essen. Ich sterbe sonst noch vor Hunger.« Mit ausgestrecktem Arm deutete Imke auf die gegenüberliegende Tür.

Chiara schaute hinauf zur Treppe, ihr Blick wurde starr.

Sie betrachtete Carolines Gemälde am Treppenaufgang. *Wie Johnny.*

Spannung lag in der Luft, die wie Glaswolle auf Imkes nackten Armen kratzte.

»Wunderschöne Gemälde«, schwärmte Chiara. »In den meisten Häusern hängen immer nur Fotos.«

»Ist in unserer Familie Tradition. Jeder Matthiesen wurde in Öl auf die Leinwand gebannt«, erläuterte Imke. Es war eine Tortur gewesen, so lange still zu sitzen, dass sie auf diese Tradition gern verzichtet hätte.

»Traditionen haben etwas Beständiges. Bei uns wurden sie nie gepflegt«, sagte Chiara leise. Ein bitterer Zug umgab ihren Mund. Imke betrachtete ihre Aushilfe, die gedanklich weit entfernt zu sein schien.

»Das ist schade. Bei uns gehören auch die Mahlzeiten dazu«, sagte Imke augenzwinkernd, fasste Chiaras Arm und zog sie mit sich in die Küche.

Während sie die von Frauke zubereiteten köstlichen Sandwiches aßen, löcherte Chiara sie mit Fragen zur Geschichte des Gutes. Aufmerksam hörte sie Imkes Ausführungen zu und hakte nach, wenn sie etwas besonders interessierte.

»Seit Generationen lebt die Familie meines Vaters im Alten Land. Deshalb ist er mit dieser Region tief verwurzelt. Wir übrigens auch. Ich könnte mir gar nicht vorstellen, irgendwo anders zu leben.« Sie würde die blühenden Apfelbäume vermissen, den Duft des frisch gepressten Mostes und das Gutshaus. All das war ein Teil von ihr.

»Dann war dein Vater sicher der Älteste und hat das Gut geerbt?«

»Nein, er hatte noch einen älteren Bruder, der das Gut eigentlich erben sollte. Aber der ist bereits als Kind gestorben«, berichtete Imke und stopfte den letzten Bissen ihres Sandwiches in den Mund, bevor sie ihre Finger in der Serviette abwischte.

»Und deine Mutter? Stammt sie auch von hier?«

»Ihre Eltern stammen aus Rumänien, sind aber lange vor dem Krieg als Erntehelfer nach Deutschland gekommen und dann hiergeblieben. Meine Eltern haben sich hier auf der Apfelplantage kennen und lieben gelernt.«

Ihre Mutter hatte in einem uralten Fotoalbum ihre Anfangszeit im Alten Land dokumentiert und bei verschiedenen Familienfesten immer wieder allen gezeigt.

»Apropos Erntehelfer. Ist dir denn wieder eingefallen, auf welcher Plantage deine Großeltern gearbeitet haben?«, fragte Imke, die sich an Chiaras Worte beim ersten Gespräch erinnerte. Ihre Aushilfe senkte den Blick und schüttelte den Kopf.

»Nein, leider nicht. Meine Mutter hat nie den Ort oder den Namen der Apfelplantage genannt. Ich hatte gehofft, hier mehr herauszufinden.« Seufzend stützte sie den Kopf in die Hände.

Imke wusste selbst durch ihre Recherchen nach Caroline, wie schwer es war, an Informationen aus der Vergangenheit zu gelangen. Mitfühlend legte sie ihre Hand auf Chiaras Arm.

»Kopf hoch. Vielleicht stößt du auf einen Anhaltspunkt, der dich weiterbringt.«

Jetzt war es Chiara, die Imkes Hand tätschelte. »Danke für deinen Trost. Sicher hast du recht, und ich bin nur viel zu ungeduldig.«

»Wir sollten so langsam zum Laden zurückkehren. Bevor wir heute Nachmittag öffnen, müssen wir noch einiges vorbereiten«, sagte Imke und räumte die Teller in den Geschirrspüler.

»Ich hoffe, du bist mir nicht böse, wenn ich dich frage, weshalb du das Tuch ständig trägst?«, wagte Chiara sich vor.

Nervös nestelte Imke am Stoff, wie immer, wenn sie jemand darauf ansprach.

»Nein, ist schon okay. Ich trage es, um damit Brandnarben zu verdecken«, antwortete sie.

»Wie ist das geschehen?«, wollte Chiara wissen. Daraufhin erzählte Imke von ihrer Unachtsamkeit beim Stockbrotrösten über dem Feuer, bei dem ihre Jacke durch einen Funken am Kragen in Brand geraten war.

»Ich habe nicht aufgepasst, sondern herumgealbert. Das habe ich bitter bereut.«

»Das muss furchtbar für dich gewesen sein. Und dann die Schmerzen … Du hast Glück gehabt, dass nicht noch mehr passiert ist. Wie ist es dir in der Zeit danach ergangen?«

Zum ersten Mal fragte sie jemand danach, wie sie den Unfall verkraftet hatte. Chiara schien sie zu verstehen.

»Darf ich sie mal sehen?« Chiara streckte die Hand nach Imkes Tuch aus.

»Nein!«, protestierte Imke und sprang vom Stuhl auf.

»Es gibt nichts, wofür du dich schämen müsstest«, tröstete Chiara sie. »Jede Narbe erzählt einen Abschnitt in deinem Leben. Alle Menschen besitzen Narben. Manche am Körper, manche auf der Seele. Deine kannst du verstecken, die im Herzen bleiben.«

Chiara hatte es so gefühlvoll formuliert und Imke tief berührt.

»Bitte.« Chiara streckte erneut die Hand nach dem Tuch aus. Diesmal ließ Imke es geschehen, dass ihre Aushilfe mit dem Finger den Stoff vorsichtig ein Stück herunterzog.

»Also, ich find die gar nicht schlimm. Trau dich …«

»Nein!«, rief Imke energisch aus und rückte das Tuch um ihren Hals wieder zurecht.

»Verstehe. Jemand hat dich sehr verletzt. Bestimmt ein Mann.«

Damit hatte Chiara ins Schwarze getroffen und gleichzeitig Imke gedanklich zurück in die Vergangenheit katapultiert. Sie hörte im Kopf wieder Sörens spöttische Worte über ihre Narben, die sich unauslöschlich in ihr Gedächtnis gegraben hatten.

»Du hast recht«, gab Imke widerwillig zu. Noch nie hatte sie das einem anderen Menschen anvertraut, nicht einmal Pia, mit der sie sich ausgesprochen gut verstand. »Es gab da jemanden, von dem ich geglaubt habe, dass er mich liebt. Aber er war nur am Gut interessiert und hat sich bei anderen über meine Narben lustig gemacht.«

Sören war eine herbe Enttäuschung gewesen. Imke hatte ihm nach seiner abfälligen Bemerkung sofort den Laufpass gegeben, und zum ersten Mal dachte sie, dass sein Lästern hinter ihrem Rücken auch etwas Gutes gehabt hatte. So hatte sie wenigstens rechtzeitig gemerkt, wie verschlagen Sören gewesen war.

»Vergiss ihn. Gibt es denn jemanden in deinem Leben?«

Imke schüttelte den Kopf. »Ich habe kaum Zeit für eine Beziehung …«

»Du nimmst dir nicht mal Zeit für dich selbst, stimmt's?«

Chiaras Vorwurf versetzte Imke einen Stich.

»Was meinst du damit?«, fragte sie.

»Du bist eine solch hübsche Frau, aber du machst nichts aus dir.«

Die Antwort traf Imke noch tiefer.

»Und was sollte ich deiner Meinung nach ändern?« Jetzt war sie darauf gespannt, was Chiara antworten würde.

»Du brauchst ein paar neue, stylishe Klamotten. Vielleicht noch eine andere Frisur und etwas Make-up.« Ihre Aushilfe legte die Stirn in Falten, während sie sie musterte.

»Ach, ich werde immer Imke Matthiesen bleiben«, wehrte Imke mit einer Handbewegung ab. *Das Landei vom Apfelgut*, fügte sie in Gedanken hinzu.

»Du sollst ja auch keine andere sein, sondern du selbst. Du organisierst doch das Fest und trittst als Gastgeberin auf. Da musst du strahlen und glänzen. Ich habe da schon ein paar Visionen. Ich wette mit dir, wenn wir beide von einer Shopping-Tour zurückkehren, wird dich kaum einer wiedererkennen. Ich weiß auch schon, welche Boutiquen wir zusammen aufsuchen sollten.«

Imke dachte an das Apfelblütenfest, für das sie als Gastgeberin und Veranstalterin sich sowieso etwas Neues kaufen wollte. Chiara würde sie beim Einkauf sicher gut beraten. Imke dachte an die vergangenen Feste zurück, bei denen sie wie eine Wahnsinnige geschuftet hatte. Es war nett gewesen, manchmal auch amüsant mit den Gästen, aber niemals aufregend, wie sie es sich wünschte. Viele in der Bekanntschaft hatten ihren Lebenspartner beim Fest gefunden, besonders auf der Tanzfläche. Seitdem Daniel auf dem Gut arbeitete, hatte sie vergeblich davon geträumt, wie sie sich näherkommen würden. Nach jeder Begegnung mit ihm fragte sie sich, ob er sie einfach nur nicht attraktiv fand oder beziehungsscheu war.

»Glaub mir, zu eurem Fest muss etwas Besonderes her, damit den Kerlen die Augen aus dem Kopf fallen«, unterbrach Chiara ihre Grübeleien.

Die Begeisterung hielt sich bei Imke in Grenzen.

»Lass uns so schnell wie möglich nach Hamburg zum Shoppen fahren«, schlug Chiara vor.

Ihre Freude über ein womöglich gemeinsames Shopping-Erlebnis steckte Imke nun doch an. Es lag schon eine Ewigkeit zurück, dass sie in der Stadt zum Bummeln gewesen war. »Der Laden ist morgen sowieso geschlossen. Da könnten wir früh fahren und nach unserer Rückkehr weiterdekorieren. Zum Glück ist es ja lange hell.«

Chiara wurde ernst. »Das geht leider nicht. Ich … ich muss mich nach einer neuen Bleibe umsehen.«

Da kam Imke ein Gedanke. »Du kannst doch hier auf dem Gut wohnen. Wir haben genügend Gästezimmer«, bot sie ihrer Aushilfe spontan an. *Dann fühle ich mich nicht mehr ganz so allein.*

»Echt? Ich könnte wirklich hier wohnen?« Chiara strahlte.

»Ja, klar. Dann könnten wir auch in Ruhe immer alles besprechen.« In Gedanken sah Imke sich mit Chiara bei einem Glas Wein auf der Terrasse sitzen oder am Tisch im Esszimmer zum Abendessen. Ihre Aushilfe würde das Gutshaus beleben. Unwillkürlich musste sie an ihren Vater denken, der sicher nicht davon begeistert sein würde, eine Fremde unter dem gemeinsamen Dach zu wissen.

»Dieses Angebot kann ich nicht ablehnen. Vielen Dank.«

»Das Beste ist, wir holen deine Sachen gleich nach Feierabend aus Trixies Pension«, schlug Imke vor. Sie freute sich sehr auf Chiara.

Gleich nachdem sie den Laden geschlossen hatten, holten sie Chiaras Sachen.

Ihr Zimmer besaß nur ein winziges Fenster unter einem breiten Dachüberstand, sodass nur spärlich Licht hineinfiel. Imke konnte verstehen, dass ihre Aushilfe sich hier nicht wohlfühlte. Ein Lied vor sich hin summend, packte Chiara ihren Hartschalenkoffer, der mit unzähligen Aufklebern bestückt war.

Weil Imke nicht untätig herumstehen wollte, nahm sie deren Wäsche und füllte sie in eine Reisetasche.

»Bist du überall dort gewesen?«, fragte sie Chiara und deutete auf den Koffer. Sydney, San Francisco, Zürich, Singapur … Imke geriet ins Staunen bei den Namen der Orte, die sie nur aus dem Atlas kannte.

»Ja, meine Mutter ist aus beruflichen Gründen viel gereist und hat mich stets mitgenommen.«

»Das war sicher sehr interessant und beeindruckend«, stellte Imke fest.

Ein Schatten fiel über Chiaras Gesicht, ihr Lächeln erlosch.

»Wie man es nimmt. Dafür hatte ich keinen Ort, an dem ich mich geborgen fühlen konnte. Sobald ich mich an etwas gewöhnt hatte, sind wir weitergezogen.«

Traurigkeit schwang in ihren Worten mit. Die Vorstellung

eines solchen Nomadenlebens gefiel Imke auch nicht. Sie brauchte einen festen Ort wie das Gutshaus, an den sie immer wieder zurückkehren konnte. Einen Kokon, gesponnen aus der Liebe ihrer Familie.

Tröstend legte Imke ihre Hand auf Chiaras Schulter. »Das tut mir leid.«

»Muss es nicht. Zum Glück ist diese Zeit vorbei.« Mit Schwung schloss Chiara den Koffer. »Ich bringe ihn in den Wagen«, sagte sie und lief mit dem Gepäckstück zur Tür.

»Okay. Ich schaue nur noch alle Schubladen durch, dass wir auch nichts vergessen haben.«

Kaum hatte Chiara das Zimmer verlassen, schaute Imke die Fächer der Kommode durch. Plötzlich stutzte sie. Vorsichtig zog sie eine Postkarte heraus, die ganz hinten in der Ecke der Schublade gelegen und in ein T-Shirt gewickelt war, das Chiara bei ihrem ersten Gespräch getragen hatte. Darauf war das elterliche Gut abgebildet.

# 14.

Daniel hatte es sich auf der Steinbank vor der Orangerie gemütlich gemacht, von der aus er Einsicht durch die lichte Hecke in den Garten des Gutshauses besaß. Er lag auf der Lauer. Schließlich wollte er herausfinden, wer gestern in den Garten eingedrungen war. Sein Bauchgefühl sagte ihm, dass diejenige es heute erneut versuchen würde.

Die Sache von gestern ließ Daniel keine Ruhe. Gleichgültig ob es Chiara oder jemand anderes gewesen sein mochte, war er sich sicher, den Eindringling daran gehindert zu haben, ins Gutshaus zu gelangen.

Immer wieder warf Daniel einen Blick zum Gutsgarten, der penibel gepflegt war. Vor der Garagenwand blühten in Blau- und Rosétönen Storchschnabel und Akelei. Am Fallrohr der Garage rankte sich eine Klematis empor, die frisch ausschlug. Doch in der Dunkelheit war alles trist und grau. Oft schlenderte Knut Matthiesen durch den Gutsgarten, blieb eine Weile an einer Pflanze stehen, um sie zu betrachten. Dann lag jedes Mal ein Leuchten in seinen Augen, das seine Leidenschaft für die Blumen verriet. Abends saß er oft im hohen Lehnstuhl auf der Terrasse und schaute ins Schwedenfeuer, das in der Metallschale flackerte. Trotz der angenehmen Temperatur und des klaren Sternenhimmels schien er es jedoch vorgezogen zu haben, im Haus zu bleiben.

Die Minuten verrannen, aber niemand tauchte auf. Obwohl Daniels Position auf der Steinbank unbequem wurde, dachte er nicht daran aufzugeben.

Nach Einbruch der Dämmerung kehrten Imke und Chiara

zurück. Als die beiden Frauen aus dem Wagen stiegen und Gepäck aus dem Kofferraum luden, war ihm klar, dass Chiara aufs Gut ziehen würde. Die Vorstellung behagte ihm nicht. Hatte sie es vielleicht darauf angelegt, um sich im Haus umsehen zu können? Bestimmt hatte die gutherzige Imke der neuen Aushilfe vorgeschlagen, hier zu wohnen. Pia hatte sie damals auch eingeladen nach der Autopanne.

Gelächter schallte herüber. Die beiden Frauen tuschelten und lachten erneut. Als Chiara einen Blick in Daniels Richtung warf, zuckte er zusammen und drückte sich dicht an die Scheiben der Orangerie, um ihren Blicken zu entgehen. Oder hatte sie ihn längst bemerkt? Vorsichtig lugte er um die Ecke. Die beiden Frauen betraten mit dem Gepäck das Gutshaus. Dann fiel die Tür hinter ihnen zu.

Zweifel stiegen in ihm auf, dass es gestern doch nicht Chiara gewesen war.

Wieder öffnete sich die Eingangstür. Die Haushälterin verließ das Gutshaus. Leise singend schwang Frauke sich auf ihr Rad. Sie wohnte mit ihrem Mann am Rande von Oosthusen in einem reetgedeckten Fachwerkhäuschen. Daniel sah ihr nach, wie sie die Gutsauffahrt hinabradelte und schließlich aus seinem Blickfeld verschwand.

Auf der Steinbank neben Daniel lag sein Rucksack, in dem neben einer Kleinigkeit zum Essen sowie einer mit Kaffee gefüllten Thermoskanne auch eine Taschenlampe steckte.

Kurze Zeit später wurde ein Fenster im Obergeschoss geöffnet. Es war das Gästezimmer gleich neben Imkes Zimmer.

Erneut erklang Gelächter aus dem geöffneten Fenster. Die beiden Frauen verstanden sich offensichtlich prächtig.

Als ihm der Rücken von der starren Haltung schmerzte, war er kurz geneigt, seinen Beobachtungsposten aufzugeben. Doch dann entschied er zu bleiben. Er musste wissen, ob der Eindringling tatsächlich noch einmal zurückkehrte. Selbst wenn er die ganze Nacht hier verbringen müsste. Eine Stunde verging, dann eine zweite. Längst war es dunkel geworden, der Vogelgesang verstummt und wohltuende Ruhe eingekehrt. Die Luft war lau und geschwängert vom Gemisch des schweren, süßlichen Duftes der Obstbaumblüten und feuchter Erde von der Bewässerung. Daniel gähnte. Sein Tag hatte heute bereits um vier Uhr morgens begonnen. Als ihm nach einiger Zeit die Augen zuzufallen drohten, goss er sich Kaffee ein, sein einziger Freund in den schlaflosen Entwicklernächten.

Er schaute zum Gutshaus hinüber. Im Erdgeschoss brannte Licht. Im Geist malte Daniel sich aus, wie Imke und Chiara am ovalen Holztisch saßen und aßen. Er hätte ihnen jetzt gern Gesellschaft geleistet und Chiara ausgefragt. Seitdem Tom und Pia verreist waren, hatte Imke ihn nicht ein einziges Mal zum Essen gebeten. Daniel seufzte und kämpfte gegen die Enttäuschung, die in ihm hochstieg. Es war besser so, wie es war, sein Freund hätte es sicher nicht gern gesehen.

Als es kühler wurde, nahm Daniel aus dem Rucksack die alte Wolljacke und schlüpfte hinein.

Nach einer Weile erloschen die Lichter im Erdgeschoss. Daniel schlich sich näher ans Gutshaus heran. Zum Glück war die Beleuchtung rundherum ausgeschaltet. Er stand jetzt direkt unter Imkes Zimmer und schaute hinauf. In ihm wie auch im Gästezimmer nebenan war es hell. Angestrengt lauschte er auf jedes Geräusch. Außer dem Gezirpe der Grillen war es still.

Lautes Entengeschnatter in der Dunkelheit weckte seine Aufmerksamkeit. Daniel schaute die beleuchtete Auffahrt hinunter, wo das Geschnatter hergekommen war. Über der Elbe schwebte Abendnebel, der dem Fluss etwas Mystisches verlieh.

Plötzlich zuckte er zusammen. Hatte er nicht eben Schritte gehört?

Er hörte eine Autotür auf dem Hof klappen und eilte zum Laden. Doch weit und breit war niemand zu sehen. Daniel beschloss, zum Gutshaus zurückzukehren und es zu umrunden.

Auf der Terrasse erkannte er durchs Wohnzimmerfenster Senior Knut Matthiesen, der im Sessel vor dem Fernseher schlief.

Die Uhr am Scheunenturm schlug zwölf Mal, als er dem

gepflasterten Weg zwischen Garage und Haus folgte. Aus dem Augenwinkel nahm er eine Bewegung am Rande der Büsche wahr. Er kniff die Augen zu und starrte hinüber. Eindeutig, jemand schlich durch den Garten. Scheinbar hatte er seine Gegenwart nicht bemerkt.

Daniel eilte dem Eindringling auf Zehenspitzen hinterher. Der Duft von Damenparfüm schwebte ihm hinterher. Hatte er nicht die gleiche Marke bei Chiara gerochen? Daniel war sich sicher, dass er sie verfolgte. Sie bückte sich zu einem Kellerfenster hinunter und prüfte scheinbar, ob es offen war. *Das hätte Chiara doch leichterhaben können, jetzt, da sie im Haus war.* Wenn sie es nicht war, wer dann?

Sie bog zum Gartenhäuschen ab. Daniel folgte ihr. Es musste ihm gelingen, sie zu stellen.

Noch hatte sie ihn nicht bemerkt. Am Gartenhäuschen rüttelte sie an der Tür, die offensichtlich verschlossen war.

Da sprang Daniel vor und riss sie an Schulter zurück.

»Das hast du dir so gedacht!«, rief er.

Sie schrie auf, stolperte und ruderte wild mit den Armen, riss eine Terrakottavase um und fiel rückwärts der Länge nach aufs Gras fiel. Triumphierend ballte Daniel die Hand, zückte die Taschenlampe und leuchtete auf die am Boden Liegende hinunter. Schützend hielt sie ihren Arm vor die Augen.

»Nimm die verdammte Taschenlampe herunter. Ich kann ja gar nichts sehen!«, fuhr sie ihn an.

Beim Klang der Stimmte erstarrte Daniel. Er konnte kaum glauben, wen er da vor sich hatte.

# 15.

Imkes Hände zitterten, als sie die Postkarte in den Händen hielt, die sie heimlich in Trixies Pension eingesteckt hatte. Sie hatte ein schlechtes Gewissen, weil sie Chiara den Fund verschwiegen hatte. Auf der Karte war eine alte Aufnahme des elterlichen Gutes. Das hatte sie neugierig gemacht. Sie hatte gar nicht gewusst, dass solche Postkarten vom Gut existierten. Ihr Vater hatte nie ein Wort darüber verloren.

Nachdenklich betrachtete sie die Aufnahme. Die beiden Kastanien am Ende der Auffahrt, die darauf zu sehen waren, hatte ihr Vater schon vor vielen Jahren abgesägt. Wie war Chiara an diese Postkarte gekommen? Imke erinnerte sich daran, dass ihre Aushilfe erwähnt hatte, ihre Großeltern hätten auf einer Plantage im Alten Land gearbeitet. War es etwa hier gewesen? Chiara hätte es anhand der Karte erkennen müssen, denn das Gutshaus mit seiner prachtvollen Prunkpforte unterschied sich von den anderen in der Umgebung. Weshalb verschwieg sie es dann?

Imke drehte die Karte um, die einen Poststempel trug, der auf den 12. Januar 1995 datiert war. Das Jahr ihrer Geburt. Ihr Herz begann schneller zu schlagen. Das konnte doch kein Zufall sein. Weit beugte sie sich vor und hielt die Rückseite der Karte unters Licht ihrer Nachttischlampe. Schemenhaft waren Buchstaben zu erkennen. Mit Tinte geschrieben und im Laufe der Jahre verblasst. Imke versuchte, den Text zu entziffern. Doch das gestaltete sich schwierig. Deutlich zu erkennen zwei geschwungene Anfangsbuchstaben. Die Art der Linienführung, die ausgeführten Bögen … das kam ihr seltsam bekannt vor. Sie grübelte darüber nach, wo sie diese Schrift schon einmal gesehen haben könnte. Wenn sie mehr darüber wissen wollte, musste sie Chiara fragen. Gleich morgen früh würde sie ihrer Aushilfe gestehen, die Postkarte an sich genommen zu haben, und sie danach fragen. Außerdem nahm sie sich vor, in Toms Arbeitszimmer im Gutshaus nachzuschauen. Dort, wo noch wenige alte, handschriftliche Aufzeichnungen aufbewahrt wurden. Es war einst das Arbeitszimmer ihres Vaters gewesen, der fortschrittlich gedacht und alle möglichen Dokumente elektronisch archiviert hatte. Nur die Unterlagen über die Züchtung des Mariella-Apfels hatten seltsamerweise gefehlt. Tom hatte damals alles auf den Kopf gestellt, um die Dokumentation der Kultivierung für die Prädikatvergabe zu finden, bis er dann festgestellt hatte, dass Tante Mariella offensichtlich die Daten gelöscht hatte. Imke gähnte. Heute Nacht würde sie nichts mehr auskundschaften. Am nächsten Morgen musste sie wieder früh aufstehen. Sie löschte das Licht und kuschelte sich in die Kissen. Anstatt wie üblich schnell einzuschlafen, wälzte sie sich jedoch hin und her, denn die Postkarte mit der geschwungenen Schrift ging ihr nicht aus dem Kopf. Tausend Fragen kreisten in ihrem Hirn, auf die sie gern Antworten gehabt hätte.

Irgendwann übermannte sie die Müdigkeit dann doch, und sie schlief ein. Imke träumte davon, wieder Kind zu sein. Sie sah sich auf dem Stuhl in der guten Stube sitzend. Gute Stube, so hatte ihre Mutter das alte Wohnzimmer immer genannt. Neben ihr auf dem runden Eichentisch mit der weißen Spitzenhäkeldecke lag ein auseinandergefalteter Brief. Ihre Kinderhände griffen nach dem Papier, und sie betrachtete die schwungvollen Buchstaben. Leider konnte sie noch nicht lesen, denn erst im nächsten Jahr würde sie in die Schule gehen. Je länger sie auf das Blatt Papier starrte, begannen die Buchstaben ein Eigenleben zu führen. Sie wuchsen, veränderten ihre Form und sprangen aus dem Brief auf ihren Schoß. Entsetzt schrie Imke auf und warf das Schriftstück fort. Es segelte auf den Boden, wo es ihre Mutter aufhob. Mit ernster Miene zerknüllte sie das Papier und warf es ins Kaminfeuer. Ungläubig starrte Imke ins Feuer. Als die Flammen emporloderten, lachte ihre Mutter laut und konnte nicht mehr aufhören.

Es dröhnte in ihren Ohren und war gespenstisch. Imke hielt sich die Ohren zu, weil sie es nicht mehr ertragen konnte, und schrie.

Schweißgebadet erwachte Imke aus dem Traum. Keuchend setzte sie sich auf und sah angestrengt in die Dunkelheit. Noch immer zitterte sie am ganzen Körper. Das war nicht einfach nur ein Traum gewesen, sondern sie hatte es tatsächlich erlebt. Langsam kehrten die Erinnerungen zurück.

Es war ein eisiger Wintertag gewesen. Am Vormittag hatte sie immer bei ihrer Mutter gesessen, die den Winter dazu genutzt hatte, die Kleidung zu flicken und warme Pullover und Schals für ihre Kinder zu stricken. Imke hatte ihr gern Gesellschaft geleistet, denn in der guten Stube war es durch den Kachelofen immer wärmer gewesen als im restlichen Haus. Sie hatte in der Zeit gebastelt, gemalt oder mit ihrer Lieblingspuppe gespielt. Am Morgen hatte es an der Tür geklingelt, und der Postbote hatte einen Brief gebracht. Ihre Mutter hatte ihn entgegengenommen, den Umschlag aufgerissen, den Text auf dem dicken Blatt immer wieder gelesen und es mit trauriger Miene auf den Tisch gelegt. Dann war sie im Zimmer aufgebracht hin und her gegangen. Imke hatte nicht verstanden, was ihre Mutter so aufgeregt hatte. Als Kind hatte sie die Unruhe der Mutter nicht zu deuten gewusst und verwirrt.

Manchmal hatte ihre Mutter geschrien und dann hysterisch gelacht, was meistens in einem Heulkrampf geendet hatte. Das hatte Imke Angst eingejagt. Nie hatte sie sich getraut, die Mutter in diesem Zustand anzusprechen. Hilflos hatte sie miterleben müssen, wie ihre Mutter anschließend ins Schlafzimmer gerannt war und sich dort stundenlang eingeschlossen hatte. Weinend hatte Imke mit ihren kleinen Fäusten gegen die Tür getrommelt und die Mutter vergeblich angefleht herauszukommen.

Ein Kloß verschloss Imkes Kehle auch heute noch, wenn sie sich erinnerte. Erst Jahre später hatte sie begriffen, dass ihre Mutter manisch-depressiv gewesen war. Doch die Hilflosigkeit war geblieben.

Imke hatte nie gefragt, von wem dieser Brief gewesen war und welche Zeilen ihre Mutter so aufgeregt hatten. Im Laufe der Zeit hatte sie diese Begebenheit vergessen.

Imke knipste die Nachttischlampe an und zog die Postkarte erneut aus der Nachttischschublade, um sie zu betrachten. Wie in ihrem Traum waren die Anfangsbuchstaben dicker und größer geschrieben als der Rest, weshalb sie noch schemenhaft erhalten geblieben waren. Das A mit der Verschnörkelung am schwungvollen Buchstabenbeginn hatte sich ihr eingeprägt. Auch im Traum hatte sie es deutlich gesehen. Die Verzierungen, die leicht schräg gestellte Schrift mit den filigranen Bindebögen … All das konnte nur aus der Hand einer künstlerisch begabten Frau stammen, davon war Imke überzeugt.

Vielleicht würde sie im alten Arbeitszimmer einen Brief oder ein anderes Schriftstück finden, das aus der gleichen Feder stammte.

Sie steckte die Postkarte wieder in die Nachttischschublade und schaltete das Licht aus. Schon bald schlief sie wieder ein, diesmal ohne beängstigende Träume.

Irgendwann wachte Imke auf. Dielen knarrten, Schritte erklangen auf dem Flur. Zuerst nahm Imke an, verschlafen zu haben, bis ihr Blick auf die Digitalanzeige des Weckers fiel. Es war gerade erst Mitternacht vorbei. Imke spitzte die Ohren, irgendjemand geisterte durchs Haus. Die Vorstellung, es könnte sich um einen Einbrecher handeln, ließ ihren Puls in die Höhe schnellen. Leise stand sie auf und nahm ihr Handy. Dann schlich sie auf Zehenspitzen zur Tür, öffnete sie und lauschte. Das Licht im Flur war zwar gedimmt, aber sie konnte erkennen, dass Chiaras Tür nur angelehnt war.

»Chiara?«, flüsterte sie. Als sie keine Antwort erhielt,

leuchtete sie mit dem Handy ins Gästezimmer. Es war leer. Vielleicht hatte Chiara nicht einschlafen können. Erleichtert atmete Imke aus, denn es konnte nur ihre Aushilfe sein, die durchs Haus wanderte. Schließlich hatte sie Chiara gestattet, in die Küche zu gehen, falls sie Durst verspürte.

Imke beschloss, ebenfalls nach unten zu gehen. Schnell lief sie in ihr Zimmer, um sich den Morgenmantel und die Pantoffeln überzustreifen, dann stieg sie die Treppe hinab. Durch die Nachtlichter in Deele und Hausflur war es ein Leichtes, den Weg zu finden.

In der Zwischenzeit waren die Geräusche verstummt. Bestimmt saß Chiara bereits in der Küche, bei einem Tee oder Glas warme Milch. Jetzt verspürte auch Imke Appetit darauf, gesüßt mit einem Löffel von Daniels leckerem Blütenwiesen-Honig. Doch als sie unten angekommen die Tür aufstieß, war es stockdunkel. *Wo zum Teufel steckte Chiara?* Hatte sie sich etwa wieder verirrt? Oder … Imke stockte der Atem bei dem Gedanken, es könnte sich bei dem Geräuschverursacher doch um einen Einbrecher handeln, der womöglich ihre Aushilfe überfallen hatte. In der Deele schlich sie zum Kamin hinüber und ergriff den Schürhaken. Mit ihm bewaffnet, fühlte sie sich sicher.

»Chiara?«, flüsterte sie mehrmals, erhielt aber keine Antwort.

Wo steckte ihre Aushilfe nur? Imke umklammerte den Schürhaken fest, bereit sich gegen jeden Angreifer zu wehren. Sie näherte sich der Wohnungstür ihres Vaters und hielt ihr Ohr daran. Gedämpfte Stimmen waren im Hintergrund zu hören. Sie verstand nur wenig, aber genug, um zu wissen, dass der Fernseher noch lief. Oft schlief ihr Vater vor dem laufenden Fernseher ein. Gerade als sie die Klinke seiner Wohnungstür hinunterdrücken wollte, vernahm sie im Heizungsraum Geräusche. Dorthin konnte Chiara sich nicht verirrt haben, denn Frauke verschloss jeden Tag, kurz vor ihrem Feierabend den Hauswirtschaftstrakt. Wer mochte dort eingedrungen sein? Imkes Herz klopfte bis zum Hals. Mit zittrigen Händen holte sie das Handy aus der Tasche ihres Morgenmantels, um die Polizei zu benachrichtigen. Doch ein Blick aufs Display zeigte ihr an, dass sie kein Netz hatte. Sie hielt das Handy nach Empfang suchend in verschiedene Richtungen. Wo war denn nur Chiara? Hatte sie etwa das Haus verlassen? Das Netzsymbol leuchtete auf. Endlich! Imkes Daumen senkte sich über die Ruftaste. Doch genau in dem Moment, in dem sie anrufen wollte, hatte sie wieder kein Netz. *Verdammt!*

Schon seit einem Jahr hatte ihnen der Bürgermeister von Oosthusen versprochen, dass sie einen neuen Funkturm bekämen. Aber alles nur Wahlversprechen, die nicht gehalten worden waren.

Hinter der Tür des Wirtschaftstrakts polterte es. Imke hörte etwas splittern und gedämpfte Stimmen. Vorsichtig drückte sie die Klinke hinunter. Aber Frauke hatte die Tür wie immer abgeschlossen, nachdem sie gewaschen und gebügelt hatte. Der große Raum besaß nur ein quadratisches Fenster. Tom hatte es immer vergittern wollen, um Einbrecher abzuschrecken. Leider war es nie dazu gekommen. Jetzt versuchte jemand, es aufzubrechen. Imkes Herz pochte hart gegen die Rippen. Sie blickte auf den Schürhaken in ihrer Hand. Wenn einer die Tür eintreten würde, wäre sie bereit, ihm entgegenzutreten. Sie legte das Ohr an die Tür und lauschte. Jetzt war es dort drinnen totenstill, dass Imke fast glaubte, sich den Lärm nur eingebildet zu haben.

Hatte der Einbrecher es aufgegeben oder war er durch etwas gestört worden? Imke fuhr herum. Jemand eilte leise durch die Diele. Womöglich hatte er eine andere Möglichkeit gefunden, ins Haus einzudringen. Vorsichtig schlich sie mitsamt dem Schürhaken zurück zur Treppe. Immer wieder blieb sie stehen und sah sich dabei um. Niemand außer ihr war hier. Dennoch fühlte sie sich beobachtet. Imke erschrak vor den Schatten, die das fahle Licht der Nachtlampen gespenstisch an die Wand warf. War da nicht eben neben der Treppe ein Mann gewesen? Furcht kroch eisig ihr Rückgrat hinauf und brachte ihr Herz zum Hämmern. In einem Augenblick, in dem sie sich erneut umschaute, erloschen die Lampen und sämtliche Geräteanzeigen. Stromausfall. Alles um sie herum versank in Finsternis. Imke presste sich eine Hand auf den Mund, um nicht zu fluchen und den Einbrecher nicht auf sich aufmerksam zu machen. Sie zuckte zusammen, als ein Luftzug ihre Wange streifte. Vergeblich versuchte sie, in der Dunkelheit abzuschätzen, wo er sein könnte, und malte sich im Geist aus, wie und wo er sie attackieren könnte. Wie gelähmt stand sie da und lauschte. Sie wagte kaum zu atmen. Aber sie zitterte am ganzen Körper so stark, dass sie befürchtete, ihr könne der Schürhaken aus der Hand fallen. Vor sich erkannte sie einen Schatten. All ihren Mut zusammennehmend, stellte sie sich dem vermeintlichen Einbrecher mit dem Schürhaken entgegen. Der Einbrecher näherte sich. Sie konnte ihn atmen hören. Ein Schritt, und noch ein weiterer.

»Halt! Keinen Schritt weiter, ich bin bewaffnet!«, rief sie.

Im selben Augenblick summte es, und das Licht in der Deele flammte auf. Imke schrie auf, ebenso ihr Gegenüber, das einen Kleiderbügel schlagbereit hochhielt. Plötzlich verstummten sie und starrten sich keuchend an. Das konnte doch nicht wahr sein! Imke traute ihren Augen nicht. Sie war ganz durcheinander, bis sie begriff, das Chiara ihr gegenüberstand, die sie für einen Einbrecher gehalten hatte.

»Du? Was machst du hier mitten in der Nacht?«, fragte Imke, die sich als Erste gefasst hatte.

»Ich bin nur in der Küche gewesen und habe ein Glas Wasser getrunken.«

»Ach so.« Imke betrachtete Chiara und zeigte lachend auf den Kleiderbügel in deren Hand.

Es sah zu komisch aus, wie sie ihn drohend hochhielt. Chiara senkte den Arm und begann ebenfalls zu lachen.

»Ein Schürhaken! Und völlig krumm. Wen hast du denn damit schon alles verprügelt, dass er so aussieht?« Chiara lachte lauthals.

Da betrachtete Imke den verbogenen Schürhaken und stimmte ebenfalls ins Gelächter ein. Sie lachten und kicherten abwechselnd, bis sie nach Atem rangen.

»Und ich … ich dachte, du wärst … ein Einbrecher«, stieß Imke hervor, der diese Situation völlig surreal vorkam.

»Das habe ich auch von dir gedacht und dich verfolgt«, sagte Chiara und kicherte erneut.

»Komm, ich mache uns eine heiße Schokolade«, schlug Imke vor, und gemeinsam liefen sie in die Küche.

Während Imke die Milch kochte und das Kakaopulver hineinrührte, berichtete Chiara ihr von Geräuschen, die sie in die Deele gelockt hätten. »Ich bin ihnen nachgegangen.«

»Und hast du den Einbrecher vielleicht gesehen?«, fragte Imke und reichte Chiara eine Tasse Kakao.

Ihre Aushilfe schüttelte den Kopf. »Nein, ich glaube eher, dass es ein Tier war. Bestimmt dieser Kater, den ich auf dem Hof gesehen habe. Der wollte bestimmt ins Haus.«

Moritz' Lieblingsschlafplätze waren in der Scheune oder unter der Pergola. Dennoch konnte Imke diese Möglichkeit nicht ganz ausschließen. Ein Tier besaß einen eigenen Kopf. Sie konnte sich noch gut daran erinnern, dass Moritz alle erschreckt hatte, als er einer Maus auf dem Scheunenboden nachgejagt war und dabei etliches umgestoßen hatte.

»Vielleicht hast du recht«, sagte Imke und erzählte Chiara von Moritz, der mit seiner Neugier und seinen Ausflügen schon für manchen Spaß auf dem Gut gesorgt hatte.

Längst waren Anspannung und Furcht vor dem Einbrecher verflogen. Imke genoss die nächtliche Plauderei mit Chiara, die den gleichen Humor wie sie besaß. In kurzer Zeit war ihr ihre Aushilfe nah wie eine gute Freundin.

»Mir ist kalt, lass uns lieber wieder ins Bett gehen«, sagte Imke nach einer Weile und verschränkte fröstelnd die Arme vor der Brust.

»Ja, denn um halb fünf klingelt schon der Wecker.« Chiara gähnte und reckte ihre Glieder. Während Imke die benutzten Tassen abspülte, stieg Chiara die Treppe hinauf. Ein wenig neidisch schaute Imke ihr nach. Selbst in der Nachtwäsche sah sie toll aus. Über dem pinkfarbenen, seidenen Schlafanzug trug Chiara einen schwarzen Kimono, der am Ausschnitt und an den Ärmeln mit dem Stoff des Schlafanzugs abschloss. Dagegen fühlte Imke sich farblos und kindisch in ihrem roten Frottee-Schlafanzug mit Minnie-Maus vorn drauf, den sie schon als Teenager getragen hatte, und ihrem dazu passenden pinkfarbenen Morgenmantel mit den schwarzen Mausohren. *Sehr sexy.* Imke schnitt eine Grimasse. Sie musste wirklich mehr Wert auf ihr Aussehen legen. Seufzend ging sie hinauf in ihr Zimmer.

Auf der Treppe lagen zartgelbe Blütenblätter. Sie erinnerte sich daran, dass sie sie an Chiaras Kimonosaum gesehen hatte. Imke sammelte sie von der Stufe auf, lief ins Bad und warf die Blütenblätter in den Mülleimer. Gelber Blütenstaub hatte ihre Fingerkuppen verfärbt. Lilien. Nachdenklich rieb Imke Zeigefinger und Daumen gegeneinander. In den Gästezimmern stellten sie grundsätzlich keine Blumen hin wegen möglicher Allergien.

Wo war Chiara mit den Lilien in Berührung gekommen? War sie etwa doch draußen im Garten gewesen?

# 16.

Noch immer starrte Daniel hinab auf die dunkelhaarige Frau, die zu seinen Füßen lag und ihn wütend anfunkelte. Neben ihr lagen die Scherben der zerbrochenen Terrakottavase im Gras.

»Was machst du hier mitten in der Nacht?«, fragte Daniel verwundert und reichte ihr die Hand, um ihr aufzuhelfen. »Ich dachte, ihr seid in der Schweiz oder Italien.«

Sie ergriff seine dargebotene Hand und stand auf. Ihre Augen waren leicht geschwollen, und dunkle Ringe darunter sichtbar.

»Waren wir auch. Aber ich bin wegen Anna zurück. Die Schule, du weißt schon. Wir haben eh der Schulleitung eine Ausnahmegenehmigung abgerungen. Das wollten wir nicht überstrapazieren. Außerdem muss ich mich um meine Ausflugsfahrten kümmern. Jetzt, da die Hauptsaison begonnen hat«, erklärte Maike und fixierte ihr Haargummi, das sich beim Hinfallen gelöst hatte. Mit allem hatte Daniel gerechnet, aber nicht, dass er Finns Lebensgefährtin erwischen würde, wie sie versuchte, ein Fenster einzudrücken.

»Und Finn?« Er schaute suchend über ihre Schulter.

»Der ist noch bei Tom und Pia geblieben. Sie gehen einer vielversprechenden Spur nach.«

Maike klopfte Blüten von der Kleidung.

»Ich habe dich tatsächlich für einen Einbrecher gehalten!«

»Tut mir leid. Ich hätte ja sonst Immie angerufen, aber ich dachte, ich hätte den Schlüssel mit. Erst als ich aufschließen wollte, dämmerte mir, dass ich ihn in Italien vergessen habe. Na, ja und dann wollte ich niemanden mitten in der Nacht aufwecken und habe gehofft, dass die Tür zum Hauswirtschaftstrakt offen ist.«

»Seitdem Tom und Pia weg sind, schließt Frauke ihn immer ab.«

»Es war ein anstrengender Tag. Unser Flugzeug hatte Verspätung, und Anna war quengelig. Die Fahrt nach Stolteby war mir zu weit. Ich dachte, wir könnten hier übernachten. Tut mir leid, ich weiß ja, dass ihr alle früh rausmüsst.« Ihre Miene verriet, wie peinlich ihr die ganze Sache war.

»Ihr könnt heute Nacht bei mir schlafen«, schlug er vor.

»Danke, ich habe schon befürchtet, dass wir in der Scheune übernachten müssen. Die Nächte sind doch noch recht kalt.«

Einesteils war Daniel froh, dass es Maike war, andererseits war er enttäuscht, weil er nicht geklärt hatte, ob der Schatten gestern wirklich Chiara gehört hatte.

Als Maike zitterte, zog er seine Strickjacke aus und legte sie ihr um die Schultern. Gemeinsam liefen sie zum Wagen.

Anna lag mit angezogenen Beinen auf dem Rücksitz und schlief tief und fest.

Auf der Fahrt zu seinem Haus erklärte er Maike, weshalb er im Garten auf der Lauer gelegen hatte.

»Und du glaubst, dass es diese Chiara ist? Das mag ich gar nicht glauben. Imke hat Tom von ihr vorgeschwärmt. Welchen Grund sollte sie haben?«

»Genau das wollte ich heute Abend herausfinden«, antwortete er.

»Und ich habe es dir nun versaut.« Seufzend schüttelte Maike den Kopf.

»Es wird sich bestimmt eine neue Gelegenheit ergeben«, beruhigte er sie. Jetzt waren Maike und Anna wichtiger.

Kurz darauf parkten sie vor seinem Haus. Daniel stieg aus und trug Anna hinauf in die kleine Dachkammer, wo er sie auf das alte Bauernbett legte, das er selbst restauriert hatte. Er knipste die Nachttischlampe an, und zeigte Anna dann das Bad.

»Dieses Zimmer ist urgemütlich«, stellte Maike lächelnd fest und sah sich um. Daniel hatte das Haus bis auf die Elektro- und Sanitärarbeiten selbst saniert und war stolz darauf. Das alte Imkerhaus hatte bereits zweihundert Jahre auf dem Buckel. Er hatte Wert darauf gelegt, dass es seinen rustikalen Charme und Stil behielt. Das Eichenbett, in dem Anna weiterschlief, stammte aus dem Nachlass einer hundertjährigen Bauersfrau. Mit viel Geduld hatte er das Holz geschliffen und mit Öl bepinselt.

»Diese Nachttische sind allerliebst. Und die rot-weiß karierte Bettwäsche ist bestimmt sehr alt. Ein Traum.« Maikes Augen strahlten.

»Die beiden Nachttische stammen noch von Immkes Urgroßeltern. Sie meinte, sie würden gut hier reinpassen. Die haben jahrelang von allen vergessen auf dem Dachboden des Gutshauses geschlummert. Die Bettwäsche hat Immke mir auch gegeben und neue Knöpfe angenäht. Sieht die nicht wie neu aus? Imke weiß einfach, was ich mag«, erklärte er und lächelte versonnen.

»Du magst sie sehr, oder?«, fragte Maike.

»Sie ist wirklich eine gute Freundin«, antwortete Daniel und sah hastig weg.

»Eine gute Freundin. Hmhm. Aha. Na dann.« Maike gähnte. »Ich bin hundemüde.«

Daniel war froh, dass sie zu müde war, um mit ihm über Imke zu reden. Maike war sensibel genug, dass sie seine Gefühle sofort erkannt hätte.

Maike sank aufs Bett und hatte offensichtlich Mühe, die Augen offenzuhalten. Freundschaftlich legte Daniel seine Hand auf ihre Schulter. Als er Imke neulich berührt hatte, war ein Kribbeln in seinen Fingern gewesen. Bei Maike hingegen verspürte er nichts.

»Morgen früh mache ich euch ein leckeres Frühstück. Wie trinkst du deinen Kaffee?«

»Schwarz mit einem Stück Zucker. Und bitte nur Kaffee, denn ich will Imke noch einen Besuch abstatten«, antwortete Maike schläfrig und gähnte hinter vorgehaltener Hand.

»Okay. Und für Anna warmen Kakao?«

Sie nickte.

»Ich lass euch jetzt allein. Schlaft gut. Du findest mich unten.«

Wieder nickte sie nur. Anschließend verließ er die Dachkammer und stieg die Treppe hinab.

Die Sonne erhob sich orangerot über dem Horizont, als Daniel seinen morgendlichen Kontrollgang bei den Bienen durchführte. Noch immer schwebte an einigen Stellen über der Elbe Nebel. Doch durch die Sonnenstrahlen verflüchtigte er sich rasch. Nach seinem Rundgang kehrte Daniel ins Haus zurück. Maike war aufgestanden und zum Gut gelaufen, während Anna noch schlief. Er kochte Kakao und schob zwei Milchbrötchen für Anna in den Backofen.

Währenddessen grübelte er darüber nach, welcher Spur Tom und die anderen nachgegangen sein mochten. Alles würde sich ändern, wenn sie Caroline finden würden. Wie würde der gesundheitlich sehr angeschlagene Knut Matthiesen das nur verkraften?

## 17.

Als Imke aus der Dusche stieg, stellte sie sich vor den großen Spiegel und betrachtete eingehend ihre Narben am Hals. Eigentlich vermied sie es immer, sich selbst zu betrachten. Aber Chiaras Worte hatten ihr Mut verliehen, sich so zu sehen wie sie war. Die Hauttransplantation hatte zwei rote, wulstige Striemen an der Halsseite hinterlassen, die zweifingerbreit unter dem Kinn begannen und am Schlüsselbein endeten. Aus der Ferne hätte man sie auch für ein Feuermal halten können.

Wie jeden Morgen versuchte Imke, die Röte mit ein wenig hellem Make-up abzudecken. Für den Fall, dass das Tuch verrutschte. Immer, wenn sie sich ansah, kehrte sie in Gedanken zum Abend des tragischen Geschehens zurück. Dann glaubte sie, wieder den Schmerz zu spüren, den die Flammen an ihrem Hals verursacht hatten. So eindringlich, als wäre es erst gestern geschehen.

Sie griff nach dem Schal am Haken neben der Tür und band ihn um. Im Sommer war ihr das Tuch am Hals schon manchmal lästig. Aber sie war nicht mutig genug, sich ohne zu zeigen. Was würde sie darum geben, sich wie als Kind unbeschwert zwischen anderen zu bewegen. Doch die mitleidigen Blicke hinderten sie daran. Erneut griff sie nach der Make-up-Tube und nahm sich ihr Gesicht vor. Danach fand sie ihr Aussehen erträglich. Wenn Daniel ihre Narben sehen würde, verspürte er sicher wie alle anderen Ekel. Seit dem Unfall war sie keine Minute ohne einen Schal oder ein Tuch gewesen, dass sie schon fast vergessen hatte, wie sich ein Luftzug oder die Berührung eines anderen Menschen an ihrem Hals anfühlen würden. Damals hatte sie Sörens Hand immer fortgestoßen, sobald er sich der Halsregion genähert hatte.

Sie zupfte das Tuch zurecht und hielt inne. Sanft folgte ihr Finger den Narbenkonturen. So könnten sich Daniels Finger anfühlen. Imke erschrak über die verstiegenen Tagträume. Ihre Sehnsüchte würden nie Erfüllung finden. Das Feuer hatte nicht nur ihre Haut, sondern auch Geist und Seele gebrandmarkt. In ihrem Kopf dröhnten das Gelächter und die Hänseleien der anderen von damals. Hastig drehte Imke sich um, weil sie ihr Spiegelbild nicht mehr ertrug, und ging ins Schlafzimmer zurück, wo sie sich ankleidete. Sie wühlte im Kleiderschrank und wollte wie jeden Tag die praktische Arbeitskluft herausnehmen. Doch dann entschied sie sich für ihre beste Jeans und einen türkisen Cardigan. Als sie sich vor dem großen Spiegel im Schlafzimmer betrachtete, fand sie sich sogar ein wenig attraktiv.

Beschwingt ging sie nach unten, um sich nach der kurzen Nacht einen starken Kaffee zu kochen. Im Flur lauschte sie, ob Chiara vielleicht schon wach war. Aber kein Geräusch drang aus dem Gästezimmer.

Als die Kaffeemaschine vor sich hin blubberte, lief Imke zu ihrem Vater, um dort wie üblich nach dem Rechten zu sehen. Vor der Wohnungstür blieb sie stehen und bückte sich nach gelben Blütenblättern auf dem Parkett, die denen an Chiaras Schlafanzug glichen. Da ihr Vater nie Blumen in seiner Wohnung wollte, hatte vielleicht Frauke einen Strauß gekauft.

Leise drückte Imke die Klinke herunter, um ihren Vater nicht zu wecken. Graues Licht fiel in den Flur, und Stimmen erklangen. Der Fernseher lief, während ihr Vater tief und fest auf dem Sofa schlief. Die Brille noch auf der Nase schnarchte er laut. Behutsam nahm Imke sie ihm ab und legte sie auf den Beistelltisch. Er schlief so tief, dass er nicht einmal wahrnahm, wie sie ihn zudeckte. Auf der Suche nach der Fernbedienung entdeckte sie auf dem Tisch in der Essecke eine Vase mit einem Strauß gelber Lilien. Sie war sich sicher, dass das Blütenblatt an Chiaras Schlafzimmer von diesem Strauß stammte. Frauke hatte ihm den bestimmt nicht hingestellt. War es geschehen, als er noch wach gewesen war? Unzählige Fragen kreisten in Imkes Kopf.

Einen flüchtigen Moment lang kam ihr der Gedanke, Chiara könnte in der Wohnung ihres Vaters gewesen sein und die Blumen in die Vase gesteckt haben. Aber dann fand sie diesen Gedanken absurd.

Sie nahm sich vor, Chiara auszuhorchen, auch wenn sie sich dadurch lächerlich machte.

Gespannt wartete Imke in der Küche auf Chiara, die kurze Zeit darauf und wie immer froh gelaunt auf der Schwelle erschien. Sie benahm sich so selbstbewusst in der Küche, als wäre es immer ihr Zuhause gewesen.

»Ich habe dich übrigens letzte Nacht gesucht. Dein Zimmer war leer.«

»Ich konnte einfach nicht einschlafen und habe zum Fenster hinausgesehen. Dann habe ich komische Geräusche gehört. Ich dachte, es wäre ein Einbrecher und habe nachgeschaut. Da sind wir ja dann aufeinandergestoßen.«

»Du bist wirklich mutig.« Imke nickte anerkennend.

»Du doch auch. Du wolltest doch mit dem Schürhaken auf den Einbrecher losgehen«, sagte Chiara augenzwinkernd.

»Warst du auch im hinteren Haustrakt?«, tastete Imke sich vor.

»Nein, nein, nur im Treppenhaus. Warum fragst du?« Chiara goss sich Kaffee ein. Es klang ehrlich, aber Imke bohrte weiter.

»Weil ich im hinteren Flur auf dem Boden Blütenblätter gefunden habe«, antwortete Imke und sah Chiara an, damit ihr keine Regung entging.

»Ach, die lagen scheinbar überall. Sie haben sogar an meinem Pyjama geklebt. Und an meinen nackten Zehen.« Chiara winkte lachend ab. »Eure Haushälterin vielleicht?«

»Ja, vielleicht«, antwortete Imke nachdenklich.

»Welche Aufgaben muss ich heute übernehmen?«, fragte Chiara. Imke vergaß, ihre Gedanken weiterzuspinnen, und besprach mit Chiara die heutigen Arbeiten.

»Weißt du was, ich gehe schon vor und nehm' die Äpfel entgegen«, sagte Chiara und erhob sich.

»Danke. Du bist ein Schatz.« Imke drückte Chiaras Arm. Sie war erleichtert, denn die Obst-Annahme kostete sie am Tag wertvolle Zeit, die sie heute für lang aufgeschobene Bestellungen nutzen wollte.

»Dann kann ich wenigstens in Ruhe die Bestellliste schreiben, zu der ich die ganze Woche nicht gekommen bin«, sagte sie lächelnd.

Während Imke wenig später in der Küche akribisch jede Bestellung aufschrieb, hörte sie Schritte im Flur. Sie schaute zur Tür und konnte kaum glauben, wer auf der Schwelle stand.

»Das gibt's doch nicht! Maike!«, rief sie freudig und sprang vom Stuhl, um die Lebensgefährtin ihres Bruders zu umarmen. »Ich dachte, ihr seid in der Schweiz!«

Ehe Maike antworten konnte, drückte Imke sie an sich und gab ihr einen Kuss auf die Wange. Es tat so gut, ein Familienmitglied zu sehen.

»Wo ist Finn?« Imke schaute suchend über Maikes Schulter zur Tür.

»Der ist bei Pia und Tom geblieben. Ihnen geht es gut.« Dann erklärte Maike, weshalb sie früher zurückgereist war.

»Ich habe euch alle vermisst. Aber wo ist dann Anna?«

»Bei Daniel«, antwortete Maike und erklärte, was sich in der Nacht zugetragen hatte.

»Dann hast *du* also versucht, bei uns einzubrechen?«, rief Imke lachend und erzählte von ihrem amüsanten Zusammentreffen im Dunkeln mit Chiara. Da musste auch Maike schmunzeln.

Imke fiel ein Stein vom Herzen. Sie hatte fast schon ein schlechtes Gewissen gehabt, weil sie an Chiara gezweifelt hatte.

»Daniel ist auf seinem täglichen Rundgang, und Anna schläft noch. Ich weiß doch, dass du immer sehr früh auf den Beinen bist. Da dachte ich mir, wir könnten noch ein wenig plaudern, bevor wir fahren. Hast du vielleicht noch einen Kaffee und eines deiner leckeren Honighörnchen für mich übrig?« Maike sah zum Küchenbuffet, auf dem gewöhnlich der Korb mit den Hörnchen stand.

»Klaro.« Imke nahm eine Tasse aus der Glasvitrine und schenkte Maike ein, bevor sie aus der angrenzenden Vorratskammer eine Kuchenglocke mit Hörnchen holte. Beim Anblick der goldbraunen Gebäckstücke leuchteten Maikes Augen.

Ehe Imke ihr einen guten Appetit wünschen konnte, steckte das Honighörnchen zwischen Maikes Lippen.

»Hm, die sind einfach zu köstlich. Mann, habe ich die vielleicht vermisst«, schwärmte Maike und wischte sich mit den Fingern Kuchenkrümel aus dem Gesicht.

»Nimm noch eines für dich und auch für Anna mit. Für die Fahrt«, bot Imke an und zeigte auf die Kuchenglocke. Beherzt griff Maike ein weiteres Mal zu.

»Wie laufen die Vorbereitungen fürs Apfelblütenfest?«, fragte sie Imke und nippte an ihrem Kaffee.

»Seitdem Chiara da ist, läuft alles wie geschmiert. Und wir haben in diesem Jahr ein besonderes Highlight.« Imke strahlte. Maike würde Augen machen, wenn sie ihr von Johnny erzählte, den sie für das Festwochenende engagiert hatte.

»Nun red' schon«, drängte Maike sie.

»Ich habe einen supertollen Musiker gewinnen können. Die Leute werden begeistert sein«, schwärmte Imke, fest davon überzeugt, dass Johnny mit seinem Gesang und der Bauchrednernummer Stimmung in den Festsaal bringen würde.

Maike seufzte. »Ich hatte im vergangenen Jahr mal einen auf meinen Ausflugsfahrten. Die Leute waren total begeistert. Ich hätte ihn gern auch in diesem Jahr, aber …« Sie zuckte mit den Achseln. Bedauern schwang in ihrer Stimme mit.

»War er schon anderweitig verpflichtet?« Mitfühlend sah Imke Maike an. »Vielleicht wäre meine Wahl ja auch etwas für dich.«

»Danke, das ist lieb von dir. Vielleicht komme ich auf dein Angebot wirklich zurück. Ich glaube nicht, dass er ein Engagement hatte. Im vergangenen Jahr musste ich wegen des Hochwassers die Fahrten mit ihm absagen. Danach war er längst abgereist.«

»Das hört sich fast so an, als wäre er sang- und klanglos auf und davon.«

Imke wäre an Maikes Stelle sehr enttäuscht gewesen.

»Ganz so war es nicht. Ich habe eine Nachricht von seiner Schwester bekommen, dass es seinem Vater nicht gut ginge und er deshalb nach Hause gereist wäre. Das habe ich verstanden. Doch dann … dachte ich, ihn ein paar Tage später in Kappeln gesehen zu haben. Ich habe ihn gerufen und bin ihm nach. Aber er hat sich nicht umgedreht. Vielleicht habe ich mich auch geirrt. Wie auch immer. Er konnte so toll mit Kindern umgehen. Anna hat ihn, seine Songs und vor allem die Bauchrednernummer geliebt.«

Imke wurde hellhörig, während Maike gedankenverloren in ihrer Kaffeetasse rührte.

»Sagtest du eben Handpuppe? Ein Pferd vielleicht?«

Maike sah auf und nickte. »Ja, … genau!«

Als Imke nichts erwiderte, beugte Maike sich vor. »Sag bloß, Johnny tritt auf eurem Fest auf«, bemerkte sie.

»Ja, Johnny. Johnny B. Wahrscheinlich sein Künstlername, mit dem er sich mir vorgestellt hat«, bestätigte Imke. »Er war der Musiker auf deinem Schiff? Ich kann es kaum glauben. Was für ein Zufall! Kein Wunder, dass er bei den Leuten so gut angekommen ist.«

Maike nickte und berichtete ihr von den Ausflugsfahrten, bei denen an Bord ausgelassene Stimmung geherrscht hatte. »Das war wirklich toll. Wie bist du denn auf ihn gekommen?«

»Ich gar nicht. Er kam hier auf den Hof und hat mich gefragt, ob ich vielleicht einen Musiker fürs Fest gebrauchen könnte«, antwortete Imke.

Maike wirkte plötzlich nachdenklich und zupfte an ihrem Ohrläppchen. Dann erzählte sie Imke von ihrer Begegnung mit Johnny, dem Überfall und dass sie in seinem Rucksack eine Karte vom Matthiesen-Gut gefunden hätte.

»Das kam mir damals irgendwie seltsam vor. Aber dann dachte ich, dass er sicher viel herumkommt und sich Feste aussucht, bei denen er spielen kann. Schließlich muss er ja seine Brötchen verdienen.«

»Stimmt. Das ist vielleicht wirklich Zufall. Außerdem besagt der Besitz einer Postkarte von unserem Gut noch lange nicht, dass er auch hier gewesen ist«, folgerte Imke. Dennoch zweifelte sie an einer zufälligen Begegnung. Warum hatte er ihr das verschwiegen?

»Da hast du recht. Vielleicht hat er die Karte irgendwo gekauft. Wann wirst du Johnny das nächste Mal sehen?«, fragte Maike.

»Wir müssen noch einen Termin verabreden, um die Details zu besprechen.«

»Hast du seine Handynummer?«, hakte Maike nach.

»Nein, er kommt vorbei.«

»Bitte richte ihm einen schönen Gruß von mir aus. Sag ihm, ich würde mich sehr freuen, wenn er sich mal wieder bei mir melden würde. Vielleicht habe ich Glück, und er hat noch ein paar Termine frei für mich.«

»Ja, natürlich, das mache ich gern«, antwortete Imke. Sie freute sich, Maike einen Gefallen erweisen zu können.

Maike stellte ihre Tasse auf den Tisch, nahm die beiden Honighörnchen und wickelte sie in eine Serviette, bevor sie aufstand. »Jetzt muss ich aber zu Anna. Sobald sie gefrühstückt hat, fahren wir nach Stolteby. Ich muss mich in der Reederei wieder blicken lassen.«

Zum Abschied umarmten sich Imke und Maike herzlich.

»Schön, dass du da gewesen bist, Maike«, sagte Imke und war ein wenig traurig wegen des kurzen Besuchs. Die Familie bedeutete Imke viel. Sie genoss die gemeinsamen Abendessen, auch wenn sich das Gespräch meistens ums Gut drehte.

»Ich habe mich auch riesig gefreut, dich zu sehen. Unsere Treffen sind viel zu selten.«

Noch einmal fielen sie sich in die Arme, bevor sie sich trennten.

»Grüß bitte lieb Anna von mir!«, rief Imke Maike hinterher. Imke war traurig, dass sie Anna heute nicht sehen würde.

»Mach ich. Wir sehen uns dann beim Fest. Schließlich lassen wir uns Johnnys Darbietung nicht entgehen. Wenn ich das Anna erzähle, ist sie ganz aus dem Häuschen.«

Nachdem Maike das Gutshaus verlassen hatte, war es auch Zeit für Imke, den Laden aufzusuchen.

## 18.

Kurz nach dem Frühstück brachen Maike und Anna nach Stolteby auf. Als Daniel sie zum Auto begleitete, ertönten aus allen Richtungen die lauten Stimmen der Plantagenarbeiter, die heute das Gut zum Fest auf Vordermann bringen sollten. Das hieß Fegen, Aufräumen und Putzen, bis alles glänzte. Jedes Jahr der gleiche Trubel. Dennoch herrschte ausgelassene Stimmung, denn alle fieberten dem Event entgegen und wollten, dass das Gut Matthiesen sich in fünf Tagen von seiner besten Seite zeigte. Anna schaute Daniel an und gähnte.

»Hast du gut geschlafen?«, fragte er und strich dem Mädchen liebevoll über den Kopf. Anna nickte und gähnte ein weiteres Mal.

»Und du?«, wandte er sich an Maike.

»Ich auch, danke«, antwortete sie, obwohl die dunklen Ringe unter ihren Augen dem widersprachen.

»Ich habe noch was für euch für unterwegs.«

Daniel reichte Maike und ihrer Tochter selbstgefertigte Lunchpakete mit, in den sich neben Apfelchips auch Äpfel, Kakao und Imkes neue Brötchenkreation mit Daniels gewonnenem Honig von der Wildblumenwiese befanden.

Daniel hätte sich gern noch mit Maike über die Recherchereise unterhalten. Aber er konnte verstehen, dass Anna wieder in die Schule und Maike sich um ihre Reederei kümmern musste.

Er stand im Vorgarten und schaute lange Maikes Wagen hinterher, bis dieser aus seinem Blickfeld verschwunden war.

Anschließend begab er sich auf seinen Kontrollgang zu den Bienenvölkern.

Gegen Mittag war er damit fertig. Mittlerweile war es so warm geworden, dass er beschloss, einen Spaziergang am Elbufer zu unternehmen.

Um diese Zeit war es dort recht leer, und er konnte die Ruhe genießen. Träge floss die Elbe in Richtung Nordsee. Im Sonnenschein glitzerte ihre Oberfläche, als wäre sie mit unzähligen Edelsteinen besetzt. Ein Containerschiff steuerte die offene See an, begleitet von einer Schar kreischender Möwen.

Daniel bemerkte erst jetzt, dass er sich unbewusst Carolines Gedenkstein genähert hatte, der mitten im Sand, unweit des Flussufers stand. An dieser Stelle hatte die Polizei einst die Schuhe von Imkes Schwester gefunden. Seit diesem Tag fehlte von dem Kind jede Spur. Immer, wenn Tom von diesem Tag erzählt hatte, hörte Daniel dessen Bitternis heraus. Er wusste, dass sein Freund sich seit jeher schuldig am Verschwinden der Schwester fühlte. War die kleine Caroline tatsächlich ertrunken? Doch der Familie hatte immer ein Hinweis gefehlt, um die schreckliche Ungewissheit endlich loszuwerden.

Tom begegneten nur zwei Spaziergänger, die ihre Hunde Gassi führten, und ein Jogger überholte ihn. Aus Toms Erzählungen wusste er, dass am Elbufer früher immer mehr los gewesen war. Dort hatte stets eine Schar Kinder im Sand Fußball gespielt. Im Sommer war das Ufer mit Badefreudigen bevölkert. Caroline war an einem Spätsommertag verschwunden. Wenn wirklich früher mehr Menschen am Strand gewesen waren, musste doch einer etwas beobachtet haben.

Als Daniel auf Carolines Gedenkstein zu seinen Füßen blickte, lag ein Strauß gelber Lilien daneben. Er war noch frisch, als wäre er vor Kurzem erst abgelegt worden. Imke? Sein Bauchgefühl verneinte. So eingespannt, wie sie in die Vorbereitungen zum Apfelblütenfest war, blieb ihr dazu kaum Zeit.

Auch Knut Matthiesen schied aus. Der ehemalige Gutsherr verschenkte nur noch Blumen aus seinem Garten, zu denen Lilien nicht gehörten. Wer also mochte es gewesen sein? Sofort dachte er an den Fahrer im dunkelblauen Wagen.

Im vergangenen Jahr hatte Pia immer wieder einen dunklen

Wagen in der Nähe des Gedenksteins gesehen. Alle hatten vergeblich gerätselt, wer den Gedenkstein mit den gelben Rosen geschmückt haben könnte.

Die Lilien verströmten einen betäubenden Duft.

Daniel kannte Imkes Schwester nur vom Gemälde aus der Deele. Als kleines Mädchen. Zwischen ihr und Imke bestand nur wenig Ähnlichkeit. Nur das gleiche goldblonde Haar besaßen beide. Wenn Pias Theorie stimmte, dass Caroline doch noch lebte, wusste dann Imkes Schwester etwas über ihre wahre Herkunft? Daniel bückte sich und nahm eine Lilie als Beweis mit, bevor er Imke im Laden aufsuchen würde. Er musste die Freundin allein unter vier Augen sprechen und hoffte inständig, Chiara möge sich in ihre wohlverdiente Mittagspause verabschiedet haben.

Lieblos stopfte er die Lilie in seine Gesäßtasche und trat den Rückweg zum Gut an. Im selben Augenblick erreichte ihn eine SMS von Imke, die um Gläser seiner neuen Honigsorte bat. Nach einem Umweg zu seinem Haus erreichte er mit dem gefüllten Korb das Gut.

»Na, endlich«, wurde er von Imke empfangen, die neben dem Scheunentor dekorierte. »Stell den Korb einfach ab, ich nehme ihn mit in den Laden, wenn wir nachmittags wieder öffnen«, wies sie ihn an.

Daniel folgte ihrer Bitte und schaute sich um. Neben dem Scheunentor stapelten sich drei Ballen Stroh, davor standen eine Vogelscheuche auf einem Holzfuß und eine Schweinemolle, bestückt mit drei verschiedenen Apfelsorten, die nach Farbe sortiert waren. Bemalte Milchkannen flankierten die Türen. Imke packte gerade aus einem Karton einen überdimensionalen Apfel aus Keramik aus.

»Kannst du mir bitte helfen, den auf die Kiste da drüben zu hieven?«, fragte sie ihn und wies auf die andere Seite des Tors. Wie könnte er ihr die Bitte abschlagen?

Gemeinsam platzierten sie den Riesenapfel vorsichtig auf der Kiste.

»Du legst dich mit der Dekoration ja mächtig ins Zeug«, sagte er anerkennend. So aufwendig geschmückt hatte er das Gut noch nie gesehen. Offenbar wollte Imke alle vorangegangenen Apfelblütenfeste toppen. Aber das Ausrichten eines solchen Events verlangte seinen Tribut. Imke hatte abgenommen. Sie war blass, die Wangen wirkten hohl und von ihrer Stirn perlte Schweiß. Daniel spürte, wie sehr sie ihren Brüdern beweisen wollte, dass sie ein Fest organisieren konnte, von dem alle später noch wochenlang sprachen.

Beim Anblick ihres zerzausten Haares und der leichten Röte auf ihren Wangen schnellte sein Puls in die Höhe. Trotz der Müdigkeit lag ein Leuchten in ihrem Blick. Am liebsten hätte er sie in die Arme gerissen, an sich gepresst und seine Lippen fordernd auf ihre gepresst. Hastig schaute er nach unten, um der Versuchung nicht nachzugeben.

»Alle sollen noch lange von diesem Apfelblütenfest sprechen. Es wird das schönste sein«, versprach sie euphorisch.

*Tom wird stolz auf sie sein. Und ich bin es auch.*

Daniel räusperte sich. Ihm fiel der eigentliche Grund seines Hierseins ein.

Er beugte sich zu Imke hinunter und raunte ihr zu: »Ich muss mit dir reden, Immie. Allein.«

Erstaunt blickte sie ihn an, dann in die Scheune, in der zwei Plantagenarbeiter die Balken kärcherten, und schüttelte den Kopf. »Aber nicht jetzt, Daniel«, wies sie ihn ab. »Es gibt noch so vieles vorzubereiten … Hat das nicht Zeit? Vielleicht morgen?«

Sie drehte sich bereits um und wollte zurück zu den Kisten, aus denen Girlanden quollen. Aber er hielt sie am Ellbogen fest.

»Imke, bitte, nur fünf Minuten, okay?«

Imke runzelte die Stirn und kaute auf der Unterlippe. Das tat sie immer, wenn sie grübelte.

Nach einer Weile seufzte sie. »Okay. Erst muss ich den Arbeitern die Girlanden bringen.« Sie sah hinüber zum Hofladen, den Chiara nach der Mittagspause gerade wieder öffnete. »Magst du solange die Honiggläser rüberbringen und in den Lagerraum stellen? Ich weise die Arbeiter an, wie sie die Girlanden aufhängen sollen, dann höre ich dir zu.«

Daniel hatte Imke ungern gedrängt. Aber es war wichtig, ihr von den Blumen am Gedenkstein zu berichten.

»Einverstanden«, bekräftigte er.

»Prima.« Schon wirbelte Imke herum und lief in die Scheune.

Daniel nahm wieder den Korb an sich und trug ihn zum Lagerraum, der an den Hofladen angrenzte. Als er dort die Gläser aus dem Korb räumte, hörte er ein Handy vibrieren. Es war nicht seines. Er schaute auf zum kleinen Sprossenfenster, das zum Laden hin zeigte. Es war schräg gestellt, sodass er mithören konnte.

»Was willst du?«, hörte er Chiara ins Mobiltelefon flüstern, die direkt hinter dem Fenster stand. Sie klang angespannt und schaute sich immer wieder um. Zum Glück hatte sie seine Gegenwart hinter der Scheibe nicht bemerkt. Daniel begab sich in die Hocke, konnte aber, wenn er den Kopf in den Nacken legte, weiter durchs Fenster schauen.

»Nein, ich habe noch nicht alles gesehen. Ich brauche noch ein wenig«, fuhr sie fort. Ihr gehetzter Tonfall weckte nur noch mehr seine Neugier.

Deshalb blieb er weiter lautlos in der Hocke und belauschte ihr Telefonat. Manchmal sprach sie so leise, dass er sich anstrengen musste, um etwas zu verstehen.

»Natürlich habe ich ihn gesehen. Nein, aber ich hatte noch keine Gelegenheit … warte, ich muss Schluss machen. Da kommt jemand.« Chiara hatte schnell gesprochen.

»Guten Tag, wie kann ich Ihnen weiterhelfen?«, wandte sie sich mit fester Stimme der Kundin zu.

Daniel verharrte weiter in seiner Position, um sich nicht zu verraten.

Chiara versuchte Frau Lorenz, eine Frau mittleren Alters, vom Kauf einer neuen Apfelsorte zu überzeugen, und reichte ihr eine Fruchtspalte zum Kosten. Doch die lehnte ab. Vorsichtig erhob sich Daniel und trat einen Schritt vom Fenster weg. Die laut Redenden konnte er auch aus dem Hintergrund des Lagerraums hören und aus dem Schatten heraus sehen.

»Ich warte lieber auf ein anderes Mal, wenn Herr Matthiesen

wieder da ist. Er kennt unsere Geschmacksvorlieben«, erklärte Frau Lorenz. »Wissen Sie, ich war ja skeptisch, was diesen Mariella-Apfel betrifft. Aber von dem hat er mich wirklich überzeugen können.«

Chiara nickte lächelnd und schien etwas erwidern zu wollen.

Frau Lorenz beugte sich zu Chiara vor.

»Wo steckt denn Tom Matthiesen eigentlich? Ich habe ihn schon länger nicht mehr gesehen«, raunte sie ihr zu.

»Das weiß ich leider nicht, ich bin neu hier«, entgegnete Chiara. »Sie kennen die Familie Matthiesens gut?«

»Wie es in solch einem Kaff üblich ist. In Oosthusen kennt jeder jeden«, erklärte Frau Lorenz.

»War das Gut schon immer im Besitz der Matthiesens?«, fragte Chiara.

»Seit einer Ewigkeit. Ich kenne noch die beiden Generationen zuvor. Alles fleißige Leute. Vor vielen Jahren hätten sie es fast verloren. Zum Glück ist es nicht so weit gekommen.« Frau Lorenz' Blick richtete sich in die Ferne.

»Was ist geschehen?«, hakte Chiara nach.

»Ein Unglück hätte fast das traditionelle Familienunternehmen zerstört. Das arme, kleine Ding ... Im Dorf haben alle mit der Familie gelitten. Wissen Sie das nicht?«

»Nein«, gab Chiara zu.

»Die kleine Caroline, ein bildhübsches, kleines Engelchen. Sie ist wohl in der Elbe ertrunken.«

»Oh, wie furchtbar« antwortete Chiara. »Wie konnte das passieren?«

»Tja« machte Frau Lorenz. »Wissen Sie was, ich nehme den Goldmarie-Apfel. Ein Kilo bitte.«

Daniel griff nach seinem leeren Korb, um den Lagerraum zu verlassen. Es ärgerte ihn, dass Chiara sich auf Gerede mit Frau Lorenz eingelassen hatte. Nicht nur dass es die Höflichkeit gebot, sich auf kein Gerede einzulassen, hatte Tom allen Mitarbeitern verboten, über seine Familie und die tragischen Ereignisse zu tratschen. Daran musste sich auch die Neue halten. Imke hatte es ihr bestimmt eingeschärft, aber seine gutherzige Freundin würde ihre Aushilfe sicher nicht in die Schranken verweisen, sondern sie in Schutz nehmen. Sein Versprechen Tom gegenüber, auf dessen Schwester Acht zu geben, verpflichtete ihn, Chiara beiseitezunehmen, um ihr klarzumachen, dass jeglicher Tratsch auf dem Gut nicht geduldet wurde.

Die Gelegenheit ergab sich schneller als gedacht. Gerade als er die Tür des Lagerraums schloss, erschien auch Chiara draußen. Offenbar wollte sie den Abfalleimer im Müllcontainer hinter der Scheune leeren, und Daniel folgte ihr. Als sie ihn bemerkte, drehte sie sich zu ihm um.

»Kann ich dir helfen, Daniel?«, fragte sie lächelnd.

»Ich habe zufällig dein Gespräch mit Frau Lorenz gehört«, kam er sofort zur Sache. Chiaras Lächeln versteinerte.

»Du hast uns also belauscht«, stellte sie fest, presste die Lippen aufeinander und schüttelte dabei den Kopf.

»Es gibt auf dem Gut einen wichtigen Grundsatz: Keinen Klatsch und Tratsch, schon gar nicht mit Kunden«, erwiderte er wütend.

»Frau Lorenz hat damit angefangen«, wehrte sie sich.

»Ach ja? Warum hast du ihr nicht gesagt, dass es dich nicht interessiert?« Daniel war wütend. Jetzt schob sie auch noch die Schuld auf andere.

»Weil ich sie nicht so einfach abwürgen wollte«, erklärte Chiara und wollte an ihm vorbeieilen. Daniel reagierte blitzschnell und packte ihren Ellbogen. Sie wehrte sich nicht, auch nicht, als er sie näher zu sich heranzog. In ihren Augen lag ein nicht zu deutender Ausdruck. Jetzt, wo er ihr so nah war wie nie zuvor, befremdete ihn etwas in ihren Augen. Nur konnte er nicht sagen, was.

»Ich weiß noch nicht, welche Absichten du verfolgst, aber ich gebe dir den guten Rat, die Matthiesens in Ruhe zu lassen. Sie haben genug mitgemacht. Andernfalls kriegst du es mit mir zu tun.«

Chiaras stieß den Atem aus. »Wie kommst du nur darauf, ich könnte Imke oder ihrer Familie Schlechtes wollen? Es würde mir niemals einfallen. Ich bin Reporterin und zugegeben neugierig. Andere Schicksale finde ich spannend und recherchiere gern …«

»Aber nicht hier«, sagte er bestimmt.

Plötzlich zitterte sie.

»Glaub mir, ich mag Imke sehr. Ich brauche den Job. Wirklich.«

Die Worte klangen ehrlich. Vielleicht hatte er überreagiert.

»Tut mir leid, wenn ich dir etwas unterstellt habe«, sagte er reuig. Erst jetzt ließ er sie los.

»Ich werde nicht mehr fragen«, sagte sie.

»Das hoffe ich. Enttäusche mich nicht.«

Chiara wirkte in diesem Moment verletzlicher denn je und nicht mehr so selbstbewusst wie sonst. »Du beschützt vor allem Imke, weil du etwas für sie empfindest. Ich habe bemerkt, wie du sie ansiehst.«

*War er so leicht zu durchschauen?*

»Ich bin ein guter Freund. Mehr nicht«, log er.

Um Chiaras Mundwinkel zuckte es, dann lächelte sie wissend.

Er war froh, dass sie das Thema nicht weiter vertiefte.

»Na, dann … Ich muss schnell den Müll wegbringen und dann zurück in den Laden. Ich möchte Imke nicht enttäuschen.« Mit diesen Worten schritt sie an ihm vorbei. Diesmal hielt er sie nicht auf.

*Ich bin ein guter Freund. Mehr nicht.* Seine Worte gingen ihm durch den Sinn. Guter Freund. *Du machst dir etwas vor.* Er wollte mehr für Imke sein. Die Hände tief in den Taschen seiner Jeans vergraben, lief er über den Hof. Als er an der Scheune vorbeiging, weckte lautes Gelächter seine Aufmerksamkeit. Neugierig ging er zum Eingang, lehnte sich ans Tor und lugte hinein. Imke dirigierte gerade eine Handvoll Aushilfen, die ihr fürs Fest zur Hand gehen sollten. Bewundernd betrachtete er ihre schlanke Gestalt in der Jeans und dem pastellfarbenen T-Shirt. Heute trug sie ihr blondes Haar offen, das in golden schimmernden Wellen bis auf ihre Schultern fiel. Er verspürte den Wunsch, mit den Fingern durch ihre seidigen Strähnen zu fahren und spielerisch eine davon um den Finger zu wickeln. Wie würde sie reagieren, wenn er das wirklich ausführte?

Von der bereits aufgebauten Theke aus beobachtete Jens das Geschehen. Er prüfte die Zapfanlage. Beide hatten Daniel noch nicht bemerkt.

»Imke, hier stimmt was nicht!«, rief Jens ihr zu.

»Jens, einen Moment bitte, ich bin gleich bei dir«, vertröstete Imke den Vorarbeiter, der nickte. Ungeduldig winkte sie die Aushilfen zur Seite.

»Nein, die Bänke müssen dorthin und die Tische weiter nach rechts. Genau. So, jetzt noch die Tischdecken«, befahl sie den Helfern, die emsig wie die Ameisen ihre Anweisungen befolgten.

Wie souverän sie das managte. Daniel bewunderte ihre Disziplin und ihre Übersicht. Er hätte das vermutlich nicht so bewältigen können. Nachdem die Bänke und Tische verteilt waren, ging Imke zu Jens.

»Jetzt sag nur nicht, dass die Zapfanlage nicht funktioniert«, sagte sie laut.

»Ich befürchte, es muss ein Hahn getauscht werden«, antwortete Jens mit ernster Miene.

»Kannst du das denn nicht machen? Ich habe gleich eine Besprechung.«

Jens hob die Hände. »Nein, das ist wirklich nicht mein Ding.«

»Okay, selbst ist die Frau.« Schon hatte Imke die Theke umrundet und machte sich an einem der Hähne zu schaffen. Daniel war gespannt, ob sie ihn zum Laufen bringen würde.

»Gib mir mal bitte ein Glas zum Probelauf«, bat sie Jens kurz darauf.

Das typische Gluckern von Flüssigkeit erklang.

»Jeder Mann würde sich glücklich schätzen, eine solch vielseitig begabte Frau zu haben«, sagte Jens voller Bewunderung.

»Ach, weißt du Jens, ich brauche keinen Mann, um glücklich zu sein. Ich habe ja meine Familie.«

Imkes Worte besaßen die Wirkung einer eiskalten Dusche und

rüttelten Daniel wach. Jeden Blick, jede Geste hatte er scheinbar falsch gedeutet. In diesem Moment wurde ihm bewusst, dass Imke seine Gefühle nicht erwiderte, sonst würde sie sich nach ihm sehnen. Es hatte deshalb keinen Sinn, ihr zu gestehen, was er für sie empfand. Wahrscheinlich würde sie ihn mitleidig anlächeln. Mitleid war das Letzte, was er von ihr wollte. Traurig wandte er sich ab und ging davon.

# 19.

Eingehend betrachtete Imke ihr Werk im Tageslicht, das durch die große Glasfläche der Orangerie fiel. Umgeben von duftenden Gardenien und Jasmin hatte sie auf Inspiration gehofft.

»Das gefällt mir noch nicht«, sagte Imke kopfschüttelnd und schob das Gesteck mit den Äpfeln von sich. Am liebsten hätte sie es sofort in den Abfall geworfen.

»Ich krieg es einfach nicht hin«, gab sie seufzend zu.

»Darf ich vielleicht mal?«, bot sich Chiara an und streckte die Hand nach dem Gesteck aus.

»Ja … bitte.« Imke schob es ihr hin und beobachtete dann, wie ihre Aushilfe geschickt die Bänder mit Blumendraht umwickelte, in das Mooskissen steckte und anschließend zwei kleine Äpfel auf harten Draht spießte, um diese neben der Schleife zu platzieren. Danach kramte sie in der Grünabfallkiste, die immer unter dem Ladentresen stand, nahm eine Handvoll Blätter heraus und klebte sie mit der Heißklebepistole rund um die Äpfel fest.

»Wow, du bist genial!«, rief Imke anerkennend.

Chiara lächelte verlegen. »Alles reine Übungssache«, erklärte sie.

Chiaras Talente überraschten Imke immer wieder und versetzten sie gleichzeitig in die Vergangenheit. Gestecke aus Mooskissen hatten ihre Mutter und Tante Mariella immer zu den drei großen Festen auf dem Gut gefertigt. Sie hatten die Tische und Tresen im Festzelt und in der Scheune geziert.

In einem der alten Familienalben klebten Fotos von beiden, wie sie in der Scheune auf Hockern sitzend Gestecke fertigten. Tante Mariella hatte ein besonderes Händchen fürs Dekorieren besessen. Nachdem sie das Gut verlassen hatte, oblag alles allein Imkes

Mutter. Imke besaß zwar einen ausgeprägten Sinn für Ästhetik, aber ihr fehlte das besondere Geschick für Handwerk und Basteln. Ihre Mutter hatte stets darauf bestanden, dass sie beim Anfertigen an ihrer Seite saß. Imke sollte von ihr lernen. Ihre ersten Versuche waren leider fehlgeschlagen.

»Wenn ich einmal groß bin, kann ich das bestimmt auch«, hatte Imke ihre Mutter trösten wollen, die das verunglückte Gesteck in ihren Händen hielt und traurig betrachtete.

»Dazu taugst du nicht. Deine Finger sind viel zu dick. Caroline hätte es sicher gekonnt.« Die Worte ihrer Mutter klangen noch immer in ihren Ohren. Enttäuscht und zutiefst verletzt über den Vergleich mit der verstorbenen Schwester hatte Imke es nicht mehr gewagt, ihre Mutter darum zu bitten, ihr zu zeigen, wie man ein Gesteck oder einen Kranz band.

Immer wieder hatte sie gespürt, wie ihre Eltern ihre vermisste Schwester vergöttert hatten. *Sie war in allem besser als ich!*

»So, fertig!«, verkündete Chiara lächelnd und riss Imke aus den Grübeleien. Sie legte das nächste fertige Mooskissen vor Imke hin.

»Und wie findest du das?«, fragte Chiara.

Imke nahm es vorsichtig in die Hand und betrachtete es von allen Seiten. Chiara hatte mit einfacher Dekoration dem Gesteck viel Wirkung verliehen.

»Woher kannst du so was? An dir ist ja eine Floristin verloren gegangen«, staunte sie.

»Das habe ich von meiner Mutter gelernt. Leider kann ich es nur halb so gut wie … sie.« Chiara atmete tief durch, als fiele es ihr schwer, darüber zu reden. »Meine Mutter verpasste den Gestecken immer das I-Tüpfelchen.« Ein Schatten fiel über Chiaras Gesicht. Ihr Blick war in die Ferne gerichtet, als würde sie in einer anderen Welt weilen. Schmerz und Traurigkeit lagen in ihren Augen.

Sofort legte Imke ihre Hand auf den Arm Chiaras.

»Wenn du irgendwann darüber reden willst, bin ich für dich da«, sagte sie mitfühlend zu ihrer Aushilfe.

In diesem Moment wurde Imke bewusst, dass Chiara nur wenig aus ihrem Leben und von ihrer Familie erzählt hatte. Vielleicht würde sich das ändern, wenn sie eine längere Zeit miteinander gearbeitet hatten.

Noch immer hielt Imke das Gesteck in den Händen und betrachtete es nachdenklich. Diese Art der Gestaltung, mit den Blättern und den beiden Äpfeln hatte sie schon einmal gesehen. Imke zerbrach sich den Kopf, aber es wollte ihr einfach nicht einfallen. Vielleicht würden alte Fotos die Erinnerung zurückrufen. Im Esszimmer bewahrten sie die alten Alben der Feste des Gutes auf. Sobald sich die Gelegenheit ergab, würde sie nachsehen.

In Teamarbeit fertigten Imke und Chiara ein Dutzend Gestecke an. Imke war fasziniert von der ausgefallenen Kreativität ihrer Hilfe. Jedes der verzierten Mooskissen war ein kunstvolles Unikat.

»Das hätte ich ohne dich nicht geschafft.« Imke rieb sich den verspannten Nacken und legte das letzte Gesteck beiseite.

»Es hat mir großen Spaß gemacht. Schau mal …« Chiara hielt eines in die Höhe, das sie mit einem winzigen Korb gespickt hatte, darunter eine rot-weiß karierte Serviette und zwei Miniaturgläser.

»Wie eine Einladung zum Picknick«, sagte Imke. »Die Gestecke sehen allesamt toll aus. Eigentlich zu schade dafür, sie am nächsten Tag wegzuwerfen.« Imke schob auch dieses Gesteck zu den anderen fertigen. Anschließend nahm sie ihr Handy und fotografierte die Stücke.

»Ihr werft die gleich am Tag nach dem Fest weg?« Chiara sah sie entsetzt an. »Dafür sind sie wirklich zu schade.«

»Meine Mutter und meine Tante haben früher einige verschenkt. Irgendwann wollte die keiner mehr haben. Auch wenn unser Gutshaus sehr großzügig ist, können wir diese Menge nicht unterbringen.«

»Wir könnten sie doch zum Abschluss versteigern mit einer Flasche Apfelwein. Den Erlös könntest du einem guten Zweck spenden«, schlug Chiara vor.

»Das ist genial!« Euphorisch umarmte Imke ihre Aushilfe. Sie diskutierten noch darüber, wie sie es mit der Verlosung anstellen wollten. Dabei alberten sie wie zwei Kinder herum.

Kurz vor der Mittagspause kreuzte Daniel mit einem Korb Honiggläser auf. Imke erkannte die neue Sorte des Wiesenhonigs. Ihr Magen krampfte sich zusammen. Gleich würde sie Daniel mitteilen müssen, dass diese Honigsorte bei den Kunden wenig gefragt war.

Obwohl seine neueste Honigkreation sensationell schmeckte, wie sie fand, und sie diese jedem Kunden empfahl, blieb der Verkauf der Sorte unter den Erwartungen. Von Tom wusste sie, dass es bei Daniel in Sachen Finanzen nicht gerade rosig aussah, und er auf jeden Cent aus dem Honigverkauf angewiesen war. In den beiden zurückliegenden Jahren hatte er all sein Geld für aufwendige Renovierungen ausgegeben.

Pia hatte seine erste Honigsorte beworben. Doch seitdem sie als freie Fotografin arbeitete und viel unterwegs war, war die Werbung für das Gut und auch für Daniel ins Hintertreffen geraten. Dabei war ein gutes Marketing wichtig. Neue Strategien und eine Werbekampagne mussten her. Pia fehlte an allen Ecken und Enden. Zum Glück hatte ihre Schwägerin noch kurz vor der Abreise die Flyer fürs Apfelblütenfest entworfen und den Druck bestellt. Daniel, der einst aus der Computerbranche gekommen war, hatte sich gesperrt, ihre Jobanzeige online zu stellen. Hier aber ging es um seinen Honig. Weshalb sperrte er sich nur dagegen, sich eines Computers zu bedienen, wenn er so firm darin war? Sie war versucht, ihn darauf anzusprechen, entschied sich aber, ihre Fragen auf einen anderen Moment zu verschieben, wenn sie allein mit ihm war.

»Hi, hier bringe ich euch noch ein paar Gläser von meinem neuen Honig«, verkündete Daniel stolz. Imke wurde es schwer ums Herz. Wie sollte sie ihm beibringen, dass die neue Sorte sich womöglich zum Ladenhüter entwickelte?

Schwungvoll stellte er den Korb neben die Gestecke auf den Tisch.

»Ich war gerade beim Laden. Der Verkauf dieser Sorte ist total mau. Fast alle Gläser sind noch da. Es war Daniel anzusehen, wie sehr ihn das enttäuschte.

Chiara schwieg, während ihr Blick zwischen Imke und Daniel hin und her flog. So deprimiert hatte Imke ihn noch nie gesehen.

»Keine Sorge, das wird schon noch. Die Kunden müssen ihn erst probieren. Glaub mir, sie werden ihn bald genauso schätzen wie deine anderen Sorten«, versuchte sie ihn aufzumuntern.

»Hoffentlich, sonst war die ganze Arbeit umsonst.« Daniel schaute noch immer auf die Gläser.

»Das wird schon«, beruhigte sie ihn noch einmal und trat einen Schritt auf ihn zu, um ihn tröstend zu umarmen. Das hatte sie noch nie gewagt. Meistens war Tom in der Nähe gewesen, der sie mit Argusaugen beobachtete. Dann hielt die Scheu sie jedes Mal zurück. Als sie dicht vor ihm stand, verließ sie auch jetzt wieder der Mut. Sie fürchtete sich vor einer brüsken Abweisung. Stattdessen verschränkte sie die Arme vor der Brust, um nicht in Versuchung zu geraten. Aber Daniel roch so gut. Er musste sich kurz vorher rasiert haben, denn seine Wangen waren glatt, und ein Pflaster klebte kurz vor seinem Ohr.

Imke half ihm, die Honiggläser aus dem Korb zu nehmen.

»Ich bin noch aus einem anderen Grund hier. Kann ich dich kurz sprechen? Allein?«, raunte er ihr zu, als sie sich herüberbeugte. Imke hielt in der Bewegung inne, blickte Daniel an und anschließend Chiara.

Die sagte unvermittelt: »Ich hole mal den Besen, dann fege ich die Reste zusammen.« Auf dem Boden lagen noch allerlei Moosreste und Schnipsel verstreut. Chiara eilte aus der Orangerie. Jetzt war Imke ganz allein mit Daniel. Plötzlich kam ihr das Gewächshaus eng vor, und ihr Herz klopfte schneller.

»Was möchtest du mir sagen, Daniel?« Erwartungsvoll blickte sie zu ihm auf.

»Eher etwas zeigen«, erklärte er und fingerte an der Gesäßtasche seiner Jeans.

»Das hier …« Daniel hielt ihr eine blassgelbe Blüte hin, »habe ich unten am Gedenkstein gefunden«, erklärte er. Imke starrte auf die schlaffe Blüte und brachte keinen Ton heraus. Sie war sich sicher, dass es die gleiche Sorte war, die in der Wohnung ihres

Vaters gestanden hatte. Und dann erneut Blumen an Carolines Gedenkstein. Im vergangenen Jahr waren es gelbe Teerosen gewesen, in diesem Jahr gelbe Lilien.

»Ich nehme mal an, du bist es nicht gewesen, oder?«, riss Daniel sie mit seiner Frage aus den Grübeleien.

Imke schüttelte den Kopf. »Nein, sie sind nicht von mir.« Sie drehte die Blüte zwischen den Fingern und betrachtete sie nachdenklich. »Die sieht genauso aus wie die in Papas Wohnzimmer. Dort steht eine Vase voll mit Lilien. Und das, obwohl er keine Frischblumen mag.«

»Vielleicht Frauke?«

»Auf keinen Fall! Sie weiß, dass er kein Freund von Schnittblumen ist, und erst recht nicht von Lilien, die auf der Tischdecke Pollenflecken hinterlassen.« Je mehr sie darüber nachdachte, desto mehr Fragen kamen auf. Bestimmt hatte ihr Vater gesehen, wer ihm die Blumen hingestellt hatte. Sie nahm sich vor, ihn später danach zu fragen.

»Wenn nicht Frauke oder du, von wem hat er dann den Strauß? Und von wem sind die unten an der Elbe?«

»Ich habe keinen blassen Schimmer«, gestand sie. »Aber ich werde es herausfinden. Wollen wir uns später noch mal darüber unterhalten? In der Mittagspause vielleicht?«

Er schaute auf seine Uhr und wirkte verlegen.

»Nicht böse sein. Aber ich muss heute was Dringendes erledigen«, erklärte Daniel. »Für meine Bienen. Ein anderes Mal gern«, fügte er hinzu und verabschiedete sich hastig. Imke jedoch hatte das Gefühl, dass er floh. Womöglich vor ihr. Spürte er etwa, dass sie mehr für ihn empfand als nur für einen Freund der Familie? Sein Verhalten konnte nur eines bedeuten: Er teilte ihre Gefühle nicht. Sie hatte in seine Blicke und Lächeln zu viel hineininterpretiert.

Traurig sah sie ihm nach, wie er den Weg zwischen den Lagerhallen entlangeilte, bis er für sie nicht mehr sichtbar war. Die Lilie hielt sie noch immer in ihrer Hand. Sie war ihm dankbar. Einen flüchtigen Moment lang war sie versucht, Tom anzurufen. Aber sie befürchtete, er könne vorzeitig zurückkehren und die Recherche abbrechen, die ihm so wichtig war. Diesmal musste sie das allein durchziehen, herausfinden, wer die Lilien in die Vase gesteckt und am Gedenkstein abgelegt hatte.

Schritte näherten sich. Chiara kehrte mit dem Besen zurück. Hastig stopfte Imke die Lilie in ihre Hosentasche.

»Ist Daniel schon weg?« Chiara hielt im Laden nach ihm Ausschau.

»Ja«, antwortete Imke knapp.

»Ich hoffe, euer Gespräch war nicht unangenehm?« Imke spürte Chiaras Neugier. Aber sie war nicht dazu bereit, mit ihr darüber zu reden. Vielleicht … irgendwann.

»Nein, nein, alles in Ordnung.«

Deutlich las sie den Zweifel in Chiaras Blick und verspürte ein schlechtes Gewissen, weil sie gelogen hatte.

In den letzten fünf Jahren hatte Daniel sich immer als wahrer Freund und loyaler Mitarbeiter erwiesen. Sein Hinweis zu den gelben Lilien bestätigte dieses einmal mehr. Deshalb tat es Imke besonders leid, dass sich seine neueste Honigsorte schlecht verkaufte. Sie war es ihm schuldig, ihn auf irgendeine Weise zu unterstützen. Bei jedem verkauften Honigglas hatte sie die Kunden auf sein neues Produkt aufmerksam gemacht. Leider hatten alle Überzeugungskünste nichts geholfen. Eine neue Verkaufsstrategie musste her.

Während sie mit Chiara die Gestecke in den kühlen Lagerraum brachte, kam ihr plötzlich eine Idee. Ihre Aushilfe arbeitete für eine Natur- und Gartenzeitung. Werbung dort richtig positioniert oder ein Artikel über Daniels Arbeit könnte ihn über Nacht bekannt machen. Imke war davon überzeugt, dass Chiara ihr sicher weiterhelfen würde. Eine Weile überlegte sie, wie sie es am geschicktesten anstellen könnte, ihre Aushilfe von ihrer Idee zu überzeugen.

»Chiara. du arbeitest doch für dieses Gartenmagazin«, begann Imke vorsichtig.

»Ja, wieso?«

»Ich dachte … könntest du vielleicht einen Artikel über Daniel und seinen Honig schreiben? Das wäre doch tolle Werbung für seinen Honig und auch unser Gut.«

Chiaras Lächeln erstarrte. »Prinzipiell schon …«, antwortete sie.

»Höre ich da ein Aber heraus?« Imkes Hoffnung begann zu schwinden.

»Ich glaube, es bringt einfach mehr, den Honig wie bisher auf mündliche Weise zu bewerben. Das ist viel effektiver. Das Gros der Leserschaft für das Gartenmagazin interessiert sich mehr für exotische Pflanzen und ausgefallene Gartengestaltung. Da könnte ein Artikel über Daniel schnell zu kurz kommen. Außerdem muss ich jedes Thema vorher mit dem Chefredakteur besprechen. Er will immer nur Spektakuläres. Werbung für Honig findet er bestimmt nicht spannend.«

»Aber dass es jemanden wie Daniel gibt, wo überall vom Bienensterben gesprochen wird, ist doch interessant«, widersprach Imke. »Das würde sicher auch bei den Lesern ankommen. Seinem Sachverstand über Bienen haben wir die Ernten zu verdanken. Ich muss ihm helfen, verstehst du?«

Chiara legte die letzten Gestecke auf Tabletts, auf denen sie sie zum Fest gut transportieren konnten.

»Klar verstehe ich das. Aber da kann ich leider nichts machen.«

Imke war enttäuscht, hatte sie sich doch mehr von Chiara erhofft. Auch wenn deren Erklärung plausibel klang, wurde Imke das Gefühl nicht los, dass hinter der Ablehnung ein anderer Grund steckte.

»Mit Pias Werbung für ihren Kalender hat es damals aber prima geklappt«, startete Imke einen weiteren Versuch, Chiara von ihrer Idee zu überzeugen.

Deren Miene drückte wenig Begeisterung aus.

»Tut mir leid, Imke, ich kann dir wirklich nicht weiterhelfen, so gern ich will. Bitte sei mir nicht böse.«

»Okay«, antwortete Imke.

In der Mittagszeit schnappte Chiara sich ihre Handtasche.

»Ich muss in die Stadt, etwas besorgen.« Mit diesen Worten stürmte sie an Imke vorbei.

»Bis später!«, rief sie Chiara hinterher. Doch die schien es nicht mehr gehört zu haben. Imke sah auf den Wandkalender. Heute war Mittwoch und Chiaras freier Nachmittag. Da sollte sie selbst ihre Mittagspause nutzen, um ihren Vater nach den Lilien zu fragen. Imke eilte ins Gutshaus.

In der Deele begegnete sie Frauke, die mit Taschen bepackt zum Einkauf aufbrach.

»Imke, hallo, Mittagspause?«, wurde sie von der Haushälterin freudig begrüßt. »Im Kühlschrank steht noch ein Rest Lachspastete mit Salat für dich. Dein Vater ist bereits versorgt. Er wollte sich hinlegen, fühlte sich erschöpft.«

Dankbar für die Informationen lächelte Imke die Hausangestellte an. Wie immer trug Frauke ihr blondes mit Silberfäden durchzogenes Haar hochgesteckt und mit einer braunen Lederspange zum lockeren Knoten fixiert.

»Vielleicht hat er sich mal wieder im Garten verausgabt«, vermutete Imke. Oft hatte sie ihn dabei beobachtet, wie er stundenlang Verblühtes abgeschnitten und Unkraut gejätet hatte. Ihre Ratschläge und Warnungen hatte er stets mit einer Handbewegung abgetan. Weil ihm der Garten so viel Freude machte, hatte sie ihn gewähren lassen. Zwischen seinen geliebten Pflanzen war er wieder der, als den sie ihn gekannt hatte. Liebevoll und fürsorglich. Wenn er seine Blumen pflegte, lag ein Leuchten auf seinem Gesicht, wie sie es nach Mutters Tod nicht mehr gesehen hatte.

»Schon möglich. In letzter Zeit nur redet er viel wirres Zeug, als wäre er einem Geist begegnet.« Frauke schien ernsthaft besorgt zu sein. Sie war mehr als eine Haushälterin, eher wie eine Tante oder Großmutter.

Frauke Lehnert war ungefähr Mitte fünfzig, kräftig gebaut und stets voller Tatendrang und Optimismus. Manchmal fragte Imke sich, woher sie diese Energie nahm, wo sie doch zu Hause auch noch einen dementen Vater zu versorgen hatte. Dabei hatte sie es schon mit Imkes Vater, dem Eigenbrötler Knut Matthiesen schwer. Längst hätte Imke an ihrer Stelle das Handtuch geschmissen. Doch Frauke nahm alles mit einer bewundernswerten Gelassenheit. Sie war der Fels in der Brandung, an dem sich die Launen des Vaters brachen.

»Ich schau gleich mal nach ihm, wenn ich gegessen habe«, versprach Imke. »Sag mal, Frauke, hast du meinem Vater Blumen in die Wohnung gestellt?«

Fraukes Miene verdüsterte sich. »Das hat er auch schon behauptet. Natürlich nicht, Immie. Ich weiß doch, dass er sie nicht ausstehen kann.«

»Schon gut. Hatte er vielleicht Besuch?«

»Nicht dass ich wüsste. Als ich ihn darauf angesprochen habe, war er so merkwürdig. Und dann begann er wieder, wirr zu reden. Dass er sie gesehen hätte. Keine Ahnung, wen er damit meint. Aus ihm war nicht mehr herauszukriegen.«

Nachdenklich trennte Imke sich von Frauke und lief zur Wohnung ihres Vaters.

## 20.

Wenig später klopfte Imke an die Tür ihres Vaters, erhielt aber keine Antwort. Bestimmt war er eingeschlafen. Entschlossen drückte sie die Klinke hinunter und trat ein.

»Papa?«, rief sie und schaute sich in der Wohnung um. Ihr stieg der unverkennbar süße Geruch von Lilien in die Nase, und sie folgte ihm. Sie fand einen Strauß halb verwelkter Lilien im Mülleimer der Küche vor. Danach lief sie ins Wohnzimmer hinüber. Doch ihr Vater war wider Erwarten nirgends zu sehen. Imke bemerkte die geöffnete Terrassentür und lief in den Garten, wo ihr Vater auf seinen Gehstock gestützt fluchend mit der Gartenschere an einem Strauch schnitt. Es war offensichtlich, dass es ihm schwerfiel, das Gleichgewicht zu halten. Imke wollte ihm zurufen, er solle die Arbeit lieber dem Gärtner Michael überlassen, entschied sich jedoch anders. Nach ihrem letzten Einmischen hatte er Tage nicht mit ihr gesprochen. Doch als er sich nach einem hohen Zweig reckte, ins Taumeln geriet und zur Seite kippte, sprang sie erschrocken vor und packte ihn am Arm.

»Papa! Warum lässt du das nicht Michael machen? Du weißt doch, dass du wackelig auf den Beinen bist.« Sie war außer sich vor Sorge. Zwei Mal pro Woche schaffte Gärtner Michael Ordnung und pflegte die Pflanzen. Dr. Morhoff hatte ihrem Vater zugestanden, leichte Tätigkeiten im Sitzen zu verrichten. Aber daran hielt er sich nicht.

»Ach, der! Ich habe ihm gestern gesagt, er solle endlich den Zweig abschneiden. Hat er nicht gemacht! Da muss ich doch selbst Hand anlegen!«, schimpfte er. Als sie ihn ansah, erkannte sie, dass er Tränen in den Augen hatte, und sie verstand, dass es der blaue Flieder war, den ihre Mutter einst gehegt und gepflegt hatte.

»Papa, wir alle vermissen sie«, sagte sie mitfühlend.

Wie so oft stieß er sie von sich.

»Lass mich und kümmere dich um deine eigenen Angelegenheiten!«, fuhr er sie an und schniefte, bevor er sich verstohlen mit dem Arm über die Augen wischte. Imke trat verletzt zurück. Es war immer das Gleiche, wenn sie ihm helfen wollte.

»Wie du meinst.«

»Warum bist du überhaupt gekommen? Hat Frauke meinen leichten Schwindelanfall wieder dramatisiert?«

»Du weißt genau, dass sie das nicht tut. Dr. Morhoff hat nur leichte Garten…«

»Dr. Morhoff… Dr. Morhoff… Was weiß der denn schon, wie es mir geht?«, regte sich Knut Matthiesen auf. Imke wusste, wie schwer es ihm gefallen war, das Gut nach seinem Herzinfarkt in die Hände seines Ältesten zu legen. Jahrelang hatte er sich dann immer wieder in Toms Arbeit eingemischt. Das war jedes Mal in einen Streit eskaliert, bis ihr Vater mit Vorhofflimmern zusammengebrochen war. Seitdem kümmerte er sich nur noch um seinen Garten. Imke konnte verstehen, dass er befürchtete, man würde ihm auch das verbieten.

»Ich bin eigentlich hier, weil ich dich was fragen wollte«, lenkte sie von dem Thema ab.

Ihr Vater brummte.

Es fiel Imke schwer, ruhig zu reden, nachdem er sie eben verletzt hatte. Sobald ihr Vater und sie zusammentrafen, fetzten sie sich. Doch irgendetwas war heute anders. Er wirkte verletzlicher als sonst.

»Frag endlich«, sagte er barsch und mied ihren Blick.

»Wer hat dir die Lilien hingestellt?« Imke konnte seine Antwort kaum erwarten.

»Vielleicht fragst du mal Frauke. Hast du ihr verdammt noch mal nicht gesagt, dass ich Schnittblumen hasse?«, fuhr er erneut auf.

»Das weiß sie natürlich. Sie hat mir gesagt, dass sie es nicht gewesen ist«, erklärte Imke.

Ihr Vater runzelte die Stirn und schien nachzudenken.

»Was weiß ich denn. Ich erinnere mich nicht mehr. Aber jemand hat sich daran erinnert, dass es die Lieblingsblumen deiner Mutter gewesen sind.«

»Bist du dir sicher? Ich meine, dass es Mamas Lieblingsblumen gewesen sind? Am Gedenkstein lagen nämlich auch welche, hat Daniel mir vorhin erzählt.«

Schlagartig wurde ihr Vater aschfahl und begann zu zittern, dass ihm die Gartenschere aus der Hand glitt.

»Auch … dort?«, stieß er hervor.

Imke nickte.

»Dann … dann habe … ich mich also … nicht getäuscht«, stammelte er.

»Womit denn getäuscht, Papa?«

»Sie … ist hier … gewesen«, flüsterte er.

»Wen meinst du denn damit?«

Er rollte mit den Augen und zitterte am ganzen Körper.

Imke fürchtete um ihren Vater, der sich in einem seltsamen Zustand befand, wie sie ihn noch nie erlebt hatte.

Sie wollte den Arm nach ihm ausstrecken, tat es aber nicht.

»Alles okay, Papa?«, fragte sie stattdessen und hob die Gartenschere auf, die vor seinen Füßen lag.

Dieses Mal erhielt sie keine barsche Antwort, sondern er nickte nur.

»Komm, lass uns in die Küche gehen, Papa.«

Sie hielt ihm ihren Arm hin, den er diesmal wider Erwarten ergriff. Er war sehr blass, und feine Schweißperlen standen auf seiner Stirn.

Nachdem er sich an die Küchentheke gesetzt hatte, reichte sie ihm ein Glas Wasser. Gierig trank er es auf einen Rutsch leer.

»Sie war es …«, stammelte er immer wieder.

»Wen meinst du denn?«, fragte sie, bekam aber keine Antwort.

»Ich muss wieder in den Laden zurück, Papa. Aber ich werde Frauke zu dir schicken.«

Schweigend saß er auf dem Stuhl und stützte den Kopf in die Hände.

Imkes Kehle war vor Sorge wie zugeschnürt. Seine Augen wiesen einen fiebrigen Glanz auf und lagen tief in den Höhlen. Sie legte die Hand an seine Stirn, die eiskalt war.

Imke beschloss, den Hausarzt anzurufen.

Eine Weile blieb sie noch bei ihm. Allmählich kehrte die Farbe in sein Gesicht zurück, und sein Blick erschien ihr klarer.

»Hast du heute deine Tabletten eingenommen, Papa?«

Er nickte.

»Sie ... ist nicht ... tot«, stammelte er. »Verstehst du? Sie ist nicht tot.«

*Was war nur mit ihm los?*

»Ich will sie ... zurück«, brach es unerwartet aus ihm heraus. »Sie hat mich so lieb angelächelt.« Das hatte er immer über ihre Mutter gesagt.

»Papa, Mama ist tot«, versuchte sie ihm ruhig zu erklären.

»Was redest du da?«, fuhr er sie an. »Willst du etwa behaupten, dass ich lüge? Ich habe sie gesehen. Sie war hier. Neben mir.« Er war so aufgebracht, dass er erneut am ganzen Körper zitterte und Imke ihre Worte bereute.

»Ja, ja, natürlich ist sie hier gewesen«, stimmte sie ihm zu.

Da spürte Imke, wie sich seine Muskeln entspannten und er gleichmäßiger atmete.

»Dann hast du sie also auch gesehen?«, fragte er schwach.

»Ja, natürlich«, log sie, um ihn zu besänftigen. »Du solltest dich jetzt ein wenig ausruhen. Ich bringe dich zum Sofa.«

Widerstandslos ließ er sich von ihr führen und sank aufs weiche Polster nieder.

Imke hauchte ihm einen Kuss auf die Stirn. Dann setzte sie sich in den Sessel neben ihn. Die Frage, ob ihr Vater wirklich jemanden gesehen hatte oder es nur seiner Einbildung entsprang, kreiste ständig in ihrem Kopf.

Sie blieb bei ihm, bis sie Fraukes Wagen vor dem Haus hörte. Sie verließ das Zimmer, um mit Frauke zu reden.

Die beiden Körbe, die die Hausangestellte trug, waren bis obenhin vollgepackt. Frauke ächzte unter der Last.

»Komm, ich nehme dir einen ab.« Imke nahm ihr den vollgepackten Weidenkorb ab und schleppte ihn in die Küche.

»Danke, Immie.« Frauke wirkte erleichtert.

»Das mache ich doch gern.«

»Du hast ein goldenes Herz.« Fraukes Worte taten Imke nach dem derben Tonfall ihres Vaters gut.

»Ich helfe dir schnell beim Auspacken. Papa geht es nicht gut. Er ruht jetzt zwar, aber ich wäre dir dankbar, wenn du noch mal nach ihm sehen könntest.« In wenigen Sätzen berichtete sie der Haushälterin, was geschehen war.

»Er ist in letzter Zeit ein wenig … verwirrt«, stellte Frauke mit ernster Miene fest.

»Das war mir noch gar nicht aufgefallen. Er wirkte immer klar. Wann hast du das zum ersten Mal bemerkt?«, fragte Imke.

»Vor ein paar Tagen.«

»Warum hast du denn nichts gesagt?«, fragte Imke vorwurfsvoll.

»Du hast genug um die Ohren. Ich glaube, dass er zu wenig trinkt. Ist bei meinem Vater auch so.«

Grübelnd half Imke Frauke, die Lebensmittel zu verstauen.

»Bist du eigentlich mit deiner neuen Aushilfe zufrieden? Kommt ihr bei den Festvorbereitungen voran?« Frauke räumte Stück für Stück in den Kühlschrank.

»Ich habe mit Chiara wirklich einen Glücksgriff getan. Wir arbeiten Hand in Hand und haben obendrein viel Spaß. Und sie kennt sich im Verkauf aus.« Dann berichtete Imke von den Gestecken. Während sie darüber sprach, kam ihr in den Sinn, dass sie die Verzierungen schon einmal auf einem alten Foto gesehen hatte. Frauke schob den zweiten leeren Korb in den Schrank.

»Möchtest du vielleicht noch einen Kaffee?«, bot sie Imke an.

»Nein danke, ich muss noch was erledigen.« Schon stürmte

Imke an der erstaunt dreinblickenden Frauke vorbei in den Flur. Wenn Tom und Pia nichts umgeräumt hatten, dann müssten die alten Fotos von den Apfelblütenfesten vergangener Jahre noch in der Schublade von Großmutters Vitrine liegen. Ihre Mutter hatte sie sorgsam geordnet in Kartons aufbewahrt und beschriftet.

Der vertraute, muffige Geruch nach altem Papier schlug Imke entgegen, als sie die Tür öffnete. Tom und Pia hätten den ungenutzten Raum am liebsten völlig neugestaltet, die Eichenmöbel durch neues, stylisches Mobiliar ersetzt und Pias Arbeitszimmer hier eingerichtet. Aber ihr Vater bestand darauf, dass es so erhalten blieb. *Weil er an der Vergangenheit klebt.* Irgendwie passte dieses Zimmer zu ihrer Familie, deren Schicksal noch immer vom damaligen Geschehen beeinflusst wurde.

Zielstrebig lief Imke zur Vitrine, die an der dem Fenster gegenüberliegenden Wand stand.

Vor lauter Aufregung zitterten ihre Finger. Würde sie die alten Fotos darin wiederfinden?

## 21.

Wenn er etwas über Chiara erfahren wollte, musste er im Internet recherchieren, auch wenn sich alles in ihm dagegen sträubte. Sein Schwur von damals, nie mehr an einem Computer zu sitzen, war ihm eigentlich heilig. Doch Chiaras Verhalten ließ ihm keine Ruhe. Er hatte Tom fest versprochen, auf Imke und das Gut achtzugeben, und er hielt, was er versprach.

*Du tust es nur für Imke und das Gut,* sagte er sich immer wieder.

In Toms Büro, zu dem er Zutritt hatte, gab es zwar auch einen Computer. Aber es sprachen mehrere Gründe dagegen, ihn zu nutzen. Einer davon hieß Imke. Es wäre ihm unangenehm, von ihr dabei ertappt zu werden, wie er am Computer saß, weil er neulich ihre Bitte ausgeschlagen hatte, die Job-Anzeige online zu stellen.

In Stade gab es ein Internetcafé. Dort könnte er unbehelligt nachforschen und jederzeit abbrechen, ohne dass es jemand vom Gut bemerkte.

Weil er seinen Wagen hatte verkaufen müssen, um den Ausbau des Daches finanzieren zu können, war er auf den Bus angewiesen. Deshalb machte er sich auf den Weg zur Haltestelle.

Das Internetcafé lag in der Nähe des Marktplatzes. Normalerweise machte Daniel jedes Mal einen großen Bogen darum, um nicht in Versuchung zu geraten. Als er vor der Eingangstür stand, atmete er tief durch. Breite, raumhohe Fenster wirkten einladend. Früher hatte sich in dem Gebäude ein kleines Kaufhaus befunden. Jetzt teilten sich ein Friseur und das Internetcafé die Räume. Es juckte in seinen Fingern beim Anblick von Bildschirm und Tastatur.

*Diese Welt ist virtuell und nicht mehr meine! Jetzt bist du Daniel, der Imker.* Die Worte kreisten in seinem Hirn, bis sie zum Mantra wurden. Worte, die ihm sein Therapeut empfohlen hatte und ihm halfen, sein altes Leben aus der nötigen Distanz zu betrachten. Erst nach einer Weile, als er sich innerlich gefestigt fühlte, betrat er das Café. Drinnen war es heiß und stickig. Die einfallende Sonne hatte den quadratischen Raum mit dem halben Dutzend Computertischen aufgeheizt. Nur ein Platz war frei. Am Bartresen hockten Wartende. Daniel war froh, dass er bereits während der Busfahrt im Café angerufen und einen Computer für eine Stunde reserviert hatte. So musste er nicht noch mehr Zeit hier verbringen. Nachdem er sich angemeldet hatte, begab er sich an den Rechner. Das vertraute Summen des Computers und der Geruch nach warmem Kunststoff rief die Seite in ihm wach, gegen die er seit fünf Jahren kämpfte. Es fühlte sich vertraut und unglaublich gut an. Er spürte wieder dieses Kribbeln in den Fingern. Die Geräusche um ihn herum waren gedämpft. Er verlor seine Sinne, seine Gefühle. Wie damals. Erinnerungen stiegen in ihm auf an die Stunden, die er vor dem Bildschirm verbracht hatte. Stunden, in denen er als Schöpfer virtueller Welten tief in sie eingetaucht war, bis durch seinen Geist nur noch Symbole, Zeichen und Ziffern geflossen waren. Es war, als wäre er mit dem Computer und seinen Programmen verschmolzen. Die reale Welt hatte keinen Stellenwert mehr in seinem Leben besessen.

Daniel spürte, wie seine Hände über der Tastatur zitterten.

*Reiß dich zusammen! Du kannst jederzeit aufhören und gehen! Du bist nur hier, um zu suchen!*

Die Worte kreisten in einer Endlosschleife durch sein Hirn. Es gab keinen Druck, keine schlaflosen Nächte, kein sich Schlechtfühlen. Allmählich beruhigten sich seine Sinne und das Zittern endete. Er war froh, dass er erneut den Kampf gegen sich selbst gewonnen hatte.

Flink tippte er in die Suchmaske Chiaras Namen ein und starrte gespannt auf den Bildschirm. Frauen mit dem Namen gab es zwar viele, aber keine war die Gesuchte.

»Nichts?«, rief er erstaunt aus, weshalb ihn die anderen Gäste vorwurfsvoll anblickten. Entschuldigend hob er die Hände, bevor er sich weiter der Suche widmete. Früchte- und Weinhandel … USA … Summers … Diese Schlüsselwörter tippte er ein und wartete auf das Ergebnis. Seite für Seite erschien auf dem Bildschirm. Aber kein Hinweis zu Chiara. *Hast du gehofft, etwas über ihre kriminellen Machenschaften zu lesen?*

Verdammt, wo blieb nur sein kühler Menschenverstand? Chiara war wohl zumindest keine Kriminelle. Aber welchen Grund sollte sie haben, dem Gut oder den Matthiesens zu schaden?

Daniel blieb noch eine halbe Stunde, dann war die Zeit der Computernutzung vorbei. Irgendetwas musste es doch über Chiara geben. Seine Finger glitten in Windeseile über die Tastatur. Nach einer weiteren Viertelstunde wollte er aufgeben, als er auf ein Foto stieß, das eine strahlende Chiara zeigte, neben ihr ein gut aussehender, junger Kerl, der etwas schlaksig wirkte. Beide trugen eine dunkelblaue Strickmütze mit einem maritimen Abzeichen über der Stirn. Sie wirkten glücklich. Er hatte seinen Arm um ihre Schultern gelegt. Die Köpfe eng beieinander lächelten sie in die Kamera. Waren die beiden vielleicht ein Paar? Das Foto war erst knapp zwei Jahre alt. Je länger Daniel das Bild betrachtete, desto mehr stellte er fest, dass Chiara auf dem Foto mit blondem Haar fremd aussah. Doch es war nicht nur das. Eine Weile starrte Daniel darauf, bis ihm klar wurde, dass auch ihre Augenfarbe eine andere war. Er war sich sicher, dass Chiara dunkelbraune Augen hatte. Aber auf dem Foto hatten die Iriden eine andere Farbe, heller irgendwie. Als er den Bildausschnitt vergrößerte, wurde er unscharf, sodass die Farbe nicht genau erkennbar war.

Solch eine Farbe konnte nur mithilfe einer speziellen Kontaktlinse geändert werden. Chiara war sehr modebewusst, wie sie mit den verschiedenfarbigen Haarsträhnen gezeigt hatte. Er traute ihr durchaus zu, dass sie auch ausprobierte, wie sie mit einer anderen Augenfarbe aussah. War sie wirklich modisch so überkandidelt oder steckte womöglich ein anderer Grund dahinter?

Die Internetseite mit dem Foto war eine US-amerikanische und schien der Bezeichnung nach mit Wein verbunden zu sein. Hatte

Chiara nicht davon gesprochen, dass ihre Eltern einen Wein- und Fruchthandel besaßen? Er klickte auf den Link von wine&fruits_gBlaire und hoffte die Antwort darauf zu finden. Leider wurde er nicht automatisch auf die Internetseite geleitet, sondern auf dem Bildschirm tauchte stattdessen der Hinweis auf, dass die Domain geschlossen worden war. Mist! Daniel schlug mit der Hand auf sein Knie. Jetzt war er so nah dran gewesen und nun das … Es war wie verhext. Vielleicht könnte er etwas über den Mann auf dem Foto erfahren. Also begab er sich auf die Suche nach weiteren Fotos, auf denen er oder beide zu sehen waren. Sekunden verrannen, wurden zu Minuten. Gleich musste er den Computer an einen der Wartenden abtreten, die bereits sehnsüchtig zu ihm herüberschielten. Irgendwann stolperte er zufällig über einen Namen in einem E-Book. Der Autor des Buches hieß George Blaire. Er hatte über die Weinregionen in den Vereinigten Staaten geschrieben. Als Daniel die Suche nach ihm vertiefte, fand er einen Artikel, in dem der Autor als Eigentümer eines Wein- und Fruchthandels genannt worden war.

»George Blaire …« Der Name war Daniel völlig unbekannt. In einem anderen Zeitungsartikel hieß es, dass George Blaire bereits vor einigen Jahren verstorben war. Das passte alles nicht zu Chiaras Version über ihre Eltern. Chiara hatte sich als Chiara Summers vorgestellt und nicht als Chiara Blaire. Die ganze Geschichte kam Daniel immer mysteriöser vor.

Seine weiteren Recherchen ergaben, dass George Blaire drei Kinder hatte und nach seinem Tod seine Frau Mary die Geschäftsführung übernommen hatte. Doch weshalb war die Homepage des Handelshauses dann geschlossen worden? Weshalb hatte Chiara sich mit Summers und nicht mir Blaire vorgestellt? War vielleicht alles von ihr erstunken und erlogen?

Schon tippten seine Finger den Namen Mary Blaire in die Suchmaske ein, als plötzlich eine mollige Rothaarige Daniel auf die Schulter tippte.

»Deine Zeit ist um. Du musst den Platz räumen. Jetzt bin ich dran«, forderte sie.

»Nur eine Abfrage noch bitte. Dauert auch nur eine Minute.« Daniel lächelte die Rothaarige freundlich an.

Die stemmte die Hände in die Hüften und sah verärgert auf ihn herab.

»He, sag mal geht's noch? Ich habe auch nur eine Stunde gebucht, und die will ich voll ausnutzen«, erklärte sie bestimmt.

Daniel schaute zu ihr auf und überlegte, ob er nachgeben oder sie ignorieren sollte.

## 22.

Gerade in dem Augenblick, als Imke die Klinke des Arbeitszimmers hinunterdrücken wollte, erhielt sie einen Anruf von Jens. Sie überlegte, ob sie ihn ignorieren sollte. Aber wenn Jens sie auf dem Handy anrief, musste es etwas Dringendes sein. Ihr stand nicht der Sinn nach Problemen. Lieber wollte sie in den alten Alben blättern. Weil es nicht aufhörte zu klingeln, nahm sie das Telefonat entgegen.

»Na, endlich!«, hörte sie Jens am anderen Ende der Leitung.

»Hallo, Jens, was gibt es denn so Dringendes?« Imke unterdrückte ein Seufzen.

»Kannst du bitte gleich in die Scheune kommen?«, fragte er. »Es geht um die Einteilung, die Tische und so und wo das Buffet aufgestellt werden soll.«

»Gut, ich komme«, antwortete Imke und rollte mit den Augen. Sie musste an so vielen Stellen aushelfen, dass es sie manchmal nervte.

Auf die Mittagspause musste sie verzichten. Auch den restlichen Nachmittag verbrachte Imke in der Scheune. Sie ärgerte sich, dass sie ihr Vorhaben verschieben musste.

Es dämmerte bereits, als sie müde zum Gutshaus zurückkehrte.

Zur gleichen Zeit kehrte Chiara gut gelaunt mit unzähligen Einkaufstüten beladen von ihrer Shoppingtour zurück. Sie trug eine bordeauxrote Jacke, die tailliert geschnitten war.

»Ich konnte einfach nicht widerstehen! Wie findest du sie? Hab sie in einer winzigen Boutique in einer Nebenstraße gefunden.« Freudestrahlend drehte sie sich mitsamt den Tüten im Kreis. Ihre gute Laune wirkte auch auf Imke ansteckend.

»Die steht dir ausgezeichnet«, antwortete sie ehrlich.

»Komm, ich zeig dir, was ich sonst noch so alles gekauft habe. Dir habe ich auch etwas mitgebracht.«

Gespannt begleitete Imke sie nach oben.

Im Gästezimmer leerte Chiara ihre Einkaufstüten und verteilte die Stücke auf dem Bett. Aus der letzten Tüte zog sie ein roséfarbenes T-Shirt mit angeschnittenen Ärmeln, auf dessen Vorderseite ein Zweig mit einem Apfel zu sehen war. Der Apfelstiel war mit silbernen Pailletten besetzt. Darüber hängte sie lose eine weiße Bluse und knotete sie vorne. Beide Teile trugen das Emblem eines namhaften Designers.

»Sieht das nicht super zusammen aus? Wie für dich gemacht!«, rief sie überschwänglich.

Solch extravagante Kleidungsstücke hatte Imke zum letzten Mal zu ihrem Schulabschluss getragen. Doch Chiara hatte recht, es sah wirklich klasse aus.

*Aber das passt doch nicht zu einer Imke Matthiesen.*

»Ich hoffe, du magst es genauso wie ich. Ich schenke es dir.« Chiara hielt die Kleidungsstücke Imke hin.

»Probier' sie gleich an. Ich muss die Sachen unbedingt an dir sehen.«

Imke zögerte, sie zu nehmen.

»Gefällt es dir etwa nicht?« Chiara schien sehr enttäuscht zu sein.

Imke wunderte sich. Chiara hatte betont, wie sehr sie den Job als Aushilfe brauchte. Aber wieso hatte sie dann so viel Geld, ihr derart exklusive Kleidung zu schenken?

»Doch … schon … aber ich weiß nicht, ob es mir überhaupt steht«, sagte Imke verstört. »Meine blasse Haut …« Außerdem würden ihre Narben womöglich durch den relativ transparenten Blusenstoff schimmern. »Ich kann das nicht annehmen. Das war doch bestimmt sehr teuer.«

»Papperlapapp. Es ist ein Geschenk dafür, dass es so viel Spaß macht, mit dir zusammenzuarbeiten.« Chiara lächelte sie warm an, dass Imke es nicht übers Herz brachte, sie zu enttäuschen.

»Okay, überredet. Ich probiere sie an. Mir hat außer meiner Mutter noch niemand Kleider geschenkt. Und das liegt schon Ewigkeiten zurück.«

Imkes Wangen glühten vor Freude. Sie nahm Bluse und T-Shirt und ging nach nebenan zum Umziehen.

»Bin gleich zurück.«

In ihrem Zimmer streifte sie sich die Sachen mit zittrigen Fingern über und betrachtete sich anschließend im Spiegel. Die Narben waren unter dem Blusenkragen kaum zu sehen, und den letzten Rest konnte sie wie gewohnt unter einem passenden Tuch verstecken. Sie kramte in der Wäschekommode und wurde fündig. Das Tuch mit den rosa Steifen passte hervorragend. Die Kleidung war bequem, luftig und überaus chic. Zufrieden lächelte sie ihr Spiegelbild an. Danach kehrte sie zu Chiara zurück, die sich ebenfalls umgezogen hatte. Deren neues Outfit bestand aus einem weißen T-Shirt mit moosgrüner Hose und passender Strickjacke. Sie hätte ein Modell aus einem der bekannten Modemagazine sein können. Chiara wusste, was ihr stand.

»Wow!«, entfuhr es Imke.

»Hab ich es mir doch gedacht. Du siehst super aus. Aber den Schal, den legst du bitte ab. Der stört nur.« Chiara kam auf Imke zu und wollte ihr den Schal abbinden. Kopfschüttelnd trat Imke zurück.

»Den brauchst du wirklich nicht. Die Narben fallen gar nicht auf«, versuchte Chiara sie zu beruhigen.

»Ich gehe nicht ohne ein Tuch raus«, beharre Imke und legte die Hände schützend an das Tuch.

»Glaub mir, du hast es wirklich nicht nötig«, widersprach Chiara. Sie trat auf Imke zu und drehte sie an den Schultern zum großen Spiegel am Kleiderschrank herum.

»Schau selbst. Du bist eine solch attraktive Frau, die die Narben vergessen lässt.«

»Aber ich fühle mich ohne Tuch nicht wohl. Sieh selbst, die Narbe ist knallrot.« Imke zog ein Stück den Stoff hoch und tippte auf das Narbenende.

»Ich hab da eine Idee. Warte kurz, setz dich dort auf den Hocker vor den Spiegel.«

»Nein!« Imke schwante, was Chiara beabsichtigte. Sie hatte es aufgegeben, sich zu schminken. Auch ihre Aushilfe würde erkennen, dass es schier unmöglich war, ihre Narben mit einer Paste abzudecken.

»Aber ich will dir doch nur zeigen, dass man sie verdecken kann«, entgegnete Chiara. »Bitte. Nur einen Versuch. Wenn er misslingt, kannst du immer noch das Tuch tragen.«

Imke stöhnte innerlich auf.

»Ich mag keine Schminke«, log sie.

»Die schon, glaub mir«, forderte Chiara.

Imke hatte es aufgegeben, sich zu schminken. Bei der Arbeit schwitzte sie, was abdeckende Schminke nicht vertrug. Dennoch war sie insgeheim gespannt, wie sie aussehen würde, denn Chiara besaß nicht nur Geschick, sondern auch Geschmack. Aber was würden die anderen dazu sagen, die sie nur ungeschminkt kannten?

Egal, sie konnte das Make-up schließlich wieder abwaschen.

»Na gut«, gab sie nach und kehrte dem Spiegel den Rücken zu.

»Danke. Du wirst es nicht bereuen.«

Chiara hatte offensichtlich Spaß an der Sache und schien genau zu wissen, was sie tat. Die Make-up-Paste war angenehm kühl auf der Haut. Mit sanften Fingern verteilte Chiara sie auf dem Gesicht und am Hals. Der Pinsel kitzelte beim anschließenden Überpudern, dass Imke niesen musste. Geduldig ließ sie alles über sich ergehen. Eine Weile vergaß sie, über alles nachzugrübeln, und genoss das Verwöhnprogramm.

»Ja! Das gefällt mir. Fertig«, verkündete Chiara. »Du kannst dich jetzt umdrehen, Imke.«

Imkes Herz pochte vor Aufregung unwillkürlich schneller.

Als sie ihr Spiegelbild sah, erschrak sie.

»Das bin doch nicht ich!«, rief sie und konnte nicht glauben, dass sie das wirklich war.

Chiara hatte sie sehr dezent geschminkt. Der matte Lidschatten brachte ihre Augen zum Strahlen. Ihre Wangen waren mit einem Hauch korallenroten Puders bestäubt, und ihre Lippen in der gleichen Farbe geschminkt.

»Na? Wie gefällt es dir?« Chiara wartete voller Ungeduld auf ein Feedback.

Imke drehte den Kopf von einer Seite auf die andere und nickte anerkennend.

»Ich denke, eine Kosmetikerin hätte es nicht besser gemacht. Ich erkenne mich ja kaum wieder.«

Auch hatte Chiara es geschafft, die Narben am Hals abzudecken. Dennoch war es ungewohnt, so ganz ohne Schal oder Tuch.

Zum ersten Mal nach langer Zeit fühlte Imke sich wieder attraktiv. *Was würde Daniel dazu sagen?*

»Das war nicht schwer. Du hast einen ähnlichen Hautton wie ich, da musste ich nicht lange nach den passenden Farben suchen.

Chiara hatte recht. Imke verglich ihr Spiegelbild mit Chiara. Die Freundin war gebräunter, ihr Haar dunkler. Dennoch ähnelten sie einander.

»Du solltest dich öfter schminken, das steht dir. So brauchst du kein Tuch mehr«, erklärte Chiara.

Gleichgültig, was die Freundin auch sagte, Imke konnte und wollte nicht darauf verzichten. Bei der schweißtreibenden Arbeit würde die Schminke nicht lange halten und die Narben wieder preisgeben. Aber sie wollte Chiara nicht enttäuschen, weil sie widersprach, weshalb sie schwieg.

Langsam drehte Imke sich vor dem Spiegel. Obwohl sie ihre ausgebeulte Jeans noch trug, fand sie sich in dem Oberteil-Ensemble anziehend.

»Yeah, richtig sexy. Das passende Outfit fürs Apfelblütenfest«, beteuerte Chiara immer wieder. »Das Make-up kannst du natürlich auch gern haben. Ich habe noch anderes.«

»Ich weiß nicht, ob ich das annehmen kann …« Imke war noch nie so beschenkt worden.

»Und ob du das kannst«, widersprach Chiara lachend und

umarmte Imke spontan. »Ich denke, wir sind Freundinnen. Wenn du es nicht nimmst, rede ich kein Wort mehr mit dir.«

Das Argument, dass sie Freundinnen seien, ließ Imkes Zweifel schwinden. Freundinnen … Das hatte sie sich immer gewünscht.

»Okay, aber nur, wenn du mir vorführst, was du für dich gekauft hast«, antwortete Imke schmunzelnd.

Das ließ sich die eitle Chiara nicht zweimal sagen und präsentierte Imke die neu erstandenen Kleidungsstücke wie auf dem Catwalk.

Imke genoss jede Minute mit der Freundin. Chiara war selbstbewusst und frech. Sie imitierte berühmte Persönlichkeiten täuschend echt.

»An dir ist eine Schauspielerin verloren gegangen«, sagte Imke und hielt sich vor Lachen den Bauch.

Es war bereits kurz vor Mitternacht, als sie alle Kleidungsstücke ordentlich im Schrank verstaut hatten und bei einem Glas Rotwein zusammensaßen. Sie plauderten über alle möglichen Themen und stellten fest, dass sie viele Meinungen und Interessen teilten. Die gleiche Musikrichtung, die gleichen Filme, und beide liebten die Kinowelt, aber auch die Liebe zum Landleben und zur Natur.

»Ich liebe diese Plantage!«, rief Chiara begeistert aus. »Und der Mariella-Apfel ist der Beste!« Dann nahm sie drei Äpfel aus der Obstschale, die auf dem Tisch stand, und jonglierte mit ihnen perfekt.

*Was kann Chiara eigentlich nicht?*

»Wo hast du das gelernt? Oder bist du eine Autodidaktin?«, fragte Imke.

»Meine Mutter hat ab und zu bei einem Laientheater mitgewirkt. Sie haben neben Schauspielen auch Varieté-Veranstaltungen gezeigt. Meine Mutter stammt aus einer Akrobatenfamilie«, erklärte Chiara.

»So ein Zufall. Meine auch«, warf Imke erstaunt ein.

»Einige der Kunststücke hat sie mir und meinem jüngeren Bruder beigebracht. Der ist viel begabter als ich«, fuhr Chiara fort, und ein wehmütiger Ausdruck lag in ihren Augen.

»Dein Bruder lebt noch bei deinen Eltern?« Imke wollte alles über die Freundin wissen.

Die schüttelte nur vage den Kopf und winkte ab. »Sei mir nicht böse, aber ich bin todmüde und möchte jetzt zu Bett gehen.«

»Ja, natürlich.« Imke war enttäuscht. Immer wich Chiara aus, wenn sie sie nach ihrer Familie befragte. Aber so war sie nun mal. Das konnte Imke akzeptieren.

Mitternacht war vorbei, als Imke sich von Chiara verabschiedete. Lächelnd kehrte sie in ihr Zimmer zurück. Genauso hatte sie es sich immer mit einer Freundin vorgestellt.

Im Bett fasste sich Imke ins Gesicht. Ihre Haut fühlte sich weich und glatt an, nachdem sie das Make-up abgewaschen hatte. Am liebsten hätte sie es nicht getan, denn sie hatte sich damit so verdammt gut gefühlt. Imke beschloss, am nächsten Tag ein wenig von dem Make-up aufzulegen. Ob Daniel die Verwandlung bemerken würde? Wie immer, wenn sie an ihn dachte, schnellte ihr Puls in die Höhe.

Auch wenn sie den gestrigen Abend sehr genossen hatte, bedauerte sie, dass ihr ursprüngliches Vorhaben in Vergessenheit geraten war. Sie nahm sich vor, in den nächsten Tagen nach dem Foto zu suchen.

Während sie darüber nachgrübelte, übermannte sie der Schlaf. Sie träumte von Chiara, mit der sie lachend über die Apfelfelder rannte.

## 23.

Zuerst wollte Daniel einen weiteren Überredungsversuch starten, aber der grimmige Blick der Frau ließ ihn verstummen. Er war Gentleman genug, dass er einer Frau den Vortritt ließ. Manche hielten sein Benehmen für antiquiert, aber es entsprang seiner Überzeugung. Sein Vater war sein Vorbild gewesen. Er hatte jede Frau mit größtem Respekt und Fürsorge behandelt.

Nachdem Daniel sich am Computer mit wenigen Klicks abgemeldet hatte, stand er auf.

»Bitteschön«, sagte er und rückte der noch immer grimmig Dreinblickenden den Stuhl hin.

»Na endlich«, maulte sie und sank schwerfällig auf das Polster. Daniel zuckte mit den Achseln. Manche Frauen wussten seine Höflichkeit eben nicht zu schätzen. Imke schon. Immer wieder ertappte er sich dabei, wie er sie mit anderen verglich. Jedes Mal schnitt sie besser ab.

Daniel bat an der Kasse um einen weiteren Termin.

»Tut mir leid, aber wir sind für die nächsten zwei Wochen ausgebucht«, erklärte ihm die Brünette freundlich. So lange zu warten, war ihm zu lang.

»Lässt sich denn da gar nichts machen?« Er lächelte und hoffte, die Brünette mit seinem Charme zu überreden. Sie tippte auf ihrem Computer und schüttelte dann den Kopf.

»Leider nein«, sagte sie. »Ich könnte dir meinen privaten PC anbieten«, fuhr sie mit einem verheißungsvollen Blick fort. Wieder musste er an Imke denken, deren zurückhaltende Art er mochte. Sie würde ihm nie so ein plumpes Angebot machen.

»Das klingt zwar sehr verlockend, aber da muss ich leider absagen«, erklärte er dennoch freundlich.

»Oh, tja dann … dann kann ich leider nichts für dich tun.«

Er nickte und verließ das Internetcafé.

Der Rückweg zum Busbahnhof führte ihn durch die Innenstadt. Die Straßencafés waren brechend voll, was dem sonnigen Wetter und dem langen Tag geschuldet war. Bis zur nächsten Busabfahrt blieb ihm noch genügend Zeit, gemütlich durch die Fußgängerzone zu schlendern. Mit einem Eis in der Hand folgte er der belebten Einkaufsstraße. Hin und wieder blieb er an einem der Schaufenster stehen, um sich die Auslagen anzusehen. In der Schaufensterscheibe eines Zeitungsladens entdeckte er Chiara mit Einkaufstüten in der Hand. Sie stand vor einem Café auf der gegenüberliegenden Straßenseite und schien auf jemanden zu warten. Es entging ihm nicht, wie sich die vorbeigehenden Männer interessiert nach ihr umdrehten. Zuerst wollte er ihr zuwinken, entschied sich aber anders, denn er war gespannt, wen sie erwartete. Daniel betrat den Zeitungsladen und steuerte auf das Regal mit den Sportzeitschriften neben dem Schaufenster zu. Er nahm eine Zeitschrift heraus und blätterte scheinbar interessiert, während er immer wieder verstohlen über den Rand zu ihr hinüberschielte.

Chiara schaute ständig auf ihre Armbanduhr.

Nach einer Weile kam ein Mann von etwa Mitte zwanzig auf sie zu. Er trug eine ramponierte Jeans, darüber einen ausgeleierten, gelben Strickpullover und auf dem Kopf eine schrill-bunte Strickmütze. Er erinnerte Daniel irgendwie an einen Kanarienvogel.

*Irgendwo habe ich den schon mal gesehen.*

Mit einem strahlenden Lächeln ging Chiara ihm entgegen. Sie küssten sich wie zwei gute Freunde auf die Wangen. Der Kanarienvogel nahm ihr die Tüten ab, dass Chiara sich bei ihm einhaken konnte. Gemeinsam steuerten sie auf einen Tisch weiter hinten im Café zu. Da ihr Begleiter mit der Strickmütze Daniel den Rücken zukehrte, konnte er dessen Gesicht nicht sehen, um Schlüsse über ein Gespräch zu ziehen.

Daniel beschloss, den Zeitungsladen zu verlassen und sich

einen näheren Beobachtungsstandort zu suchen. Er überquerte die Straße und betrat ebenfalls das Café. Chiara war so sehr ins Gespräch mit ihrem Begleiter vertieft, dass sie nicht aufsah, als er die Terrasse des Cafés betrat. Daniel nahm an dem Tisch hinter einem Pflanzkasten mit Rankgitter Platz, der ihn vor Chiaras Blicken verbarg, aber nur wenige Schritte entfernt war. Zu Daniels Leidwesen sprachen beide sehr leise und schnell und obendrein auf Englisch. Er konnte kein Wort verstehen.

Er bestellte sich einen Cappuccino und hoffte, doch noch zu erfahren, wer Chiaras Begleiter war und worüber sie sprachen.

Die Kirchturmuhr schlug fünf Mal. Daniel war klar, dass er seinen Bus verpassen würde. Der nächste fuhr erst in einer Stunde. Zum Glück war es noch lange hell, sodass ihm noch genügend Zeit blieb, seinen abendlichen Routinerundgang bei den Bienen zu absolvieren.

Kurz danach erhob sich Chiaras Begleiter und verließ die Terrasse des Cafés.

»Bye, my dear!«, rief Chiara und warf ihm eine Kusshand hinterher. Der Mann mit der bunten Strickmütze ging so nah an seinem Tisch vorbei, dass er dessen Gesicht genau erkennen konnte. Vor Staunen hielt Daniel den Atem an. Es war der Mann von den Internetfotos. Dass er ihr Freund war, schied aus, denn sie hatten sich nicht wie ein Liebespaar geküsst.

Daniel erinnerte sich noch gut an die erste Begegnung mit Chiara. Imkes Aushilfe hatte behauptet, dass sie allein in Deutschland wäre. Von einem Freund oder guten Bekannten hatte sie nie etwas erwähnt. Sie hatte gelogen. Ob Imke von dem Mann wusste?

Überhaupt gab Chiara nur wenig von sich preis.

Nachdenklich schaute Daniel dem Mann mit der Strickmütze nach, bis er aus seinem Blickfeld verschwunden war. Wenig später stand auch Chiara auf und zahlte, bevor sie mit den vielen Einkaufstüten bepackt das Café verließ. Der Duft ihres exklusiven Parfüms schwebte hinter ihr her. Zum Glück hatte sie ihn nicht gesehen.

Kurz darauf bezahlte auch Daniel und lief zum Busbahnhof. Chiara hütete ein Geheimnis, davon war er überzeugt. Und er würde versuchen, es aufzudecken.

## 24.

»Imke, eine Frau von der Gemeinde wollte dich dringend sprechen«, sagte Frauke und legte ihr einen Brief hin. *Gemeinde Oosthusen* las Imke, bevor sie das Kuvert aufriss.

Fassungslos starrte sie auf das Schreiben in ihrer Hand. Immer wieder las sie die Zeilen.

*… möchten wir Sie daran erinnern, dass die Nachweise der Einhaltung der Auflagen bis spätestens 2. Mai zu erbringen sind. Sollten sie bis zu diesem Stichtag nicht vorliegen, wird seitens der Gemeinde Oosthusen keine Genehmigung für das von Ihnen geplante Apfelblütenfest erteilt.*
*Bei Rückfragen setzen Sie sich mit Frau Martin in Verbindung.*

Unterzeichnet war das Schreiben im Auftrag des Bürgermeisters.

»Was für Auflagen? Am zweiten Mai?« Imke sah auf ihr Handy. Das genannte Datum war heute! Das konnte doch nicht wahr sein. Tom hatte ihr gesagt, dass er alle Unterlagen im Rathaus eingereicht hätte. Und jetzt das!

Ohne Genehmigung kein Apfelblütenfest. Das konnte doch nicht wahr sein!

Tom pflegte einen engen Kontakt zu den Kommunenmitarbeitern, sprach alle mit dem Vornamen an. Diesmal war etwas anders. Sie konnte sich nicht daran erinnern, dass er je den Namen Martin erwähnt hatte.

Sie wählte die im Briefkopf angegebene Nummer. Nach wenigen Rufzeichen meldete sich ein Sachbearbeiter.

»Gemeinde Oosthusen, guten Tag.«

»Guten Tag, Imke Matthiesen hier, ich hätte gern Frau Martin gesprochen.«

»Die ist leider gerade zu einem Auswärtstermin aufgebrochen. Kann ich Ihnen vielleicht weiterhelfen?«

In wenigen Sätzen erklärte Imke ihm den Grund ihres Anrufes.

»Einen Moment bitte, ich seh mal nach.« Dann hörte sie, wie er auf der Tastatur herumhämmerte.

»Die Sicherheitsauflagen sind nicht erfüllt worden, sprich die erforderlichen Nachweise wurden bis zum Stichtag nicht eingereicht.«

»Das kann nicht sein. Mein Bruder Tom Matthiesen hat die Unterlagen eingereicht. Ich war dabei.«

»Moment, Frau Matthiesen … Wann ist das gewesen?«

Imke nannte ihm das Datum. Wieder bediente er die Tastatur.

»Die Unterlagen von dem angegebenen Datum waren leider nicht vollständig. Die Auflagen für den Brandschutz fehlen.«

»Dann reiche ich sie Ihnen nach.«

»Wir haben heute nur bis sechzehn Uhr geöffnet.«

»Hören Sie, mein Bruder ist verreist, und ich kann ihn schlecht erreichen. Aber ich versichere Ihnen, es kann sich nur um ein Versehen handeln. Ich reiche sie Ihnen noch heute nach.«

»Vielleicht sprechen Sie besser mit der zuständigen Kollegin Frau Martin, wenn sie wieder zurück ist«, schlug er vor.

»Ja, danke.«

Seit Wochen arbeiteten sie wie die Wahnsinnigen, und jetzt das. Imke konnte die Tränen der Enttäuschung und Wut nicht mehr zurückhalten. Hätte sie doch nur von diesem Termin etwas gewusst! Einen Moment überlegte sie, Tom anzurufen. Doch schnell verwarf sie diesen Plan wieder. Ihr Bruder würde den ersten Flug nach Hause nehmen, um die Angelegenheit selbst zu regeln. Das konnte und wollte sie nicht zulassen.

»Immie, meinst du nicht, dass das Leiten des Gutes eine Nummer zu groß für dich ist?«, hatte Tom sie gefragt, als sie ihm vorgeschlagen hatte, die Geschäfte für ihn kommissarisch zu führen. Selbst Pia, die sie immer unterstützte und ihr den Rücken stärkte, hatte sie skeptisch angesehen, dass Imke selbst ins Zweifeln geraten war. Aber jetzt biss sie die Zähne zusammen. Zugegeben, sie besaß weder Toms Erfahrung noch verstand sie viel von diesen Auflagen. Aber auch das konnte sie lernen.

Sie durchsuchte die Dateien auf dem Computer und sämtliche Aktenschränke im Büro. Aber sie fand die betreffenden Nachweise nicht. Es war wie verhext.

Jammern nützte nichts. Ihr blieben nur zwei Möglichkeiten: Aufgeben oder kämpfen.

Im Laufe der vielen Jahre hatte es immer Probleme gegeben. Vater und Tom hatten es in den vorangegangenen Jahren auch nicht immer leichtgehabt. Unwetter hatten Ernten zerstört, immer strengere gesetzliche Ernteauflagen die Margen verkleinert und es war viel schwieriger geworden, zuverlässiges Personal zu bekommen. Aber all die Probleme hatten Hof und Plantage überdauert.

Jetzt musste auch sie zeigen, dass sie eine echte Matthiesen war, die um den Erhalt der Tradition streiten würde. Und dazu musste sie ins Rathaus. Sie griff nach ihrer Handtasche und den Autoschlüsseln.

Auf dem Weg zu ihrem Wagen begegnete sie Jens, der gerade aus einer der Lagerhallen kam. Er hob die Hand.

»Wolltest du zu mir?«, fragte sie ihn.

»Ja. Schlechte Nachrichten.«

Imke stöhnte innerlich auf. *Nicht noch eine Hiobsbotschaft.*

»Der Caterer fürs Festzelt hat abgesagt, und die Firma, von der wir die Bierzeltgarnituren geliefert bekommen sollten, hat ebenfalls storniert.«

»Ich kümmere mich später darum«, versprach sie.

»Guten Tag, ich möchte bitte mit Frau Martin sprechen«, sagte Imke zu der Frau am Empfang im Rathaus.

»Haben Sie einen Termin?«, fragte die Grauhaarige und blickte sie abweisend an. Aber so leicht gab Imke nicht auf.

»Nein, habe ich nicht. Aber meine Angelegenheit erfordert eine sofortige Klärung«, antwortete sie mit fester Stimme.

»Tut mir leid, Sie brauchen einen Termin. Wollen Sie vielleicht einen für die nächste Woche vereinbaren?« Die Grauhaarige tippte auf der Tastatur des Computers, während sie auf den Bildschirm schaute.

»Ich sagte Ihnen doch, dass ich sofortige Klärung brauche.«

Ihr Gegenüber kniff verärgert die Lippen zusammen.

»Und ich sagte Ihnen, dass das nicht geht«, antwortete sie entschieden.

*Wenn du jetzt aufgibst, ist das Apfelblütenfest verloren.*

Imkes Blick schweifte umher. Genau links vom Empfang stand auf dem Schild neben der Tür: H. Martin. Das musste das Büro der Sachbearbeiterin sein.

»Das ist doch das Büro von Frau Martin, oder?« Sie zeigte auf die Tür links.

»Ja, das ist es.«

Imke spazierte schnurstracks darauf zu.

»Halt! Sie können da jetzt nicht rein!«, rief ihr die Grauhaarige hinterher, die von ihrem Stuhl aufgesprungen war. Imke ließ sich von ihr nicht aufhalten, klopfte an und drückte die Klinke hinunter. Hinter dem Schreibtisch, auf dem sich zu beiden Seiten Akten türmten, saß dem Fenster zugewandt eine blonde Frau und telefonierte.

»Frau Martin? Ich muss Sie dringend sprechen«, sagte Imke.

»Ja?« Frau Martin drehte sich auf dem Stuhl zu ihr um.

Im selben Augenblick hatte die Grauhaarige vom Empfang Imke eingeholt.

»Sie können hier nicht einfach so reinspazieren!«, fuhr sie Imke an und zerrte sie am Arm zurück. Imke riss sich los und starrte Frau Martin an. *Das gibt's doch gar nicht!*

»Hallo Imke, lange nicht gesehen«, begrüßte Frau Martin sie mit einer leicht näselnden Stimme, die an Heidi Klum erinnerte.

## 25.

»Es ist alles in Ordnung, Frau Breiter«, wandte sich Frau Martin an die Grauhaarige vom Empfang. »Ich kenne Frau Matthiesen. Sie können uns alleinlassen.«

Frau Breiter sah Imke grimmig an, bevor sie die Tür schloss.

»Britta?«, rief Imke erstaunt. »Du bist Frau Martin? Ich dachte … du bist … Uhrmacherin geworden und in den Schwarzwald gezogen.« Genau davon hatte sie Imke damals bei der Schulentlassung vorgeschwärmt.

Noch immer konnte Imke es nicht fassen, ihre ehemals beste Freundin vor sich zu sehen. Damals waren beide durch dick und dünn gegangen, hatten sich alles anvertraut, bis Britta sich unglücklich in Tom verliebt hatte. Das lag jetzt fast sechs Jahre zurück.

»Ich wohne schon seit einem Jahr wieder in Oosthusen. Ist dir wohl entgangen.« Ein Schatten fiel über ihr Gesicht. Erst jetzt bemerkte Imke den bitteren Zug um Brittas Mund, der früher nicht da gewesen war.

Sie hätte gern mehr über die ehemalige Freundin erfahren, wie sie jetzt lebte, mit wem sie verheiratet war und ob sie Kinder hatte. Aber die Distanz zwischen ihnen ließ Imke schweigen.

»Ich kann mir schon denken, was in deinem Kopf vorgeht«, sagte Britta aus heiterem Himmel und trommelte mit ihren langen, pinkfarbenen Fingernägeln auf die Schreibtischplatte. »Ich will deine Neugier befriedigen, Imke. Ich bin geschieden und lebe zusammen mit meinem Sohn Marius wieder seit ein paar Wochen bei meiner Mutter.«

Britta hatte nie ein gutes Verhältnis zu ihrer Mutter gehabt. Als

Kind war sie von ihr geschlagen worden. Es musste bitter für sie sein, bei ihr zu wohnen.

»Oh, das tut mir leid.« Imke bedauerte aufrichtig, was Britta widerfahren war.

»Nun tu nicht so, als hättest du Mitleid. Das hattest du damals auch nicht. Die naive, kleine Britta, die dem tollen Tom Matthiesen nachgelaufen ist. Alle habt ihr über mich gelacht.«

Britta klang so bitter, dass es Imke fröstelte.

»Nein, ich nicht. Ich habe nicht darüber gelacht, Britta«, antwortete Imke bestimmt. Doch der Blick der ehemaligen Freundin blieb skeptisch. »Kommst du mit deiner Mutter jetzt klar?«

»Gar nicht«, antwortete Britta, »aber ich habe nur diese Möglichkeit. Tja Imke, nicht jeder lebt in einer kleinen, heilen Welt auf dem Gut zwischen Äpfeln und Bienen.«

Imke erschrak über den Neid, der ihr entgegenschlug.

»Warum bist du wirklich hier?«, fragte Britta und beugte sich zu ihr vor.

»Deshalb.« Imke zog das Anschreiben aus der Tasche und schob es Britta hin.

Nervös knetete sie die Hände auf dem Schoß, während sie auf die Antwort Brittas wartete.

»Ganz einfach, Tom hat nicht alle Nachweise erbracht. Die Frist läuft heute ab.«

»Aber die Sachverständigen haben die Sicherheitsbedingungen doch alle geprüft, das weiß ich. Die Nachweise müssen da sein. Ich habe selbst gesehen, wie Tom sie in den Umschlag geschoben hat«, versuchte Imke die ehemalige Freundin zu überzeugen.

»Der für den Brandschutz fehlt. Ohne den darf die Veranstaltung nicht stattfinden.« Es schien Britta Vergnügen zu bereiten, ihr eine Absage zu erteilen. Doch hier ging es nicht nur um irgendein Event, sondern eines der bedeutendsten im Alten Land. Außerdem liefen die Vorbereitungen auf Hochtouren. Das konnte Imke doch nicht mehr einfach so absagen.

»Du kannst den Sachverständigen gerne fragen. Ich schreibe

dir seinen Namen auf …« Imke nahm ihren Block heraus und notierte darauf die Nummer des Sachverständigen.

»Das ist nicht unsere Aufgabe. Hättest dich eben früher darum kümmern müssen«, erklärte Britta.

»Tom ist verreist. Kannst du nicht bitte noch mal ein Auge zudrücken? Bitte, Britta.«

»Nein, Imke, wie sollte ich das denn erklären? Wo käme ich hin, wenn ich bei jedem eine Ausnahme machen würde? Geh jetzt bitte, ich habe gleich noch einen wichtigen Termin.«

»Bitte, Britta, das kannst du nicht machen …«

Imke holte tief Luft. Britta wusste ganz genau, dass diese Einnahme wichtig war. »Für diese Region ist es die beste Werbung. Es ist wirklich wichtig«, setzte sie nach.

Flehend sah Imke ihr Gegenüber an.

Da klingelte das Telefon, und Britta nahm ab. Imke verließ der Mut. Wenn sie ihr Gegenüber nicht umstimmen könnte, wäre alles verloren. Fieberhaft überlegte sie, wie sie sie davon überzeugen könnte, die Nachweise des Sachverständigen nachzureichen. Tom hatte die Nachweise bestimmt nicht vergessen. Es musste sich um ein Versehen handeln. Imke kam eine Idee.

Britta beendete das Telefonat.

»Ich kann dir leider nicht weiterhelfen, Imke, und möchte dich nun bitten zu gehen. Mein Anschlusstermin wartet sicher schon draußen.«

»Die Frist läuft heute ab, sagst du?«

Britta nickte und sah sie erwartungsvoll an.

»Dann bleiben mir noch genau sieben Stunden und vierzig Minuten.« Imke wusste nicht, wo sie suchen sollte, aber hier stand zu viel auf dem Spiel.

»Das Rathaus schließt um sechs«, erwiderte Britta.

»Ja, aber wenn heute die Unterlagen im Briefkasten lägen oder per E-Mail, dann wäre es doch noch rechtzeitig.«

»Wenn der Nachweis morgen früh nicht auf meinem Tisch liegt, musst du das Fest absagen.«

Imke klammerte sich an diesen Hoffnungsschimmer. Es blieb

ihr nur das knappe Zeitfenster, um die Kopien zu finden. Tom ging immer auf Nummer sicher und hob jeden Zettel auf.

Alles hatte sie durchsucht, jedes Jahr, jede Akte und jeden losen Zettel, ohne etwas zu finden. Jetzt blieben ihr nur noch wenige Stunden. Hinter ihren Schläfen pochte es schmerzhaft, das Denken fiel ihr schwer. Ein wenig frische Luft würde ihr guttun.

Imke stand auf der Terrasse des Gutshauses und schaute in die Dunkelheit. Die Luft draußen war klar und mild. Sie konnte den Mond und den Sternenhimmel sehen, und es herrschte eine beruhigende Stille. Schritte näherten sich auf dem Weg, der zwischen dem Gutshaus und der Lagerhalle zu dem kleinen Fachwerkhaus am Rande der Apfelfelder führte. Im Licht der Hoflaterne erkannte sie Jens. Seine Schritte waren schwer und langsamer als sonst. Als er sie erkannte, kam er zum Gartenzaun.

»Hast du was bewirken können?«, fragte er. Sie berichtete ihm von ihrem Gespräch mit Frau Martin.

»Ich habe alles abgesucht, das ganze Archiv rauf und runter, die Akten. Aber nichts. Nichts! Und Tom habe ich den ganzen Tag nicht erreicht. Er muss irgendwo im Funkloch sein. Er legt immer alles ab. Ich verstehe das nicht. Irgendwo muss doch dieser verdammte Nachweis sein!« Nur mit Mühe konnte Imke ein Zittern in ihrer Stimme verbergen.

»Ich würde dir gerne helfen, aber diese Dinge hat Tom immer allein geklärt.«

»Ich weiß. Trotzdem danke.«

Dunkle Augenringe lagen unter Jens' Augen. »Vielleicht ist er nicht mehr dazu gekommen, den Nachweis irgendwo abzulegen«, gab er zu bedenken. »In den letzten Tagen vor der Abreise war alles sehr hektisch.«

Imke konnte sich noch gut daran erinnern. Es war durchaus möglich, dass Jens recht hatte. Aber wo sollte sie suchen?

»Ich mag gar nicht daran denken, wie es wäre, das Fest abzusagen.« Bei dem Gedanken wurde ihr das Herz schwer. Die Enttäuschung bei allen wäre immens, ganz zu schweigen von den Einnahmen, die ihnen entgehen würden.

»Vielleicht findest du ja doch noch, was du suchst. Gute Nacht, Imke«, verabschiedete sich Jens und verschwand in der Dunkelheit.

Jens' Worte wollten ihr nicht aus dem Kopf gehen, Tom könne nicht mehr dazu gekommen sein, die Kopie abzulegen. Sie rannte in sein Arbeitszimmer und startete den Computer. Vielleicht hatte Tom den Prüfungsnachweis des Sachverständigen per E-Mail erhalten.

Sekunden später loggte sie sich in den Firmen-Mailaccount ein. Tom hatte alles sauber in benannte Dateiordner abgelegt. Akribisch ging sie jeden durch. Doch auch in diesem Punkt zerschlug sich ihre Hoffnung. Sie blickte auf die Uhr. Ihr blieb nur noch eine Stunde. Mit der Faust schlug sie verzweifelt auf den Schreibtisch. Sie stützte den Kopf in die Hände und starrte auf den Bildschirm. *Probier es noch mal bei Tom!*

Ihre Finger zitterten, als sie seine Nummer im elektronischen Adressbuch ihres Handys auswählte. Während sie sich die Worte zurechtlegte, schaute sie auf die aufgelisteten E-Mails. Dort fand sie eine Lesebestätigung des Bürgermeisters. Einer Eingebung folgend, öffnete sie den Mailverkehr.

Imke ließ das Handy sinken und beugte sich weit vor. Die Buchstaben verschwammen vor ihren Augen. Tom hatte die E-Mail des Sachverständigten für Brandschutz wegen der Zeitknappheit direkt an den Bürgermeister gesandt. Der hatte zwar den Eingang elektronisch bestätigt, aber den Nachweis offenbar nicht an seine Mitarbeiter weitergegeben.

Tränen der Erleichterung liefen Imke über die Wangen, als sie die Original-E-Mail an Britta sandte.

# 26.

Daniel traute seinen Augen nicht, als er durch die Fensterscheibe schaute. War das wirklich Imke, die den Rasen vor dem Gutshaus mähte? Sie wirkte völlig verändert. Die Jeans war nicht mehr schlabberig, sondern spannte sich um ihren Hintern wie eine zweite Haut, und ihr Dekolleté im mintfarbenen Top war mehr als nur einen Blick wert. Sie trug ein dezentes Make-up, das ihre Natürlichkeit und Frische betonte. Ihr hellblondes Haar hatte sie zum Zopf geflochten, der ihr lose über die Schulter fiel. Ein paar widerspenstige Löckchen hatten sich gelöst und kringelten sich rechts und links vom Gesicht. Es erinnerte ihn ein wenig an Frauenporträts aus der Biedermeierzeit. Sie sah hinreißend aus und versprühte eine Sinnlichkeit, die in seinen Lenden ein Ziehen bewirkte. Er konnte sich nicht an ihr sattsehen und starrte sie unentwegt an, was ihm erst bewusstwurde, als sie den Rasenmäher abschaltete, sich umdrehte und ihn anlächelte. Daniel fühlte sich ertappt, zuckte zusammen und trat rückwärts. Dabei stieß er unsanft mit Chiara zusammen, die gerade eine Apfelgirlande zum Laden trug.

Fast hätte sie die kunstvoll geflochtene Girlande mit den echten Äpfeln fallen lassen.

»Daniel!«, rief sie erschrocken.

»Entschuldige bitte, das war meine Schuld. Ich bin einfach …«

»Schon gut, ist ja zum Glück nichts passiert«, antwortete sie und winkte ab. »Bist du von der neuen Imke etwa ganz verzaubert?«, fragte sie augenzwinkernd. Daniel spürte, wie ihm die Hitze in die Wangen schoss.

»Nein, nur erstaunt«, log er und heftete den Blick auf seine Schuhspitzen.

»Hier, fass mal bitte mit an.« Chiara drückte ihm das eine Ende der Girlande in die Hände und marschierte los. Wohl oder übel musste Daniel ihr folgen.

Er betrachtete die Girlande in seinen Händen. Sie bestand aus einem mit Efeu und anderen Pflanzen umwickeltes Seil, an dem Äpfel und Schleifen mit Draht angebracht waren.

»Über den Tresen soll sie«, erklärte ihm Chiara und zog sich die Klappleiter heran.

Oberhalb des Verkaufstresens waren dafür Haken im Deckenbalken eingeschraubt. Chiara kletterte die Leiter empor und hängte die an der Girlande befestigte Drahtöse in den Haken. Das andere Ende befestigte Daniel. Im Nu breitete sich der Duft von Blättern und süßen Äpfeln aus.

Imke, die ihnen neugierig nachgegangen war, begutachtete den Naturschmuck.

»Voilà!« Chiara zeigte hinauf. Imkes Augen begannen zu leuchten.

»Wow! Das glaub ich jetzt nicht! Mensch, ist die toll geworden!«, jubelte sie. »Hast du die etwa gefertigt?«, wandte sie sich an Chiara. Die nickte.

»Ja, ich habe die ganze Zeit überlegt, was hier im Laden fehlen könnte, nachdem ich den prachtvoll geschmückten Hof gesehen habe. Ich habe hin und her überlegt, bis mir dann diese Idee gekommen ist«, verkündete sie stolz.

»Alle Achtung.« Auch Daniel war voller Anerkennung für diese Arbeit. »Das hast du aber nicht während der Arbeit gemacht.«

»Ja, genau, wann hast du das denn noch gemacht bei all dem Stress, den wir in den letzten Tagen hatten?«, klinkte Imke sich ein.

»Nach Feierabend. Wenn alle die Lagerhallen verlassen hatten«, erklärte Chiara.

Keiner leistete unbezahlte Überstunden, das hatte Daniel in seiner Firma damals selbst erfahren. Auch Okka, Gesa und Jens verließen das Gut pünktlich zum Feierabend. Wieder meldeten sich Zweifel in ihm. Was beabsichtigte Chiara mit dieser Geste?

Imke umarmte Chiara sichtlich gerührt. »Tausend Dank, meine Liebe.«

Ihre Aushilfe winkte ab. »Das habe ich doch gern getan.«

Die beiden Frauen plauderten über Chiaras Arbeit.

Daniel fühlte sich überflüssig und wollte den Laden verlassen. Als er sich umdrehte, packte Imke seinen Arm.

»Halt! Hiergeblieben«, sagte sie lächelnd. »Ich möchte auf der Wiese noch Sitzgelegenheiten hinstellen. Da könnten wir gut deine Hilfe gebrauchen. Oder musst du zu deinen Bienen zurück?«

Deutlich spürte er Imkes Finger, die ein ungeahntes Prickeln in ihm auslösten. Er zögerte. Ihre Nähe und die Berührung irritierten ihn. Sein Leben war gut so, wie es war, er brauchte keine Komplikationen. Es wäre besser zu gehen, bevor er seine Gefühle nicht mehr unter Kontrolle hatte.

»Bitte.« Flehend blickte Imke zu ihm auf. Er schaute in ihre blauen Augen, die wie das Meer in der Sonne glitzerten. Wie könnte er ihr einen Wunsch abschlagen?

Ihr Mund glänzte verheißungsvoll, dass er in Versuchung geriet, sie an sich zu ziehen und zu küssen. Verdammt! Schuld an allem war Imkes verändertes Aussehen, das ihn völlig durcheinanderbrachte.

Der Gedanke an Tom ließ ihn letztlich zur Vernunft kommen. Die Freundschaft war ihm sehr wichtig, und er wollte sie auf keinen Fall durch eine Beziehung zu Imke gefährden. Außerdem hatte sie neulich zu Jens gesagt, dass sie auch ohne einen Mann an ihrer Seite glücklich war. Da würde sie sich bestimmt in keine Beziehung stürzen.

»Meinetwegen«, gab er nach und entzog ihr den Arm, der noch immer prickelte. *Hatte er das eben wirklich gesagt?*

»Aber nur für eine halbe Stunde. Danach muss ich wirklich nach meinen Bienen sehen.« Länger würde er es nicht in ihrer Nähe aushalten.

»Prima. Fangen wir an.« Imke klatschte in die Hände und winkte beide nach draußen.

Um zur Wiese zu gelangen, die früher der Anger gewesen war,

mussten sie die große Scheune umrunden. Im Hintergrund lag das Gewächshaus mit der Bruchsteinmauer, das Imke nach der Renovierung als Orangerie bezeichnete. Zusammengeklappte Tische und Stühle lehnten an der Scheune und warteten darauf, sich den Gästen zu präsentieren. Nachdem sie alle Möbel auseinandergeklappt hatten, stellten sich die beiden Frauen nebeneinander an den Rand und erteilten ihm Anweisungen. Mal musste Daniel Möbel hin und her rücken, dann wieder eine Feuerschale oder mit Äpfeln gefüllte Körbe hinstellen, die zur Dekoration dienen sollten. Er war froh über diese Ablenkung. Chiara lobte ihn überschwänglich für seine Hilfe und flirtete mit ihm. Sie lachte, wenn er einen Scherz machte.

Die beiden Frauen begutachteten das Ergebnis. Bei fast allen Arrangements waren sie sich einig.

Da hielt ein Pritschenwagen neben ihnen an. Es war Jens auf dem Weg zum Laden, der die leeren Apfelkisten abholen wollte.

»Warte, Jens, ich komme mit!«, rief Imke ihm zu.

»Quatsch, du hast genug getan. Ich mach das schon«, sagte Chiara zu Imke und ging zum Pritschenwagen. Dabei stolperte sie aus Versehen über einen der Apfelkörbe. Die Äpfel flogen aus dem Korb und kullerten über das Gras.

»Du kannst ruhig hier auch Schluss machen, danke für deine Hilfe«, wandte sich Imke an Daniel, bevor sie sich ins Gras kniete, um die Äpfel aufzusammeln.

Daniel hatte eigentlich nach Hause zu seinen Bienen gehen wollen, doch da fiel sein Blick auf Imkes wohlgeformten Hintern.

»Warte, ich helfe dir«, bot er an und kniete sich hinter sie, um ebenfalls Äpfel aufzuheben. Immer wieder ertappte er sich dabei, wie er zu ihr hinschielte, besonders, als ihr Hintern bei jeder Bewegung leicht hin und her schwang. Ihm wurde ganz heiß.

*Es ist Frühling, und offenbar spielen meine Hormone verrückt*, redete er sich ein.

Langsam kroch sie rückwärts auf ihn zu. Daniels Kehle war eng und rau. Nachdem sie unter einem Tisch hervorgekrabbelt war, richtete sie sich auf und stieß dabei mit dem Kopf gegen die

Kante. Sie stöhnte schmerzvoll auf, fasste sich an die Stelle am Hinterkopf und schwankte.

Gerade noch rechtzeitig fing er sie auf. Imke sank gegen seine Brust. Sie duftete nicht wie gewohnt nach der Ringelblumensalbe, mit der sie ihre Hände stets eincremte, sondern nach Magnolie. Seufzend lehnte sie den Kopf zurück.

»Mann, ich sehe nur noch Sterne«, stieß sie hervor.

Daniel sah zu ihr hinunter. Das Tuch an ihrem Hals war verrutscht, dass er den Ansatz einer Narbe sehen konnte. Scheinbar war es ihr nicht bewusst, sonst hätte sie ihn sicher weggestoßen. Aber er empfand den Anblick der geröteten Haut weder als störend noch abstoßend. Im Gegenteil lag darin eine Verletzlichkeit, die ihn berührte und ungeahnte Emotionen in ihm auslöste. Ihren weichen Körper dicht an seinem zu spüren, war mehr, als er ertragen konnte. *Reiß dich zusammen!*

»Alles okay mit dir?«, fragte er heiser.

»Ja«, antwortete sie leise. »Mir war plötzlich schwindlig.« Sie rieb mit der Hand über ihren Hinterkopf. »Und eine fette Beule kriege ich auch.«

»Du solltest sie gleich mit einem Eisbeutel kühlen«, schlug er vor und war froh, als sie sich aus seinen Armen schälte.

»Im Ladenkühlschrank, sind da noch die Kühlpacks?«, fragte er. Imke, die sich gegen den Tisch gelehnt hatte, nickte.

»Komm, ich bringe dich hin.« Sanft griff er ihren Arm, aber sie stieß ihn fort.

»Ich bin doch kein Invalide, sondern habe nur eine Beule am Kopf.«

»Und wenn du eine Gehirnerschütterung hast?«, fragte er besorgt.

»Blödsinn.« Imke winkte ab. »Lauf lieber zu Chiara, die könnte sicher gut Hilfe gebrauchen.«

»Jens ist doch da«, erwiderte er.

»Ich glaube, sie möchte lieber dich als Hilfe.« Ihre Stimme klang gereizt.

*Sie will mich loswerden.* Der Gedanke schmerzte ihn.

»Also gut, wenn du meine Hilfe nicht brauchst …«

»Ja, geh nur.«

Sie schickte ihn tatsächlich fort.

Daniel drehte sich um, aber ihn drückte das Gewissen. Er warf einen Blick zurück. Imke stand noch immer an den Tisch gelehnt und hielt sich den Kopf.

Die Ladentür stand offen. Chiara und Jens unterhielten sich über das Fest. Daniel ging an ihnen vorbei zum Kühlschrank und zog aus einem der Gefrierfächer ein Kühlpack. Nachdem Imke sich vor einiger Zeit die Hand übel gequetscht hatte, bewahrte sie die Dinger im Laden auf.

Als er zurückkehrte, lehnte Imke an der Bruchsteinmauer der Orangerie und hatte die Augen geschlossen. Er ging auf sie zu und reichte ihr den Kühlbeutel. »Hier.«

Sie öffnete die Augen und sah ihn überrascht an. Daniel erwartete eine Abweisung.

»Danke«, sagte sie stattdessen und lächelte gequält. Die Beule schien sie sehr zu schmerzen.

Sie drückte das Kühlpack an den Hinterkopf und lehnte sich an die Wand. Jetzt standen sie sich gegenüber. Ein Grashalm klebte an ihrem Haar. Sie leckte sich über die Lippen.

Ihr Blick suchte den seinen und öffnete ihm ein Fenster zu der Frau hinter der netten Fassade, ein Fenster, das Leidenschaft und Hingabe versprach. Von einem Moment auf den anderen schien die Luft um sie herum elektrisch geladen zu sein. Alles in ihm verlangte, seinen Mund auf ihren zu pressen, um die Leidenschaft bei ihr zu wecken. Ihr Atem streifte warm sein Gesicht. Als hätte sie seine Gedanken erraten, begann sie zu zittern. Langsam neigte er den Kopf zu ihr hinab. Wider Erwarten bewegte sie sich nicht. Gleich würden ihrer beider Lippen in einem sehnsuchtsvollen Kuss verschmelzen. Daniel konnte es kaum erwarten.

Voller Verlangen legte er eine Hand in ihr Genick, um sie an sich zu ziehen. Dabei löste er mit dem Daumen ungeschickterweise den Knoten ihres Seidenschals. Der Stoff fiel auseinander und entblößte Imkes Narben. Das Make-up, mit dem sie die

Hautstelle zu verdecken gesucht hatte, war durch den Schweiß verlaufen und ließ die Narben rot hervortreten. Als Imke das Malheur bemerkte, weiteten sich ihre Augen. Derb stieß sie Daniel von sich und bückte sich nach dem Tuch. Daniel war so erschrocken über sein Missgeschick, dass er kein Wort über die Lippen brachte und instinktiv auf ihren Hals starrte, bevor Imke ihn hastig wieder mit dem Stoff bedeckte.

»Imke … ich … das war keine …«, presste er heiser hervor. Er wollte sich bei ihr für seine Ungeschicklichkeit entschuldigen, aber es fiel ihm schwer, die richtigen Worte zu finden. In ihrem Blick lagen blankes Entsetzen und Verletzlichkeit zugleich.

»Bist du nun zufrieden?«, fuhr sie ihn an. »Hast du dich geekelt? Ich weiß, was du jetzt sagen willst, Daniel. Spar dir deine Worte. Ich will dein Mitleid nicht.«

Das hatte er nicht gewollt. Er hatte sie zutiefst verletzt und musste ihr erklären, dass er genauso überrascht gewesen war wie sie und ihn der Anblick ihrer Narben nicht mit Abscheu erfüllte.

»Bitte, Imke …«

Sie hob abwehrend die Arme. Zornig funkelte sie ihn an. »Ich will nichts mehr hören. Es ist besser, wenn du jetzt gehst.«

Die eben noch innige Stimmung war mit einem Mal verflogen.

Im selben Augenblick kehrten Chiara und Jens zurück auf die Wiese.

»Hi!«, rief Jens. Daniel fühlte sich ertappt. Das Herz schlug ihm bis zum Hals vor Aufregung. Sein Körper brannte vor ungestilltem Verlangen. Er sah auf Imke hinunter, deren Wangen sich rotfärbten. Ihre Lippen zitterten, als sie den Mund öffnete.

»Hallo«, erwiderte sie den Gruß der anderen.

Schmunzelnd trat Chiara zu ihnen und sah von einem zum anderen. »Na, habe ich etwas verpasst?«

»Ja … nein … nicht direkt«, stotterte Imke. Nur dass ich … dass ich mir den Kopf gestoßen habe und … und …«

»Ich habe ihr ein Kühlpack geholt«, kam Daniel Imke zu Hilfe. Chiara grinste, und ihm war klar, dass sie etwas ahnte. Jens hingegen war ganz der Alte.

»Kenne ich. Wirst zwei Tage einen Brummschädel haben«, sagte er.

Imke rollte mit den Augen.

»Zeig mal her, du Arme.« Chiara untersuchte Imkes Hinterkopf. »Na, das ist eine ordentliche Beule. Hast du Kopfschmerzen? Ist dir vielleicht übel oder schwindlig?«, fragte sie weiter.

»Ein bisschen schwindlig vielleicht«, gab Imke zu und mied Daniels Blick.

»Lass mal sehen, ob du blutest.«

Als Chiara sich zu Imke vorbeugte, um den Kopf zu untersuchen, blitzte etwas Silbernes in ihrem Dekolleté auf. Daniel erkannte eine silberne Kette mit Anhänger. Nachdem Chiara sich wiederaufgerichtet hatte, schob sie den Anhänger in den Kragen zurück und schloss den obersten Kragenknopf ihres Polo-Shirts. Was verheimlichte sie? Chiaras Verhalten musste doch auch Imke aufgefallen sein. Und doch schien die Freundin das zu übersehen.

Er musste in einem günstigen Augenblick mit Imke über Chiara reden.

Nachdem Imke sich wegen ihrer Kopfschmerzen ins Gutshaus zurückgezogen und Chiara den Laden geschlossen hatte, begab sich auch Daniel auf den Heimweg. Beim ersten Apfelfeld traf er Okka.

»Hallo, Daniel. Lange nicht gesehen. Verkriechst dich wohl immer zwischen deinen Bienenstöcken. Was machen denn deine Fleißigen?« Sie blickte ihn kokett lächelnd an und drehte eine Haarsträhne zwischen den Fingern.

»Dieses Jahr haben es leider zwei Völker nicht über den Winter geschafft«, erklärte er und hoffte, dass Okka nicht weiterfragen würde. Er war froh, dass sie nicht viel von Bienen verstand, denn dann hätte sie gewusst, dass er momentan sehr entspannt sein konnte.

»Ach je«, sagte sie traurig. »Die Natur hat eben ihre eigenen Gesetze. Darf ich?«

Sie begleitete ihn ein Stück des Weges.

»Wolltest du nicht zum Gut?«, fragte er.

»Schon. Aber es sind noch so angenehme Temperaturen draußen, dass ich gern über die Plantage schlendere.«

Daniel war jetzt so gar nicht nach Small Talk. Er wollte lieber über das eben Geschehene nachdenken. Allein und in Ruhe. Andererseits hatte es die sympathische Okka nicht verdient, dass er sie abwimmelte. Eine Weile liefen sie schweigend nebeneinanderher. Die sinkende Sonne verfärbte den Himmel orangerot. Es war still um sie herum, bis auf das Zirpen einzelner Grillen. Der süße Duft von Apfelblüten schwebte in der Luft. Jetzt am Abend war er besonders intensiv, als hätte der Tag den Duft gespeichert.

»Ich habe dich übrigens neulich gesehen. In Stade. Du warst in diesem Internetcafé. Hast du etwa keinen eigenen Computer?«, fragte Okka aus heiterem Himmel und warf ihm einen Seitenblick zu.

*Ertappt!* Daniel hätte schwören können, dass niemand Bekanntes in der Nähe gewesen war.

»Nein, habe ich nicht«, gab er zu. »Ich bin lieber in der Natur.«

»Und dann besuchst du ein Internetcafé?«

»Ab und an«, log er und hoffte inständig, sie möge mit der Fragerei aufhören.

»Ohne einen PC geht bei mir gar nichts. Ich schreibe doch einen Blog. Über Ostfriesland, die Elbe und Tee«, verkündete sie stolz.

Er nickte.

»Warum hast du denn nicht Imke gefragt, ob du den im Büro benutzen darfst?« Okka ließ nicht locker.

»Hat sich nicht ergeben«, log er weiter.

»Verstehe. Ich würde auch nicht gern meinen Arbeitgeber darum bitten. Wenn du mal wieder einen PC brauchst, kannst du mich gerne besuchen. Jederzeit. Aber nur wenn du meinen Blog likest«, sagte sie augenzwinkernd und kicherte.

»Danke, Okka. Vielleicht komme ich auf dein Angebot zurück.«

»Das würde mich freuen. Ich würde dir dann auch meinen berühmten Erdbeer-Sahne-Tee kredenzen.«

Okkas Angebot war wirklich verlockend. Schließlich wollte er noch mehr über Chiara und deren Familie herausfinden.

»Ja, dann … Würde es dir vielleicht morgen Abend passen?«

Schon wieder zog es ihn vor den Bildschirm, obwohl sein Verstand ihm anderes riet. Okka wohnte nur einen Katzensprung entfernt in einer Siedlung. Es wäre leicht, sie öfter zu besuchen, und die Versuchung war groß.

Mit Tom hätte er über alles, auch seine Zweifel an Chiara und den Wunsch, mehr über sie herauszufinden, offen reden können. Aber Tom war nun mal nicht da, und er musste sich auf einige wenige und kurze Gespräche beschränken.

Okka strahlte. »Ja, das ist okay.«

Sie erreichten sein Haus.

Okka schaute auf ihre Armbanduhr. »Oh, es ist später, als ich gedacht habe. Ich mache mich dann mal auf den Heimweg. Schönen Abend noch. Und bis morgen. Ich freue mich!«, rief sie und drehte sich um. Nach ein paar Schritten stoppte sie, um ihm noch einmal zuzuwinken. Daniel seufzte. Hoffentlich hatte er jetzt keine Hoffnungen bei Okka geweckt, die er nicht erfüllen konnte.

## 27.

Schon sieben Uhr? Imke sprang fluchend aus dem Bett. Ausgerechnet heute, wo sie sich so viel vorgenommen hatte, musste sie verschlafen. Das war ihr lange nicht mehr passiert. Wütend eilte sie ins Bad. Die letzten Tage und Wochen hatten sie geschlaucht. Nur noch vier Tage bis zum Fest. Stündlich wuchs ihre Aufregung.

Sie hatte vergangene Nacht schlecht geschlafen. Das, was sie immer hatte verhindern wollen, war geschehen: Daniel hatte ihre Narben gesehen. Nie würde sie seine entsetzte Miene vergessen, mit der er ihren Hals betrachtet hatte. Wie Sören damals. Sie fühlte sich gedemütigt und enttäuscht. Es war ihr vorgekommen, als hätte sie nicht nur die Wundmale, sondern auch einen Teil ihrer Seele vor ihm entblößt. Ausgerechnet vor Daniel, von dem sie träumte. Sie war schon in manche Situation geraten, in denen das Tuch sich gelockert hatte. Doch nie war es abgefallen. Deshalb glaubte sie, dass er den Schal mit Absicht gelöst hatte, als er ihr Genick umfasst hatte. Sie hatte ihn als einen neugierigen Mann kennengelernt, der allen Dingen auf den Grund ging. Nach diesem Vorfall würden all ihre geheimen Sehnsüchte unerfüllt bleiben. Es war besser, Daniel aus dem Weg zu gehen. Irgendwann, so hoffte sie, würden ihre Gefühle für ihn erkalten.

Traurig schlurfte sie ins Bad.

Wenig später stand sie angekleidet vor dem Spiegel und überlegte, ob sie die Make-up-Paste im Gesicht und am Hals verteilen sollte.

»Du willst nicht nur anderen, sondern vor allem dir gefallen«, hatte Chiara ihr neulich gesagt. Und sie hatte recht gehabt, denn

Imke hatte sich tatsächlich damit besser gefühlt. Entschlossen trug sie das Make-up auf.

Ein wenig Rouge, Lidschatten und Wimperntusche komplettierten ihr Aussehen. Es war zwar noch ein wenig gewöhnungsbedürftig, aber so fühlte sie sich frischer. Und begehrenswerter, wenn sie an die Blicke der männlichen Kunden dachte. Ein kurzer Check ihres Spiegelbildes ließ sie zufrieden lächeln. Gestern hatte ein älterer Herr sie sogar als schön bezeichnet. Das Kompliment hatte sie runtergeschluckt wie Öl. Zum ersten Mal seit langer Zeit hatte sie sich attraktiv gefühlt.

Sie trank den Kaffee zügig aus und nahm sich eines der Honighörnchen, bevor sie sich auf den Weg zu ihrem ersten Termin begab.

Mit jedem Tag rückte das Apfelblütenfest näher, und ihre Aufregung stieg. Heute war Dienstag, und es gab noch so vieles zu berücksichtigen, damit am kommenden Samstag zum Fest nichts schiefliefe. Nichts wünschte sie sich mehr, als das alles wie geplant ablaufen würde. Über die viele Arbeit würde sie die unglückselige Episode mit Daniel schnell vergessen.

Sie ging im Geist noch einmal alle offenen Punkte durch, die es heute abzuarbeiten galt.

»Um elf Uhr Geschirranlieferung, gegen zwölf dann der Grill, darauf die Bierzeltgarnituren und kurz nach der Mittagspause der Pressemensch …«, leierte sie herunter. Sie wusste schon nicht mehr, wo ihr der Kopf stand. Imke freute sich bereits jetzt auf die Mittagspause, in der sie wenigstens eine halbe Stunde verschnaufen konnte. Vor ihrem Treffen mit Jens schaute sie noch kurz im Hofladen vorbei.

Die Luft im Laden war kühl und von süßem Apfelduft erfüllt. Das war so vertraut und löste Wohlbefinden aus. Was hatte sie damals darum kämpfen müssen, die kleine Scheune umzubauen. Weder Tom noch ihr Vater hatten den Hofladen als notwendig angesehen. Erst spät waren sie selbst darauf gekommen, dass er profitabel sein könnte. Umso stolzer war sie auf das Ergebnis. Imke ließ den Blick durch den geschmückten Raum schweifen und nickte. Nur über dem Verkaufstresen fehlte etwas. Im vergangenen Jahr hatte sie sich nicht so viel Mühe gegeben, und war nun gespannt, wie es bei den Gästen ankommen würde.

»Ich dachte schon, du kommst nicht mehr«, wurde sie von Chiara im Laden empfangen, die eifrig damit beschäftigt war, Gutscheinkarten im Ständer auf dem Tresen zu sortieren. »Jens hat bereits Nachschub gebracht, steht dahinten. Die musst du später noch aus dem Lagerbestand buchen.« Sie deutete auf die Apfelkisten hinter einem der Regale.

»Ja, mach ich alles nachher. Sorry, aber ich habe verschlafen. Ist mir lange nicht mehr passiert«, entschuldigte sich Imke und sah, dass Chiara auch die beschrifteten Kärtchen mit den Apfelsortennamen in die Körbe gesteckt hatte, ohne dass sie ihr das extra aufgetragen hatte.

»Kein Problem«, antwortete Chiara und pfiff eine Melodie, während sie die Kärtchen kontrollierte.

»Du hast alles perfekt erledigt«, lobte Imke. Chiara erwiderte nichts, sondern nahm sich lächelnd einen Lappen, mit dem sie die Scheiben der Glasvitrine putzte.

Imke ließ Chiara mit dem guten Gefühl, dass ihr Laden in den besten Händen war, allein und machte sich daran, einen neuen Caterer für das Festzelt aufzutreiben. So kurzfristig war das nicht einfach. Sie telefonierte den ganzen Vormittag hindurch, bis sie einen passenden Anbieter gefunden hatte, und hetzte zwischendurch hinaus zur Geschirranlieferung. Nachdem sie Jens gebeten hatte, die Aufstellung des großen Grills um zwölf Uhr zu überwachen, stattete sie Chiara einen weiteren Besuch ab. Gerade als sie in den Laden kam, klingelte das Telefon. Die örtliche Presse kündigte einen Besuch an.

»Auch das noch!« Imke stöhnte, weil sie kaum den ausgemachten Pressetermin mit einer anderen regionalen Zeitung schaffen würde.

»Was ist denn?«, fragte Chiara besorgt.

»Die hiesige Presse hat ihren Besuch für heute angekündigt.«

»Du willst doch nicht etwa absagen, wo sie kräftig die Werbetrommel rühren können?«, erklärte Chiara.

»Sie werben, ja, das stimmt, aber nur im Umland. Ich hatte so gehofft, dass sich noch jemand findet, der überregional für uns wirbt und wir neue Kunden gewinnen. Eine der Hamburger Zeitungen.« Imke überlegte einen Augenblick.

»Meinst du nicht, du könntest doch mit deinem Chefredakteur reden, ob ihr einen Bericht über unser Blütenfest im Magazin bringen könnt?«, wandte sie sich an Chiara.

»Wo denkst du hin? Viel zu kurzfristig, vier Tage vor dem Fest! So eine Reportage schüttelst du nicht einfach so aus dem Ärmel, das muss vorbereitet sein. Fotos, Infos und was man sonst noch so alles braucht. Ich kenne meinen Chefredakteur, der hält nichts von solchen Überfällen, wie er es immer nennt«, wiegelte Chiara ab und wandte sich einer Apfelkiste zu. Sie begann die Äpfel darin überflüssigerweise ein drittes Mal zu sortieren.

»Ich könnte doch mit ihm reden.«

»Vergiss es«, Chiara winkte ab, »du wirst ihn erst gar nicht ans Telefon kriegen.«

Imke war erneut enttäuscht.

»Schade«, antwortete sie. »Das hätte bestimmt viel gebracht.«

»Ja, ja«, sagte Chiara, und war bereits mit anderen Dingen beschäftigt.

Daniel mochte als Imker vielleicht nicht interessant genug für die Leserschaft des Magazins sein. Aber das Altländer Apfelblütenfest gehörte zu *den* Ereignissen in der Umgebung, über das sich ein Bericht mit Sicherheit lohnen würde.

»Du meinst, es wäre nicht mal einen Versuch wert?«

»Ich schau mal, ob ich mit ihm reden kann. Aber nur weil du es bist«, antwortete Chiara und zwinkerte ihr zu.

»Wann?«, hakte Imke nach.

»Gleich. In der Mittagspause«, erwiderte Chiara. Doch irgendwie beschlich Imke das Gefühl, dass ihre Bitte unwichtig erschien.

Die letzte Kundin vor der Mittagspause griff nach dem Flyer mit den wichtigsten Informationen zum Fest, den Imke ihr vor der Prunkpforte in die Hand drückte. »Ich freue mich schon sehr darauf. Das Fest ist das Highlight im Jahr. Meine ganze Familie wird wieder dabei sein. Sogar meine Tochter aus Ingolstadt. Sie hat letztes Jahr gleich zwei Kisten von diesem roten, kleinen Apfel mitgenommen. Wie heißt der noch mal?« Die Kundin sprühte vor Begeisterung.

»Mariella«, antwortete Imke lächelnd und verabschiedete die Kundin.

»Siehst du Chiara, alle hier in der Umgebung fiebern dem Fest entgegen«, sagte sie zu ihrer Freundin, als sie das Geschlossen-Schild heraushängte.

»Ich bin schon wirklich darauf gespannt«, antwortete Chiara.

»Frauke hat uns übrigens einen leckeren Salat mit Thunfisch zubereitet«, teilte Imke ihr mit, die zu ihrer Verwunderung nach ihrer Handtasche griff.

»Wir können gemütlich zusammensitzen und ihn genießen. Und danach kannst du mit deinem Chefredakteur telefonieren.«

Chiaras Miene wurde ernst.

»Sei mir nicht böse, ich hab' noch mal darüber nachgedacht, aber ich glaube, das bringt nichts. Da könnte ich mit Engelszungen reden. Er wird sich so kurzfristig nicht darauf einlassen. Bitte glaub mir, es liegt nicht an mir. Ich würde das gern für dich in die Wege leiten, aber bei ihm ist es aussichtslos«, beteuerte Chiara.

Imke forschte in Chiaras Miene. Traute ihre Freundin sich etwa nicht, mit ihrem Redakteur zu reden? Imke war bitter enttäuscht.

»Schade.«

»Ich muss noch was erledigen. Bis später!«, sagte Chiara und ging. Nachdenklich schaute Imke ihr hinterher, bis sie hinter der Auffahrt verschwunden war. Fühlte sich die Freundin vielleicht von ihr überfahren?

Imke lief zum Gutshaus. Zuerst sah sie nach ihrem Vater, der bei Sonnenschein friedlich im Liegestuhl auf der Terrasse schlummerte. Sie wollte ihn nicht wecken und stahl sich auf Zehenspitzen davon.

In der Küche sank sie müde auf den Stuhl. Wie Frauke ihr

gesimst hatte, stand der Salat im Kühlschrank, eine Komposition aus frischen, grünen Salatblättern mit Thunfischstreifen, gekochtem Ei, Nüssen und Honigdressing darüber. Es schmeckte köstlich. Frauke hatte sich mal wieder selbst übertroffen. Während des Essens gingen ihr Chiaras Worte nicht aus dem Kopf. Irgendetwas stimmte nicht.

Imke dachte, dass es vielleicht besser wäre, wenn sie selbst den Chefredakteur davon überzeugen könnte, über das Fest zu berichten. Sie suchte die Telefonnummer des Gartenmagazins heraus und wählte sie. Als sie aufs Display schaute, verließ sie fast der Mut, weil sie es hinter dem Rücken der Freundin tat.

In dem Augenblick, als sie sich entschied aufzulegen, meldete sich eine junge und sympathische Frauenstimme am anderen Ende der Leitung.

»Guten Tag, mein Name ist Imke Matthiesen. Ich habe vielleicht Stoff für einen interessanten Artikel oder eine Reportage. Falls Sie interessiert wären, könnten Sie mich bitte mit der Chefredaktion verbinden?«, fragte sie freundlich.

»Ich muss mal schauen, ob sich Frau Claasen im Haus befindet.« Imke hörte es am anderen Ende klicken. Frau Claasen? Imke wurde stutzig.

»Sagten Sie eben *Frau* Claasen?«, fragte sie, als sich die Frau zurückmeldete.

»Ja, natürlich *Frau* Claasen. Ich weiß doch, für wen ich arbeite«, erklärte ihre Gesprächspartnerin pikiert.

*Chiara hat gelogen.*

Das stimmte Imke traurig. Die Fragen nach dem Warum kreisten in ihrem Kopf, ohne dass sie darauf eine Antwort fand.

»Soll ich Sie nun mit ihr verbinden oder nicht?«, fragte ihre Gesprächspartnerin leicht ungeduldig.

»Ja, gern.«

»Einen Moment bitte.«

In Imkes Kopf herrschte Chaos. Warum hatte Chiara gelogen? Ehe sie weiter darüber nachgrübeln konnte, klickte es erneut in der Leitung.

»Claasen, guten Tag.« Die Chefredakteurin klang bestimmt, aber sympathisch.

»Guten Tag, ich bin Imke Matthiesen von der Matthiesen-Plantage aus Oosthusen im Alten Land«, stellte sie sich vor.

»Guten Tag, Frau Matthiesen, was kann ich für Sie tun?« Die einladende Frage ermutigte Imke, vom bevorstehenden Fest zu erzählen.

»Das hört sich wirklich sehr interessant an«, sagte Frau Claasen.

»Vielleicht möchten Sie über unser Fest berichten?«

»Ja, unbedingt. In jeder unserer Ausgaben gibt es eine separate Rubrik über traditionelle Familienunternehmen. Wenn Sie möchten, schicke ich gleich morgen früh jemanden zu Ihnen hinaus.«

Imke war von der spontanen Entscheidung Frau Claasens positiv überrascht.

»Wir haben wunderbare professionelle Fotos von meiner Schwägerin, die Sie sich in Druckqualität über unsere Webseite herunterladen könnten.«

»Schön. Das erspart uns die Fahrt. Ich würde gern mit Ihnen noch ein Interview führen. Die Leser lieben es, mehr über die Menschen hinter den Events zu erfahren. Ich könnte Ihnen die Fragen per E-Mail senden.«

»Ja, gern«, antwortete Imke und nannte der Redakteurin ihre E-Mail-Adresse.

»Darf ich wissen, wie Sie auf uns gekommen sind? Haben Sie vielleicht unsere Zeitschrift abonniert? Oder den Bericht neulich im Regionalfernsehen verfolgt?«

»Weder noch. Eine Freundin hat mir den Tipp gegeben. Sie arbeitet für Ihre Zeitschrift.«

»Oh. Wie lautet denn der Name meiner Mitarbeiterin?«

Imke zögerte einen Moment.

»Chiara Summers.«

Stille am anderen Ende.

»Wie sagten Sie? Summers? Tut mir leid, aber ich habe keine Mitarbeiterin mit diesem Namen.« Ein paar Male wiederholte sie Chiaras Namen. »Nein, beim besten Willen nicht.«

»Aber vielleicht hat sie in der Vergangenheit bei Ihrer Zeitschrift gearbeitet?« Imke mochte nicht glauben, dass Chiara sie derart anlügen würde.

»Nein. Ich bin seit etwa zehn Jahren in diesem Verlag tätig und könnte mich an diesen außergewöhnlichen Namen bestimmt erinnern. Eine Chiara Summers hat nie für uns gearbeitet.«

Imkes Kehle wurde eng und rau.

»Hat Ihre Freundin vielleicht den Namen gewechselt? Durch Hochzeit oder Scheidung?«

Chiara hatte ihr beim Einstellungsgespräch erklärt, dass sie ledig sei. Und wenn das gelogen wäre?

»Nein. Dann muss ich das irgendwie falsch verstanden haben«, murmelte Imke und war froh, dass Frau Claasen die Röte nicht sehen konnte, die zweifelsohne gerade ihr Gesicht überzog. »Tut mir leid.«

»Ach, das macht doch nichts«, sagte Frau Claasen, und dann verabschiedete sie sich.

An der Haustür klingelte jemand Sturm.

Wer zum Teufel störte sie jetzt in der Mittagspause? Wütend lief sie zur Eingangstür. Im Glasausschnitt erkannte sie den vertrauten Umriss eines Kopfes mit bunter Mütze. Johnny! In all dem Trubel hatte sie ganz vergessen, dass sie sich heute treffen wollten, um die Details seiner Darbietung durchzusprechen.

Nach kurzem Zögern öffnete sie die Tür und bat ihn herein.

»Hi, here I am!«, rief er freudig und verströmte eine gute Laune, die sie heute gar nicht aufzumuntern vermochte.

»Hi …«, antwortete Imke und rang sich ein Lächeln ab.

Johnnys Lächeln gefror.

»Should I go again? Soll ich gehen?«, fragte er und wirkte betroffen.

»Nein, nein, komm bitte herein.« Sie trat zur Seite und bedeutete ihm einzutreten.

»Sorry, will not stören.«

Johnny konnte nichts für Chiaras Lügen. Imke hatte es gelernt, ihre Gefühle beiseitezuschieben, wenn es ums Geschäft ging.

»Du störst nicht. Ich hatte nur für einen Moment unsere Verabredung vergessen. Bitte, komm herein«, sagte sie. Nur zögernd folgte Johnny ihrer Aufforderung. Heute war er ohne Gitarre hier.

Sie führte ihn ins Esszimmer und bat ihn, am Tisch Platz zu nehmen.

Der Musiker in der abgewetzten Stonewashed-Jeans und der sonnengebräunten Haut passte so gar nicht zum rustikalen Flair des Hauses, sondern wirkte eher wie ein bunter Falter auf einer Schwarz-Weiß-Fotografie.

Aus seiner Hosentasche zog er einen zusammengeknüllten Zettel hervor und schob ihn Imke über den Tisch. Sie nahm ihn entgegen und faltete ihn auf.

»The songs, ich werde sie spielen by guitar«, erklärte er und tippte mit dem Finger auf das Stück Papier, auf dem bekannte Songtitel mit einem Stift notiert waren. Stumm ging sie die Liste durch und erstarrte bei dem Titel *Sweet Caroline*. Nach all den Jahren berührte der Name sie noch immer. Imke starrte auf den Zettel.

»Something wrong?«, fragte Johnny besorgt.

Sie schüttelte den Kopf. »Nein, nein. Es ist nur … Caroline war der Name meiner vermissten Schwester«, sagte sie leise. Kurz glaubte sie, in Johnnys Augen ein wachsames Aufblitzen zu sehen. Doch beim zweiten Mal Hinsehen war der es verflogen.

»Dann I won't play ihn«, versicherte er und legte seine Hand auf ihre.

*Wie verständnisvoll er ist.*

»Schon gut. Ich mag den Song, und er reiht sich wunderbar in dein Programm ein. Spiel ihn ruhig«, antwortete sie lächelnd.

»Really?«, fragte er.

»Ja, spiele ihn.«

Eine Weile plauderten sie bei einem Glas Apfelmost über den Ablauf des Festprogramms und Johnnys Einsätze. Nach und nach löste sich Imkes trübe Stimmung. Wieder einmal hatte er es geschafft, sie auf charmante und humorvolle Weise abzulenken. »But no Shantys. It's not mein Ding«, erklärte er zum Abschluss.

Als er Seemannslieder erwähnte, musste Imke an Maike denken, von der sie Johnny grüßen sollte.

»Aber du hast doch schon mal auf einem Schiff gespielt«, sagte sie und wollte ihn von Maike grüßen. Aber das blieb ihr im Halse stecken, als sie sah, wie Johnny erbleichte. Unter seinem linken Auge zuckte es.

»No, but es wär wonderful.«

Sollte es doch jemand anders gewesen sein? *Aber die Beschreibung mit dem Pferd als Handpuppe kann doch nicht auf zwei fahrende Musiker zutreffen.*

Dem konnte Imke jetzt nicht nachgehen. Ihre Mittagspause war fast um, weshalb sie sich von Johnny verabschiedete.

Gleich nach ihm verließ auch Imke das Gutshaus. In Höhe der Gutsauffahrt blieb sie wie angewurzelt stehen. Sie konnte Johnny sehen, der am Ende der Auffahrt auf einen dunkelblauen Wagen zusteuerte und einstieg. Sofort dachte Imke wieder an die Erzählungen der anderen. Sie versuchte zu erkennen, ob es sich bei dem Wagen um einen dunkelblauen Chrysler handelte, der ihnen im letzten Jahr schon aufgefallen war. Aber er war zu weit entfernt, als dass sie das Markenzeichen sehen konnte. Ein seltsames Gefühl stieg in ihr auf. Wem konnte sie eigentlich noch vertrauen?

Im Laden schaute sie erst kurz vor Schluss wieder vorbei. Sie hatte bis dahin mit Jens die Äpfel begutachtet.

In dieser letzten halben Stunde gaben sich die Kunden die Klinke in die Hand. Imke setzte mehrmals an, Chiara von ihrem aufschlussreichen Telefonat mit Frau Claasen zu erzählen. Doch immer wieder kam etwas dazwischen. Entweder ein Termin, ein wichtiger Anruf oder Kundschaft. Es war wie verhext. Sie schaute zur Freundin hinüber, die im Akkord Bestellungen der Kunden aufnahm. Chiara schien das nicht zum ersten Mal zu tun.

»Wenn das so weitergeht, haben wir nach dem Fest keinen einzigen Apfel mehr, und dein Bruder muss weitere Apfelfelder anlegen, um alle zufriedenstellen zu können«, sagte Chiara, als die letzte Kundin des Tages den Laden verlassen hatte.

Imke nickte nur und war nicht zum Scherzen aufgelegt.

Chiara fasste nach ihrem Arm und sah sie besorgt an. »Ist etwas nicht in Ordnung? Ist es wegen heute Mittag, weil ich mich anders entschieden habe?«

Kurz war Imke versucht, Chiara mit ihrer Lüge zu konfrontieren. Aber der Tag war anstrengend genug gewesen, und ihr fehlte mittlerweile die Kraft für eine Auseinandersetzung.

»Nein, nein. Ich bin nur schrecklich kaputt. Die letzten Wochen haben mir alle Energie geraubt.«

Imke entging nicht Chiaras zweifelnder Blick.

»Kann ich verstehen. Mir geht es nach paar Tagen schon so. Trotzdem werde ich das Gefühl nicht los, dass du sauer auf mich bist. Ich musste heute Mittag etwas Wichtiges für meinen Bruder erledigen.«

»Für deinen Bruder?«, fragte Imke verwundert. »Du sprichst nie über ihn. Du hast nur einmal erwähnt, dass deine Mutter dir und ihm Kunststücke beigebracht hat.« Was würde Chiara ihr noch alles erzählen?

»Stimmt. Stell dir vor, er ist auch in Deutschland. Er hat mich gestern angerufen.« Imke wusste nicht, ob sie der Freundin glauben konnte.

»Wo ist er denn genau?«

Chiara wich ihrem Blick aus.

»Och, er wollte einen Trip durch Deutschland machen. Er trampt kreuz und quer. Er braucht keinen Komfort wie ich. Hat sogar schon eine Amazonas-Tour mitgemacht. Auf dem Boden schlafen bei Spinnen und Käfern und so. Igitt.«

»Hört sich an, als wärt ihr grundverschieden«, bemerkte Imke.

Chiara ordnete den Stapel Flyer auf dem Verkaufstresen zum zweiten Mal neu.

»Er ist ja auch mein Halbbruder«, antwortete sie.

»Ach so.«

In diesem Augenblick musste Imke unwillkürlich an Johnny denken. Auch er war Amerikaner, und Chiara stammte ebenfalls von dort, wenngleich sie bis auf das rollende R perfekt Deutsch sprach. Imke betrachtete das Gesicht der Freundin und verglich es mit dem Musiker. Aber sie fand, dass sie sich nicht ähnlichsahen. Chiaras Gesicht war ebenmäßig, ihre Haut viel heller als Johnnys, die Augen der Freundin dunkel, während die des Musikers blaugrau waren. Nur eines hatten beide an sich: Sie verströmten gute Laune und nahmen auf Anhieb die Menschen für sich ein. Und sie logen.

Falls Johnny tatsächlich Chiaras Bruder war, warum hatte sie dann nie von ihm gesprochen und umgekehrt?

Imke war drauf und dran, Chiara ihre Lüge mit der Zeitschrift an den Kopf zu werfen und ihr den Job zu kündigen. Bis zum Fest waren es allerdings nur noch wenige Tage. Und ihr Verstand sagte, dass sie auf die Schnelle keine neue Aushilfe finden würde. Nach dem Fest würde sie beide nicht mehr wiedersehen.

Nach Feierabend wollte Chiara noch einen Spaziergang durch die Apfelfelder unternehmen.

»Komm doch mit. Die Stimmung vor dem Sonnenuntergang ist einzigartig«, machte sie es Imke schmackhaft.

Die Abendstimmung auf der Plantage kannte Imke nur zu gut. Das weiche Licht, die plötzliche Stille und der unverwechselbar süße Duft der Bäume ließ Sorgen und Probleme unwichtig erscheinen. Unter anderen Umständen hätte sie sich Chiaras Vorschlag angeschlossen und mit ihr den lauen Abend bei einem Spaziergang genossen. Aber die Enttäuschung saß wie ein Stachel in ihrem Herzen.

»Nein, ich bin wirklich hundemüde«, erwiderte Imke, die merkte, dass sie erst einmal für sich über Chiaras Lügen hinwegkommen musste, statt mit ihr spazieren zu gehen, als wäre nichts geschehen.

»Ach, schade.« Chiara schaute sie traurig an. »Vielleicht ein anderes Mal. Dann sehen wir uns morgen im Laden.«

Imke nickte. Chiara streifte sich ihre Strickjacke über und ging nach draußen.

Traurig sah Imke ihr nach.

# 28.

Auch der nächste Morgen wurde wieder hektisch. Nachdem Imke bis zur Frühstückspause den Quartalsabschluss bearbeitet hatte, war sie mit Jens über die Felder gefahren. Die meisten Blüten waren herabgefallen und bildeten einen weißen Teppich am Fuß der Bäume. Einige Früchte waren bereits sichtbar.

Als sie mit Jens wieder zum Gut zurückkehrte, eilte sie über das Pflaster zum nächsten Termin mit Okka in einer der Lagerhallen. Auf dem Weg dorthin wäre sie fast mit Daniel zusammengestoßen.

Bei seinem Anblick stiegen in ihr diesmal gemischte Gefühle auf. Noch immer empfand sie viel für ihn, aber sein Blick von gestern hatte sich in ihr Hirn gebrannt.

Mit einem »Moin moin, Daniel«, wollte sie an ihm vorübereilen, ohne ihn eines Blickes zu würdigen.

»Moin moin, Imke. Du scheinst ja wahnsinnig im Stress zu sein.«

»Ja, ja!«, rief sie, ohne sich umzudrehen, und steuerte auf die Lagerhalle zu.

»Bis später!«, rief er ihr hinterher. Sie spürte seinen forschenden Blick im Rücken.

Nachdem sie mit Okka das Aufräumen der Lagerhalle besprochen hatte, hetzte sie ins Büro. Ihr war die Idee gekommen, Freikarten für das Fest verlosen zu lassen, in der Hoffnung, noch mehr Besucher zu gewinnen. Dazu musste sie ein paar Telefonate führen. Auf dem Weg traf sie erneut auf Daniel, der mit ein paar anderen den Hof fegte.

Imke ärgerte sich über sich selbst, denn immer, wenn sie ihn sah, schnellte ihr Puls in die Höhe. Hoch erhobenen Hauptes eilte sie an ihm vorbei.

Die Telefonate verliefen schneller und reibungsloser als gedacht. Sie hätte nicht gedacht, dass ihre Idee auf so viel Anklang in den Läden Oosthusen stoßen würde. Sie freute sich über diesen Erfolg.

Als sie aus dem Bürofenster sah, fiel ihr Blick auf Daniel, der sich beim Fegen mit Okka amüsierte. Zum ersten Mal wurde ihr bewusst, wie gut ihre Plantagenarbeiterin aussah. Zwar besaß ihr Gesicht nicht so klassische Züge wie Chiaras, aber ihre vollen Lippen und die großen, dunklen Augen strahlten Sinnlichkeit aus. Daniel und Okka schienen einen Wettkampf im Schnellfegen auszutragen. Dabei lachten sie viel, was Imke mit einem Anflug von Eifersucht beobachtete.

Plötzlich schaute Daniel herüber, als hätte er gespürt, dass sie sie betrachtete. Rasch senkte Imke den Blick. *Es kann mir doch egal sein, mit wem er flirtet.* Leider schien ihr Herz das anders zu sehen. *Hast du schon vergessen, wie er deine Narben angesehen hat?*

Er war nicht besser als Sören.

Um sich abzulenken, suchte sie nach Steuerbelegen, bis es an der Tür klopfte.

»Herein!«, rief sie und klappte den Ordner, der vor ihr auf dem Schreibtisch lag, zu.

Sie sah auf und fand sich Daniel gegenüber. »Ja?«, fragte sie genervt.

»Ich habe dir eine Auflistung meiner gelieferten Artikel erstellt.« Er zog einen Zettel aus seiner Jeans und faltete ihn auseinander, bevor er ihn ihr hinhielt.

»Ich habe jetzt dafür keine Zeit und keinen Kopf«, wies sie ihn ab. Sie konnte seine Nähe nicht ertragen.

»Aber du weißt, dass ich die Abrechnung brauche. Und das Geld daraus zum Leben.« Er stützte sich mit beiden Armen auf der Schreibtischkante auf, beugte sich zu ihr vor und musterte sie eindringlich.

»Das weiß ich, aber ich habe jetzt keine Zeit dafür. Ich wäre dir dankbar, wenn du mich alleinlassen würdest.«

Ein undefinierbarer Ausdruck lag in seinen Augen.

Sie erhob sich und kramte in der Schublade. Mit einem Mal

war die Luft in dem kleinen Büro heiß und stickig. Immer wieder fasste sie nach ihrem Schal und zog ihn zurecht.

»Kann es sein, dass du mir aus dem Weg gehst?«, fragte er leise.

»Nein, ich habe nur viel zu tun«, log sie und spürte, wie ihr die Hitze ins Gesicht schoss.

»Imke, das mit dem Schal …«, begann er, aber sie stoppte ihn mit einer Geste. Sie wollte keine Ausrede hören.

»Ich habe zu arbeiten«, sagte sie bestimmt.

Wortlos wandte er sich um und verließ das Büro. Imke atmete auf, als er gegangen war.

Weil sie Daniel heute nicht noch einmal begegnen wollte, verbrachte sie den Nachmittag auf den Apfelfeldern. Denn sie waren das Aushängeschild der Plantage und bedurften intensiver Pflege. In den nächsten Tagen war Frost angekündigt. Stetig mussten die Temperaturen überwacht werden, um Frostschäden entgegenzuwirken. Erst Anfang dieses Jahres hatte Tom eine Frostberegnungsanlage gekauft. Jeder Baum musste kontrolliert werden. Eine stupide Arbeit. Imke war froh, als es an der Zeit war, zwei Gruppen zu führen, die Einblick in das arbeitsintensive Landleben haben wollten. Sie tauschte die Stiefel wieder gegen ihre Pumps und lief zum Gutshaus.

Mühevoll erklomm Imke die Treppe. Das hatte sie nun von ihrer Eitelkeit. Ihre Waden krampften, und die Fußsohlen brannten. Nur weil sie ihre bequemen Sneakers gegen Pumps getauscht hatte. Sie war es nicht gewöhnt, den ganzen Tag lang mit höheren Absätzen auf den Beinen zu sein. Unzählige Komplimente hatte sie bekommen. Ihr war nicht entgangen, dass Daniel sie anders anschaute als vorher.

Als Imke ihre Zimmertür öffnen wollte, hielt sie inne, denn die Tür nebenan stand einen Spaltbreit offen. Neugierig lief sie hin. Chiara war nicht da. Das wäre *die* Gelegenheit, etwas über sie und den Grund zu erfahren, weshalb sie gelogen hatte. Imke zögerte einzutreten, denn es regte sich ihr schlechtes Gewissen. Noch nie hatte sie jemandem hinterherspioniert. Sie kam sich wie eine Einbrecherin vor.

Ihr Herz hämmerte, als sie in Chiaras Zimmer schlich. Der Koffer stand vor dem Kleiderschrank. Darauf lag ihre Handtasche, die Imke als Erstes durchsuchte. Wenn sie sich doch nur nicht so mies dabei fühlen würde. Finn würde die Aktion wie so oft als Schadensbegrenzung bezeichnen, weil die Wahrheit ans Licht käme und sie womöglich vor Schlimmerem bewahren würde. Ihre Hände zitterten beim Aufziehen des Reißverschlusses. Außer Schminkutensilien und Chiaras Reisepass, den Imke vom Einstellungsgespräch kannte, fand sie nichts. Dass in der Brieftasche kein Presseausweis steckte, bestätigte nur ihre Lügen. Hastig verstaute Imke die einzelnen Gegenstände wieder. Sie lauschte auf jedes Geräusch, aus Furcht, die Freundin könnte jeden Moment zurückkommen. Imke schaute in den Koffer. Nichts. Danach schob sie ihn beiseite und öffnete die Schranktüren. Imke durchsuchte alle Taschen in Chiaras Jacken und Hosen, konnte aber außer ein paar Taschentüchern und einem Lippenstift nichts Auffälliges entdecken. Im Flur knarrten Dielen. Imke erstarrte, hielt die Luft an und blickte zur Tür. Im Geist legte sie sich die Worte zurecht, falls sie ertappt werden würde. Angespannt lauschte sie auf jedes noch so kleine Geräusch. Aber es blieb still. Anschließend lief Imke zur Wäschekommode hinüber und zog nacheinander die Schubladen auf. Zarte Spitzenunterwäsche aus Seide, BHs einer französischen Nobelmarke unterstrichen den Hauch von Luxus, der Chiara stets umgab. War Chiara vielleicht mit einem reichen Kerl verheiratet und getürmt? Was wusste sie schon über die Freundin? Nichts.

Imke schob die letzte Schublade zu. Sie war enttäuscht, nichts Brauchbares gefunden zu haben. Ihr Blick fiel erneut auf den Koffer. Einer inneren Eingebung folgend, hob sie ihn aufs Bett und öffnete den Schnappverschluss. Ihre Hände tasteten nach einem doppelten Boden und wurden tatsächlich fündig. An einer Stelle des Kofferdeckels war das Futter ausgebeult. Beim Abtasten entdeckte sie eine Spalte im Stoff. Vorsichtig hob sie das Futter an und bemerkte, dass eine Tasche darin eingearbeitet war. Imke fasste hinein. Ihre Finger fühlten einen Seidenstoff und etwas Hartes darin. Behutsam zog sie es hinaus. Es war ein Stück rosa Seide mit Spitze, wie von einem Abendkleid. Etwas Silbriges schimmerte hindurch. Imke schlug die Seide auf. Zum Vorschein kam ein silbernes Armband. Es war kurz und filigran. Das war doch nicht möglich! Ihre Hand zitterte, als sie das Armband betrachtete, das kein gewöhnliches war und sie an ihre Kindheit erinnerte.

## 29.

Gähnend goss Daniel sich eine Tasse frisch gebrühten Kaffees ein. Die letzte Nacht hatte er besonders unruhig geschlafen, war ständig aufgewacht. Die Sache mit Chiara ließ ihm keine Ruhe. Und vor allem Imke, die ihm scheinbar aus dem Weg ging. Sie hatte seine Reaktion völlig fehlinterpretiert.

*Selbst schuld!*

Er schaute zum Fenster hinaus, wo sich am dunklen Horizont ein gelber Streifen abzeichnete, der den Sonnenaufgang ankündigte. Zeit für seinen Rundgang.

Er warf sich die Jacke über und begab sich zu den Bienenstöcken.

Heute waren die Wetterbedingungen günstig, um die Frühtracht zu kontrollieren und deren Ernte zu bestimmen. Es war die erste Ernte in diesem Jahr, die sich aus dem Nektar früh blühender Pflanzen entwickelt hatte. Die Weidegründe seiner Völker befanden sich auf den Apfelfeldern. Aber auch die nahe gelegenen Rapsfelder und der Löwenzahn auf dem Grünstreifen waren von den Bienen heiß begehrt.

Im vergangenen Jahr war der frühe Honig besonders köstlich gewesen. Er war aromatisch mild gewesen. Doch Daniel wusste, dass das von Jahr zu Jahr wechselte. In diesem Jahr, da die Apfelbäume in überschwänglicher Pracht blühten, würde der Frühtrachthonig süßer als sonst ausfallen. Nicht nur die Geschmacksnuancen änderten sich jährlich, auch die Konsistenz, und er war gespannt, was ihn erwartete.

Nachdem er sich seine Imkerkleidung übergestreift hatte, öffnete er den ersten Stock und sah ins Innere. Anschließend nahm er die Bienenwachsplatten heraus, an denen die Bienen die Waben gebaut hatten. Vorsichtig fegte er mit einem Handbesen die emsigen Tierchen ab und deponierte die Waben in einer Transportkiste, um später mit einem Roller den Honig in Ruhe abziehen zu können. Doch irgendwie war Daniel nicht ganz bei der Sache, und die Arbeit dauerte dadurch viel länger als gewöhnlich. Immer wieder schweiften seine Gedanken zu Chiara ab.

Es war fast zwölf, als er die Kiste verschloss. Er wollte sie zu seinem Haus bringen, als er die Stimmen der Plantagenarbeiter vernahm, die auf dem Weg zur Mittagspause waren. Unter ihnen befand sich auch Okka. Sofort hatte sie ihn entdeckt und kam auf ihn zu.

»Hallo, Daniel. Willst du dich uns in der Mittagspause anschließen?«

»Nein, heute nicht.« Er hob die Transportkiste hoch.

»Schon bei der Ernte?«

»Ja, die Waben sind eher erntereif als die Apfelbäume«, scherzte er.

Okka lachte.

»Sag mal, steht dein Angebot noch? Ich meine, was den Computer betrifft?«

Jetzt strahlte Okka. »Na logo. Du kannst jederzeit an den Rechner, denn durch die Festvorbereitungen komme ich gar nicht dazu, an meinem Blog zu schreiben.«

»Wäre es vielleicht heute Nachmittag möglich? So gegen fünf? Dann wäre ich mit der Ernte fertig.«

Okka schien zu überlegen und nickte dann.

»Ja, klar. Warte, hier ist der Schlüssel.« Sie zog ihn aus der Hosentasche und warf ihn ihm zu.

Die Sonne schien warm auf Daniel herab, als er sich am Nachmittag zu Okkas Wohnung in dem kleinen Siedlungshaus begab, das hinter den Apfelfeldern lag. Still war es, als würden die Apfelbäume den Lärm der Landstraße entlang der Elbe ausschließen. Er genoss den Spaziergang durch die Natur, beobachtete die Greifvögel am

Himmel, die auf Beutesuche über den Feldern ihre Kreise zogen. An einigen Bäumen hingen bereits winzige, grüne Äpfelchen.

Nach einer knappen halben Stunde Fußmarsch hatte er die Apfelfelder hinter sich gelassen. Vor ihm lagen die alten Siedlungshäuser am Rand einer Wiese und von Linden beschattet. Seit der Zeit von Toms Großvater waren hier die saisonalen Erntehelfer einquartiert worden. Dann hatten die Häuser eine Weile leergestanden, bis Tom sie vor drei Jahren hatte umbauen lassen. Tom hatte ihm damals angeboten, in eines der Häuser zu ziehen. Aber Daniel hatte sich in das kleine Fachwerkhaus verliebt, das vom Gutsgeschehen abseits lag. Dort war genügend Platz für seine Bienenstöcke und die Herstellung seines Honigs.

Okkas Wohnung lag im Erdgeschoss. Im gleichen Haus unter dem Reetdach wohnte Jens. Tom hatte die Gefache mit roten Klinkern verkleiden lassen und die morschen Holzfenster gegen Kunststoff mit Sprossen austauschen lassen.

Nur die Klöntür durfte bleiben und bekam bei der Renovierung einen blauen Farbanstrich. Daniel schloss die Tür auf trat ein. Bei einem Besuch von Jens im vergangenen Winter hatte Okka stolz ihre Wohnung präsentiert, eine etwa vierzig Quadratmeter große Singlewohnung, die aus zwei Zimmern, einem winzigen Bad und einer Küchenzeile bestand. Sie war ihm im Gedächtnis geblieben, weil sie stringent, aber liebevoll in blau und weiß eingerichtet gewesen war. Im Wohnzimmer stand auf einem schmalen, weißen Schreibtisch der Computer. Daniel nahm auf dem Hocker davor Platz. Der Hocker besaß nur drei Beine und war recht unbequem. Aber genau das war Daniel recht, weil er das lange Sitzen vor dem Rechner verhinderte.

Kaum dass sein Blick auf den Computer fiel, spürte er wieder diesen Sog, der von ihm ausging und seine Hände zittern ließ. *Er musste sich kontrollieren.* Einen Moment lang schloss er die Augen und atmete tief ein und aus, wie er es bei der Therapie gelernt hatte, bis das Zittern aufhörte. Danach startete er den PC.

Seine Finger flogen über die Tastatur und tippten die Suchbegriffe ein, die ihm zu Chiara einfielen.

Gespannt wartete er auf die Ergebnisse. Es dauerte eine Weile, bis sie auf dem Bildschirm erschienen.

Obenauf fand er den Eintrag zur geschlossenen Homepage des Wein- und Fruchthandels Blaire. Danach folgten unzählige Artikel aus verschiedenen Zeitungen.

Daniel öffnete den ersten Artikel, der über die fünfköpfige Familie Blaire in Newark, New Jersey berichtete. Auch ein Foto war dabei, jedoch nur von dem Ehepaar George und Mary Blaire. George war untersetzt mit grauem Haarkranz, aber einem netten Lächeln. Mary Blaire hingegen war dunkelhaarig und besaß ein schmales Gesicht mit spitzem Kinn, das sie verhärmt aussehen ließ. Ein kurzer Absatz lobte die beiden für ihr Vertriebskonzept. Das brachte ihn nicht voran. Daniel scrollte die Seite nach unten und öffnete einen neuen Artikel. Erschüttert las Daniel von einem weiteren Schicksalsschlag Mary Blaires. Neun Jahre vor dem Tod ihres Mannes George war der jüngste Sohn 2001 von einem Wagen angefahren worden und seitdem schwerbehindert. Die Familie besaß sein Mitgefühl. Von welchem Schicksalsschlag war Mary Blaire noch getroffen worden? In einem weiteren Artikel derselben Zeitung wurde erwähnt, dass Mary Blaire in den Neunzigerjahren schon eines ihrer Kinder auf tragische Weise verloren hatte. Das war wirklich bitter. Leider waren die Umstände nicht näher beschrieben, was ihn ebenfalls nicht weiterbrachte.

Daniel suchte weiter und stieß auf die Todesanzeige George Blaires, der nach einer schweren Krankheit im Jahr 2010 verstorben war. Ein weiterer Zeitungsausschnitt widmete sich der Witwe Mary Blaire, die den Wein- und Fruchthandel nach seinem Tod weitergeführt hatte.

Seufzend schüttelte Daniel den Kopf. Wenn er die nachfolgenden Ergebnisse alle durchgehen wollte, müsste er noch die ganze Nacht hier verbringen.

Es galt, selektiv vorzugehen. Imke verließ sich immer auf ihr Gefühl. Vielleicht sollte er das auch einmal probieren? Daniel tippte auf einen Artikel der New Jersey's Courier News.

*Das Ende des Wein- und Fruchthandels Blaire* lautete die Überschrift.

Gespannt las Daniel weiter.

*Newark, 19. Dezember 2018*
*Nach dem Tod ihres Gatten George hat Mary Blaire mit Unterstützung ihrer Tochter Chiara das Unternehmen erfolgreich weitergeführt. Am vergangenen Dienstag jedoch ist die Unternehmerin unerwartet gestorben. Der Wein- und Fruchthandel wird von den Erben nicht weitergeführt. Ein derber Schlag für die Region.*

Chiaras Mutter war also im vergangenen Jahr gestorben. War sie deshalb nach Deutschland gekommen? Ihm fiel auf, dass Chiara nie über ihre Familie gesprochen hatte. Versuchte sie die Schicksalsschläge vielleicht hier in einer fremden Umgebung zu vergessen? Dennoch fand er es komisch, dass sie nie ihre Geschwister erwähnt hatte. Weshalb wollte Chiara das gut gehende Unternehmen der Eltern nicht übernehmen? Daniel hatte gehofft, Antworten auf seine vielen Fragen zu finden. Stattdessen stellte sich ihm immer mehr neue Fragen.

Er suchte im Internet nach Familienfotos der Blaires, fand aber keines. Nach einer gefühlten Ewigkeit stieß er auf einen Bericht über das Wein- und Früchtefest auf dem Anwesen der Blaires außerhalb von Newark. Es wurde als sehr gelungenes Fest beschrieben, dessen Attraktionen kalifornische Spitzenweine, eine traditionelle Apfelsorte, doch vor allem ein siebzehnjähriger Musiker gewesen waren. Erst in einem anderen Bericht wurde der Name des Musikers genannt: Johnny B. Leider fand Daniel kein Foto von ihm. Bei dem B musste er sofort an Blaire denken. Es war doch naheliegend, dass der Sohn beim Fest auftrat. Bei der weiteren Suche konzentrierte er sich deshalb auf den Namen des Musikers, und diesmal wurde er tatsächlich fündig. In einer Musikfachschrift hieß es, dass Johnny B. der älteste Sohn der Blaires, Chiaras Bruder war. Anhand des Fotos war Daniel klar, dass Chiara sich mit ihm in Stade getroffen hatte. Ob er der Fahrer des dunkelblauen Chryslers war?

Daniel surfte weiter und erfuhr immer mehr über die Blaires. So stammte Mary Blaire aus Europa und Chiara aus einer vorhergehenden Beziehung Marys. Das erklärte natürlich auch, weshalb Johnny und Chiara sich nicht allzu sehr ähnelten.

Über seinen Nachforschungen vergaß Daniel die Zeit. Seine Augen brannten, sein Nacken war steif, und er war aufgekratzt wie ein Kind. Es war gefährlich zu surfen. Er musste damit aufhören. Sofort. Aber seine Hände schienen an der Tastatur festzukleben.

Im selben Augenblick legte sich eine Hand auf seine Schulter. Daniel zuckte zusammen. Okka stand neben ihm. Er war so auf die Suche konzentriert gewesen, dass er sie nicht gehört hatte. Er schaute auf die Uhr. Fast acht. Längst wollte er zu Hause sein. Zu spät.

»Daniel, du bist ja noch hier!«, rief Okka erfreut.

»Tut mir leid, ich wollte gerade gehen«, sagte er und stand auf.

»Macht doch nichts. Dann muss ich meinen Tee jetzt nicht allein trinken.« Sie warf ihre Handtasche aufs Sofa und lief zur Küchenzeile.

Daniel ärgerte sich, dass er länger als geplant vor dem Rechner verbracht hatte. Jetzt kam er nicht drumherum, Okka beim Teetrinken Gesellschaft zu leisten.

Außerdem musste er nun seine Nachforschungen zum zweiten Mal abrupt beenden.

»Aber nur auf eine Tasse«, sagte er, weil er Okka nicht verärgern wollte.

»Dort drüben bitte.« Okka deutete auf den quadratischen, weißen Tisch mit der blau-weiß karierten Tischdecke. »Ich setze nur schnell das Wasser auf.«

Daniel folgte ihrer Aufforderung und sank auf einen der beiden Stühle, während Okka einen metallenen Teekessel mit Wasser füllte und auf den Gasherd setzte. Schließlich schüttete sie Tee in zwei Teebeutel.

»Ich habe leider keine Honighörnchen anzubieten. Aber die Kekse hier sind auch lecker«, sagte sie und schob ihm die Packung hin. Daniels Gedanken waren noch immer bei den Blaires. Anstatt mit Okka zu plaudern, hätte er lieber weiter nachgeforscht. Er starrte auf die Tischdecke und zog mit dem Finger die Karos nach, während er über die Informationen zu den Blaires nachgrübelte.

»Du bist heute aber sehr nachdenklich. Rührst nicht mal die Kekse an. Als hättest du einen Geist gesehen«, fuhr sie fort.

»So was Ähnliches«, antwortete er ausweichend.

»In meinem Rechner?« Sie grinste.

Daniel vermisste Tom jetzt besonders, weil er in diesem Augenblick den Wunsch verspürte, seine Gedanken mit jemand Vertrautem zu teilen.

»Wenn du reden magst, ich bin für dich da und höre zu. Keine Angst, ich behalte alles für mich.«

Okka schien hellseherische Fähigkeiten zu haben. Er hatte sie als selbstbewusst und loyal kennengelernt. Aus Gerede hatte sie sich immer herausgehalten. Also gab er sich einen Ruck und erzählte ihr von seinen Vermutungen bezüglich Chiara und den Nachforschungen am Rechner. Okka hörte ihm aufmerksam zu, ohne ihn zu unterbrechen. Nachdem er geendet hatte, sah sie ihn mit ernster Miene an.

»Zeig mir doch mal das Bild von Chiara und diesem Bruder, diesem Musiker.« Sie knabberte nachdenklich an der Unterlippe.

»Neulich habe ich einen jungen Mann mit einer Gitarre bei Imke gesehen. Sie sind zusammen aus dem Gutshaus gekommen. Das ist bestimmt der, der auf dem Apfelblütenfest spielen soll. Er hatte einen amerikanischen Akzent. Vielleicht ist das ein- und derselbe?«

Daniel war enttäuscht, dass Imke ihm nichts davon erzählt hatte. Aber seitdem er ihre Narben ungewollt gesehen hatte, war sie wie ausgewechselt. Diese Distanz zwischen ihnen quälte ihn.

Wortlos stand er auf und ging zum Rechner zurück. Dieses Mal zitterten zu seiner Erleichterung seine Hände nicht mehr.

Nach zwei, drei Klicks prangte Johnnys Foto auf dem Bildschirm. Okka wollte gerade etwas sagen, als der Teekessel pfiff.

»Moment bitte.« Sie stand auf, hängte die Teebeutel in die Tassen und goss auf. Dann lief sie um den Tisch herum und beugte sich zu Daniel herunter. Sie kniff die Augen zusammen und nickte.

»Ja, das ist er. Ich erinnere mich genau. Der war bei Imke. Er hatte seine Gitarre über der Schulter. Der Kerl hat Imke regelrecht mit den Augen verschlungen.«

Daniel verspürte einen Anflug von Eifersucht. Der Gedanke wäre ihm unerträglich, Imke könnte an einem anderen Mann Gefallen finden.

»Bist du dir sicher? Ich meine, dass er es wirklich ist?«, fragte er rau.

»Ja, bin ich. Ich erkenne ihn an seinem Lächeln und der bunten Strickmütze. Er soll auf dem Fest spielen. Hundertpro.«

»Hm, hm«, presste Daniel hervor und setzte sich wieder zurück an den Tisch. Am liebsten wäre er jetzt aus dem Haus gestürmt, um seine Eifersucht aus dem Kopf zu kriegen.

Das Aroma von Erdbeeren drang in seine Nase, und erst jetzt merkte er, dass er Durst hatte. Während er Sahne in den Tee rührte und den Teebeutel herauszog, sah er vor seinem geistigen Auge Imke, wie sie in den Armen dieses Johnnys lag. Seine Hand ballte sich zur Faust, und erst mit Verzögerung merkte er, dass er sich verbrüht hatte.

»Du kannst den Teebeutel auf den Teller legen, du hast ihn genug ausgequetscht«, sagte Okka grinsend und deutete auf seine Hand, aus der Flüssigkeit rann.

»Oh, ja, natürlich.« Er legte den Teebeutel auf den Teller und wischte sich mit einer Serviette die Hand ab.

»Wenn die beiden Geschwister sich gut verstehen, sind sie vielleicht gemeinsam nach Europa gekommen«, mutmaßte Okka und schlürfte ihren Tee.

»Aber warum hat Chiara nie ihren Bruder erwähnt? Und warum fragt sie die Kunden nach den Matthiesens aus? Da ist was faul, das spüre ich.«

Okka zuckte mit den Achseln. »Vielleicht gibt es für alles eine harmlose Erklärung. Ich muss gestehen, dass ich Chiara ganz gern mag, weil sie sehr hilfsbereit ist. Ich kann mir einfach nicht vorstellen, dass sie unlautere Absichten hegt, noch dazu, wo sie sich mit Imke so gut versteht. Wenn du Zweifel an Chiara hast, solltest du mit Imke offen darüber reden.«

Okkas Vorschlag war zwar löblich, aber für ihn wenig erfolgversprechend.

»Du hast doch selbst gemerkt, wie sehr sie von Chiara eingenommen ist. Die beiden benehmen sich schon fast wie siamesische Zwillinge. Sie würde mir gar nicht zuhören.«

»Und wenn du Chiara im Beisein von Imke auf ihre Familie ansprichst? Dann wird sie sich vielleicht herausreden. Imke ist clever. Sie wird sofort erkennen, wenn sie lügt.«

Dieser Vorschlag Okkas war überlegenswert.

»Vielleicht hast du recht. Ich lasse mir das noch mal durch den Kopf gehen.«

Nachdem sie ein wenig über die Arbeit geplaudert hatten, war es Zeit für Daniel, sich zu verabschieden.

Als er aus Okkas Haus trat, war es bereits dunkel.

»Du kannst gern hierbleiben. Mein Sofa ist breit genug«, bot ihm die Friesin an. Vielleicht wäre er geblieben, wenn er nicht ihren Blick aufgefangen hätte, der ihm verriet, dass sie sich von seiner Gesellschaft mehr versprach, als er zu geben bereit war.

»Danke, das ist nett, aber das geht leider nicht. Ich erwarte noch einen Anruf«, log er.

»Von Tom?«, fragte sie. Deutlich spürte er ihre Enttäuschung. Aber es war besser so.

Er nickte und schaute hastig weg.

»Okay, du kannst das Fahrrad meines Bruders nehmen, dann bist du schneller zu Hause«, bot Okka ihm an. »Es steht im Schuppen. Du kannst es morgen auf dem Gut lassen. Ich fahre damit zurück.« Sie zeigte auf das etwas baufällige Nebengebäude rechts vom Haus.

»Danke für alles.« Daniel hob die Hand zum Gruß, ging zum Schuppen hinüber und schwang sich auf das Rad. Er radelte an den Apfelfeldern entlang zu seinem Haus, am Himmel die blassgelbe Mondsichel und begleitet vom Gezirp der Grillen.

Kräftig trat er in die Pedale.

Kaum hatte Daniel sein Haus betreten, klingelte das Telefon. Zu dieser späten Zeit rief nur einer an. Er freute sich darauf, endlich die Stimme des Freundes zu hören.

»Hallo, Tom, dachte mir doch, dass du es nur sein kannst«, meldete er sich am Telefon.

»Mensch, ich habe schon den ganzen Nachmittag versucht, dich zu erreichen«, sagte Tom. »Wo hast du denn gesteckt?«

»Ich bin bei Okka gewesen«, antwortete Daniel.

»Aha.« Tom klang amüsiert. »Läuft da etwa was zwischen euch? Ich konnte dir schon manchmal anmerken, dass du mit deinen Gedanken bei jemand anderem warst.«

*Merkt mir man das wirklich an?* Gut, dass Tom gerade nicht sehen konnte, wie rot er geworden war.

»Wie kommst du nur darauf, ich könnte was mit Okka anfangen? Ich finde sie zwar sehr nett, aber nicht mehr«, entgegnete Daniel und hoffte, dass sein Freund das Thema fallen lassen würde.

»Aber eine Frau gibt es schon, für die du dich interessierst?«, bohrte Tom.

»Vielleicht«, antwortete Daniel ausweichend.

»Komm schon, wir haben uns doch immer alles anvertraut«, sagte Tom.

*Wenn du wüsstest …*

»Da ist nichts spruchreif. Wirklich«, beteuerte Daniel und schickte ein Stoßgebet zum Himmel, Tom möge aufgeben, mehr zu erfahren.

»Egal, erzähl mir lieber, wie es dir geht. Und Immie natürlich.«

Daniel war erleichtert, dass sein Gebet erhört worden war.

»Alles in bester Ordnung, brauchst dir keine Sorgen zu machen. Imke managt wie ein Profi die Festvorbereitungen. Mit Chiara.«

»Ja, das habe ich schon gehört. Kommst du mit der Neuen klar?«

Daniel hatte Toms Sensibilität unterschätzt.

»Ja … schon …«

»Probleme?«

Daniel war klar, dass Tom sofort nach Hause zurückkehren würde, wenn er sich um die kleine Schwester oder das Gut sorgte.

»Nein, keine. Imke und die Neue sind bereits Freundinnen. Aber …«

»Nun lass dir doch nicht jedes Wort aus der Nase ziehen. Da ist doch was, das spüre ich.«

»Ich habe bei Chiara ein komisches Gefühl, das ich dir nicht erklären kann.«

»Was meinst du?«, fragte Tom nach.

»Ich glaube, sie verbirgt etwas vor uns. Etwas, das mit deiner Familie zu tun hat. Sagt dir der Name Summers vielleicht etwas? Oder Blaire?«

»Summers? Blaire?«, fragte Tom. »Nein, die beiden Namen sagen mir nichts. Was ist mit denen?«

»Kannst du dich vielleicht an Erntehelfer erinnern, die irgendwann nach Amerika ausgewandert sind?«

»Nein, nicht dass ich wüsste. Worauf willst du hinaus?«

Da erzählte Daniel seinem Freund von Chiaras seltsamem Benehmen. Auch dass sie die Kunden nach der Familie des Freundes ausfragte.

»Vielleicht ist sie nur neugierig. Ich glaube, Imke hatte Maike gegenüber erwähnt, dass Chiara bei einer Zeitung arbeitet.«

»Das habe ich auch erst gedacht. Aber da ist mehr. Ich hab nur keine Ahnung, was. Ich bin mir sicher, dass sie auch im Garten deines Vaters gewesen ist.«

Tom schwieg eine Weile. Dann sagte er nachdenklich: »Behalte sie bitte im Auge. Auch Imkes wegen. Wenn dir etwas verdächtig vorkommt, dann zögere nicht, dich an die Polizei zu wenden.«

»Ja, das habe ich auch schon überlegt. Aber ich wollte so kurz vor dem Fest keinen Aufriss machen.«

»Ach, da fällt mir gerade noch was ein. Schau doch mal das Geschäftsarchiv durch, ob du einen der Namen darin findest. Vielleicht in den Listen aller Erntehelfer. Vielleicht bringt dich das weiter.«

»Danke, gut, das mache ich. Und wie sieht es bei euch mit der Recherche aus?«

Tom druckste herum. »Schleppend, nicht gerade zufriedenstellend. Aber wir haben das einstige Kindermädchen ausfindigmachen können, das die Kleine auf den Reisen betreut hat. Wir treffen uns morgen mit ihr. Dann werden wir vielleicht erfahren, ob es sich bei dem Mädchen tatsächlich im Caroline gehandelt hat.«

Tom klang hoffnungsvoll. Daniel wünschte dem Freund und der ganzen Familie, dass sie endlich ihren inneren Frieden finden würden, und das konnten sie nur, wenn sie Carolines Schicksal endlich kannten.

»Ich drücke euch die Daumen und denke an euch. Wann kehrt ihr nach Hause zurück?«

»Wir wollten eigentlich übermorgen zum Apfelblütenfest wieder zurück sein, ich kann aber nicht versprechen, ob das pünktlich klappt. Bitte kein Wort zu Immie. Sie wäre sehr enttäuscht, wenn wir nicht von Anfang an dabei sind.«

»Versprochen.«

»Du, ich muss jetzt Schluss machen. Wir müssen morgen früh raus. Drück uns die Daumen, dass wir endlich brauchbare Informationen bekommen. Grüß Immie herzlich von mir. Wir vermissen ihre Honighörnchen und Apfeltaschen«, sagte Tom zum Abschied.

»Mach ich«, antwortete Daniel, bevor es in der Leitung klickte.

Nach dem Telefonat ging Daniel zu Bett. Doch er konnte lange nicht einschlafen, sondern grübelte über Chiara nach. Er nahm sich vor, zunächst im Archiv zu suchen.

## 30.

Imke traute ihren Augen nicht. Vorsichtig nahm sie das Armband in die Hand. An den filigranen Silbergliedern waren vier Apfelanhänger befestigt. Jede Tochter eines Apfelbauern bekam es zum ersten Geburtstag geschenkt. Die vier Äpfel symbolisierten die vier Jahreszeiten, die das Leben der Apfelbauern bestimmten. Das Armband zum ersten Geburtstag gehörte seit Generationen zur Oosthusener Tradition und wurde noch heute gepflegt. Der Schmuck war allen Apfelbauerfamilien heilig. Auch Imke hatte ein solches Armband bekommen und Caroline damals sicher ebenfalls. Was hatte Chiara mit den Apfelbauern dieser Region zu tun? Die Freundin hatte erzählt, dass ihre Großeltern in der Nähe auf einer Apfelplantage gearbeitet hatten. Wie kam Chiara an das Schmuckstück? Hatte sie es womöglich gestohlen? Nein, das traute sie der Freundin nicht zu. War es eine Imitation? Sie hatte schon einmal Ähnliches im Internet gesehen.

Imke suchte auf dem Armband den Silberstempel und wurde fündig. Neben dem Silberzeichen befand sich das Emblem des Jorker Juweliers, der auch ihr eigenes und viele der anderen Oosthusener Apfelbauerntöchter gefertigt hatte. In ihrem eigenen Armband war ihr Name graviert. Bei diesem hier fehlte er. Als Imke es sich näher besah, erkannte sie, dass der Name entfernt worden war. Doch weshalb? War vielleicht Chiara dafür verantwortlich? Mehr denn je war Imke davon überzeugt, dass Chiara nicht nur diese Gegend, sondern auch Einzelheiten über ihre Familie kannte.

Die gleiche Gesteckdekoration, das Armband ... das konnte doch kein Zufall mehr sein. Während sie darüber sinnierte, hörte sie unten die Haustür klappen. Hastig wickelte Imke das Armband wieder in den Stoff und stopfte beides ins Futter zurück. Dann eilte sie auf Zehenspitzen aus dem Gästezimmer und verschwand in ihrem eigenen.

Sie hielt den Atem an, während sie sich an die Tür lehnte und lauschte. Chiara stieg die Treppe hoch. Kurz war Imke versucht, ihr Zimmer zu verlassen, um die Freundin zur Rede zu stellen. Aber sie musste erst ihre Gedanken ordnen.

In der Nacht fand Imke erneut keinen Schlaf. Unruhig wälzte sie sich hin und her. Vielleicht fand sie einen Zusammenhang zwischen dem Armband und dem Foto mit dem Gesteck, das sie schon vor Tagen hatte suchen wollen. Ihre Mutter hatte fast alle Aufnahmen auf der Rückseite mit Notizen versehen. Da die Fotos nicht in der Vitrine gewesen waren, konnten sie nur im Archiv oder in Pias Atelier zu finden sein. Imke erinnerte sich, dass Pia einen neuen Kalender gestalten wollte und Tom in ihrem Beisein nach alten Fotos gefragt hatte. Imke beschloss, zuerst im Atelier nachzusehen.

Jetzt war die perfekte Gelegenheit dazu, niemand würde sie dabei beobachten.

Sie verließ das Bett, streifte sich Hose und Pullover über und schlüpfte in ihre Pantoffeln. Auf dem Weg zur Tür griff sie nach der Taschenlampe. Im Flur lauschte sie an Chiaras Tür. Außer dem gleichmäßigen Atemrhythmus herrschte Stille.

Während Imke die Treppe zu Pias Atelier im Dachboden hochstieg, musste sie unentwegt an Chiara denken. Sie wollte Chiara vertrauen, aber nach den letzten Tagen konnte sie es nicht mehr. Die Stufen knarrten unter ihren Füßen. Immer wieder blieb Imke stehen und lauschte. Sie hatte Glück, es blieb still. Unbehelligt erreichte sie Pias Atelier.

Es war Imke unangenehm, im Atelier ihrer Schwägerin zu suchen. Doch als sie den Turm aus Kartons neben dem Regal entdeckte, vergaß sie ihre Scheu. Auf den Kartondeckeln waren die Jahreszahlen vermerkt. Besonders interessant waren die aus ihrer Kindheit. Nach kurzer Überlegung zog sie die Kartons aus den

Jahren 1999 bis 2005 aus dem Stapel heraus. Ein Karton enthielt jeweils drei Festjahre. Sie setzte sich auf den Teppichboden, hob den Deckel des ersten Kartons an und pustete den Staub fort. Die Fotos steckten in transparenten Hüllen und waren durch Karteikarten nach den drei wichtigen Festen im Jahr getrennt: Altländer Blütenfest (Apfelblütenfest), Apfelfest und Erntedankfest.

Imke blätterte Foto für Foto durch. Auf mancher Rückseite hatte ihre Mutter handschriftlich Namen und die dazugehörigen Ereignisse vermerkt. Beim näheren Betrachten konnte sie sich an so manche Gesichter und Begebenheiten wieder erinnern. Leider befand sich das gesuchte Foto nicht darunter. Nachdem sie mit dem ersten Karton fertig war, nahm sie sich den zweiten vor.

Es war bereits weit nach Mitternacht, als sie alle Kartons durchgeflöht hatte. Leider noch immer ohne Ergebnis. *Wenn mir doch nur einfallen würde, wann das Foto aufgenommen worden ist!*

Das Foto musste ihr aus einem besonderen Grund im Gedächtnis geblieben sein. Ein bestimmter Tag, ein Ereignis … So sehr sie sich auch anstrengte, es wollte ihr einfach nicht einfallen. In ihrem Kopf schwirrten Jahreszahlen.

Imke rieb sich den verspannten Nacken und gähnte oft. Hinter den Schläfen begann es schmerzhaft zu pochen. Sie war todmüde und brauchte den Schlaf, denn morgen früh ging es wieder raus, und es galt bis übermorgen, dem Festtag durchzuhalten. Seufzend stellte sie die Kartons wieder an den Platz zurück, erhob sich und reckte ihre steifen Glieder. An der Ateliertür fiel ihr Blick auf den letzten Kalender ihrer Schwägerin mit dem Titel *Gutskinder*. Er enthielt Aufnahmen aus verschiedenen Jahrzehnten. Auch aus ihrer Kindheit. Plötzlich sah sie konkrete Bilder vor Augen. Von einer großen Apfeltarte auf dem Tisch, die mit Kerzen bestückt war. Von ihrem vierten Geburtstag, den sie mit Kindern anderer Gutsfamilien nachgefeiert hatte. Wegen Windpocken hatte sie ihn auf die Woche nach dem Apfelblütenfest verschieben müssen. Rotz und Wasser hatte sie damals geheult, weil sie am Geburtstag nicht feiern durfte, sondern das Bett hatte hüten müssen. Die Nachfeier hatte dann im Garten des Gutshauses stattgefunden, der noch vom Apfelblütenfest mit Lampions, selbst gebastelten Drachen und Apfelgirlanden geschmückt gewesen war. Auf den Tischen hatten noch die von ihrer Mutter gefertigten Gestecke gestanden. Sie hatte also im falschen Jahr gesucht.

Sofort kehrte Imke zu den Kartons zurück und zog den mit der Jahreszahl 1998 hervor.

Ihr Herz klopfte vor Aufregung, als sie vorsichtig den Deckel anhob. Die Fotos der Feste aus diesem Jahr waren hinten eingeordnet, beginnend mit dem Apfelblütenfest. Imke schob ihre Finger zwischen die Hüllen und begann, sie durchzusehen. So manche Aufnahme brachte sie zum Schmunzeln. Willi mit den Segelohren, der Sohn eines benachbarten Apfelhofes, oder Elisa, ihre Freundin, die ins Planschbecken gefallen war. Lächelnd blätterte Imke weiter. Immer tiefer tauchte sie in die Vergangenheit ein. Sie hatte die Fotos fast durch, als sie plötzlich innehielt. Da war es.

Behutsam zog sie das Foto heraus und betrachtete es. An der Geburtstagstafel hatten ein Dutzend strahlender Kinder Platz genommen. Auf dem Tisch standen neben zwei Obsttorten auch zwei Gestecke. Es waren die, die ihre Mutter einst als misslungen bezeichnet hatte. Imke fand das nicht. Aber ihre Mutter war mit der eigenen Arbeit nie zufrieden gewesen und hielt sich bescheiden im Hintergrund. Im Gegensatz zur jüngeren Schwester Mariella, die gern im Mittelpunkt gestanden hatte.

Imkes Augen weiteten sich. *Das gibt's doch nicht!* Das Gesteck auf dem alten Foto glich Chiaras wie ein Ei dem anderen. Imke wusste, dass Tante Mariella es gefertigt hatte. Sie zog ihr Handy aus der Tasche und verglich die Aufnahme von Chiaras Arbeit sicherheitshalber mit dem alten Foto. Das war doch kein Zufall mehr. Oder doch? Schließlich konnte Chiara ihrer viel zu früh verstorbenen Tante Mariella nie begegnet sein. Selbst wenn ihre Tante noch leben würde, dann in Europa und nicht in den Vereinigten Staaten. Chiara hatte erzählt, dass sie das Anfertigen von Gestecken durch ihre Mutter gelernt hatte, und auch von ihren Großeltern, die auf einem Hof im Alten Land als Erntehelfer gearbeitet hatten. Waren sie vielleicht doch auf dem Familiengut gewesen? Dann wäre eine Begegnung mit ihrer Mutter oder Tante Mariella wahrscheinlicher. Vielleicht hatten Chiaras Großeltern eines der Feste besucht. Sie konnte noch so lange grübeln, wie sie wollte, eine Antwort bekam sie leider nicht. Mit zittrigen Fingern drehte Imke das Foto in der Hülle um.

*Mein erster Versuch nach Mariellas Vorlage* stand dort in der unverkennbar schwungvollen Handschrift ihrer Mutter auf der Rückseite geschrieben. Imke konnte sich noch gut an den Tag erinnern, an dem ihre Mutter eifrig Tante Mariellas Gestecke nachfertigte. Neben ihr lag eine Anleitung der Tante, in der jeder Schritt erklärt war.

Imke war noch ein Baby gewesen, als Tante Mariella das Gut für immer verlassen hatte. Alles, was sie über die Tante wusste, kannte sie nur aus Erzählungen ihrer Eltern. Die hatten stets von Tante Mariellas Geschicklichkeit und Kreativität geschwärmt. Dem Handwerk gehörte ihre Leidenschaft. Tante Mariella hatte gestrickt, gestickt und getöpfert. Neigungen, die ihre Mutter nie geteilt hatte.

Imke blätterte die Fotos weiter durch. Die abgelichteten Gestecke wurden dank der Tante von Jahr zu Jahr aufwendiger, richtige Kunstwerke. Mit Perlen und Tüllband bestückt oder mit Äpfeln aus selbstgebranntem Ton. Chiaras Stücke wiesen eindeutig den gleichen Stil auf.

Jetzt glaubte Imke nicht mehr an Zufall. Hatte Chiaras Mutter Tante Mariella gekannt? Eine andere Erklärung hatte Imke nicht parat. Sie zog ihr Handy aus der Hosentasche und fotografierte das Bild von beiden Seiten, bevor sie es wieder in den Karton zurücksteckte. Den Deckel wieder übergestülpt, setzte sie den Karton wieder zu den anderen.

Doch Imke bekam den Gedanken nicht aus dem Kopf, ihre Tante könnte noch leben. *Unmöglich!* Tante Mariella war in Bukarest gestorben.

Das hatte in der Sterbeurkunde gestanden. Sie selbst war dabei gewesen, als die Fremde ihren Eltern eine Kopie der Urkunde ausgehändigt hatte.

Immer weiter grübelte Imke über Chiara nach und kam zu der Erkenntnis, dass ihre Freundin scheinbar mehr über ihre Familie wusste, als sie vorgab.

Imke war zum Weinen zumute, weil Chiara nicht ehrlich zu ihr gewesen war. Dabei hatte sie gehofft, endlich eine Freundin in ihr gefunden zu haben. Ihre Freude am Apfelblütenfest bekam einen gewaltigen Dämpfer. Sie musste mit Chiara darüber reden. Gleich morgen. Doch dann bremste sie sich gleich selbst aus, denn Morgen war Freitag, der letzte Tag vor dem Fest. Da würde es besonders hektisch zugehen, und sie musste sich konzentrieren, dass nichts schiefging. Außerdem wollte sie das Fest genießen.

Erschöpft und traurig schleppte Imke sich zurück in ihr Zimmer. Dort sank sie aufs Bett und schlief sofort ein.

Lautes Klopfen ließ Imke aus dem Schlaf fahren. Sie war benommen und brauchte einen Augenblick, bis sie zu sich kam.

»Imke, bist du fertig?«

Imke stöhnte innerlich auf, als sie Chiaras Stimme hörte.

»Brauche noch zehn Minuten!«, rief sie zurück und versuchte, normal zu klingen.

»Okay, ich warte unten in der Küche auf dich!«, rief Chiara durch die Tür. Dann hörte Imke, wie sich die Freundin entfernte. Rasch sprang sie aus dem Bett und lief ins Bad. Übermorgen war schon das Fest. Nach wenigen Minuten war sie fix und fertig angezogen, bereit, sich in das hektische Treiben auf dem Gut zu stürzen.

Ihre Enttäuschung über Chiara wurde von praktischen Gedanken zur Festvorbereitung verdrängt. Jetzt musste sie alles geben, damit das Fest zu einem Highlight wurde, über das alle noch nach Jahren sprachen. Imke lief nicht in die Küche, sondern zur Lagerhalle, in der Jens leere Apfelkisten mit dem Gabelstapler wegräumte. Alle Mitarbeiter waren bereits eingetroffen und waren emsig dabei, das Gut herauszuputzen. Es wurde gefegt, gekehrt und gewischt. Die leeren Paletten wurden in die Lagerhallen getragen. Nichts sollte mehr an den Arbeitsalltag erinnern. Imke wollte, dass alle Gäste sich auf dem Gut wohlfühlten. Feuerstellen wurden eingerichtet, über denen vom Apfel bis zum Brot alles geröstet werden konnte.

Innen und außen schmückten bunte Girlanden die Scheune. Mehrere Dutzend Strohballen warteten auf die Gäste, die sich ausruhen und bei einem Glas Apfelpunsch oder Apfelwein die einzigartige Atmosphäre gemütlichen Landlebens genießen sollten. Leere Apfelkisten dienten als Tisch. In einer Scheunenecke war bereits das Kaffee-Buffet aufgebaut, auf dem morgen auch neben Kuchen ihre beliebten Honighörnchen angeboten werden sollten. Gemeinsam mit Okka räumte Imke Bierzeltgarnituren in die Scheune und verteilte die Polster dafür. Um schneller fertig zu werden, bat sie Gesa dazu, die seit zwei Jahren eine feste Mitarbeiterin in den Lagerhallen war. Chiara stieß in der mittäglichen Schließzeit des Ladens hinzu. Heiter und ausgelassen summte sie eine Melodie vor sich hin. Sie schien Spaß am Geschehen zu haben. Ganz im Gegensatz zu Imke, die immer stiller wurde, denn in der Hektik war es nicht möglich, mit der Freundin zu reden.

Imke fühlte sich kraftlos. Seit fünf Uhr morgens war sie auf den Beinen. Ihre Waden krampften, und sie hatte Blasen an den Füßen. Sie sah zu Chiara mit den hochroten Wangen hinüber, aber noch immer wie aufgezogen umherwirbelte.

»Die Mittagspause müssen wir wohl sausen lassen.« Chiaras Energie schien unerschöpflich.

»Ja, müssen wir«, antwortete Imke knapp und vermied es, die Freundin anzusehen. Die Atmosphäre war mit einem Mal angespannt. Imke entgingen nicht die verstohlenen Blicke, die Chiara ihr zuwarf, wenn sie sich unbeobachtet fühlte.

»Hey, morgen ist das Fest! Freust du dich denn gar nicht?«

»Doch, natürlich. Aber ich bin müde und kaputt.«

Imke fand Chiaras gute Laune unerträglich. *Wenn ich nicht gleich das Weite suche, platze ich.*

Sie trug zwei Tonschalen vor die Scheune und füllte sie mit ausgesucht schönen Äpfeln, die Jens am Morgen zu Dekorationszwecken vorbeigebracht hatte.

Chiara folgte ihr. Imke schenkte ihr keine Beachtung. Die Freundin tippte ihr mit dem Finger auf die Schulter.

»Sag mal, Imke, bist du sauer auf mich? Ich habe das Gefühl, dass du mir aus dem Weg gehst. Sollte ich dich irgendwie beleidigt oder gekränkt haben, tut es mir von Herzen leid. Das wollte ich nicht. Bitte sag mir, was nicht stimmt.«

Imke sah auf. In Chiaras Augen schimmerte es feucht, als würde ihr Imkes Abweisung nahegehen. Entweder war sie eine gute Schauspielerin oder ihr ging Imkes Schweigen wirklich nahe.

»Wir müssen dringend miteinander reden, Chiara«, sprach Imke zu ihr.

»Ja, wollen wir vielleicht reingehen?« Chiara zeigte auf den Laden.

»Nein.« Imke schüttelte den Kopf. »Nicht heute. Nach dem Fest, wenn ich dem Kopf wieder freihabe.«

»Ich kann aber nicht arbeiten, wenn du sauer auf mich bist«, erklärte die Freundin. Es klang verzweifelt und unsicher und gar nicht mehr nach der selbstsicheren Chiara.

Imkes Hals war plötzlich wie zugeschnürt, denn sie rang mit den Tränen.

»Bitte, Chiara, lass uns nach dem Fest in Ruhe darüber reden. Ich kann es jetzt wirklich nicht, denn ich weiß nicht, wo mir der Kopf steht in all dem Trubel«, erklärte sie ihr.

Eine Weile schaute die Freundin sie an und schien zu grübeln.

»Ja, natürlich, komm einfach auf mich zu, und dann reden wir. Aber bitte warte nicht zu lange, denn ich werde bald wieder in die Staaten zurückkehren.«

Die Aussicht, dass Chiara das Alte Land und vielleicht auch Deutschland für immer verlassen würde, versetzte Imke trotz der Zweifel einen Stich.

»Wir reden gleich nach dem Fest. Versprochen.«

Traurig sah Chiara sie an. »Was immer ich auch in deinen Augen getan haben mag, ich möchte, dass du weißt, ich würde keinem von euch Schaden zufügen, besonders nicht dir, weil ich dich als Freundin lieb gewonnen habe«, versicherte sie.

Hastig wandte Imke sich ab, als die Emotionen sie zu überwältigen drohten.

»Schon gut. Lass uns lieber weitermachen, es gibt noch viel zu tun.«

Chiara nickte, und sie liefen zum Buffet hinüber, um das Geschirr aus den gelieferten Tragekörben herauszunehmen.

Am Nachmittag traf Daniel mit den Fackeln ein, die Imke geordert hatte. Als er die Scheune betrat, erschien er Imke wie ein Rettungsanker. Auf ihn hatten Tom und sie sich immer verlassen können. Ihm konnte sie vertrauen. Imke war wegen Chiara so bedrückt, dass sie am liebsten in seinen Armen Trost gesucht hätte, bis sie sich wieder ins Gedächtnis rief, was zwischen ihnen vorgefallen war.

Lächelnd betrat er die Scheune. Er sah wieder umwerfend gut aus in der Stonewashed-Jeans und dem hellblauen T-Shirt, das seine breiten Schultern betonte.

»Ich brauche ein paar Leute zum Ausladen!«, rief er und schaute in die Runde.

»Ich bin dabei!« Chiara war die Erste, die sich zu ihm gesellte.

Auch Imke ging auf ihn zu. Es blieb ihr nichts anderes übrig, als mitzuhelfen, um die Unstimmigkeiten zwischen ihnen vor den anderen zu verbergen. Außerdem war es ihr Plan, die Fackeln rund um den Rasen neben der Orangerie in den Boden zu stecken. Sie rahmten mehrere Tische ein, an die sich die Gäste mit ihrem Essen zurückziehen konnten. Plötzlich wurde ihr übel und schwindlig. Sie schwankte, während sie vergeblich mit den Händen Halt suchte. Imke stolperte und wäre gestürzt, hätte Daniel sie nicht aufgefangen und gestützt. Warum zur Hölle war *er* immer dann zur Stelle? Wie sollte sie da auf Distanz gehen?

»Komm, setz dich«, forderte er sie auf und brachte sie zu einer der Bänke. Er legte ihr den Finger unters Kinn und sah sie prüfend an.

»Wann hast du das letzte Mal etwas gegessen und getrunken?«, fragte er besorgt.

»Heute Morgen um halb fünf eine Tasse Kaffee«, antwortete sie. In all dem Trubel hatte sie keinen Gedanken an Essen und Trinken verschwendet.

»Kann mal einer bitte ein Glas Wasser für Imke besorgen?«, rief er den anderen zu. Doch da kam Chiara schon mit einer Flasche Mineralwasser in der Hand auf sie zu.

»Hier, trink das«, sagte sie und drückte Imke die Flasche in die Hand.

Gierig trank Imke das sprudelnde Wasser. Danach fühlte sie sich schnell besser.

»Mensch, Imke, du kannst doch nicht ohne Essen und Trinken schuften!«, schimpfte Daniel mit ihr.

»Es gab so viel zu tun und … ich hatte keine Gelegenheit … und dann habe ich es irgendwie vergessen.« Imke brach ab und trank weiter. Erst jetzt spürte sie, wie durstig sie wirklich war.

»Ich hätte besser auf Imke achten sollen«, klagte Chiara sich selbst an und legte den Arm um Imkes Schultern. »Sie arbeitet wie eine Wahnsinnige.«

Daniel hockte sich vor Imke und sah sie besorgt an. »Ich bringe dich jetzt ins Haus. Da kannst du dich ausruhen.«

Sie konnte doch nicht die anderen mit der Arbeit allein lassen. Viele Details waren nur in ihrem Kopf. Außerdem wollte sie keine Sekunde mehr allein mit ihm sein.

»Nein … die Fackeln … Ich muss dir erst zeigen, wohin du sie stecken sollst«, erwiderte sie.

Daniel runzelte die Stirn. »Nein, Imke, du musst dich ausruhen.«

»Nachdem ich getrunken habe, geht es mir schon viel besser. Wenn ich etwas esse, bestimmt noch mehr.«

»Okay. Bleib bitte hier sitzen. Ich hole dir was zu essen, und dann sehen wir weiter. Wenn dir aber wieder schwindlig wird, bringe ich dich sofort ins Haus.«

Imke war erleichtert und stimmte zu.

»Ich bin gleich wieder zurück. Und du bleibst hier.«

Es klang wie ein Befehl. So bestimmend hatte Imke Daniel

noch nie erlebt, er war eher nachgiebig. Er wandte sich um und eilte mit großen Schritten zur Scheune hinaus.

Nachdem er gegangen war, wollte Imke aufstehen, aber alles begann sich erneut in ihrem Kopf zu drehen, dass sie auf die Bank zurücksank.

»Es ist besser, wenn du sitzen bleibst. Morgen ist der Festtag, für den du die ganze Zeit geschuftet hast. Du willst doch nicht, dass er ohne dich stattfindet, oder?«, redete Chiara ihr ins Gewissen.

»Nein, natürlich nicht. Du kannst mich ruhig alleinlassen und den anderen helfen«, sagte Imke.

»Nein, ich bleibe bei dir, bis Daniel zurückkommt.«

Es war tröstlich, Chiara an ihrer Seite zu wissen.

Eine Weile saßen sie schweigend nebeneinander und sahen den anderen zu, die eifrig die Scheune herausputzten. Es juckte Imke in den Fingern, Hand anzulegen. Dennoch blieb sie brav auf ihrem Platz.

»Du arbeitest nicht bei dem Gartenmagazin, nicht wahr?«, brach Imke als Erste das Schweigen. »Warum hast du gelogen?« Sie sah Chiara an, die geradeaus starrte.

»Woher …?«, fragte die Freundin und wandte sich ihr zu. Ihre Wangen waren feuerrot. »Ah, verstehe … Du hast beim Magazin angerufen. Es ist traurig, dass du mir nicht vertraust. Du kannst mir glauben, ich habe für sie gearbeitet. Aber das ist schon eine Weile her«, gestand sie.

»Das kann nicht sein. Niemand kennt dich dort«, entgegnete Imke.

»Weil ich als freie Redakteurin geschrieben habe. Damit zähle ich nicht als Mitarbeiterin. Erst fanden sie meine Arbeit gut, doch dann habe ich keine Aufträge mehr bekommen. Der neu berufenen Chefredakteurin Frau Claasen hat meine Art zu schreiben nicht gefallen«, fuhr sie traurig fort. »Zu kritisch, meinte sie. Ich habe immer gehofft, dass sie mir noch eine Chance gibt. Sie hat sich am Telefon verleugnen lassen, wenn ich angerufen habe. Nach dem letzten Telefonat mit dem Ressortleiter habe ich endgültig die Hoffnung begraben, jemals wieder für das Magazin zu schreiben.« Seufzend stützte sie den Kopf in die Hände. »Dabei hat mir der Job so viel Spaß gemacht. Und er hat mir ermöglicht, in Deutschland beruflich Fuß zu fassen. Aber von etwas muss ich leben. Deshalb habe ich mich neu auf Jobsuche begeben und bin durch einen Bekannten auf deine Anzeige gestoßen.«

Chiaras Begründung klang plausibel und ehrlich. Dass sie den Namen der Chefredakteurin genannt hatte, versöhnte Imke.

»Okay«, sagte Imke und dachte an das Armband, das sie in Chiaras Koffer gefunden hatte. Kurz überlegte sie, ob sie Chiara auch darauf ansprechen sollte. Vielleicht hatte eines ihrer Familienmitglieder, die als Erntehelfer hier in der Umgebung gearbeitet hatten, es geschenkt bekommen. Sicher gab es dafür eine Begründung. Doch Imke verwarf den Gedanken, Chiara danach zu fragen. Auch weil sie dann gestehen müsste, in ihren Sachen gewühlt zu haben, wofür sie sich schämte.

»Tut mir leid, dass ich dir nicht die Wahrheit gesagt habe. Nachdem ich euer Gut betreten habe, wusste ich sofort, dass ich mich hier wohlfühlen würde, und wollte unbedingt diesen Job.« In Chiaras Augen schimmerte es feucht. Imke nahm ihre Hand und drückte sie liebevoll. Sie war froh, das Missverständnis geklärt zu haben.

»Schon gut. Als Freundin möchte ich dich bitten, immer ehrlich zu mir zu sein.«

Chiara nickte. »Versprochen.«

Sie wich nicht von Imkes Seite, bis Daniel nach einer Weile mit einem Korb zurückkehrte, der bis obenhin mit belegten Brötchen gefüllt war.

»Ich hatte Glück, dass Frauke da war«, erklärte er.

Dankbar lächelte Imke ihn an und biss herzhaft in ein Käsebrötchen. Nach ein paar Bissen fühlte sie sich schon gestärkt.

Chiara leistete ihr weiterhin Gesellschaft, während Daniel auch an die anderen Mitarbeiter Brötchen verteilte.

Chiara bückte sich nach einem Stück Brötchen, das heruntergefallen war. Da fiel Imke die silberne Kette auf, die sie trug. Das

Medaillon war mit kunstvollen Gravuren versehen. Eine Gravur, die ihr seltsam vertraut vorkam.

Chiara schob Kette und Anhänger hastig unter ihre Bluse.

»Du trägst ein sehr schönes Schmuckstück«, sagte Imke.

Ein Schatten huschte über Chiaras Gesicht. »Ja, es ist das letzte Andenken an meine Mutter«, antwortete sie leise. »Es bedeutet mir sehr viel.«

»Ist deine Mutter … tot?«, fragte Imke erstaunt und gleichzeitig betroffen. Nie hatte die Freundin erwähnt, die Mutter verloren zu haben. Chiara nickte.

»Dann haben wir etwas gemeinsam. Darf ich wissen, wann und woran sie gestorben ist?«, bohrte Imke weiter.

»Letzten Sommer an Krebs.« Offensichtlich fiel es Chiara schwer, darüber zu reden.

»Das tut mir unendlich leid.« Imke legte ihre Hand auf den Arm der Freundin. »Meine Mutter ist auch gestorben. Aber schon vor zehn Jahren. Sie fehlt mir sehr.«

»Woran?«

»So was Ähnliches wie an einem gebrochenen Herzen. Sie hat nie verwunden, dass meine Schwester Caroline verschwunden ist. Sie hat getrauert und ist in Depressionen verfallen. Irgendwann hat mein Vater sie tot im Bett gefunden.«

»Habt ihr denn nach deiner Schwester gesucht?«

»Natürlich. Seit einem Vierteljahrhundert suchen wir nach ihr. Aber alles vergeblich. Die Ungewissheit, was ihr widerfahren ist, ist am schlimmsten.«

Imke redete nur ungern über die bedrückende Zeit. Kurz nach Carolines Verschwinden hatte sie hatte das Gefühl gehabt, in einen Abgrund gestoßen zu werden.

»Trägst du ein Foto deiner Mutter im Medaillon?« Was hätte Imke darum gegeben, auch eines von ihrer Mutter zu besitzen. Aber die hatte auf Schmuck nie großen Wert gelegt.

Wieder nickte Chiara. Der Ausdruck in ihrem Blick war voller Qual.

»Darf ich es bitte vielleicht mal sehen?«, bat Imke die Freundin.

Chiara schüttelte den Kopf. »Würde ich dir ja zeigen, aber der Verschluss klemmt leider. Ich wollte das Medaillon von einem Juwelier öffnen lassen. Deshalb bin ich neulich im Ort gewesen.«

Chiara senkte den Blick und spielte mit der Kette.

»Es ist okay, wenn du es mir nicht zeigen willst …«

Imke bemerkte, dass Chiara erleichtert war.

Immer wenn sie glaubte, Chiara ein Stück nähergerückt zu sein, zog diese sich zurück. Die Freundin hatte nie über ihre Familie gesprochen. Auch in diesem Punkt ähnelten sie einander. Imke konnte einfach nicht über ihre Mutter reden und den Verlust, den sie durch ihren Tod erlitten hatte. Vielleicht hätte ihr das geholfen, die Trauer zu überwinden.

# 31.

»Ich helfe dir bei den Fackeln«, sagte Imke und folgte Daniel zur Orangerie. Ein Blick auf ihr blasses Gesicht, und er wusste, dass sie wirklich völlig erschöpft war.

»Ich kann dich nicht dazu überreden, dich auszuruhen?«, fragte er ernst.

»Nein, mir geht es besser. Ehrlich.«

»Also gut. Aber sobald dir wieder schwindlig wird, setzt du dich hin. Einverstanden?«

Imke nickte.

Eigentlich hatte er vorgehabt, mit ihr über das zu reden, was er über Chiara herausgefunden hatte, und einen zweiten Erklärungsversuch wegen seines Verhaltens neulich zu wagen. Aber als er sah, wie blass sie war und wie ihre Hände zitterten, nahm er davon Abstand. Morgen war das Fest, für das sie hart gearbeitet hatte. Er wollte ihr die Freude nicht verderben. Wenn Tom und Pia von der Reise zurückkehrten, wäre es noch früh genug, ihnen und Imke von seinen Nachforschungen zu berichten.

»So, das war die Letzte!«, rief er und steckte den Fackelspieß in die Erde. Dann ließ er seinen Blick über die Wiese schweifen, die an die Orangerie grenzte. Mehrere Bänke und über ein Dutzend Gartentische mit Stühlen waren aufgestellt. Meterlange Ketten aus Lampions zierten den Himmel über der Wiese. Wenn sie brannten, spiegelten sie sich auf romantische Weise im Glas der Orangerie.

Auf den Tischen standen gläserne Windlichter, gefüllt mit winzigen Zieräpfeln und einer Kerze. Weiße Hussen verhüllten die Gartenstühle und verliehen dem Ganzen etwas Feierliches, wie auf einer Hochzeit. Das ebenso weiße Mobiliar harmonierte mit dem sattgrünen Rasen und den rostfarbenen Pflanzgefäßen, die die Tische voneinander trennten.

»Ist das nicht toll geworden?«, fragte sie.

»Ja, das ist es. Du kannst wirklich stolz auf dich sein, was du geschaffen hast. Und dein Vater wird es auch sein.«

Imkes Augen füllten sich mit Tränen.

»Das glaube ich nicht. Niemand kann es ihm rechtmachen.« Eine Träne quoll unter ihrem Lid hervor und rollte über ihre Wange hinab. Er spürte, wie sehr sie unter der derben und lieblosen Art ihres Vaters litt und wie sehr sie allen beweisen wollte, dass auch sie es schaffen würde, die Plantage zu führen. Imke wirkte so verletzlich, dass er sie am liebsten in die Arme gezogen und getröstet hätte. Immer stärker wuchs in ihm das Verlangen, sie zu berühren.

»Du verkennst ihn. Er ist verbittert, aber er liebt dich.«

»Mag sein. Aber er hat uns aus seiner Welt ausgeschlossen.«

Ihre Worte klangen so traurig und berührten ihn tief.

Sie wandte sich um. »Lass uns die Fackeln einmal anzünden, damit wir sehen, wie die Aufstellung wirkt«, schlug sie vor und eilte zur Orangerie am Ende des Gartens.

Es war schon dunkel, als Daniel Imke zum Haus begleitete. Sie hatte es für unnötig befunden und ihn fortgeschickt. Aber er hatte sich nicht abwimmeln lassen, sondern darauf bestanden, sie zu begleiten, weil er befürchtete, sie könnte wieder einen Schwächeanfall haben.

Vor der Haustür blieben sie stehen, um sich zu verabschieden.

»Ruh dich aus. Morgen wird es sehr anstrengend für dich«, sagte er mitfühlend. Imke wirkte in diesem Augenblick zerbrechlich.

»Ja«, hauchte sie. Ihre Blicke tauchten ineinander. Sofort schlug sein Herz schneller. Da war es wieder, dieses starke Gefühl in ihm drin, das eine unbeschreibliche Sehnsucht nach ihr in ihm auslöste. Allen Vorsätzen zum Trotz und gegen seinen Willen hatte er sich in Imke verliebt.

Eine widerspenstige Strähne hatte sich aus ihrem Zopf gelöst, die er ihr zärtlich hinters Ohr strich. Mit aller Macht kämpfte Daniel gegen die Versuchung, sie zu küssen. Aber er hatte die Macht seines Körpers unterschätzt und neigte den Kopf hinunter. Da spürte er ihre Hände, die sich gegen seinen Brustkorb stemmten.

»Danke noch mal, dass du für mich da gewesen bist«, sagte sie. »Ich bin sehr erschöpft und möchte jetzt nur noch ins Bett. Einen schönen Abend noch.«

Mit diesen Worten wandte sie sich um und schlüpfte durch die Tür ins Haus.

Sie zu halten, ihr nahe zu sein, brachte jedes Mal seine Sinne in Aufruhr. Wie sehr sehnte er sich nach einem Kuss. Aber sie hatte sich mit einer unsichtbaren Mauer umgeben, die er nicht durchdringen konnte. So aufgewühlt, wie er war, beschloss er, noch einen Spaziergang zu unternehmen. Wenn Imke ihm nicht verzeihen könnte, würde er das Gut verlassen.

Daniel folgte der Gutsauffahrt, die hinunter zur Elbe führte. Am Tag war es für diese Jahreszeit sehr heiß gewesen. Mit Einbruch der Dunkelheit hatte sich die Luft jedoch stark abgekühlt. Er zog die Jacke über, als er fröstelte, und stellte den Kragen auf. Über der Elbe hingen Nebelschwaden, wie er es eigentlich nur vom Herbst kannte, wenn die Nächte kühler wurden. Aber er liebte diese Stimmung, weil sie etwas Mystisches besaß. Er überquerte die Landstraße und lief ans Ufer. Um diese Uhrzeit war er allein. Er blickte auf das dunkle Wasser, über dem der Nebel waberte. In der Ferne hörte er das Nebelhorn eines Schiffes. Das leise Plätschern des Wassers beruhigte allmählich seine Sinne. Eine Weile stand Daniel da und genoss die Stille. Mit der Zeit wurde es jedoch kalt, und er entschied, nach Hause zu gehen. Morgen würde es anstrengend werden. Jeder Gutsmitarbeiter half auf den Festen. Aus der Erfahrung heraus wusste er, dass die ersten Gäste schon morgens eintrudelten, um sich das traditionelle Öffnen des Gutes nicht entgehen zu lassen. Viele von ihnen hatten anschließend eine Fahrt über die Apfelplantage gebucht. In den vergangenen

Jahren hatte Tom die Gäste in die Geheimnisse des Obstanbaus eingeweiht. Für den Fall, dass sein Freund nicht rechtzeitig zurück war, hatte er Jens diese Aufgabe übertragen. Im Anschluss machten die Gäste einen Abstecher zu Daniels Wildblumenwiese, um mehr über die Welt der Bienen und deren Honigproduktion zu erfahren. Am Ende des zweistündigen Ausflugs fanden sich alle in Imkes Hofladen ein, wo verschiedene Apfelsorten, Obstsäfte und seine Honigsorten probiert werden konnten.

Auf dem Rückweg zum Gut peitschte der Wind die Kronen der Apfelbäume und fuhr durch Daniels Kleidung. Fröstelnd fasste er den Kragen zusammen und eilte die Auffahrt hinauf. Weiße und rosa Blütenblätter wirbelten durch die Luft. Der Zauber der Apfelbäume wirbelte im Wind. *Schade.*

Auch er fieberte dem Fest entgegen. Zum ersten Mal wusste er nicht, was ihn am morgigen Tag erwartete. Viele Details hatte Imke als Organisatorin für sich behalten. Als Überraschung.

In jeder ihrer Ideen steckte Imkes Persönlichkeit und Leidenschaft. Ob sie ebenso leidenschaftlich lieben konnte? Daniel verbot sich, den Gedanken weiterzuspinnen. Er musste endlich akzeptieren, dass Imke für ihn tabu war. Als er sie hatte küssen wollen, hatte sie sich gegen ihn gestemmt. Manchmal glaubte er, in ihren Augen zu erkennen, dass sie seine Gefühle erwiderte. Doch das schien mehr seinem Wunsch zu entspringen.

Er konnte sich nicht vorstellen, dass Imke jemals an einem anderen Ort leben könnte. Das Gut war ihr Leben, die Natur ihre Energiequelle. Das hatten sie gemeinsam. Und doch konnten sie nicht zueinander finden, weil er durch eine Unbedachtheit ihr Vertrauen verloren hatte.

Energisch schob Daniel den Gedanken beiseite, sie wären das perfekte Paar. Selbst wenn sie etwas für ihn empfand, was könnte er ihr schon bieten? Ein bescheidenes Leben an der Seite eines Imkers. Früher als Entwickler hätte er ihr finanziell die Welt zu Füßen legen können. Zum ersten Mal nach langer Zeit stiegen ihretwegen Zweifel in ihm auf. Wütend stapfte er gegen den Wind die Auffahrt hinauf.

Er kam an der Ligusterhecke vorbei, die eine Seite des Hofes eingrenzte, und überquerte die Wiese neben der Scheune. Danach umrundete er die Scheune und blieb überrascht stehen. Das Gutshaus war dunkel, aber nebenan im Laden brannte Licht. *Verdammt! Imke soll sich doch ausruhen.*

Er sah durch die Scheibe und erkannte Chiara, die mit einem Lappen emsig über die Honiggläser wischte. Währenddessen fuhr ein Wagen auf den Hof. In der Hoffnung, dass es Tom wäre, trat er aus dem Schatten der Scheune, um den Freund zu begrüßen. Doch der Wagen steuerte nicht wie gewohnt den Parkplatz vor dem Gutshaus an, sondern das Ende der Scheune. Der Fahrer stellte den Motor ab, und auch die Scheinwerfer erloschen, aber er stieg nicht aus. Daniel fand das Verhalten seltsam und trat wieder unter das Dach zurück. Dicht an der Scheunenmauer tastete er sich vor, um einen Blick auf den Fahrer und den Wagen werfen zu können. Er hielt kurz inne und schaute zum Laden. Chiara schien die Ankunft des Fremden noch nicht bemerkt zu haben.

Der Wagen kam Daniel bekannt vor. Er erstarrte, als er den dunklen Chrysler wiedererkannte, der neulich unerlaubt den Privatweg entlanggefahren war. Wartete er vielleicht auf Chiara?

Kurz darauf trat sie aus dem Laden und schloss ihn ab. Vor der Tür blieb sie stehen und sah zum Chrysler hinüber. Der Fahrer hatte die Scheibe heruntergekurbelt, der Arm ruhte lässig im Fenster. Die Zigarette zwischen seinen Fingern glomm rot. Daniel konnte nicht viel von ihm erkennen, dass es ihm ermöglicht hätte, ihn zu beschreiben. Aber es war definitiv den Umrissen nach ein Mann. War es derselbe vom Feldweg und der, den Tom gesehen hatte? Würde Chiara den Fremden freudig begrüßen oder war er für sie genauso ein Fremder wie für Daniel? Chiara lief unbeirrt weiter zum Gutshaus. Kaum war sie an dem Wagen vorbei, stieg der Fremde aus und eilte ihr nach. Gespannt wartete Daniel, was geschehen würde.

Trotz seiner geringen Größe war der Fahrer des Chryslers flink und hatte sie nach wenigen Schritten eingeholt. Derb packte er sie am Ellbogen und stoppte sie.

»Warum so eilig?«, fragte er rau. Daniel sah, wie sich Chiaras Körper anspannte.

»Was willst du hier?«, zischte sie ihn an und versuchte vergeblich, sich aus seinem Griff zu befreien.

»Das weißt du genau«, presste der Fremde heraus, der einen halben Kopf kleiner war als Chiara und mit slawischem Akzent sprach.

»Lass Johnny und mich endlich in Ruhe!«, fuhr sie ihn an und riss sich los.

*Was hat der Kerl gegen die Geschwister in der Hand?*

Als Chiara weiterging, holte er sie erneut ein. Dicht an die Scheunenmauer gedrückt, folgte Daniel den beiden. Er musste wissen, was Chiara mit diesem unangenehmen Mann zu tun hatte, der sicher auch nicht vor Gewalt zurückschreckte.

»Was meinst du, wenn ich dem Alten erzähle, wer du bist. Du willst doch nicht, dass ihm das Herz stehenbleibt, oder?«, drohte er. Wütend ballte Daniel die Hände zu Fäusten. Er sah, wie Chiara zusammenzuckte, und war bereit, ihr sofort zu Hilfe zu eilen, falls der Fremde gewalttätig würde.

»Wag es ja nicht! Ich habe Beweise.«

»Du bluffst doch«, raunzte er sie an.

»Sicher? Für das, was du getan hast, gehst du ein paar Jahre in den Knast.«

»Ich will nur das, was mir schon lange zusteht.«

»Dir zustehen? Es war einzig und allein Mamas Verdienst. Also sieh zu, dass du verschwindest, oder ich gehe zur Polizei«, sagte sie erregt.

»Mach dir nichts vor. Eines Tages kommt heraus, wer du bist, und dann … werden sie nicht mehr so freundlich zu dir sein.«

Einen Moment befürchtete Daniel, dass der Kerl Chiara Gewalt antun würde. Da musste er einschreiten.

»Verschwinde!«

»Heute fahre ich, aber ich komme wieder.« Nach diesen Worten stieg er in seinen Wagen und fuhr davon.

Chiara verharrte auf der Stelle. Sie presste ihre Hände an die Wangen und schluchzte trocken.

Da ging Daniel auf sie zu.

Zitternd stand Chiara da.

»Alles okay mit dir?«, fragte er.

»Daniel!«, rief sie erschrocken. »Alles okay«, wehrte sie ab. Aber er bezweifelte das, denn sie wirkte wie ein verschrecktes Reh.

»Wirklich? Ich habe zufällig mitangehört …«

»Ja, mach dir keine Sorgen«, fiel sie ihm ins Wort, aber es klang wenig überzeugend.

»Wer war der Kerl?«

Sie funkelte ihn wütend an. »Das geht dich nichts an!«

»Willst du vielleicht darüber reden?«, bot er ihr an.

»Nein, lass uns die ganze Sache vergessen. Ich bin heute todmüde und will jetzt nur noch ins Bett.«

Sie wollte fliehen, Daniel jedoch hielt sie sanft, aber bestimmt zurück.

»Bitte lass mich los.« Plötzlich rannen Tränen über ihre Wangen. Daniel erinnerte sich an die Worte des Fremden: *Eines Tages kommt heraus, wer du bist, und dann …*

Er schaute sie forschend an. Im Schein der Laterne wirkte sie fremd und gleichzeitig vertraut. »Was hat er vorhin damit gemeint, dass es eines Tages rauskommen würde? Was verschweigst du uns?«, fragte er leise.

»Keine Angst, ich würde Imke und ihrer Familie niemals Schaden zufügen. Nach dem Fest werde ich das Gut verlassen, und ihr werdet mich nie wiedersehen.«

Sie wandte sich um und rannte zum Gutshaus, als wäre der Teufel hinter ihr her.

»Chiara!«, rief Daniel ihr nach, aber sie rannte weiter.

Er fluchte.

Wer war der Kerl aus dem Chrysler, und in welcher Beziehung stand er zu ihr? Warum war Chiara wirklich hier? Er dachte an die Worte des Fremden. Wer war Chiara wirklich?

Immer nur Fragen über Fragen, aber keine Antworten.

Wütend kickte Daniel einen Apfel fort, der auf dem Pflaster lag.

## 32.

Als die Glocken der Oosthusener Kirche das Apfelblütenfest einläuteten, bekam Imke eine Gänsehaut. Heute war der Tag, auf den sie all die Wochen und Monate hingearbeitet hatte. Schweiß und Herzblut steckten in jedem Detail. Dieser Tag musste einfach perfekt werden.

Ihre Brüder hatten ihr geschrieben, dass sie pünktlich zum Fest zurück sein wollten. Finn hatte einen Restplatz in einem Flugzeug am Vorabend bekommen, Pia und Tom sollten am späten Morgen eintreffen. Hoffentlich klappte das. Sie freute sich so sehr darauf, die ganze Familie wiederzusehen.

Fast wäre dieser Traum geplatzt. Sie hatte die Genehmigung der Gemeinde Oosthusen im Ordner des Apfelblütenfestes 2019 abgelegt. So wie Tom es auch getan hätte. Alles hatte sich zum Guten gefügt.

Imke lief zum Fenster. Das Kinderkarussell, die Imbissbuden und die Bühne waren bereits aufgebaut und warteten auf die Gäste. Wie der Wetterdienst prophezeit hatte, verhieß der blaue, wolkenlose Himmel einen Bilderbuchtag. In einer Stunde würden sie die Tore des Gutes für die Gäste öffnen. Traditionell zerschnitt Tom jedes Jahr das rote Band am Tor. Ob ihr Bruder rechtzeitig kommen würde? Sie hoffte es so sehr. Die Feste auf dem Matthiesen-Gut waren immer von der gesamten Familie gefeiert worden. Im Gegensatz zu Finn hatten Tom und sie keines verpasst. Doch was wäre, wenn er tatsächlich Caroline gefunden hätte?

Nervös blickte sie immer wieder aufs Handy, ob eine SMS oder ein Anruf eingegangen waren. Noch immer nichts. Wenn Tom nicht eintreffen würde, wäre es ihre Aufgabe, das Band zu durchtrennen und eine Ansprache zu halten. Sie fürchtete sich davor, denn sie hatte das noch nie zuvor gemacht und ihr war keine Zeit geblieben, sich Worte dafür zurechtzulegen.

Es klopfte an ihre Tür.

»Imke, ich gehe schon in die Küche!«, hörte sie Chiara durch die Tür rufen.

»Ja, ich komme gleich nach!« Imke begutachtete sich im Spiegel. Chiaras geschenkte Kleidung stand ihr außerordentlich gut. Die Farbe des T-Shirts harmonierte mit ihren Augen. Imke konnte kaum glauben, dass sie das dort im Spiegel war. Nur das Tuch, das sie wie immer um den Hals trug, war ihr vertraut. Zwar deckte das Make-up die Narben ab, aber mit einem Tuch fühlte Imke sich besser. Auch wegen Daniel. Sie hängte sich eine kleine Handtasche um und ging nach unten zu Chiara.

In der Deele hörte sie vertraute Stimmen im Esszimmer. Der köstliche Geruch von Gebratenem schwebte in der Luft. Imke eilte durch die Deele und traf auf Frauke, die eine Pfanne mit Eiern und Speck von der Küche ins Esszimmer trug.

»Moin moin, Frauke. Du hier?«, fragte Imke erstaunt, denn an den Festtagen war die Haushälterin selten da gewesen. »Ist mir zu viel Trubel«, hatte sie immer gesagt.

»Dein Vater hat mich gebeten, für alle Frühstück zuzubereiten«, antwortete sie lächelnd und schlüpfte durch die Tür, die Imke ihr aufhielt.

Imkes Blick suchte nach Tom. Enttäuscht stellte sie fest, dass er und Pia nicht da waren.

Daniel, Jens und Okka bedienten sich gerade am Buffet auf der Anrichte und warteten darauf, dass Frauke nachfüllte. Imkes Vater saß mit grimmiger Miene am Tisch neben seiner Enkeltochter, Maike und Finn.

»Wo ist Chiara? Ich dachte, sie wäre schon hier«, raunte Imke Jens zu, der nur mit den Schultern zuckte.

*Vielleicht ist sie zum Laden gegangen.*

Imke wandte sich den anderen am Tisch zu.

»Wie schön, dass ihr gekommen seid.« Mit diesen Worten

umarmte Imke ihren Bruder, danach Maike und Anna. Letztere gab ihr einen klebrigen Kuss auf die Wange, bevor sie erneut den Löffel ins Honigglas tauchte und ihr Brötchen damit bestrich.

»Mich hast du noch nie so überschwänglich begrüßt«, beschwerte sich ihr Vater. Er konnte seine Sticheleien nicht lassen. Aber heute wollte sie sich nicht von ihm provozieren lassen.

Lächelnd umrundete Imke den Tisch und umarmte ihn. »Moin moin, Papa! Wie schön, dass du uns mit deiner Anwesenheit beehrst.«

Er wirkte irritiert und schob sie von sich. »Lass diese verdammten Gefühlsduseleien«, sagte er und schaute rasch auf seinen Teller hinunter.

»Habt ihr was von Tom gehört?«, fragte Imke Finn und musterte ihn. Wie gut er aussah. Sie hatte fast vergessen, dass er Modelqualitäten besaß.

»Leider nein. Wir haben es auf beiden Handys probiert. Weder Pia noch Tom gehen ran.«

»Ich nehme an, sie sind unterwegs«, mischte Maike sich ein.

»Na hoffentlich, ich weiß nämlich gar nicht, wie das mit dem Banddurchschneiden werden soll. Traditionell wärst du dann dran, Finn.«

Ihr Bruder hob abwehrend die Hände. »Du, beim besten Willen, aber da bin ich raus«, sagte er. »Das ist in Papas Augen sicher Frevel.«

»Eben! Die Rede muss von einem echten Matthiesen gehalten werden«, wetterte ihr Vater.

»Knut, das ist jetzt aber wirklich nicht gerecht!«, rief Maike wütend und knallte das Buttermesser auf den Teller.

»Papa! Wie kannst du so etwas sagen?«, fuhr Imke ihn empört an.

»Lass mal, Immie, ich weiß schon lange, dass für ihn nur Apfelbauern zählen, die den lieben langen Tag auf den Feldern verbringen«, sagte Finn. Imke sah ihren Bruder voller Mitgefühl an. Es war hart, nie die Anerkennung des Vaters erlangt zu haben und ständig mit den Schuldzuweisungen leben zu müssen. Doch es war Zeit, damit endlich aufzuhören.

»Nein, Finn!«, widersprach Imke und wandte sich dann an ihren Vater. Sie konnte nicht zulassen, dass ihr Vater ihren Bruder derart beleidigte. Die Vorwürfe waren ungerechtfertigt, das musste er einsehen.

»Finn arbeitet genauso hart wie jeder andere von uns. Den Dickschädel hat er nämlich von dir. Wenn Tom es nicht rechtzeitig zur Eröffnung schafft, wird Finn die Ansprache und das Durchschneiden des Bandes übernehmen. Basta.«

Imke sah, wie ihr Vater rot anlief und nach Luft schnappte. Zwar bedauerte sie ihre harschen Worte, aber irgendjemand musste ihm doch den Kopf zurechtrücken.

Plötzlich herrschte Stille im Raum. Alle Augenpaare richteten sich auf ihren Vater, der noch immer nach Atem rang. Imke fürchtete um seine Gesundheit.

Im selben Augenblick trat Chiara zur Tür hinein. Sie stoppte auf der Schwelle und ließ den Blick schweifen. Dann blieb er an ihrem Vater haften.

Eine Weile herrschte betretenes Schweigen.

»Hallo, zusammen. Störe ich?«, fragte Chiara.

Imke entging nicht, dass ihr Vater ihre Freundin anstarrte. Dann fiel ihr ein, dass sie sie ihm noch nicht vorgestellt hatte.

»Papa, das ist Chiara, meine Aushilfe im Laden«, stellte sie die Freundin vor.

»Das weiß ich doch längst«, blaffte er Imke an. Verdutzt schaute Imke von ihrem Vater zu Chiara.

»Ja, wir sind uns mal in der Deele begegnet«, erklärte Chiara.

Ihr Vater nickte. Irgendetwas in seiner Miene hatte sich mit dem Eintreten ihrer Freundin schlagartig verändert. Seine Atemnot hatte sich von einem Moment auf den anderen verflüchtigt. Was ging hier vor sich?

Imke verspürte ein seltsames Gefühl. Weder ihr Vater noch die Freundin hatten über ihre Begegnung ein Wort verloren.

Imke nickte lächelnd.

Aus dem Augenwinkel fing sie Daniels Blick auf. Hatte er das etwa auch gewusst?

Chiara trat neben Daniel ans Buffet und lächelte zu ihm auf.

War da mehr zwischen den beiden? Imke kämpfte gegen die Eifersucht in ihrem Innern. Chiara war überaus attraktiv, und Daniel hatte das sicher längst erkannt. Gegen die Freundin hätte sie nie eine Chance. Damit musste sie sich abfinden. Aber sie konnte es nicht. Plötzlich kam ihr die Luft im Esszimmer stickig vor. Sie stellte ihren Frühstücksteller aufs Tablett. Ihr Hals war wie zugeschnürt.

»Ach herrje, Immie, du hast ja wie ein Vögelchen gegessen«, sagte Frauke.

»Liegt wohl an der Aufregung. Wenn ihr mich jetzt bitte entschuldigen würdet, ich möchte draußen nach dem Rechten sehen. Wir sehen uns nachher?«, fragte sie. »In der Scheune gibt es auch den leckeren Apfelmost.« Sie wandte sich Anna zu. »Der, den du immer so gerne trinkst. Und einen großen Tisch, an dem du malen kannst.«

»Wir freuen uns schon«, antwortete Maike lächelnd, und Anna, die ihren Mund voll hatte, nickte.

»Finn, pünktlich an der Prunkpforte?«

Er seufzte. »Ich bin dann da.«

Als Imke nach draußen trat, drängelten sich lautstark schon die ersten Besucher vor der Prunkpforte und warteten auf Einlass. Und noch immer keine Nachricht von Tom. Ihr Lampenfieber stieg. Noch nie war ihr ein Fest so wichtig erschienen wie heute. Um sich abzulenken, lief sie von Stand zu Stand, um sich zu vergewissern, dass alles startklar vorbereitet war. Der Hof war gelungen geschmückt. Bunte Apfelgirlanden zogen sich zwischen den Nebengebäuden von Dach zu Dach. Alle Bänke waren mit Schleifen verziert worden. An jeder Ecke stolperte man über Dekorationsartikel wie bepflanzte Terrakottakübel oder gusseiserne Vasen. Ein Lächeln huschte über Imkes Gesicht. Der Aufwand hatte sich gelohnt. Blickfänge wetteiferten miteinander. Neben der Orangerie lud der streng formal angelegte Bauerngarten mit seinem Springbrunnen zum Verweilen ein. Hier konnte jeder, wenn er wollte, dem Festtrubel für eine Zeit lang entkommen. Imke war mit dem Ergebnis zufrieden. Wenn die Besucher ihr Konzept ebenfalls mochten, wäre sie glücklich.

Zum Schluss ging sie zum Laden. Chiara war noch nicht da. Imke schloss die Tür auf, bevor sie sich zur Prunkpforte begab.

»Wo ist Papa?«, flüsterte Imke ihrem Bruder Finn ins Ohr.

»Er ist im Haus geblieben, konnte wohl nicht mitansehen, wie ein Taugenichts wie ich das Band zerschneidet«, antwortete er. Imke merkte ihm an, wie sehr er noch immer unter der Ablehnung des Vaters litt.

»Ich schau mal nach ihm«, sagte sie und eilte ins Haus. Immer war ihr Vater dabei gewesen, und das sollte auch so bleiben. Gleichgültig, wie beleidigend er auch gewesen war, er war ihr Vater und gehörte zu ihnen. Auf dem Weg zu seiner Wohnung spähte sie ins Esszimmer. Es war leer. Wo steckte eigentlich Chiara? War sie mit den anderen zur Prunkpforte gegangen? Darum wollte Imke sich später kümmern.

Sie lief zur Wohnung ihres Vaters. Zu ihrer Verwunderung stand die Tür offen, wobei ihr Vater doch sonst Frauke dafür rügte, wenn sie sie einmal nicht geschlossen hatte.

»Papa?«, rief sie in den Flur und trat ein. Im Wohnzimmer hörte sie Geflüster.

»Papa?«, rief Imke erneut und lief zum Wohnzimmer. Dort fand sie ihren Vater im Sessel sitzend vor. »Ach, hier bist du. Wieso bist du nicht mit den anderen zur Eröffnung gegangen?«, fragte sie. Ihr entgingen nicht die zitternden Fäuste auf seinem Schoß. Irgendetwas hatte ihn sehr aufgeregt.

»Komm, setz dich in deinen Rollstuhl, ich bringe dich hin. Uns bleiben nur noch wenige Minuten.« Imke griff nach dem Rollstuhl, der nur wenige Schritte von ihm entfernt stand.

»Ich will da nicht hin!«, protestierte er. Imke ahnte, dass es wegen Finn war.

»Wann wirst du endlich die Vergangenheit loslassen? Finn ist auch dein Sohn, auch wenn er anders ist, als du es dir gewünscht hast.«

Ihr Vater kniff die Lippen noch fester zusammen und schwieg. Imke schob den Rollstuhl vor ihn hin.

»Bitte, tu es für mich. Und für Anna. Sie soll schließlich auch unsere Familientraditionen kennenlernen. Wir wollen doch nicht die Eröffnung des Festes verpassen.«

Ihr Vater murmelte Unverständliches vor sich hin. Aus dem Tonfall schloss sie, dass er unzufrieden war.

»Meinetwegen«, gab er zu ihrer Überraschung nach. »Aber die Eröffnung wird sicher ein Desaster.«

»Schön, dass du dabei bist, Papa.« Imke ging nicht auf seine fatalistische Bemerkung ein. »Ohne dich würde der Eröffnung etwas fehlen.« Das sagte Imke in der Hoffnung, ihn versöhnlicher zu stimmen.

Er brummte und erhob sich aus dem Sessel. Erleichtert schob sie den Rollstuhl unter seinen Hintern.

»Hattest du eben Besuch?«, fragte Imke ihn auf dem Weg zur Prunkpforte, um die sich immer mehr Menschen versammelten.

»Nein«, erwiderte er barsch.

»Aber ich habe doch Stimmen gehört. Jemand muss doch bei dir gewesen sein.«

»Nein, verdammt noch mal, und jetzt beeil dich, sonst verpassen wir noch alles.«

Imke schmunzelte. Eben noch hatte er dem Fest fernbleiben wollen, und jetzt war er ungeduldig.

Wie befürchtet, waren Tom und Pia noch nicht eingetroffen, sodass Imke die blank geputzte Goldschere Finn überreichte. »Hier.«

Er zögerte, sie entgegenzunehmen. Sie spürte, was in ihm vorging.

»Du gehörst hierher«, sagte sie leise zu ihm und schloss seine Finger. Er lächelte sie an, bevor er sich an die Besucher wandte.

Mit prägnanten und humorvollen Worten hielt er eine kurze Ansprache, die mit kräftigem Applaus bedacht wurde.

»Herzlich Willkommen zu unserem diesjährigen Apfelblütenfest!«

Als er das Band der Prunkpforte durchschnitt, brachen Jubelschreie aus. Imke hielt sich lachend die Ohren zu. Es war ein erhebendes Gefühl, die Freude bei den Besuchern zu erkennen.

Kaum war die Pforte geöffnet, strömten die Leute herein.

Jeder musste jetzt seine Aufgaben erfüllen. Imke eilte zu ihrem Laden und traf Chiara davor.

»Wo bist du denn gewesen?«, fragte sie die Freundin. »Ich dachte vorhin, du wärst schon im Laden.«

Chiaras Blick wurde wachsam.

»Ja, war ich auch … aber ich hatte noch etwas in meinem Zimmer vergessen und bin schnell zurück, bevor Finn das Band durchtrennt hat.« Imke entging nicht die leichte Röte auf ihren Wangen.

Doch es blieb Imke keine Zeit, darüber nachzugrübeln, denn die ersten Gäste betraten den Laden.

Bis zur Mittagszeit gaben sich die Kunden die Klinke in die Hand, dass Chiara es nicht allein schaffte, den Andrang zu bewältigen, und Imke mithelfen musste. Im Laden war es mit der Zeit stickig geworden. Schweiß perlte von ihrer Stirn. Imke überprüfte im Handspiegel unter dem Tresen, ob ihr Make-up am Hals verlaufen und die Narben sichtbar waren. Gerade als sie sich wiederaufrichtete, stand Daniel da und unterhielt sich mit Chiara. Er sagte etwas zu ihr und brachte die Freundin zum Lachen, was Imke eifersüchtig beobachtete. Sie musste zugeben, dass die zwei ein hübsches Paar abgaben. *Verfluchte Eifersucht!*

»Ah, da ist sie ja!«, rief Chiara und winkte Imke zu sich. Nach kurzem Zögern gab Imke sich einen Ruck und ging auf die beiden zu. Sie fing Daniels Blick auf und glaubte darin Begehren zu erkennen. *Das bildest du dir nur ein, weil du es dir wünschst.* Dabei könnte sie sich in seinem Blick verlieren. Sie musste sich das eingebildet haben, denn schließlich stand er neben einer überaus attraktiven Frau, die zudem mit ihm flirtete.

»Daniel hat uns zwei Eisschokoladen mitgebracht, damit wir uns abkühlen. Ist das nicht toll?« Chiara wies auf zwei Gläser auf dem Tresen. Dann beugte sie sich zu Imke. »Das ist so süß von ihm«, flüsterte sie ihr zu und stieß Imke sanft in die Seite.

Daniel war charmant und aufmerksam. Eigenschaften, die Imke neben seiner Aufrichtigkeit ebenfalls an ihm schätzte.

Ja, das war wirklich genau das, was sie jetzt bräuchte: eine süße Abkühlung. Daniel hatte sich also vom letzten Fest gemerkt, dass sie eine Schwäche für Eisschokolade hatte. Sie sah zu ihm auf und strahlte ihn an.

»Worauf wartet ihr noch?« Er zeigte zum Tresen.

»Danke, Daniel. Das ist wirklich ganz lieb von dir, aber leider ... schau, da ist schon wieder Kundschaft.« Imke nickte zur Ladentür, durch die gerade drei ältere Damen traten. Schließlich konnten sie nicht gleichzeitig bedienen und ihre Eisschokolade trinken.

»Dann würdet ihr ja nie dazu kommen. Ihr braucht eine Pause und geht jetzt nach draußen. Dort trinkt ihr in Ruhe eure Eisschokolade, während ich mich hier drinnen um die Kunden kümmere. Meine Führungen sind für heute Vormittag gelaufen. Was haltet ihr davon?«

Wie konnte ein Mann nur so unverschämt charmant lächeln?

Chiara sah sie flehend an.

»Überredet. Dieses Angebot können wir nicht ausschlagen«, gab Imke nach. Bei jedem anderen hätte sie wahrscheinlich abgelehnt. Aber Daniel hatte sie schon mehrmals im Laden vertreten und kannte sich mit allem aus.

Sie nahmen sich ihre Gläser und gingen nach draußen.

Vor dem Schaufenster blieben sie stehen und genossen eine Weile schweigend ihren Drink. Irgendwann schaute Chiara durch die Scheibe zu Daniel.

»Er ist wirklich ein toller Mann und so sexy. Findest du nicht? Bei ihm wird sicher jede Frau schwach«, schwärmte Chiara.

»Kann sein«, antwortete Imke ausweichend. Dass sie in Daniel verliebt war, wollte sie niemandem gestehen, auch nicht der Freundin.

»Sag bloß, du findest ihn nicht wahnsinnig attraktiv?« Ungläubig sah Chiara sie an.

»Darüber habe ich offen gestanden noch nicht nachgedacht. Er ist der Freund meines Bruders«, log Imke und wagte nicht, Chiara anzusehen, sondern schlürfte den Rest der Eisschokolade durch den Strohhalm.

»Hat er denn eine Freundin?«, bohrte Chiara weiter.

Imke schluckte. Scheinbar schien die Freundin ernsthaftes Interesse an Daniel zu haben. Ihr wurde ganz flau im Magen.

Sie zuckte mit den Achseln. »Keine Ahnung. Er spricht nicht viel über sein Privatleben.« Imke wollte jetzt nur eines: Das Thema Daniel so schnell wie möglich beenden. Es machte ihr nur noch mehr bewusst, wie unerreichbar er für sie war.

»Ich glaube, wir sollten Daniel wieder ablösen.« Sie zeigte auf die Schlange, die sich vor dem Eingang gebildet hatte.

»Ja, ja, natürlich«, pflichtete Chiara ihr bei.

Gemeinsam begaben sie sich wieder an die Arbeit.

## 33.

Daniel beneidete Imke und Chiara nicht bei dem Ansturm auf den Laden. Bereits nach der Viertelstunde, die er sie vertreten hatte, schwirrte ihm der Kopf von den Fragen der Kunden.

Gern wäre er noch eine Weile bei Imke geblieben. Aber der Trubel im Laden nervte ihn.

Er war froh, dass am Nachmittag keine Führungen zu den Bienenstöcken mehr geplant waren und er das Fest genießen konnte. Am Spätnachmittag sollte Chiaras Bruder Johnny auftreten, wie er dem Programm entnehmen konnte. Seinen Auftritt wollte er sich nicht entgehen lassen. Auch war er gespannt, ihn und Chiara zu beobachten, ob sie sich verstohlene Blicke zuwarfen oder sich gar heimlich treffen würden.

Daniel genoss die heitere Stimmung auf dem Gut und das warme Wetter. Er gesellte sich zu Okka und Jens, die eine Kaffeepause an einem der Bistrotische einlegten, und plauderte mit ihnen über den prächtig geschmückten Hof und die Aktionen und Darbietungen.

Während Okka vom Schminken der Kinder berichtete, bei dem sie mithalf, hörte Daniel nur mit halbem Ohr zu. Seine Aufmerksamkeit galt einem Mann, der in Statur und Aussehen dem Kerl aus dem Chrysler ähnelte, der Chiara neulich vor dem Laden abgefangen hatte. Sein Blick schweifte umher, als würde er Ausschau nach jemandem halten. Chiara? Als sich seiner und Daniels Blick begegneten, ging ein Ruck durch den Fremden. Mit zusammengekniffenen Augen starrte er Daniel abweisend an. Wer war der dreiste Kerl, der sich aufs Gut wagte? Daniel musste es wissen.

»Ich bin gleich wieder zurück«, sagte er zu Okka und Jens und stellte seine Kaffeetasse ab, bevor er zu dem Fremden ging. Als der Kerl aus dem Chrysler bemerkte, was Daniel vorhatte, ergriff er die Flucht. *Na warte!* Daniel setzte ihm nach, kam aber nicht weit, denn ihm strömten schwatzend die ersten Zuschauer entgegen, die sich einen Platz vor der Wiesenbühne sichern wollten. Er versuchte, sich durchzudrängen, scheiterte jedoch nach wenigen Metern und musste die Verfolgung zu seinem Ärger aufgeben.

Daniel fluchte. Wenn der Kerl Chiara suchte, musste er sich noch irgendwo auf dem Gut befinden. Daniel kehrte zu Okka und Jens zurück.

»Wer war denn der Kerl, dem du nach bist?«, fragte Jens.

»Der aus dem dunkelblauen Chrysler. Ihr erinnert euch doch noch?«

»Der Typ, der unerlaubt den Feldweg benutzt hat?«, warf Okka ein. Daniel nickte.

»Und vermutlich derselbe, der die Blumen am Gedenkstein abgelegt hat«, erklärte Daniel.

»Wer ist das und was will der?« Die krausgezogene Stirn von Jens verriet dessen Unmut.

»Wenn ich das wüsste … Ich vermute, dass er noch irgendwo auf dem Fest ist, und schaue mich mal um. Wenn ihr ihn seht, gebt mir Bescheid.«

»Klaro.« Okka und Jens nickten und begaben sich anschließend wieder zurück zu ihren Ständen, bei denen sie eingeteilt waren.

Daniel streifte über den Hof und hielt Ausschau nach dem Fremden. Doch der war wie vom Erdboden verschluckt. Über ein Mikrofon verkündete Imke den Auftritt von diesem Johnny, was Daniel zur Bühne lockte. Er kam aus dem Staunen nicht mehr heraus und starrte hinauf zu Imke, die sich locker und gewandt auf der Bühne gab, als wäre sie es ständig gewöhnt, vor Publikum aufzutreten. Johnnys Gitarre hing an einem Gurt über seiner Schulter, und in der Hand hielt er eine Handpuppe. Er winkte lächelnd zu den Zuschauern hinüber und begrüßte Imke mit einem Kuss auf die Wange. Daniels Magen ballte sich vor Eifersucht zu einem

Klumpen zusammen, besonders als Imke den Musiker anstrahlte, als wäre er das achte Weltwunder. Während Johnny seine Gitarre stimmte, stellte Imke den Künstler vor. Sie scherzten und flirteten miteinander zur Belustigung des gesamten Publikums. So hatte er Imke noch nie erlebt, so selbstbewusst, schlagfertig und sexy. Bei ihm selbst verhielt sie sich immer scheu, aber bei Johnny schien sie ihre Hemmungen abzulegen.

»Ich möchte mich schon vorab bei Johnny ganz herzlich bedanken und verspreche Ihnen eine megatolle Unterhaltung! Vorhang auf für Johnny und seine Puppe Jolly!«, rief Imke ins Mikrofon. Daniel traute seinen Augen nicht, als sie den jungen Musiker umarmte und ihm etwas ins Ohr flüsterte, bevor sie die Bühne verließ.

Johnny deutete eine Verbeugung an. »Es ist mir a big honour für Sie to play«, sagte er und erntete dafür Beifall. Imke stand unten neben der ersten Stuhlreihe und applaudierte und pfiff begeistert. Schließlich erklangen die ersten Gitarrentöne, und Daniel musste zugeben, dass dieser Musiker es verstand, mit dem Schmelz in seiner Stimme die Zuschauer mitzureißen. Er sang eine Liebesballade, und Daniel bemerkte, wie die Herzen der Frauen ihm zu Füßen lagen. Auch Imke himmelte ihn an. Eifersüchtig wandte Daniel sich ab. Da fiel sein Blick wieder auf den Fremden von vorhin, der sich ein wenig abseits von den Zuschauern aufhielt. Daniel musterte ihn. Ein südländischer Typ von mindestens sechzig Jahren. Sein Haar war tiefschwarz, ohne eine einzige graue Strähne, woraus Daniel schloss, dass er es färbte.

Seine Kleidung war geschmackvoll und modisch. Ein goldener Ring steckte an einem seiner kleinen Finger. Er schien eitel zu sein, denn immer wieder strich er mit der Hand über sein ohnehin glattgegeltes Haar.

Eine Hand legte sich auf Daniels Schulter, dass er zusammenzuckte. Er drehte sich um und stand Tom gegenüber. Freudig fielen sie sich in die Arme, dass er den Fremden fürs Erste vergaß.

»Hey, ich dachte schon, ihr kommt nicht mehr.« Es tat so gut, seinen Freund wiederzusehen. Wie sehr er ihn vermisst hatte, wurde ihm erst jetzt bewusst. In Toms Augen blitzte es freudig auf.

»Fast hätten wir den letzten Flug verpasst! Pia hat mir die Hölle heißgemacht, als wir wussten, dass wir nicht rechtzeitig ankommen würden.« Tom klopfte ihm freundschaftlich auf den Rücken. »Nun sind wir ja hier. Es gibt viel zu erzählen. Aber alles in Ruhe, wenn Imke und Finn auch dabei sind. Wollen wir vielleicht etwas trinken gehen?«

»Ja, gern.«

Daniel lief gemeinsam mit Tom zum Nebeneingang der Orangerie. Im Innern servierte Gesa Kaffee und verschiedene Kuchen, darunter auch Imkes Honighörnchen.

Sie betraten die Orangerie und nahmen an einem der runden Tische Platz.

Bei Kaffee und Kuchen erzählte Tom von seiner Recherchereise.

»Wir haben in der Schweiz tatsächlich etwas über das Kind und sein Kindermädchen herausgefunden. Wir sind dem Hinweis dieses Arztes nachgegangen, mit dem Pia telefoniert hat. Du weißt schon, der das Mädchen damals behandelt hatte«, erklärte er.

»Ja, und?«, fragte Daniel voller Anspannung, dem das Schicksal der befreundeten Familie sehr am Herzen lag.

»Nach allem, was wir erfahren haben, kann es nur Caroline gewesen sein. Alle Beschreibungen auch von anderen passen auf sie. Wir glauben auch, dass das angebliche Kindermädchen meine Schwester entführt hat.«

»Jemand aus eurem Umkreis?«

»Ja, denn Caroline hätte geschrien, wenn eine Fremde sie mitgenommen hätte. Die Frau wusste viel über unsere Familie, unsere Gewohnheiten. Ich glaube, es ist meine Tante gewesen.«

»Deine Tante? Aber die hat doch immer auf euch aufgepasst, wie ihr erzählt habt. Wie schrecklich ist das denn!« Toms Vermutung erschütterte Daniel. Es musste furchtbar sein, wenn jemand, dem man seine Kinder anvertraut hatte, einen so hinterging.

»Ich hätte das auch nie von ihr gedacht, da sie und meine Mutter ein Herz und eine Seele gewesen waren. Ich kann mir ihr Verhalten nicht erklären.«

»Und du bist ganz sicher?«, fragte Daniel eindringlich.

Tom nickte bedrückt. Daniel wusste, dass Tom sehr an seiner Tante Mariella gehangen hatte, weil sie wie eine zweite Mutter zu ihnen gewesen war.

»Alle von uns Befragten haben sie ziemlich gleich beschrieben: dunkle Haare, schmalgeschnittenes Gesicht. Eine Nachbarin hat gehört, wie Caroline sie Mama genannt haben soll.

»Deine Schwester hat sie mit Mama angeredet?«

»Tante Mariella hat sich viel um uns gekümmert. Meine Mutter hatte kaum Zeit für uns, und Vater erst recht nicht, wegen der Plantage.«

Tom zählte die Länder auf, in denen sie gewohnt hatte.

»Bis zum November 1995 sind sie durch verschiedene Länder gereist.«

»Aber hattest du nicht gesagt, dass deine Tante gestorben sei?«

»Ja, eine Frau aus Rumänien war bei uns gewesen und hatte meinen Eltern den Totenschein gezeigt. Doch der muss gefälscht gewesen sein. Wenn meine Tante Mariella Caroline entführt haben sollte, hätte sie ein Interesse daran gehabt, ihre Spuren zu verwischen.«

»Und auch die Daten über den Apfel im Computer zu löschen.«

»Vermutlich.« Daniel nickte.

»Hat deine Tante eigentlich Kinder gehabt?«

Tom schüttelte den Kopf. »Nein. Wie kommst du darauf?«

»Du sagtest doch, dass sich die Spur deiner Schwester 1995 verliert.«

»Richtig.«

Da berichtete Daniel ihm von seinen Nachforschungen über Chiara.

»Ich bin dabei auf ein paar interessante Zeitungsartikel über eine Mary Blaire aus New Jersey gestoßen.« Ausführlich gab er den Inhalt wieder. »Ich dachte bei Mary unwillkürlich an Mariella.«

»Du meinst, meine Tante könnte in die USA ausgewandert sein und wäre erst im vergangenen Jahr gestorben? Und …« Tom stockte. Offensichtlich fiel es ihm nicht leicht, weiter zu reden.

»Und die Spur Carolines hätte sich verloren …« Daniel brach ab, als er erkannte, wie viel Schmerz sein Freund empfand.

»Weil sie … gestorben … ist?«, ergänzte Tom leise und wurde bleich.

Daniel legte ihm zum Trost die Hand auf den Arm. »Es tut mir leid, mein Freund. Aber diese Möglichkeit musst du in Betracht ziehen.«

Ein gequälter Ausdruck lag in Toms Blick. »Dann wäre unsere Reise also umsonst gewesen.«

»Nein, nicht umsonst, schließlich wolltest du doch etwas über das Schicksal deiner Schwester erfahren, oder?«

»Du hast recht. Nur, als wir in der Schweiz und Italien gewesen sind, da war tief in mir drinnen das Gefühl, dass sie noch lebt.«

Es war möglich, dass er sich irrte, aber die Fakten schienen etwas anderes zu sagen.

Die Scheune füllte sich zunehmend. Von allen Seiten hörte Daniel nur immer wieder den Namen Johnny und wie begeistert die Zuhörer von ihm gewesen waren.

Zwei Frauen gingen an ihrem Tisch vorbei, von denen Daniel eine als Imkes Kundin kannte, Lorenz war ihr Name.

»Hast du gesehen, wie verliebt der Musiker unsere Imke Matthiesen angesehen hat?«, fragte die Begleiterin Frau Lorenz.

»Und sie hat ihn angehimmelt«, antwortete Frau Lorenz. »Ein Charmeur ist er ja, er hat bestimmt schon so manches Frauenherz gebrochen.«

Daniel ballte unter dem Tisch die Hände zu Fäusten. Auch Tom zog ein grimmiges Gesicht.

»Meine Schwester und ein Musiker? Nie im Leben. Dafür ist sie viel zu bodenständig«, murmelte er vor sich hin. Daniel zog es vor zu schweigen, die Eifersucht nagte an ihm.

Kurz darauf betraten Pia, Maike und Finn die Scheune. Nach

einer herzlichen Begrüßung lobten auch sie diesen Johnny über den grünen Klee.

»Der war schon eine Stimmungskanone auf meinem Schiff«, bestätigte Maike.

»Wo steckt denn meine Schwester«, fragte Tom. »Warum ist sie denn nicht mit euch mitgekommen?«

»Sie wollte später nachkommen. Jetzt ist sie mit Johnny und Anna zum Dosenwerfen gegangen«, erklärte Pia.

Das versetzte Daniel einen Stich.

»Was schaut ihr beiden denn so seltsam drein?«, fragte Pia und blickte zu ihrem Mann und dann zu Daniel.

Im Wechsel erzählten Daniel und Tom von ihrem Gespräch.

»Chiara ist Johnnys Schwester? Das gibt's doch nicht!«, rief Pia erstaunt aus.

»Halbschwester«, korrigierte Maike sie. »Mir hat er damals nämlich erzählt, dass er eine Halbschwester habe.«

»Deshalb wahrscheinlich auch der andere Nachname: Summers«, warf Daniel ein.

Während die anderen Kaffee und Kuchen verspeisten, drehte sich das Gespräch am Tisch nur noch um Johnny. Die Eifersucht nagte an Daniel, was er vor seinem Freund nicht zeigen wollte.

»Ich glaube, ich brauche mal ein wenig frische Luft«, erklärte er den anderen und erhob sich.

»Möchtest du denn nicht mit uns beim Tauziehen mitmachen? Imke, Chiara und sogar Johnny machen mit.« Pia klang ganz enttäuscht. Als er Johnnys Namen hörte, verspürte Daniel erst recht keine Lust mehr aufs Tauziehen.

»Du willst doch nicht etwa kneifen?«, fragte Tom und grinste. »Dann könntest du diesem Musikus beweisen, was ein echter Naturbursche für Kräfte entwickeln kann.« Seinem Freund war also nicht entgangen, dass er diesen Johnny nicht sonderlich sympathisch fand.

»Okay«, gab Daniel nach. Tom hätte ihn mit Fragen gelöchert, weshalb er nicht mitmachen wollte. Womöglich hätte er auch noch bemerkt, dass er Imkes wegen auf Johnny eifersüchtig war.

»Also, dann lasst uns aufbrechen.« Pia hakte sich bei Daniel und Tom ein, als sie die Scheune verließen.

Die Wiese, auf der das Tauziehen stattfinden sollte, lag hinter einer der Lagerhallen. Von Weitem erkannte Daniel Imke und Johnny, die lachend die Köpfe zusammensteckten. Er kniff die Lippen zusammen.

Mitten auf der Wiese lag das Seil, rechts von der Mitte war ein gelber und parallel ein roter Streifen ins Gras gesprüht worden. Man musste die gegnerische Mannschaft über den Strich ziehen, um zu gewinnen.

Tom, Jens, Pia, Maike, Finn und Daniel gehörten dem Team Gelb an, während Imke, Johnny, Chiara, Okka, Gesa und Arno, ein stämmiger Mitarbeiter Toms, das gegnerische Team bildeten.

Tom und Arno umfassten das Seil innen, während Daniel und Okka die Enden gegriffen hatten. Fraukes Tochter Insa gab die Kommandos für den Wettkampf.

»Euch machen wir sofort platt!«, prahlte Jens und grinste breit.

»Das wollen wir mal sehen!«, erwiderte Imke und schnaubte entschlossen. Sie spuckte in die Hände und umfasste das Seil. Johnny tat es ihr gleich.

Inzwischen hatten sich zahlreiche Zuschauer um die Wiese versammelt.

Insa rief das erste Kommando: »Auf die Plätze!« und Imke umklammerte das Seil.

»Fertig!«

Insa wartete. »Go!«, brüllte sie, und die Teams zerrten mit aller Kraft am Seil.

»Zieht!«, presste Tom zwischen zusammengebissenen Zähnen hervor und zog mit aller Kraft, dass sich seine Muskeln deutlich unter dem Ärmel seines T-Shirts wölbten.

Daniels Team legte sich ins Zeug, aber Arno, ein ehemaliger Wrestler, hielt dagegen. Zentimeter für Zentimeter gelang es Daniels Team, den Gegner gefährlich nahe an die gesprayte Linie zu ziehen. Sie wurden von den Zuschauern lautstark angefeuert. Dennoch spürte Daniel, dass seine Arme nachzugeben drohten.

Mittlerweile feuerten die Zuschauer sie durch rhythmisches Klatschen an. So sehr Imke und ihr Team sich auch ins Zeug legten, die anderen zogen sie an die Linie heran. Es fehlten nur noch zwei Fingerbreit bis zum Sieg, als Tom plötzlich nicht mehr mitzog. Regungslos stand er da und starrte geradeaus. Während die anderen sich bemühten, glitt ihm das Seil aus den Händen. Pia, die direkt hinter ihm war, rief: »Nun zieh endlich, Tom!«

»Hey, Tom, was ist denn los? Warum machst du nicht weiter?«, rief Daniel. Er verstand den Freund nicht. Tom war ehrgeizig, auch im Spiel, und setzte alles daran, zu gewinnen. Auch die anderen forderten ihn auf, das Seil wieder in die Hand zu nehmen. Doch deren Rufe gingen im Jubelschrei des Siegerteams unter. Enttäuscht schmiss Jens das Seil auf den Boden.

»Was war denn nur los? Warum hast du aufgehört mit dem Ziehen. Deinetwegen haben die anderen gewonnen!«, warf ihm Finn vor. Doch Tom stand da mit leerem Blick und stammelte immer wieder: »Das gibt's doch nicht … das muss eine Fata Morgana sein.«

Daniel umfasste die Schultern des Freundes. »Was hast du gesehen, Tom?«

# 34.

Sie hatten gewonnen! Imke fiel erst Chiara und dann Johnny um den Hals. So wohlgefühlt hatte sie sich schon lange nicht mehr auf einem Fest.

»Die haben wir aber weggeputzt.« Chiara strahlte.

»Aber nur, weil Tom plötzlich nicht mehr gezogen hat«, stellte Imke richtig. Was war mit ihrem Bruder los gewesen?

»Ja, da hat er ein Eigentor geschossen.«

»Aber das passt so gar nicht zu Tom«, entgegnete Imke. Chiara wollte gerade etwas erwidern, als jemand Imke auf die Schulter tippte.

»Frau Matthiesen, Gratulation zu diesem wirklich gelungenen Fest. Ich muss Ihnen sagen, dass dieses alle vergangenen in den Schatten stellt. Und erst dieser Musiker und Bauchredner … der ist wirklich eine Wucht. Wo haben Sie den nur gefunden?«

Frau Engler reichte ihr lächelnd die Hand. Und sie war nicht die Einzige, die Imke zum gelungenen Fest beglückwünschte.

»Vielen Dank, Frau Engler. Es freut mich sehr, dass Sie sich auf unserem Gut wohlfühlen. Dann dürfen Sie auf keinen Fall unser Abendprogramm verpassen. Ich sehe, Ihr Mann ist ja auch da. Wir haben eine tolle Band engagiert, die Big Apple. Bei guter Musik macht es mehr Spaß zu tanzen.«

»Steht ja alles hier drin.« Frau Engler hob das Programmheft hoch.

Eine Last fiel von Imkes Schultern. Die letzten Wochen und Monate harter Arbeit trugen Früchte.

»Viel Spaß weiterhin, Frau Engler. Wir sehen uns bestimmt noch im Festzelt.«

»Aber sicher. Bis später!«, rief Frau Engler.

Imke überquerte die Wiese auf der Suche nach Tom und Daniel, die den Wettkampfplatz inzwischen verlassen hatten. Weshalb hatte Tom nur das Seil losgelassen?

Sie hörte schnelle Schritte hinter sich. Johnny holte sie ein.

»I`m durstig. Something to drink?«, fragte er und zeigte auf den Getränkestand, der nur wenige Schritte entfernt war. Aber Imke wollte jetzt zu Tom, um zu erfahren, weshalb er das Seil losgelassen hatte.

»Später, Johnny. Ich muss erst zu meinem Bruder.«

Der Musiker zog ein enttäuschtes Gesicht. Doch schnell hatte er sich wieder gefasst und lächelte.

»Later, we will dance?«

Imke fühlte sich geschmeichelt. Sie mochte Johnny, fand ihn sehr sympathisch und unterhaltsam, aber wenn er sie ansah, verspürte sie nicht dieses Prickeln wie bei Daniel.

»Johnny, vielleicht. Wir sehen uns auf jeden Fall im Festzelt, okay?«, vertröstete sie ihn.

»Okay«, antwortete er und zog ein enttäuschtes Gesicht.

Imke drängte sich durch die Zuschauermenge vor der Akrobatiknummer. Weiter hinten bei der Orangerie erkannte sie Daniels rotblonden Schopf. Als sie sich ihm näherte, sah sie ihn in Begleitung ihrer Brüder und Schwägerinnen. Schweigend mit betretenen Mienen standen sie um eine Feuerschale. Imke erschrak, als sie Toms bleiches Gesicht sah. Irgendetwas war geschehen, was ihre Familie beunruhigte.

»Was war denn eben los, Tom?«, fragte sie. »Wieso hast du das Seil losgelassen? Du willst doch sonst immer gewinnen.«

»Ich habe Flaviu gesehen«, antwortete er knapp.

»Flaviu?« Sie hatte diesen Namen schon oft gehört, aber den Mann nie kennengelernt. Die Vergangenheit verfolgte sie also offenbar nicht nur in den Albträumen.

»Könnte mich mal bitte einer aufklären, wer dieser Flaviu eigentlich ist?«, warf Maike ein und sah von einem zum anderen.

»Flaviu war Tante Mariellas Ehemann. Aber die Ehe ist wegen seiner Frauengeschichten annulliert worden«, erklärte Finn. »Meine Tante hat ihm trotz seiner Seitensprünge immer hinterhergetrauert.«

»Ich dachte, der wäre wie Mariella tot«, mischte sich nun Pia ins Gespräch ein.

»Das dachte ich auch, bis ich ihn heute leibhaftig gesehen habe«, antwortete Tom heiser.

»Und seinetwegen hast du das Seil losgelassen? Oder hast du ein Gespenst gesehen?« Maike schien über den verpassten Sieg verärgert zu sein.

»Nein, aber wie er da so stand und zu uns herübergestarrt hat, habe ich mich an damals erinnert. Liegt wohl daran, dass er noch immer schwarze Haare trägt.«

»Und woran hast du dich erinnert?«, fragte Imke.

»Eine Situation, einen kurzen Moment, damals an dem Tag, als Caroline verschwunden ist. All die Jahre hatte ich dieses Detail irgendwie vergessen, vielleicht weil ich gedacht habe, dass es keine Bedeutung hätte. Aber heute …« Tom brach ab und starrte in die Flammen der Feuerschale.

»Was meinst du denn damit?« Pia umfasste seinen Arm und sah ihn an.

Tom runzelte die Stirn. Seine Lippen bewegten sich. Scheinbar suchte er nach den passenden Worten.

»Damals an dem Tag, an dem Caroline verschwunden ist, habe ich Flaviu unten am Elbstrand gesehen. Er hat unser Fußballspiel mitverfolgt«, sagte Tom leise.

»Wieso habe ich ihn dann nicht bemerkt?«, warf Finn ein.

»Du standest die meiste Zeit mit dem Rücken zu ihm, denn er war auf der Seite eures Tores.«

Finn nickte. »Jetzt, da du es sagst … Ich habe nie darüber nachgedacht. Wie konnten wir so was vergessen?«

»Weil sich im Laufe der Zeit die Erinnerungen verändern. Es ist erwiesen, dass emotional bedeutsame Ereignisse sich besser einprägen. Ihr habt das wahrscheinlich als Nebensächlichkeit angesehen. Erst die Geschehnisse in der letzten Zeit haben euch sensibilisiert«, erklärte Maike.

»Bedeutet das, dass Flaviu etwas mit dem Verschwinden unserer Schwester zu tun haben könnte?« Imke war ganz flau im Magen. »Warum taucht er auf einmal hier auf? Und was will er von uns?«, fragte Imke heiser.

Tom zuckte mit den Achseln. »Keine Ahnung.«

Eine Weile rätselten sie herum, welche Gründe sein plötzliches Auftauchen haben könnte, ohne zu einem brauchbaren Ergebnis zu kommen.

»Ich wollte euch noch etwas sagen«, warf Daniel ein, der bis eben geschwiegen hatte. Sofort richteten sich alle Augenpaare auf ihn.

»Ich habe neulich beobachtet, wie dieser Flaviu Chiara aufgelauert hat. Hier auf dem Gut vor dem Laden. Sie schien ihn auch zu kennen.«

Imke war geschockt und den anderen schien es ähnlich zu ergehen. Auch das hatte Chiara nie erwähnt.

Daniel erzählte ausführlich von seiner Beobachtung.

Als er fertig war, redeten alle aufgeregt durcheinander. Jeder hatte eine andere Vermutung.

»Vielleicht ist er wegen des Festes angereist. Schließlich hat er damals eine Zeit lang hier gearbeitet. Viele unserer ehemaligen Erntehelfer sind heute hier als Gäste. Chiara und er könnten sich zufällig im Ort begegnet sein.«

»Stimmt, aber daran glaube ich nicht so recht«, warf Pia ein.

»Das ist noch nicht alles, was ich euch zu berichten habe«, fuhr Daniel fort. »Dieser Musiker Johnny ist ihr Bruder.«

»Was?«, rief Maike überrascht.

»Warum hast du mir nichts gesagt, Daniel?«, rief Imke vorwurfsvoll. Sie war enttäuscht, dass er ihr das nicht anvertraut hatte.

»Du und Chiara, ihr wart so eng miteinander, dass ich geglaubt habe, du wolltest davon nichts hören«, rechtfertigte Daniel sein Schweigen.

In Imkes Kopf herrschte ein heilloses Durcheinander. Chiara

verbarg ein Geheimnis, und das hatte mit dem Gut zu tun. Und auch in Johnny hatte sie sich getäuscht. Was von deren Verhalten war echt, was gespielt? Wie könnte sie den beiden noch vertrauen. Nur eines war ihr jetzt klar geworden: Johnny wusste von Chiara vom Fest und war sicher ihretwegen aufs Gut gekommen. *Die beiden müssen sich ja über meine Naivität und Blindheit amüsiert haben!*

»Ich finde das alles wirklich sehr mysteriös«, meine Maike.

Imke konnte ihr nur zustimmen. Sie warf einen Blick auf ihre Uhr. »Ich sollte langsam ins Festzelt. Aber vorher muss ich mich noch umziehen.«

In wenigen Minuten würde die Abendveranstaltung beginnen. Auch da gehörte es zur Tradition, die Gäste zu begrüßen.

»Wir gehen schon mal vor«, sagte Tom und lief mit Pia in Richtung Zelt. Daniel schloss sich ihnen an, während Finn und Maike Imke ins Gutshaus begleiteten, weil sie Anna zu Bett bringen wollten.

Finn pfiff durch die Zähne, als Imke die Treppe herunterkam.

»Wow, siehst du toll aus«, sagte Maike und umarmte sie. Bewundernd strich sie über die rote Seide, die im Licht glänzte. Ein silberner Seidenschal verdeckte wie üblich die Narben an Imkes Hals. Passend zum Kleid trug sie nach langer Zeit hochhackige, rote Schuhe. An die Absatzhöhe musste sie sich zwar gewöhnen, aber sie kam besser damit klar als gedacht. Imke fühlte sich in dem eleganten Outfit wie Aschenputtel, die ihren ersten Ball besuchte. Ob es Daniel auch gefallen würde?

Sie machten sich zu dritt auf den Weg zum Festzelt, das auf der Wiese hinter der Lagerhalle eins aufgebaut war. Von Weitem schallte eine Samba zu ihnen herüber. Imke bekam Lust zum Tanzen und hüpfte beim Laufen. Maike sang den Refrain mit und tänzelte neben Imke, dass Finn lächelnd den Kopf schüttelte.

Auf halbem Weg kamen ihnen Frauke und deren Tochter Mareike entgegen, die rechts und links Imkes Vater stützten.

»Wollt ihr etwa schon gehen?«, fragte Imke. »Jetzt fängt doch erst der gemütliche Teil an. Ich habe extra für euch Plätze reservieren lassen.« Im Festzelt hatte jedes Jahr die ganze Familie zusammengesessen.

»Papa, willst du wirklich schon gehen? Gefällt es dir denn nicht?«, wandte sich Finn an ihren Vater.

Er wirkte angestrengt, sein Blick war getrübt. Auch entging Imke nicht, dass seine Beine zitterten.

»Er fühlt sich nicht gut«, warf Frauke ein.

»Das Fest ist nicht mehr das, was es einmal war. Diese vielen Stände. Früher haben wir die Bratwurst selbst gegrillt und das Bier ausgeschenkt. Dieser ganze Trubel geht mir auf die Nerven«, meldete sich ihr Vater in gewohnt barschem Tonfall zu Wort und unterstrich seine Worte mit einer ungeduldigen Geste.

Imke fühlte sich getroffen. An keinem Tag hatte er ihre Arbeit gelobt.

»Wir bringen euren Vater jetzt zum Haus zurück und bleiben eine Weile bei ihm. Von der Terrasse aus ist das Feuerwerk nachher genauso schön zu beobachten«, erklärte Frauke.

»Ich will jetzt endlich zurück«, drängelte ihr Vater und zeigte mit seinem Gehstock nach vorn.

»Ja, natürlich.« Frauke fasste seinen Ellbogen. Langsam gingen sie weiter.

»Vielleicht sehen wir uns später noch!«, rief Imke ihnen hinterher.

»Ja, vielleicht«, antwortete Mareike und fasste den Vater unter.

Imke sah ihnen nach und seufzte.

»Nimm dir das nicht zu Herzen«, sagte Finn und legte ihr den Arm um die Schultern. »Es ist ihm schon immer schwergefallen, die Arbeit anderer anzuerkennen. Du hast wirklich Großartiges geleistet. Findet Tom übrigens auch.«

Die Worte ihres Bruders vermochten sie ein wenig zu trösten. Dankbar lächelte sie ihn an. Finn hatte besonders unter der mangelnden Anerkennung des Vaters gelitten und konnte sie gut verstehen. Vielleicht war aus das ein Grund, warum er gleich nach der Schule das Gut verlassen hatte.

Vor dem Festzelt empfing die Gäste ein romantischer Lampionhimmel. Zwischen mehreren Metallpfosten spannten sich Drähte, von denen mehrere Dutzend Lampions herunterhingen. Tische und Stühle luden die Gäste zum Essen draußen ein. Auf jedem der Tische standen die Gestecke, die Chiara und Imke gefertigt hatten sowie Windlichter. Das sanfte Licht der Kerzen und Lampions passte stimmungsvoll zu dem Abendnebel, der auch heute über der Elbe schwebte.

»Welch traumhafte Kulisse. Schade, dass ich jetzt meine Kamera nicht dabeihabe«, sagte Pia, die mit Chiara vor dem Zelt auf sie gewartet hatte.

»Ich habe schon gedacht, ihr kommt nicht mehr!«, rief Chiara.

Beim Anblick der Freundin war Imke bewusster denn je, dass sie mit ihr einiges klären musste, ihr Verhalten und wie es mit dem Job nach dem Fest weitergehen würde. Am liebsten hätte sie sie es sofort getan. Aber genau wie an den stressigen letzten Tagen war auch heute auf dem Fest nicht der richtige Zeitpunkt. in paar Stunden lang hieß es, alles hinter sich zu lassen und zu genießen. Morgen war auch noch ein Tag.

Lautes Stimmengewirr schlug ihnen beim Betreten des Zeltes entgegen. Lange Reihen aus Bierzeltgarnituren füllten zwei Drittel des Raumes, im hinteren Teil befanden sich das Buffet, eine Getränkebar und etwas erhöht die Tanzfläche.

Vor den Speisentischen hatte sich bereits eine lange Schlange gebildet. Imke war aufgeregt und verspürte keinen Hunger. Sie war auf Daniels Reaktion gespannt, wenn er sie in diesem Kleid sah. Sehnsüchtig schaute sie zu den tanzenden Pärchen hinüber, als sie Finn und Maike zum Tisch folgte, an dem die anderen bereits Platz genommen hatten. Sie wagte nicht, Daniel anzusehen. Ihr Herz klopfte wild.

»Mensch, Imke, du siehst toll aus«, sagte Pia, und Tom bestätigte es durch den hochgehaltenen Daumen. Die Komplimente hoben Imkes Stimmung noch mehr. Daniel, der am Ende der Bank saß, war aufgestanden, damit sie sich setzen konnte. Er verschlang sie regelrecht mit Blicken. Als sie sich ansahen, ging ein

Beben durch ihren Körper. So begehrlich hatte er sie noch nie angeschaut. Hitze schoss in ihre Wangen. Als sie spürte, wie Tom sie beobachtete, fühlte sie sich ertappt. Der Bann wurde gebrochen, als ihr Bruder ihr seine Hand reichte und sie neben sich auf die Bank zog.

»Komm zu mir, Schwesterchen«, scherzte er. Chiara schaute zu mit ernster Miene zu ihnen herüber. Imke glaubte, einen flüchtigen Augenblick Schmerz in ihren Augen zu erkennen.

Dann nahm Daniel Platz, so dicht, dass sein Oberschenkel Imkes berührte. Sofort begann ihr ganzer Körper zu kribbeln, als stünde sie unter Strom. Wie sollte sie das den ganzen Abend bloß aushalten? Immer, wenn er sich bewegte, durchfuhr es sie wie ein Blitz. Es kostete sie Kraft, sich nicht anmerken zu lassen, wie sehr sie diese einfache Berührung durcheinanderbrachte.

Es war ihr unangenehm, als sich ihre Brustwarzen verhärteten und durch den dünnen Seidenstoff drückten. Aus dem Augenwinkel erkannte sie, dass Daniel sekundenlang auf ihren Busen schaute. Spürte er, was in ihr vorging?

»Die Luft ist stickig und heiß. Ich glaube, ich hole mir mal was zu trinken«, sagte sie, um seiner Nähe zu entfliehen.

»Das kann ich doch machen«, bot Finn sich an und stand auf.

»Eine Runde Champagner für alle!«, rief Tom.

»Soll ich dir vielleicht tragen helfen?«, startete Imke einen weiteren Versuch.

»Das ist lieb, aber das schaff ich schon allein«, antwortete Finn augenzwinkernd und lief zum Ausschank.

Stocksteif saß Imke auf der Bank, darauf bedacht, Daniel so wenig wie möglich zu berühren. Als Maike und Pia sie für die Ausrichtung des Festes lobten, wurde sie wenigstens kurz abgelenkt. Finn kehrte mit einem Tablett gefüllter Champagnerschalen zurück und reichte jedem eine. Fröhlich stießen sie miteinander an. Imkes Kehle war wie ausgetrocknet, sie stürzte das Getränk hinunter wie Wasser. Der Champagner prickelte auf der Zunge.

»Du hast vielleicht einen Zug am Leib«, scherzte Tom.

»Ich sagte doch, ich habe Durst«, entgegnete sie. Während

Imke sich weiter mit Maike, Pia und ihren Brüdern unterhielt, bemerkte sie, dass Chiara die ganze Zeit mit Daniel flirtete, was ihre Eifersucht anstachelte. Sie konnte sich nicht mehr auf das Gespräch mit Pia und den anderen konzentrieren, weil ihre Aufmerksamkeit nur noch den beiden galt. Daniel zeigte sich äußerst charmant und humorvoll und brachte Chiara oft zum Lachen.

»Ich hole Chiara noch einen Champagner. Möchtest du vielleicht auch noch etwas zu trinken?«, fragte er Imke.

»Gern, für mich bitte das Gleiche.«

»Daniel ist nicht nur attraktiv, sondern auch sehr charmant«, raunte Chiara ihr über den Tisch zu, nachdem Daniel gegangen war. In Imke begann es zu brodeln. Es ärgerte sie, dass Chiara mit ihm flirtete und er sich darauf einließ. Dabei hatte sie nach seinem Blick vorhin gedacht, dass er etwas für sie empfand.

»Ja, das ist er«, antwortete sie leichthin, auch wenn ihr nicht danach war.

Daniel kehrte mit den Getränken zurück und verteilte sie auf dem Tisch. Der Bandsänger motivierte die Gäste zum Tanzen. Als die Band neue Songs spielte, wippte Imke mit den Zehen im Takt dazu. Musik und Tanzen zählten neben der Natur zu ihren Leidenschaften. Es gab für sie nichts Schöneres, als sich zu rhythmischen Klängen zu bewegen. Einer ihrer Lieblingssongs erklang und ließ sie sehnsüchtig auf die Tanzenden schielen. Ihre Brüder gingen Hand in Hand mit ihren Frauen zur Tanzfläche. Imke hoffte, Daniel würde sie auffordern. Aber er tat es nicht, sondern plauderte angeregt mit Chiara. Traurig stellte Imke fest, dass auch Jens und Okka, Gesa und ihr neuer Freund zusammen tanzten. Nur sie forderte keiner auf. Kurz kam ihr in den Sinn, Daniel um einen Tanz zu bitten. Doch Chiara kam ihr zuvor.

»Hey, komm, lass uns tanzen«, sagte sie zu Daniel und griff über den Tisch nach seiner Hand. Zu Imkes Enttäuschung folgte er der Aufforderung. Als er sie ansah, als wolle er von ihr eine Erlaubnis, drehte sie sich um. Sie kämpfte gegen die Tränen der Enttäuschung.

Imke blieb allein am Tisch zurück. Eifersüchtig beobachtete

sie die beiden. Daniel war ein guter Tänzer und schwenkte Chiara elegant herum, während sie lächelnd zu ihm aufblickte. In einer Drehung winkte sie Imke zu. Das war für Imke zu viel, und sie stand auf. Für einen kurzen Moment begann sich alles um sie herum zu drehen, was sicher dem ungewohnten Alkoholkonsum zuzuschreiben war und der Tatsache, dass sie heute Morgen zuletzt etwas gegessen hatte. Letzterem konnte Abhilfe geschaffen werden. Sie lief zum Buffet und füllte ihren Teller, ohne darauf zu achten, womit. Anschließend holte sie sich beim Ausschank ein Glas Wasser und kehrte zum Tisch zurück. Nach und nach nahmen auch ihre Brüder mit Schweißperlen auf der Stirn wieder Platz. Nur Daniel und Chiara bewegten sich weiter zur Musik. Offenbar hatte er in ihrer Freundin die perfekte Tanzpartnerin gefunden. Ihrer beider Körper harmonierten wie bei einem eingespielten Tanzpaar. Aus Frust aß Imke den Teller leer.

Irgendwann tippte ihr jemand auf die Schulter. »Do you wanna dance?«, fragte Johnny und reichte ihr die Hand. Sie freute sich über sein Erscheinen und traute ihren Augen nicht, denn er war in dem silbrig glitzernden Anzug kaum wiederzuerkennen. Sein Hemd war am Hals aufgeknöpft und hob sich von seiner bronzefarbenen Haut ab. Er hatte sein schwarzes, lockiges Haar streng zurückgekämmt. In seinem Outfit und mit dem entschlossenen Blick wirkte er wie ein spanischer Flamencotänzer.

Freudig ließ Imke sich von ihm zur Tanzfläche führen. Johnny zog sie eine Spur zu fest an sich, dass sie kaum Luft bekam. Imke ahnte nicht, worauf sie sich bei dem Tanz mit ihm eingelassen hatte. Doch schon bei den ersten Schritten spürte sie seine Kraft und seinen Rhythmus. Daniel war ein guter Tänzer, aber Johnny bewegte sich wie ein Profi.

Imke hatte zwar mehrere Kurse in der Tanzschule besucht, aber so hatte sie noch mit keinem Mann getanzt. Bei den vielen Drehungen wurde ihr ganz schwindlig, was sicher auch am ungewohnten Champagnerkonsum lag, der ihr zu Kopf gestiegen war. Doch er führte sie sich über den Holzboden. Aber es bereitete ihr unglaublich viel Spaß. Sie spürte die bewundernden

Blicke der anderen, was sie beflügelte. Zum ersten Mal an diesem Abend lachte sie, vor allem, wenn Johnny sie zum Spaß nach hinten bog oder hochhob. Imke gab sich ganz dem Tanz hin. Bei jedem Schritt spürte sie, was er vorhatte. Welch ein Genuss. Zum Glück hatte sie die Grundschritte nicht verlernt und konnte sich auf ihn einstellen.

Mit versteinerter Miene tanzte Daniel an ihnen vorbei. Imke lächelte ihn an, aber er erwiderte es nicht, sondern presste die Lippen zusammen. Chiara und Johnny benahmen sich wie zwei Fremde, was Imke erneut ins Grübeln brachte. Die Geschwister waren sich so gar nicht ähnlich. Chiara mit der blassen Haut und Johnny mit der sonnenverwöhnten Haut eines amerikanischen Beachboys. Hatte Daniel vielleicht doch falsch recherchiert?

Die Band spielte schneller, und Johnny wirbelte Imke herum. Als sie das nächste Mal nach Daniel Ausschau hielt, waren er und Chiara von der Tanzfläche verschwunden.

Sie sah zum Tisch hinüber, an dem nur ihre Familie saß. Sie hielt nach den beiden Ausschau, konnte sie aber nirgends entdecken. Lagen sie sich unter den Lampions küssend in den Armen? Die Vorstellung war für sie unerträglich. Die Band begann einen neuen Song. Johnny zog sie mit sich, aber Imke schüttelte den Kopf.

»Sei mir bitte nicht böse, aber ich glaube, ich muss mal wieder zu meiner Familie zurück«, sagte sie zu Johnny, der ein enttäuschtes Gesicht zog.

»Okay«, antwortete er und bot ihr an, sie zum Tisch zu begleiten. Doch Imke wollte sich vergewissern, ob sie mit Daniel und Chiara recht hatte, und wimmelte ihn mit dem Hinweis, sie müsse die Toilette aufsuchen, ab.

Johnny wurde von einem Gast an den Tisch gebeten, der am Nachmittag begeistert seiner Musik gelauscht hatte.

»Wo ist denn Chiara?«, fragte Imke Maike, als sie an den Tisch zurückgekehrt war.

Die Schwägerin schluckte einen Bissen hinunter und wischte sich mit der Serviette den Mund ab. »Sie ist mit Daniel nach draußen gegangen. Ich glaube, zwischen den beiden hat es gefunkt.«

Imke wurde übel. Erst neulich hatte sie von ihm geschwärmt. Die Freundin nahm mit ihrer unbeschwerten, lockeren Art jeden für sich ein. Obendrein war sie intelligent und bildhübsch. Die männlichen Kunden jedweden Alters hatten mit ihr heftig geflirtet. Daniel war eben auch nur ein Mann und von ihr ebenso hingerissen wie seine Geschlechtsgenossen.

Maike hielt sie am Arm fest, als sie nach draußen gehen wollte.

»Ich weiß nicht, ob das so eine gute Idee ist, wenn du nach ihnen suchst«, sprach sie mit besorgtem Blick zu ihr.

Doch Imke eilte aus dem Zelt. Ihre Stimmung war dahin. Sie musste wissen, woran sie mit Daniel war. Und es hätte ein schöner Abend werden können …

Als sie aus dem Zelt trat, waren sie nicht zu sehen. Imke lief weiter und schaute sich um. Vielleicht waren sie in den Laden gegangen. Als sie die Wiese überquerte, kamen ihr Gesa und ihr Freund entgegen.

»Hast du vielleicht Chiara gesehen?«, fragte sie die junge Frau.

»Ja, gerade eben ist sie zum Gutshaus gelaufen.«

»War Daniel vielleicht auch dabei?«, fragte Imke mit belegter Stimme und schluckte gegen den Kloß in ihrem Hals.

»Ich glaube schon«, antwortete Gesa. »Ja, ich glaube, die sind beide zusammen zum Gutshaus.«

*Sie wollen ungestört sein.* Imke kämpfte erneut gegen die aufsteigenden Tränen.

»Danke dir. Einen schönen Abend euch beiden«, wünschte sie dem Paar.

Daniel und Chiara im Gutshaus. Was das bedeutete, konnte sie sich an fünf Fingern abzählen. Die Vorstellung, die beiden könnten Sex miteinander haben, quälte sie. Mit einem dumpfen Gefühl im Magen rannte sie zum Haus und schaute in den ersten Stock hinauf. Im Gästezimmer brannte Licht. Chiara trat ans Fenster und zog die Vorhänge zu. Der Schatten an der Wand zeugte davon, dass sie nicht allein war.

Wieder hatte Imke sich in einem Mann getäuscht. Sie blieb stehen und starrte hinauf. Es begann zu regnen, und die Tropfen vermischten sich mit den Tränen, die ihr Gesicht hinunterrannen. Warum musste sie sich nur wieder unglücklich verlieben? Wäre der Abend anders verlaufen, wenn sie Daniel vorhin zum Tanzen aufgefordert hätte?

Nie hätte sie gedacht, dass er sofort mit Chiara auf deren Zimmer ging. Wie enttäuscht sie war. Auf keinen Fall konnte sie die Nacht in ihrem Zimmer verbringen, wo nebenan Daniel und Chiara sich liebten. Eine Weile verharrte sie auf der Stelle, während der Regen auf sie niederprasselte. Als sie bis auf die Haut nass war, rannte sie schluchzend durch die Dunkelheit zur Scheune, ihrem Zufluchtsort aus Kindertagen. Auf dem Weg zum Eingang bog sie um die Ecke und prallte mit jemandem zusammen.

## 35.

Die Eifersucht brannte wie Säure in Daniels Adern.

Imke hatte heute Abend so hinreißend ausgesehen, dass es ihm von Minute zu Minute schwerer gefallen war, seine Gefühle zu verbergen. Er war in Versuchung geraten, die zarte Haut in ihrem Nacken zu küssen.

Hätte er mit ihr getanzt, wären seine Gefühle außer Kontrolle geraten.

Aber sie wollte ihn nicht, ging ihm aus dem Weg. Das schmerzte sehr.

Mit weit ausholenden Schritten überquerte er die Wiese. Er wollte nur weit weg sein, nicht mehr sehen, wie Imke nicht ihn, sondern diesen Musiker anlächelte. Wie eng der Kerl sie beim Tanz an sich gepresst hatte. Am liebsten wäre er dazwischengegangen. Wütend ballte er die Fäuste.

Er hörte hinter sich ein Keuchen.

»Warte! Was ist denn nur mit dir los, Daniel?« Chiara rannte hinter ihm her.

*Imkes Glück mit einem anderen ertrage ich nicht. Da haue ich hier ab. Muss Tom sich einen anderen Imker suchen.*

»Herrgott noch mal, Daniel, nun bleib doch stehen!«, rief Chiara wütend. Es war nicht fair, seine Emotionen an ihr auszulassen. Er verhielt den Schritt und drehte sich langsam um.

Atemlos holte Chiara ihn ein. »Warum bist du denn davongerannt? Habe ich was falschgemacht?«, fragte sie.

Er schüttelte den Kopf. »Gar nichts hast du falsch gemacht.«

»Was dann?«, fragte sie besorgt, aber noch immer außer Atem.

»Bitte mach dir keine Sorgen. Es ist alles okay«, log er. Dabei war nichts okay, der Abend, auf den er sich gefreut hatte, war in einem Desaster geendet. Er schaute nach unten auf seine Fußspitze, mit der er einen Kreis auf der Erde zog. Dann sah er traurig zum Zelt hinüber, in dem Imke sich sicher noch immer bestens in der Gesellschaft von Johnny amüsierte. Chiara schaute ihn prüfend an.

»Jetzt verstehe ich. Du bist in Imke verliebt, stimmt's?«

Er schwieg. »Du hättest lieber mit ihr getanzt.«

»Nein, ja …« Er wollte Chiara nicht verletzen. »Das Tanzen mit dir hat mir Spaß gemacht.«

»Danke. Mir auch. Ich find dich nett … wirklich.«

Er sah auf.

»Als Freund«, betonte sie.

Ihm fiel ein Stein vom Herzen. Er brauchte keine weiteren Komplikationen.

»Das freut mich.«

»Hast du Imke denn nie gesagt, was du für sie empfindest?«

»Nein, und das ist besser so«, antwortete er.

»Für wen? Für euch oder für die Familie und das Gut?«

»Für unsere Freundschaft, die ich nicht verlieren möchte«, sagte er bestimmt.

»Und zu Tom sicher auch nicht. Verstehe«, erklärte Chiara.

»Außerdem glaube ich nicht, dass sie das Gleiche für mich empfindet«, sprach er seine Befürchtung aus.

»Woher willst du das wissen, wenn du sie nicht gefragt hast?«

»Das spürt man doch.«

Neulich, als er Imke fast geküsst hätte, war er sich sicher gewesen, dass sie das Gleiche für ihn empfand. Doch der Tag, an dem er aus Versehen den Schal gelöst hatte, hatte alles zerstört. Selbst wenn sie die gleichen Gefühle für ihn gehegt hatte, waren sie in diesem einen Augenblick erloschen. Er vertraute sich Chiara an, erzählte ihr von seinem Faux-pas und dass Imke ihn nicht mehr an sich heranließ.

»Gib nicht auf. Du musst ihr alles erklären und ihr deine Gefühle gestehen. Nur Mut«, sagte Chiara lächelnd und klopfte ihm auf die Schulter.

»Dir war deine Eifersucht deutlich anzumerken, als Imke mit Johnny getanzt hat«, fuhr sie fort. »Die beiden verstehen sich gut. Aber da ist nichts zwischen ihnen. Johnny ist viel zu jung und sprunghaft für eine Beziehung.«

»Warum hast du eigentlich allen verschwiegen, dass er dein Bruder ist?«, fragte Daniel nach einem kurzen Schweigen.

Sie wirkte gar nicht überrascht, dass er es wusste.

»Weil er es so wollte. Er ist verzweifelt bemüht, seinen eigenen Weg zu gehen. Ohne seine große Schwester.« Chiara gähnte. »Es war ein anstrengender Tag. Ich werde mal nach meinem kleinen Bruder sehen und dann ins Bett gehen. Kommst du mit zum Zelt zurück?«

»Später. Ich brauche noch eine Weile, um in Ruhe über alles nachzudenken«, antwortete er. Als sie ihr Haar hinter die Ohren strich und das Bolero auszog, um die Spaghettiträger zu richten, bemerkte er um ihren Hals die Kette mit dem Medaillon. Das Schmuckstück war mit einem aufwendigen Muschelornament verziert, das er schon einmal irgendwo gesehen hatte. Interessiert zeigte er darauf. »Ein schönes Stück. Handarbeit?«

»Ich glaube schon«, antwortete Chiara.

»Darf ich mal?«, fragte Daniel und streckte die Hand nach dem Anhänger aus.

Sie nahm die Kette ab und hielt sie ihm hin. Das Medaillon war aus Silber und viel zu schwer für die dünne Kette. Als er es von allen Seiten betrachtete, entdeckte er darauf den Stempel des bekannten Jorker Juweliers. Daher kannte er das Ornament. Wie kam Chiara an dieses Schmuckstück? Er erinnerte sich, dass Imkes Großmutter auf dem Gemälde ein ähnliches Schmuckstück getragen hatte.

»Woher hast du das?«, fragte er sie.

»Von einem Flohmarkt.«

Daniel spürte sofort, dass sie log. Der Jorker Juwelier fertigte Unikate für die Apfelbauerfamilien an. Auch für die Matthiesens. Die meisten dieser traditionellen Schmuckstücke waren mit einer individuellen Gravur versehen, Initialen oder ein Datum.

»So etwas findet man nicht auf dem Flohmarkt, sondern es wird vererbt«, erklärte er ihr und gab die Kette zurück. Forschend blickte er ihr ins Gesicht. Unter ihrem rechten Auge zuckte es und eine leichte Röte überzog ihre Wangen.

»Manchmal landet auch ein Erbstück auf dem Flohmarkt.« Sie wollte sich ihm entziehen, aber er fasste nach ihrem Arm.

»Ich glaube, du weißt mehr über diese Traditionen und das Alte Land und die Matthiesens, als alle annehmen. Warum bist du wirklich hier, Chiara?«

»Wegen des Jobs«, stieß sie hervor.

»Das glaube ich dir nicht.«

»Glaub, was du willst, Daniel.« Sie legte die Kette wieder um.

Eine Weile sahen sie sich schweigend an. Er versuchte vergeblich, in ihren Augen eine Antwort auf seine Fragen zu finden. Dann ließ er sie los.

»Gute Nacht. Und viel Erfolg.« Chiara wandte sich um und eilte zurück zum Festzelt.

Nachdenklich sah er ihr hinterher. Woher hatte sie das Schmuckstück wirklich? Sein Gefühl sagte ihm, dass sie bewusst das Matthiesen-Gut aufgesucht hatte.

Immer wieder kreisten seine Gedanken um Chiara und Imke. Beide waren unterschiedlich, und doch wirkten sie in manchen Momenten wie Zwillinge. Sie lachten über dieselben Dinge und besaßen den gleichen Geschmack. Das kam von innen, aus der Persönlichkeit. Niemand konnte sich so verstellen. Das brachte ihn auf eine Vermutung, die auf den ersten Blick absurd und dennoch möglich erschien.

Ganz in Gedanken versunken, hatten ihn seine Schritte zu einer der Lagerhallen geführt.

Von Weitem schallte die Musik herüber. Ob Imke noch mit Johnny tanzte?

Als es zu nieseln begann, stellte er sich unter das Vordach. Er beobachtete einen Mann, der über den Hof zu einem dunklen Wagen lief. Immer wieder warf er einen Blick über die Schulter zurück, als wähnte er sich verfolgt. Der schwankende Gang, die Silhouette kamen ihm bekannt vor. Daniel erkannte in ihm den Fahrer des Chryslers. Jetzt hielt ihn nichts mehr. Trotz des stärker werdenden Regens rannte er dem Mann hinterher. Als der Daniel bemerkte, lief er schneller.

»Halt! Bleiben Sie stehen!«, rief Daniel, aber der Fremde trat weiter die Flucht an. Die gute Kondition Daniels verhalf ihm, den Fremden rasch einzuholen. Er bekam ihn am Kragen zu packen. Fast wären beide auf dem glitschigen Boden gestürzt. Im letzten Moment konnte Daniel sich abfangen und packte den Fremden.

»Was wollen Sie von mir?«, fragte der und versuchte sich loszureißen.

»Beantworten Sie mir lieber, was *Sie* auf dem Gut wollen.«, Daniel packte den Fremden an den Schultern.

»Ich habe hier vor vielen Jahren gearbeitet. Als Erntehelfer. Ich wollte das Gut mal wiedersehen. Das ist doch nicht verboten«, erklärte er mit Akzent. Schweiß perlte von seiner Stirn. Seine Augen waren glasig, und er roch nach Bier und Tabak.

»Sind Sie Flaviu? Mariellas Mann?«

»Ja. Aber nicht ihr Mann! Sie hat die Ehe annulliert, dieses undankbare, intrigante Weibsbild!«, keifte er.

»Warum haben Sie Chiara neulich belästigt?«

Flaviu schüttelte den Kopf.

»Leugnen Sie nicht, ich habe Sie dabei beobachtet. Warum?«

Flaviu grinste. »Chiara nennt sie sich? Sie ist nicht die, die sie zu sein vorgibt.«

»Ach ja, und wer ist sie dann?«

»Fragen Sie sie doch selbst. Sie spioniert die Matthiesens aus. Sie und ihr Bruder sind Schmarotzer. Ihretwegen habe ich meinen Anteil verloren.« Flaviu spuckte auf die Erde. »Aber sie haben alle Matthiesens getäuscht.« Er kicherte.

Daniel versuchte zu verstehen, wovon er redete. Aber ihm fehlten zu viele Puzzleteile.

»Wer hat die Matthiesens getäuscht?«, bohrte er nach.

»Na, Mariella und ihre Brut.« Er zog eine Grimasse. Mit Brut meinte er sicher Chiara, Johnny und den kranken Wilson.

»Dann ist Mariella Mary Blaire?«

Flaviu kicherte noch immer.

»Antworte!«, brüllte Daniel ihn an.

»Ja!«, brüllte er zurück.

Daniels Vermutung bestätigte sich. »Und Chiara Mariellas Tochter?«

»Ja, in Herrgottsnamen.«

Irgendetwas passte dennoch nicht. Als Mariella das Gut verlassen hatte, war es ohne Kind gewesen. Hatte sie es vielleicht vor den anderen versteckt?

Während Daniel darüber nachgrübelte, riss Flaviu sich los, lief zu seinem Wagen und startete den Motor. Als Daniel dessen Aufheulen hörte, wurde ihm klar, dass er Flaviu zurückhalten musste, wenn er noch mehr erfahren wollte. Er rannte zum Auto, versuchte, die Wagentür aufzuziehen. Aber Flaviu hatte sie längst verriegelt. Daniel boxte mit der Faust gegen die Scheibe und wurde von Flaviu ausgelacht. Es blieb ihm nichts anderes übrig, als den roten Rücklichtern hinterher zu sehen. Wütend fluchte er.

Inzwischen hatte es aufgehört zu regnen. Jacke und Hemd waren nass und klebten unangenehm an der Haut. Daniel fröstelte und beschloss, nach Hause zu gehen. Er umrundete die große Scheune zu dem schmalen Feldweg, der zwischen den Apfelfeldern hindurchführte. Er hörte Schritte und Schluchzen. Kaum war er um die Scheunenecke gebogen, prallte er mit jemandem zusammen. Dann war ein dumpfer Aufprall zuhören. Im Dunkeln konnte er nichts erkennen und zog sein Handy aus der Tasche. Per Touchscreen aktivierte er die Taschenlampenfunktion und leuchtete auf den Boden.

Zu seinen Füßen saß Imke und blinzelte ihn an.

»Imke?« Sie hatte er am allerwenigsten hier erwartet.

Ihr Make-up war völlig verschmiert, und ihre Augen waren gerötet und geschwollen. Schwarze Kajalstreifen zogen sich über ihre Wangen. Sie bot ein Bild des Jammers. Dennoch war sie ihm nie schöner und begehrenswerter vorgekommen als in diesem Moment.

»Daniel«, krächzte sie und schniefte.

Sie wirkte verletzlich, fast zerbrechlich, dass er nur noch den Wunsch verspürte, sie tröstend in die Arme zu ziehen.

»Komm her«, sagte er rau und reichte ihr die Hand.

Sie zögerte, sie zu ergreifen.

»Warum bist du eigentlich immer da, wenn wir dich brauchen?«, flüsterte sie.

»Weil ich euer Freund bin. Aber das scheinst du vergessen zu haben. Das mit dem Schal … das geschah nicht mit Absicht … und ich war nur entsetzt über mich. Weil mir das passiert ist«, erklärte er. »Bitte glaub mir.«

Sie schien zu grübeln.

»Vertrau mir«, sagte er. »Nimm meine Hand.«

Ihre eiskalten Finger klammerten sich um seine, als er sie hochzog. Sie sank an seine Brust, und er legte die Arme um sie. Als sie sich zitternd an ihn presste, pochte sein Herz kräftiger. Wie sehr hatte er sich gewünscht, ihr so nah zu sein. Es fühlte sich gut und richtig an.

»Wo ist Johnny?« Er war wütend auf den Musiker, weil er Imke alleingelassen hatte.

»Ich weiß es nicht, und es ist mir auch ehrlich gesagt egal.«

Ihre Worte ließen ihn lächeln.

»Du bist da. Halt mich einfach nur fest, Daniel«, verlangte sie. Genau das hatte er hören wollen.

Obwohl er sie fest umschlungen hielt, zitterte sie immer mehr.

»Du frierst. Ich bringe dich lieber ins Gutshaus«, flüsterte er. Sie schüttelte den Kopf und klammerte sich fester an ihn.

»Ich möchte nicht, dass du dich erkältest. Ich würde dir ja meine Sachen geben, aber die sind nass.«

»Überallhin, aber nicht ins Gutshaus«, flüsterte sie. Er führte sie in die Scheune. Irgendwo lag von der Veranstaltung am Tag bestimmt noch eine Decke herum.

Er leuchtete umher und entdeckte eine Jacke, die vermutlich einer der Mitarbeiter aus Jens' Team bei den Festvorbereitungen vergessen hatte. Er zog sie vom Haken, befreite sie von Strohhalmen und legte sie Imke behutsam um die Schultern. Es kribbelte in seinen Fingerspitzen, als er ihre zarte Haut berührte.

»Das wird dich fürs Erste ein wenig wärmen. Und wo willst du hin?« In den Büroräumen stand noch eine Pritsche. Dort war es trocken und warm.

»Du hast doch einen Kamin, oder?« Ihre Frage überraschte und freute ihn zugleich. Er konnte nur nicken, denn seine Kehle war wie zugeschnürt.

»Hast du deinen Wagenschlüssel dabei?«, fragte er.

»Nein. Aber ich kann ihn aus dem Haus holen«, schlug sie vor. Sie ging ein paar Schritte und taumelte, dann knickten ihre Knie ein. »In meinem Kopf dreht sich alles«, murmelte sie. »Der Champagner …« Sie brach ab und lachte leise.

Sicher hatte sie wieder nur wenig gegessen. Seit der Festorganisation hatte sie stark abgenommen.

Vorsichtig hob er sie auf die Arme. Sie lehnte ihren Kopf an seine Schulter und schlang einen Arm um ihn. Ihre Finger spielten mit dem Haar in seinem Nacken und jagten ihm wohlige Schauer den Rücken hinab.

»Das wollte ich schon lange tun«, flüsterte sie.

Sie roch nach einer Mischung aus Magnolie und süßen Äpfeln. Tief sog er ihren Duft ein, von dem er nie genug kriegen konnte.

Als sie aus der Scheune traten, erkannte er gegenüber im Licht der Hoflaterne das Fahrrad von Okkas Bruder, mit dem er neulich zurückgefahren war.

»Zum Haus geht es aber da lang«, sagte sie und deutete nach rechts.

»Ich weiß was Besseres. Aber ich muss dich warnen, denn es wird eine etwas unbequeme Fahrt zu meinem Haus.«

»Macht nichts, wenn du nur bei mir bist.«

Ihn durchströmte ein ungeahntes Glücksgefühl bei ihren Worten wie schon lange nicht mehr.

Vorsichtig setzte er sie ab, schwang sein Bein über den Sattel und hob Imke behutsam auf die Stange vor sich. Sie krallte sich in seinen Arm und drohte herunterzurutschen.

»Keine Angst, ich halte dich fest«, sagte er und legte ihr den Arm um die Taille. »Jetzt rück näher.«

Imke folgte der Aufforderung und rutschte auf der Stange so weit wie möglich an ihn heran. Ihren weichen Körper an seinem zu spüren, löste in seinen Lenden ein sehnsuchtsvolles Ziehen aus.

»Das habe ich zuletzt als Kind gemacht«, sagte sie lachend.

Das Fahren in der Dunkelheit gestaltete sich trotz des Scheinwerfers schwieriger als gedacht. Vom Regen war der Boden aufgeweicht und glitschig. Daniel musste kräftig in die Pedale treten. Doch ab und zu überraschte sie ein Schlagloch oder eine Pfütze. Imke kicherte jedes Mal. Vom Glück des Augenblicks erfüllt, schob er alle Gedanken weit fort. Stattdessen genoss er die Nähe und die Zweisamkeit mit Imke.

Ein wenig traurig war er schon, als die Fahrt endete. Vor seinem Haus stieg er ab und schob das Fahrrad mit Imke das letzte Stück bis zur Laterne am Gartentor. Imke lehnte mit dem Rücken am Laternenpfahl, als er das Rad durch die Pforte schob. Ihr verheißungsvoller Blick brachte sein Herz zum Rasen. Auf der Fahrt hierher hatte sie das verlaufene Make-up mit einem Tuch abgewischt. Auch so war sie hinreißend und wunderschön. Sie spitzte die Lippen in Erwartung eines Kusses. Da hob er sie hoch und trug sie ins Haus. Er spürte, wie Imke zitterte, und setzte sie ab.

»Du frierst ja. Ich mache schnell Feuer.« Daniel lief zum Kamin hinüber und entfachte mit Streichhölzern und den schmalen Anzündhölzern ein Feuer, das im Nu auf die darunterliegenden Scheite übergriff. Die lodernden Flammen waren nichts gegen die in seinem Innern, als er Imke ansah. Wie schön sie war mit den halbgeöffneten Lippen. Ihre Blicke tauchten ineinander und ließen sie alles um sich herum vergessen. Jetzt zählte nur dieser eine Augenblick. Er wollte sie spüren, dicht an seinem Körper.

Und deshalb zog er sie mit festem Griff an sich. Sie lagen sich in den Armen und küssten sich wie Verdurstende. Die Jahre der unerfüllten Sehnsucht schwappten wie eine Sturmwelle über sie hinweg. Sie entkleideten sich rasch und ließen die Sachen achtlos auf dem Boden zurück. Alles, was in diesem Augenblick zählte, war, den anderen zu spüren und die Sehnsucht zu stillen. Er nahm ihre Hand und führte sie in sein Schlafzimmer. Dort legten sie sich auf sein Bett und küssten sich noch ungestümer als zuvor.

Er erkundete jeden Zentimeter ihrer weichen Haut mit Händen, Lippen und Zunge und freute sich über jeden wohligen Seufzer aus ihrem Mund.

Inzwischen war die Wolkendecke aufgerissen und der Mond schien zum Fenster herein, sodass Daniel Imkes Narben am Hals sehen konnte. Sie wirkten auf ihn nicht abstoßend. Gerade dass Imke nicht perfekt war, machte sie in seinen Augen nur noch begehrenswerter. Sein angestautes Verlangen ließ ihn alle Hemmungen vergessen. Imke schien es genauso zu ergehen, denn nur zu bereitwillig ließ sie sich auf seine Zärtlichkeit ein und erwiderte sie mit einer Intensität, die ihm den Atem raubte. Er rollte sich auf sie, und als sie die Beine spreizte, drang er behutsam in sie ein.

»Daniel«, flüsterte sie seinen Namen und gab sich seinem Rhythmus hin, der sie auf den Höhepunkt ihrer gemeinsamen Lust führte.

Nachdem sie sich wieder und wieder geliebt hatten, lagen sie eng aneinandergeschmiegt unter der Decke. Mit jedem weiteren Mal, dass sie sich Lust geschenkt hatten, waren die Gefühle intensiver geworden. Er liebte Imke aus tiefstem Herzen. Ohne sie mochte er nicht mehr sein. Tom musste verstehen, dass er mit Imke glücklich sein wollte.

»Imke«, flüsterte er, »ich liebe dich. Schon seit Langem.«

Sie antwortete nicht. An ihren gleichmäßigen Atemzügen erkannte er, dass sie eingeschlafen war. Zärtlich küsste er Imkes Schulter und schlief ebenfalls mit einem tiefen Glücksgefühl ein.

# 36.

Ein Sonnenstrahl weckte Imke. Es dauerte einen Moment, bis ihr bewusst wurde, dass sie nackt in einem fremden Bett lag. In Daniels Haus. Draußen war es bereits hell. Ihre Hand tastete nach dem Schal, aber er war nicht da. Ruckartig setzte sie sich auf und schaute direkt in den Spiegel am Kleiderschrank gegenüber. Sie schämte sich der rotwulstigen Narben. Es war finster gewesen, und das war gut so, denn sie wollte nicht, dass Daniel sie noch einmal so sah. Ihre Zweifel waren zurück. Sie wollte nicht noch einmal enttäuscht werden. Ihr wurde bei der Vorstellung übel.

Von ihrem Kleid und ihrem Schal weit und breit keine Spur. Ein Lächeln stahl sich auf ihre Lippen, als sie sich daran erinnerte, wie ungeduldig sie sich schon unten ihrer Kleidung entledigt hatten. Vermutlich lag der Schal, den sie als Erstes angenommen hatte, irgendwo unten im Flur.

Im Dunkeln hatte sie sich frei und makellos gefühlt. Hemmungslos hatte sie sich Daniel hingegeben. Daniel war aufmerksam und zärtlich gewesen. Sie wurde rot, als sie daran dachte, was er ihr alles in der Leidenschaft ins Ohr geflüstert hatte. Sie hatte ihn spielerisch gereizt, bis sie die Lust erneut überkommen hatte. Die Nacht mit Daniel war für sie etwas Besonderes gewesen. Jetzt bei Tageslicht jedoch kam ihr alles fremd vor.

Das war doch nicht sie gewesen, die sich derart zügellos benommen hatte. *Wach auf, der Traum von Aschenputtel im roten Seidenkleid ist vorbei.*

Auf keinen Fall wollte sie, dass Daniel ihren gesamten nackten Körper bei Tageslicht sehen könnte. Nie hatte sie den Abscheu in Sörens Blick vergessen, als er die Narben bemerkt hatte. Dieser Augenblick hatte sich nicht nur in ihr Gedächtnis, sondern auch in ihre Seele gebrannt. Bevor das geschah, musste sie gehen. Eine zweite Nacht durfte es nicht mehr geben, weil sie Daniel liebte. Sie hatte damals Monate gebraucht, um über Sören hinwegzukommen.

Bei Daniel wusste sie nicht, ob sie den Schmerz je ertragen könnte.

Vorsichtig schob sie Daniels Arm von der Hüfte und stand auf. Zu ihrer Erleichterung schlief er weiter tief und fest. Sie schaute auf sein markantes Gesicht mit der schmalen, geraden Nase und den sinnlichen Lippen herunter. Sein trainierter Körper … Er war ein Bild von einem Mann.

Kein Wunder, dass Chiara gestern beim Fest heftig mit ihm geflirtet hatte. Auch die anderen Frauen hatten ihn begehrlich angestarrt.

Zu einem solch gut aussehenden Mann wie Daniel passte nur eine makellose Frau. Jemand wie Chiara.

Es war ein Fehler gewesen, mit ihm die Nacht zu verbringen. Das hatte sie nur noch verletzlicher gemacht. Irgendwann würde Daniel sich vielleicht wegen der Narben ihrer schämen. Das könnte sie nicht noch einmal durchmachen. Nur wenn sie weiter auf Distanz ginge, könnte sie nach und nach die Nacht vergessen.

Imke beugte sich hinunter und küsste ihn mit Tränen in den Augen sanft auf die Stirn. Seufzend rekelte er sich im Schlaf und drehte sich auf den Bauch.

Eilig ging sie hinunter, sammelte ihre Kleidung auf und zog sich an. Anschließend riss sie einen Notizzettel vom Block und schrieb hastig die folgenden Zeilen darauf:

*Lieber Daniel,*
*die letzte Nacht war ein Fehler. Bitte verzeih. Aber ich würde mir sehr wünschen, wenn wir weiterhin Freunde bleiben.*
*Gruß Imke.*

Für einen flüchtigen Moment war sie geneigt, das Papier zu zerreißen. Doch dann legte sie ihm die Nachricht auf den Schreibtisch und verließ auf Zehenspitzen das Haus.

Unaufhörlich rannen ihr die Tränen übers Gesicht, als sie den Feldweg zum Gut zurücklief. Immer wieder musste sie daran denken, wie sie darauf entlanggeradelt waren. Der Boden war vom nächtlichen Regen aufgeweicht, was es ihr mit den hochhackigen Schuhen erschwerte voranzukommen. Immer wieder blieb sie mit dem Absatz stecken.

Die Morgensonne schien am Horizont und übergoss die Apfelbäume mit einem goldenen Schimmer. Angelockt durch den süßen Blütenduft schwirrten zahlreiche Insekten umher. Schwalben flatterten zwischen den Baumreihen auf der Suche nach Nahrung. Aber heute konnte Imke die morgendliche Stimmung nicht wie sonst genießen. Ihre Gedanken kreisten stetig um Daniel und die gemeinsam erlebte Nacht. Sie hatte sich in Daniels Armen begehrt und gleichzeitig geborgen gefühlt. Aber dieses Glück war nur geliehen gewesen. Hatte sie sich noch in der vergangenen Nacht wie eine Prinzessin gefühlt, war sie am Tag wieder zu Imke Matthiesen mit den Narben zurückverwandelt worden.

Ein Taxi neben dem Garten des Gutshauses weckte ihre Aufmerksamkeit. Beifahrertür und Kofferraum waren geöffnet. Wollten Finn und Maike etwa schon abreisen? Warum hatten sie nichts gesagt? Doch es war nicht die Familie ihres Bruders, sondern Chiara, die mit ihrem Hartschalenkoffer aus dem Garten trat. Furcht erfasste Imke, dass sie die neugewonnene Freundin wieder verlieren könnte.

»Chiara!«, rief Imke und winkte. Aber sie war noch zu weit entfernt, als dass sie sie hören könnte. Imke lief so schnell sie konnte, versank aber immer wieder im Matsch und fluchte laut. Der Taxifahrer hievte das Gepäck in den Kofferraum. Nachdem beide eingestiegen waren, fuhr der Wagen davon. Imke rief und winkte, bis das Taxi aus ihrem Blickfeld verschwand.

*Jetzt habe ich auch Chiara verloren.* Tränen der Enttäuschung brannten in ihren Augen, und sie war wütend auf sich selbst. Chiaras Aushilfsjob war gestern abgelaufen. Über eine Verlängerung hatten sie nie gesprochen. Imke hatte gehofft, dass es der Freundin auf dem Gut und die Zusammenarbeit mit ihr so gefallen würde, dass sie nicht mehr wegwollte. Erst wegen der ganzen Arbeit und dann Daniels wegen hatte sie Chiara völlig vergessen.

Als Imke die Stelle erreichte, an der das Taxi geparkt hatte, bemerkte sie die geöffnete Terrassentür ihres Vaters. War Chiara etwa aus seiner Wohnung gekommen? Imke lief zur Seiteneingangstür und prüfte, ob sie abgeschlossen war. Sie war es. Imke erinnerte sich an die gelben Blütenblätter, die in Vaters Wohnung verstreut lagen und an Chiaras Morgenmantel gehaftet hatten. War die Freundin auch damals bei ihm gewesen? Aus welchem Grund?

Imke betrat das Wohnzimmer des Vaters.

»Papa?«, rief sie und erhielt keine Antwort.

Nichts im Raum deutete darauf hin, dass er Besuch gehabt hatte.

Sie hörte ihn im Schlafzimmer husten und lief zu ihm.

Entgegen seiner Gewohnheit saß er aufrecht im Bett mit einem Frühstückstablett auf dem Schoß und aß ein Brötchen. Es war nicht ungewöhnlich, dass er zu so früher Stunde am Sonntagmorgen frühstückte, in der Küche, auf der Terrasse. Aber nicht im Bett.

»Moin moin, Papa«, begrüßte sie ihn. Er sah kurz auf und brummte etwas, was so viel wie »Guten Morgen« bedeuten sollte.

Heute war er nicht so blass wie die Tage zuvor.

»Du hattest eben Besuch?«, fragte Imke. Einen Augenblick hörte er mit dem Kauen auf.

»Sie war hier …«, antwortete er. Sein Blick flog unruhig hin und her, dass Imke ganz seltsam zumute wurde. Es war in den letzten zwei Wochen ein ewiges Auf und Ab mit seiner Gesundheit, was ihr zunehmend Sorgen bereitete, besonders seine geistige Verwirrtheit.

»Du meinst Chiara?«

»Kenn ich nicht«, antwortete er im typisch barschen Tonfall.

»Wer ist denn dann bei dir gewesen?«

Sein Blick wirkte leer, als er den Kopf schüttelte. Dann hellte seine Miene auf.

»Carla«, antwortete er. »Carla war hier.«

Imkes Kehle wurde eng.

Sie setzte sich neben ihn auf den Bettrand. »Papa, was redest du nur? Mama kann nicht bei dir gewesen sein. Sie ist schon seit vielen Jahren tot.«

Er hielt inne und funkelte sie wütend an.

»Sie war da, wenn ich es dir sage!«, beharrte er. Die Ader an seiner Schläfe schwoll an. Sie fürchtete, dass er sich sehr aufregen könnte und sich sein Gesundheitszustand weiter verschlechterte.

»Schon gut, Papa. Was wollte sie denn von dir?«

»Ihre Perlenkette«, erklärte er und biss ins Brötchen. Imke wurde flau im Magen. Ihr Vater würde doch nicht wirklich das letzte Schmuckstück ihrer Mutter weggeben! Und doch verspürte sie bei dem Gedanken ein seltsames Gefühl.

Ihr Blick glitt hinüber zum Schrank, in dem sich ein kleiner Tresor mit der Schmuckschatulle ihrer Mutter befand. Die Schranktür stand einen Spaltbreit offen. Sofort sprang sie auf und lief hinüber, um sich zu vergewissern.

Der Wäschestapel, den er immer vor die Tresortür schob, war beiseitegerückt. Sie kannte die Zahlenkombination für den Notfall und tippte sie ein. Die Tresortür sprang auf. Auf den ersten Blick erkannte sie, dass die grüne Schmuckschatulle mit der Perlenkette fehlte. Wie konnte ihr Vater so etwas machen?

»Wie konntest du nur Mutters Perlenkette meiner Aushilfe geben!«, warf sie ihm vor. Verständnislos sah ihr Vater sie an.

»Aber sie … gehört doch … ihr«, stammelte er.

Scheinbar war er felsenfest davon überzeugt, die Kette an ihre Mutter ausgehändigt zu haben. Chiara musste es perfekt verstanden haben, ihn zu täuschen.

*Wie konnte ich mich nur so einwickeln lassen!* Imke schämte sich zu Tode. Einen Moment lang überlegte sie, die Polizei anzurufen. Doch da würde nur wertvolle Zeit verstreichen, die sie eher dazu nutzen sollte, selbst nach der vermeintlichen Freundin zu suchen. Schließlich waren seit deren Abfahrt nur wenige Minuten verstrichen. Imke ballte die Faust. Sie würde das Schmuckstück zurückholen.

»Papa, weißt du denn, wohin … *Mama* wollte?«, ging sie auf ihn ein.

»Sie wollte das Grab besuchen«, erklärte er.

»Welches Grab denn?«, hakte sie nach.

Plötzlich rang ihr Vater um Atem. Als er keuchend das Tablett von sich schob, stellte sie es auf die Kommode.

»Schlaf noch ein wenig, Papa. Es ist Sonntagmorgen.«

Er nickte und schloss die Augen. Imke deckte ihn zu und gab ihm einen Kuss auf die Wange, bevor sie die Wohnung verließ.

Sie wechselte in der Eile nur die Schuhe und holte ihren alten Renault aus der Garage.

# 37.

Verschlafen tastete Daniel nach Imke, um sie an sich zu ziehen. Er sehnte sich nach ihrer weichen Haut und der wilden Leidenschaft, mit der sie seine Liebkosungen erwidert hatte. Das Kopfkissen war noch warm und eingedrückt und roch unwiderstehlich nach ihr. Aber die Betthälfte war leer. Schlagartig war er wach. Er sprang aus dem Bett und eilte die Treppe hinunter. Auf den ersten Blick sah er, dass ihre Kleidung nicht mehr auf dem Boden lag. Dafür ein Zettel auf dem Schreibtisch.

Als er ihre Zeilen las, konnte er nicht glauben, was sie geschrieben hatte. Das war nicht die Imke von letzter Nacht, die immer wieder seinen Namen geflüstert hatte und nicht hatte genug bekommen können von seiner Zärtlichkeit.

Da bezeichnete sie doch tatsächlich die gemeinsame Nacht als Fehler und bat darum, dass sie Freunde blieben. Das konnte doch nicht ihr Ernst sein! Was zwischen ihnen geschehen war, hatte alles geändert. Ihm war klar geworden, dass er sie aus tiefstem Herzen liebte. Jede Geste, jeder Kuss von ihr waren ein Versprechen gewesen.

Sollte sie ihm etwas vorgespielt haben, und die Nacht bedeutete ihr nichts? Er hatte Imke als offene und ehrliche Frau erlebt. Sie war authentisch und konnte niemandem etwas vormachen. Es musste einen anderen Grund für ihre Nachricht geben.

Tom hatte ihm von Sören erzählt, der Imke tief verletzt hatte. Manchmal reichten ein Wort oder eine Geste, die sie schmerzlich daran erinnerten. Er musste mit ihr reden.

Wie könnten sie nur Freunde sein, wenn er sich vor Liebe nach ihr verzehrte?

Er nahm sein Handy und wählte ihre Nummer. Aber es meldete sich nur die Mailbox. Daniel versuchte es noch ein paarmal mit dem gleichen Ergebnis.

Mit einem ihrer Honighörnchen in der Hand radelte er kurze Zeit später den Feldweg entlang zum Gutshaus. Die Pfützen zwangen ihn, Slalom zu fahren. Imke hatte immer gelacht, wenn das Wasser hochgespritzt war. Der Regen hatte auf den Apfelfeldern zu beiden Seiten die weißen und rosa Blütenblätter von den Bäumen gespült. Die Luft roch nach modriger Erde und Blüten.

Das Matthiesen-Gut lag am Ende des Feldweges. Eine mannshohe Hainbuchenhecke grenzte den Garten von den Apfelfeldern ab. An der Seite trennte eine niedrige Findlingsmauer mit schmiedeeisernem Zaun darauf das Grundstück vom Feldweg.

Wo gestern noch das Stimmengewirr der Gäste zu hören gewesen war, herrschte Stille. Als er den Garten erreichte, hörte er Stimmen, die von der großen Terrasse herüberschallten. Bei schönem Wetter saßen die Matthiesens nach dem Fest beim traditionellen Sonntagsbrunch. Imke hatte ihn jedes Jahr dazu eingeladen. In diesem jedoch nicht, was ihn traurig stimmte.

Der gepflasterte Weg zur Terrasse führte durch den gepflegten Garten des Seniors und umrundete das Haus. Unter den ausladenden Ästen des alten Apfelbaumes, den Toms Urgroßvater einst gepflanzt hatte, saßen Tom und Finn mit ihren Frauen, Frauke und Anna. Alle lachten über Annas Hund Bobbie, der tollpatschig eine Taube jagte. Daniels Blick suchte vergeblich Imke.

»Moin moin, Daniel, du kommst spät. Ich hoffe, es ist noch frischer Kaffee da.« Tom rückte einen Stuhl zurück, damit er sich setzte.

»Danke, aber ich bin nicht zum Brunch hier, sondern suche Imke. Ich muss dringend etwas mit ihr klären.«

»Die haben wir seit gestern Abend, als sie aus dem Zelt gestürmt ist, nicht mehr gesehen. Vielleicht macht sie mit Chiara einen Spaziergang durch die Apfelfelder.«

»Da komme ich gerade her, aber ich habe sie nicht gesehen.«

»Ich glaube, Chiara ist heute Morgen abgereist. Ich habe sie mit dem Koffer die Treppe heruntersteigen gesehen«, berichtete Frauke.

»Warum denn? Ist ihre Zeit auf dem Gut denn schon um?«, fragte Maike.

»Würde ich auch gerne wissen«, meldete sich Pia zu Wort. »Ich fand sie nämlich sehr nett.«

»Der Job war nur bis zum Fest«, erinnerte sich Daniel.

»Dann hat Imke sie vielleicht zum Bahnhof gefahren. Moment, ich schau mal nach, ob ihr Wagen da ist.«

Finn stand auf und ging ins Haus. Nach wenigen Augenblicken kehrte er zurück. »Immies Wagen ist nicht da, die Schlüssel fehlen«, stellte er fest.

»Das wird ja keine Ewigkeit dauern. Willst du dich nicht zu uns setzen?« Maike reichte ihm den Korb mit den Butterhörnchen. Aber Daniel verspürte jetzt keinen Appetit.

Was, wenn Imke die Freundin begleitete, um Abstand zu ihm zu gewinnen?

»Nein, so lange mag ich nicht warten«, erklärte er.

Daniel trat von einem Fuß auf den anderen.

»Ruf sie doch auf dem Handy an«, schlug Tom ihm vor.

»Habe ich die ganze Zeit versucht, aber es springt immer nur die Mailbox an. Und sie ruft nicht zurück. Ich wollte zur S-Bahn-Station.«

»Mit deinem klapprigen Rad?«, fragte Finn.

Pia stieß ihren Mann mit dem Ellbogen an.

»Tom, du solltest Daniel unseren Wagen leihen.« Sie zwinkerte Daniel zu.

»Ja, natürlich«, sagte sein Freund, fasste in die Hosentasche und zog die Schlüssel seines Jeeps heraus.

»Das muss ja was Superdringendes sein, dass du nicht warten kannst.« Ihm entging nicht Toms lauernder Blick. Aber jetzt war nicht die richtige Zeit für Erklärungen.

»Ein Missverständnis, das ich mit ihr klären muss«, wich Daniel aus.

»Etwas klären? Mir scheint eher, da ist jemand schwer verliebt«, mischte Frauke sich scherzend ein. Tom zog geräuschvoll den Atem ein.

»Ist Daniel in Imke verknallt?«, fragte Anna grinsend. Maike stieß ihre Tochter an. Alle am Tisch lachten, bis auf seinen Freund, der ihn vorwurfsvoll ansah. Er hielt noch immer den Schlüssel in der Hand.

»Tom … ich …«, startete Daniel einen Erklärungsversuch.

»Ich glaube, mit Daniel hat Imke eine weise Wahl getroffen. Er passt zu uns, findest du nicht auch?«, fiel Pia ihm ins Wort und sah ihren Mann bedeutungsvoll an. Toms Finger ballten sich um das Schlüsselbund.

»Wenn du meiner kleinen Schwester das Herz brichst, dann gnade dir Gott«, warnte er ihn.

»Das werde ich gewiss nicht. Nur weiß ich nicht, ob sie mich überhaupt will.«

Daniel war erleichtert, als Tom ihm den Schlüssel in die Hand drückte.

»Viel Glück!«, wünschten ihm alle, bevor Daniel zu Toms Wagen spurtete.

# 38.

Auf der Fahrt nach Oosthusen verdrängte die Wut auf Chiara eine Weile Imkes Liebeskummer. Sie war sich so sicher gewesen, in Chiara eine Freundin gefunden zu haben. Doch es schien, als hätte sie es nur darauf angelegt, ihre Familie auszuspionieren. Dass sie ihrem kranken Vater wegen der Perlenkette etwas vorgespielt hatte, war unverzeihlich. Imke schlug mit der Faust gegen das Lenkrad. Sie musste Chiara finden und die Kette ihrer Mutter zurückbringen.

Die Version ihres Vaters, Chiara wolle zum Friedhof fahren, erschien Imke absurd. Vielmehr fand sie es wahrscheinlicher, dass Chiara mit der gestohlenen Perlenkette so schnell wie möglich Deutschland verließ. Schließlich musste sie damit rechnen, dass Imke die Polizei alarmierte. Imke beschloss, zum Oosthusener Bahnhof zu fahren. Mit der S-Bahn wäre es nicht weit nach Hamburg. Am Sonntag fuhren laut Fahrplan die Bahnen nur im Stundentakt. Wenn sie Glück hatte, würde sie Chiara noch rechtzeitig abfangen, bevor sie für immer auf Nimmerwiedersehen mit dem Schmuckstück verschwand. Sie parkte ihren Wagen vor dem Bahnhof und stieg aus.

Zu ihrer Enttäuschung war der Bahnsteig bis auf zwei Wartende leer.

War Chiara vielleicht mit dem Hamburg Airport gefahren? Dann wäre alles verloren, und sie konnte nur noch Anzeige erstatten. Die Worte ihres Vaters kreisten noch in ihrem Kopf: *Sie wollte zum Grab.*

Es konnte ja nicht schaden, einen Schlenker zum Friedhof zu machen.

Tatsächlich parkte vor dem Friedhofseingang ein Taxi. Der Fahrer saß im Wagen und las Zeitung. Es schien auf den ersten Blick derselbe zu sein, der Chiara vom Gut abgeholt hatte. Imke parkte ihren Wagen weiter vorn in der Straße, um keine Aufmerksamkeit zu erregen, und betrat dann den Friedhof. Das schmiedeeiserne Tor knarrte, als sie es aufzog. Die Erinnerungen strömten auf sie ein an den trüben Herbsttag, an dem ihre Mutter beerdigt worden war. Die Trauerfeier hatte in der alten Oosthusener Kapelle stattgefunden. Der Tag hatte ein Wechselbad der Gefühle in ihr ausgelöst. Sie war unsagbar traurig und dann auch wieder wütend gewesen, dass der liebste Mensch sie verlassen hatte.

Imkes Schritte lenkten sie unbewusst zum Grab der Mutter. Jemand hatte gelbe Teerosen in eine Vase gesteckt und unter den eingemeißelten Namen ihrer Mutter gelbe Lilien gelegt. Plötzlich hatte Imke das Gefühl, beobachtet zu werden. Als sie sich umdrehte, stand sie Chiara gegenüber. Aber sie sah verändert aus. Imke starrte Chiara an. Ihr Haar war hellblond und schimmerte im Sonnenlicht silbrig, und erst die Augen. Sie strahlten wie zwei grüne Smaragde. Doch weshalb hatte Chiara ihr Aussehen so manipuliert? Imke konnte es nicht fassen.

»Dein Haar … deine Augenfarbe … Warum hast du deine Haare gefärbt und farbige Kontaktlinsen getragen? Ich verstehe das nicht«, brach es aus Imke heraus. Sie war schwer enttäuscht. Hatte sie doch geglaubt, dass sie und Chiara ehrlich miteinander umgehen würden.

»Das ist doch nichts Besonderes. Das machen viele Frauen«, erwiderte Chiara und wich ihrem Blick aus.

»Das wirkt ja, als wolltest du dich für eine andere ausgeben. Was ist denn an dir echt gewesen?«, platzte Imke heraus, aufgebracht, wie sie war. »War deine Freundschaft auch nur vorgetäuscht?« Ihre Stimme zitterte, weil sie den Tränen nahe war.

»Was hat denn mein Aussehen mit unserer Freundschaft zu tun? Bist du mir deshalb bis auf den Friedhof gefolgt, um mir das vorzuwerfen?«

Imke bemerkte, dass Chiara den Bügel ihrer Handtasche so fest umklammerte, dass ihre Knöchel weiß hervortraten.

»Nein, du weißt genau, dass ich wegen des Schmucks hier bin«, sagte Imke mit erstickter Stimme. »Gib ihn sofort wieder zurück!« Sie streckte die Hand vor.

»Ich weiß nicht, wovon du redest«, antwortete Chiara.

Auch wenn sie ehrlich erstaunt zu sein schien, konnte Imke ihr nicht glauben.

»Du weißt genau, dass ich die Perlenkette meine. Sie gehört meiner Familie. Gib sie mir zurück.« Imkes Geduld war erschöpft.

»Ich habe sie nicht genommen«, verteidigte sich Chiara. »Ehrlich. Er wollte sie mir zwar geben, aber ich habe sie nicht genommen.«

»Der Tresor war aber leer. Also, wo hast du sie? Hast du sie etwa auch in deinem Koffer wie das Armband?«, platzte Imke heraus. Sie zitterte am ganzen Leib, aus Wut und Enttäuschung. Chiaras Frechheit schien grenzenlos.

»Du hast in meinen Sachen gewühlt?«, empörte sich Chiara. »Ich fasse es nicht. Nur damit du es weißt: Ich habe die Perlenkette in seine Nachttischschublade gelegt. Ehrlich. Er hat mich gedrängt, sie zu nehmen. Aber es kam mir falsch vor.«

Die Haare, die Augen …

Die Apfelprobe, die Chiara mit Bravour bestanden hatte, die Gestecke und ihr besonderes Gespür für Obst ließen alle nur einen Schluss zu.

Konnte das wirklich wahr sein?

Imke schluckte. Plötzlich begann sich alles um sie herum zu drehen. All die Jahre hatte die vermisste Schwester das Schicksal ihrer Familie bestimmt.

»Du … du bist … Caroline?«, stammelte Imke fassungslos. Jetzt wusste sie, weshalb sie tief in ihrem Innern immer eine Verbundenheit zwischen ihnen gefühlt hatte.

Daniel hatte sie sogar einmal scherzhaft als siamesische Zwillinge bezeichnet. Vielleicht hatte er unbewusst gespürt, dass sie Geschwister waren.

»Auch wenn du es dir noch sehr wünschst, Imke. Aber das bin ich nicht.« Chiara eilte an ihr vorbei. Einen kurzen Augenblick verharrte Imke auf der Stelle. Sollte das wirklich nur ihrem Wunsch entspringen? Sie konnte und mochte nicht daran glauben. Sie wirbelte herum und rannte Chiara nach. Erneut hielt sie sie fest.

»Ich glaube dir nicht. Warum wärst du sonst bei meinem Vater gewesen?«

Chiara schwieg, versuchte sich aber loszureißen. Imkes Finger umklammerten eisern ihr Handgelenk.

»Ich möchte eine Antwort von dir. Was wolltest du bei meinem Vater?«

»Ich hatte mich nur verlaufen. Das kann in einem solch großen Haus schon mal vorkommen.« Chiara lachte, und es klang bitter. Imke spürte, wie bewegt die Freundin war, was sie in ihrer Vermutung nur bestätigte. Ihre Schwester wehrte sich gegen die Wahrheit.

Vielleicht musste sie sie mit der Vergangenheit und deren Gefühlen konfrontieren, damit sie sich der Wahrheit stellte.

Unzählige Male hatte Imke sich im Laufe der Jahre vorgestellt, was Caroline damals empfunden haben könnte. Furcht, Panik, Verzweiflung und Hoffnungslosigkeit? Als Teenager hatte sie sich selbst ins fensterlose Bootshaus eingeschlossen, um sich besser vorstellen zu können, wie es Caroline ergangen sein mochte. Die Dunkelheit war unheimlich gewesen, die stickige Luft hatte nach Fisch und altem Diesel gerochen und ihr den Atem geraubt.

»Du kannst dich nicht mehr an das Geschehen erinnern, weil du zu klein gewesen bist. Aber die Ängste, die Verzweiflung sind noch in dir. Du hattest Angst, als Tom und die anderen dich ins Bootshaus gesperrt hatten. Ich weiß, wie dunkel und feucht es darin ist. Und dieser schreckliche Geruch. Niemand ist dir zu Hilfe geeilt und hat dich befreit …«

»Hör auf damit!«, rief Chiara und wollte sich erneut losreißen. Aber Imke hielt sie weiter fest. Sie fühlte, wie Chiara zitterte. Ihre Hand war eiskalt.

»Dann hast du geschrien und in Verzweiflung mit deinen kleinen Fäusten gegen die Tür getrommelt«, beschrieb sie weiter.

»Nein! Hör endlich auf damit!«, rief Chiara.

»Du musst dich der Vergangenheit stellen. Lass die Gefühle zu.«

»Nein! Ich bin Chiara Summers und nicht Caroline«, begehrte Chiara auf.

»Dann … irgendwann nach einer gefühlten Ewigkeit hat jemand die Tür geöffnet. Eine Frau mit schwarzen Haaren. Ihr Gesicht war dir vertraut. Tante Mariella. Du hast geglaubt, du seist gerettet.«

Chiaras Gegenwehr erlahmte. Sie stand jetzt vor Imke mit starrem Blick.

»Komm her, mein kleiner Engel, hat sie bestimmt zu dir gesagt. Du hast gehofft, dass sie dich endlich zu deiner Mama bringt.«

Chiaras Augen füllten sich mit Tränen, als Imke das Wort Engel aussprach. Imke konnte spüren, wie der Schmerz von einst bei ihrer Schwester an die Oberfläche gespült wurde, und litt mit ihr. Doch wenn sie Chiara nicht dazu brachte, sich dem Trauma zu stellen, würde sie ihre Schwester vielleicht ein zweites Mal verlieren.

»Aber Tante Mariella hat dich nicht zu Mama gebracht, sondern in einen Wagen gesetzt und ist mit dir davongefahren. Du hast geschrien, dass du zu deiner Mama willst …«

Eine Träne rollte über Chiaras Wange.

»Hör auf, hör endlich auf!«, schrie Chiara. »Ich will das nicht hören!«

»Doch, du musst«, erwiderte Imke bestimmt. »Du bist meine geliebte Schwester Caroline. Du musst zu dir zurückfinden«, sagte Imke leise und nahm die eiskalten Hände Chiaras in ihre.

»Gar nichts weißt du!«, rief ihre Schwester und schluchzte. »Du hast keine Ahnung wie es ist, wenn man sich immer am falschen Ort fühlt. Wenn man etwas vermisst und nicht weiß, was es ist.« Ihr Augenausdruck bestätigte die Qual und den tiefen Schmerz, den sie empfunden hatte.

»Du bist Caroline. Sag es endlich, um deine Seele zu befreien«, beschwor sie die Schwester.

»Ja, ich bin oder vielmehr ich *war* Caroline«, sagte Chiara schluchzend, während ihr die Tränen übers Gesicht rannen.

»Na endlich!«, rief Imke erleichtert. Sie hätte in diesem Moment schreien können, so glücklich war sie darüber, dass sie das Geständnis aus dem Mund ihrer Schwester gehört hatte. Sie legte ihren Arm tröstend um Chiaras Schultern und reichte ihr ein Taschentuch. Schniefend wischte Chiara sich die Tränen aus dem Gesicht.

»Es grenzt an ein Wunder, dass das Schicksal uns wieder zusammengeführt hat. Dafür bin ich unendlich dankbar«, sagte Imke mit belegter Stimme. »Magst du mir erzählen, wo du die ganze Zeit gewesen bist? Ist es dir in den Jahren gut gegangen?« All der Schmerz, die Zweifel und die Schuld, die ihre Brüder ein Leben lang begleitet hatten, würden vielleicht ein Ende finden. Imke wollte alles über ihre Schwester erfahren. Was würden ihre Brüder dazu sagen?

»Tom und Finn werden ganz aus dem Häuschen sein.«

»Es gilt viele Fragen zu beantworten. Aber hier ist nicht der richtige Ort, um in Ruhe darüber zu reden. Lass uns irgendwo zusammen einen Kaffee trinken«, schlug Chiara vor.

Imke schüttelte den Kopf. Diese Neuigkeit betraf alle. Die ganze Familie.

»Ich habe eine viel bessere Idee. Bestimmt sitzen alle noch beim traditionellen Brunch nach dem Apfelblütenfest auf der Terrasse. Lass uns … nach Hause fahren«, schlug Imke vor.

Chiaras Augen füllten sich mit Tränen. »Nach Hause«, sagte sie leise, »wenn du wüsstest, was mir das bedeutet.«

Imke nahm ihre Hand und wollte sie mit sich ziehen, aber Chiara hielt dagegen. Imke fürchtete, dass ihre Schwester einen Rückzieher machen wollte.

»Wenn alle erfahren, wer ich bin, werden sie mich vielleicht nicht mehr willkommen heißen. Sie könnten denken, dass ich aufs Erbe aus bin. Aber das bin ich nicht.«

»Das steht dir doch auch zu. Du bist unsere Schwester!«

»Nein, ich gehöre nicht auf das Gut.« Chiara wandte sich ab und lief zum Ausgang. Imke lief ihr nach und hielt sie am Arm fest.

»Unsere Eltern sind nie mit deinem Verschwinden fertig geworden. Aus Papa ist ein verbitterter, alter Mann geworden, und Mama hat sich das Leben genommen. Ganz zu schweigen von Tom und Finn, die sich deinetwegen seit jeher mit Schuldgefühlen gequält haben. Du bist ihnen die Wahrheit schuldig, um sie endlich von den Dämonen der Vergangenheit zu befreien.«

Chiara schien zu grübeln. Imke erkannte an ihrem Blick, dass sie einen inneren Kampf ausfocht.

»Und ich … ich möchte endlich das Leben meiner Schwester Caroline kennenlernen, die ich all die Jahre vermisst habe«, fuhr Imke unter Tränen fort.

Tief bewegt fielen sie sich in die Arme. In jeder ihrer Tränen steckte der Schmerz über die verlorenen Jahre.

»Du gehörst zu uns. Bitte, lass uns jetzt gemeinsam nach Hause fahren«, sagte Imke, nachdem sie sich gefasst hatten. »Unterwegs kannst du mir erzählen, was damals geschehen ist.«

Hand in Hand schritten sie den Friedhofsweg zum Ausgang.

# 39.

Imke drückte vor der Gartenpforte noch einmal Chiaras Hand. Sie war eiskalt und zitterte.

»Du wirst sehen, dass sie dich willkommen heißen werden«, sprach Imke ihr Mut zu. Chiara nickte. Aber noch immer schien sie daran zu zweifeln. Imke blickte ihre Schwester liebevoll an. Jetzt mit dem hellblonden Haar und den grünen Augen und dem ängstlichen Blick glich sie ihrem Kinderporträt in der Deele des Gutshauses.

Imke musste sich jedoch erst an das neue Erscheinungsbild ihrer Schwester gewöhnen. Chiara hatte ihr im Wagen gestanden, dass sie die Haare getönt und die ganze Zeit dunkle Kontaktlinsen getragen hatte und ihr in groben Zügen erzählt, was in ihrer Kindheit geschehen war.

»Ich wollte euch nur kennenlernen«, hatte sie gesagt.

Langsam schritten sie auf die Terrasse zu, auf der bis auf ihren Vater der Rest der Matthiesens sowie Frauke um den Teaktisch versammelt saßen. Wie würde ihr Vater reagieren angesichts seines schlechten Gesundheitszustandes?

»Er hat mit mir geweint«, flüsterte Chiara, als hätte sie Imkes Gedanken erraten.

»Na, endlich!«, rief Finn und winkte beide heran. »Setzt euch zu uns. Es ist noch genügend auf dem … Finn stockte einen Moment und starrte Chiara an. »Buffet«, flüsterte er.

»Chiara, warum hast du deine Haare blondiert?« Pias kritischem Blick entging aber auch nichts.

»Ja, stimmt, du siehst … du siehst aus wie …« Maike brach ab.

»Also ich finde, dass Imke und Chiara ziemlich gleich aussehen. Wie Schwestern!«, rief Anna.

Imke stiegen Tränen in die Augen. Doch dieses Mal vor Freude.

Schlagartig herrschte Stille. Alle Augenpaare ruhten auf Imke und Chiara. Bei der Spannung in der Luft stellten sich Imkes feine Härchen im Nacken und an den Armen auf. Sie beschloss, ihnen die Wahrheit zu sagen.

»Du hast recht, Anna, wir sind Schwestern«, bestätigte Imke.

»Was?«, riefen ihre Brüder fast gleichzeitig.

»Ich habe nie an Wunder geglaubt. Aber man soll ja nie nie sagen. Tom, Finn, eure Suche hat ein Ende. Das ist unsere vermisste Schwester Caroline.« Imke legte den Arm um Chiara und drückte sie.

Ihre Schwester zitterte. Die Mienen aller versteinerten. Nur Anna grinste und schaute von einem zum anderen.

»Na, das ist vielleicht cool!«, rief sie.

Nach einer gefühlten Ewigkeit des Schweigens brach ein Sturm an Fragen über Chiara herein. Alle redeten durcheinander.

»Wie kannst du so was behaupten?«, rief Tom, der von seinem Stuhl aufgesprungen war.

»Ja, genau! Hat sie Beweise?«, meldete sich Finn zu Wort.

Imke hob die Arme.

»Stopp! Chiara oder vielmehr Caroline wird euch berichten, was damals geschehen ist und wie es ihr in den Jahren ergangen ist. Ich möchte euch bitten, sie möglichst nicht zu unterbrechen, denn es fällt ihr schwer, über ihr Leben zu berichten. Ihre Geschichte ist wirklich unglaublich und berührend. Sie hat einen Abschiedsbrief von Tante Mariella bei sich, den sie kurz vor ihrem Tod geschrieben hat. Hört zu und lest den Brief und dann fragt eure Herzen nach der Wahrheit. Setzt euch bitte wieder.«

Imke wandte sich an Chiara. »Bist du bereit?«

»Ja, bin ich«, bestätigte sie und räusperte sich.

»Meine Eltern haben mir den Namen Caroline gegeben. Aber seit meinem zweiten Lebensjahr hat mich niemand mehr so gerufen. Es wäre mir lieb, wenn ihr mich auch weiterhin Chiara nennen würdet.«

Gemurmel folgte, bevor Chiara weiterberichten konnte.

»Ich beginne mit dem Tag, an dem ich entführt worden bin. Wie ihr ja alle wisst, waren Tom und Finn am Elbstrand mit Freunden Fußballspielen. Sie hatten keine Lust, mich mitzunehmen und weil ich angeblich dauernd geheult haben soll, so hat es Tante Mariella geschildert, haben sie mich in das alte Bootshaus gesperrt. Tom, Finn, ihr habt es übrigens nicht abgeschlossen, sonst hätte ich nicht entführt werden können.«

Tom wurde blass, und auch Finn wich die Farbe aus dem Gesicht.

Chiara machte eine kurze Pause, um etwas Wasser zu trinken, das Frauke ihr kurz zuvor eingeschenkt hatte.

Imke sah, wie alle aufmerksam an ihren Lippen hingen.

»Es war eure Tante Mariella, die mich entführt hat. Bevor ihr sie verdammt, muss ich euch sagen, dass ich ein gutes Leben bei ihr hatte und vieles von ihr gelernt habe. Sie hat mich stets gefördert. Und … sie hat mich geliebt.« Wieder unterbrach Chiara und schluckte. Imke spürte, wie sie gegen die Tränen kämpfte.

»Im vergangenen Jahr ist sie leider an Krebs gestorben. Auf dem Sterbebett hat sie ihr Gewissen erleichtern wollen und mir alles gestanden. Zuerst habe ich ihr nicht geglaubt. Aber dann habe ich recherchiert. Es war schrecklich, nicht mehr zu wissen, wer man wirklich ist. Ich habe all die Jahre fest geglaubt, dass Mariella meine Mutter war. Aber da war immer etwas Trauriges, das sie umgab. Die Schuldgefühle, die sie ein Leben lang gequält haben.«

»Aber warum hat sie das getan?«, fragte Tom.

»Tante Mariella hatte ein Kind von Flaviu. Niemand wusste davon, nicht einmal ihrer Schwester Carla hat sie das anvertraut. Es war ein Mädchen, das Chiara hieß. Es ist bei einer Freundin aufgewachsen und mit eineinhalb Jahren am Elbstrand ertrunken. Mariella ist nie damit fertig geworden. Im Gegensatz zu unserer Mutter Carla hatte Mariella damals alles verloren, den Mann und ihre Tochter. Doch am meisten hat sie sich verzweifelt ihre Tochter zurückgewünscht. Aus dieser Verzweiflung heraus hat sie mich entführt. Übrigens Imke, das silberne Armband mit den Äpfeln habe ich als Kind ums Handgelenk getragen.« Sie schwieg einen Augenblick und holte tief Luft.

»Das Verhältnis wurde zwischen den Schwestern immer angespannter. Knut, Carla und Mariella hatten neue Apfelsorten gezüchtet. Alle drei wollten sich den Gewinn der erfolgreichsten Sorte teilen. Mariella war dagegen, denn anders als Knut und Carla hatte sie ja keinen Besitz, sondern war auf den Ertrag ihres Züchtungserfolgs angewiesen. Ausgerechnet ihre Apfelsorte sollte als einzige prämiert werden. Sie hat alles darangesetzt, dass der Apfel kein Prädikat erhält und alle wichtigen Daten gelöscht. Danach hat sie das Gut verlassen.

Von da an begann für mich eine Odyssee quer durch Europa. Sie hat euch durch eine Freundin eine gefälschte Todesanzeige überbringen lassen. In Rumänien war das ganz einfach. Es musste nur Geld fließen. Irgendwann ist Flaviu unvermutet bei uns aufgetaucht. Er hatte die Entführung beobachtet und Mariella erpresst. Wieder sind wir geflohen. Diesmal in die USA. Dort hat sie dann George Blaire kennen und lieben gelernt. Er stammte aus einer kalifornischen Weinbaufamilie und betrieb erfolgreich einen Wein- und Fruchthandel.

George war ein feiner Mensch. Die beiden haben geheiratet und haben Kinder bekommen, meinen Bruder Johnny, den ihr ja kennengelernt habt, und meinen jüngsten Bruder Wilson, der leider in einem Heim für Schwerbehinderte lebt. Nach Georges Tod haben Mariella und ich versucht, den Handel weiterzuführen. Aber die Geschäfte stagnierten, und sie erkrankte an Krebs. Als ich erfahren habe, dass ich nicht ihre Tochter bin, war ich vollkommen durcheinander. Das Unternehmen interessierte mich nicht mehr, vielmehr wollte ich etwas über meine Wurzeln erfahren. Durch meine Recherchen wurde Flaviu auf mich aufmerksam, tauchte nach Jahren plötzlich wieder auf und verlangte von mir eine Unsumme. Er drohte, Details zu meiner Entführung an die Presse zu verkaufen. Ich habe ihm Geld gegeben, aber er wurde immer gieriger. Ich wusste, ich musste wieder fliehen und habe meinen Namen ändern lassen. Johnny hat mir vorgeschlagen, zusammen nach Deutschland zu gehen. Er wollte unbedingt mit seiner Musik durchs Land tingeln. Aber ich hatte Angst, dass Flaviu mir wieder folgt.

Johnny hat in meinem Auftrag Erkundigungen über euch eingezogen und mir berichtet. Irgendwann wollte ich euch dann auch persönlich kennenlernen. Da hat Johnny Imkes Jobanzeige im Internet gefunden, auf die ich mich beworben habe. Na ja, den Rest kennt ihr ja.«

Chiaras Lippen zitterten. Ihre Stimme versagte, und es dauerte einen Moment, bis sie sich wieder gefasst hatte und weitersprechen konnte.

»Ich möchte euch um Verzeihung bitten, dass ich mich nicht zu erkennen gegeben und euch die Wahrheit verschwiegen habe. Ich wollte euch nur unbedingt kennenlernen und befürchtete, dass ihr in mir nur eine Erbschleicherin sehen würdet, wenn ihr meine wahre Identität kennen würdet.«

Chiara atmete tief aus.

»Ich habe Mariella Mom genannt. Ja, ich habe sie geliebt, auch wenn ich immer gespürt habe, dass etwas zwischen uns steht. Nach ihrem Tod hat mir ihr Rechtsanwalt diesen Brief überreicht, in dem sie noch einmal alles niedergeschrieben hat, was ich euch eben erzählt habe.« Sie zog aus ihrer Handtasche ein Kuvert, nahm das gefaltete Papier heraus und reichte es als Erstes Tom.

»Warum heißt du Summers?«, fragte Pia.

»Der Nachname unserer Mutter und Mariellas lautete Vara, was auf Deutsch Sommer bedeutet. Ich habe bei der Namensänderung Summers daraus gemacht.«

»Ich habe einen Ohrring am Strand gefunden. Ist das vielleicht deiner?« Pia hielt ihr ein Foto auf dem Handy hin. Chiara schüttelte den Kopf.

»Nein, aber Mariella hat mir erzählt, dass sie gern die Ohrringe ihrer Schwester getragen und einen verloren hat.«

»Dann war das Flaviu in dem dunklen Chrysler?«, wollte Tom nun wissen, und Chiara nickte.

»Hat er die Blumen am Gedenkstein abgelegt?«

»Nein, Tom, das waren Johnny oder ich.«

»Du bist auch in Stolteby gewesen?« Maike lehnte sich vor und sah Chiara an.

»Ja. Ich habe Johnny ein paarmal besucht und wollte Finn endlich sehen und wissen, warum er nicht bei euch lebt. Deshalb bin ich dort gewesen.«

Imkes Magen knurrte, und sie bemerkte, wie müde Chiara aussah.

»Schluss erst mal mit den Fragen. Ich habe einen Mordshunger und würde jetzt gern etwas essen. Chiara wird noch eine Weile bei uns bleiben, bevor sie in die Staaten zurückkehrt und dort alles ordnet. Bis dahin habt ihr noch genügend Zeit, sie auszufragen.«

Frauke reichte Imke ein Brötchen sowie ein weich gekochtes Ei, das unter einem Wärmekissen gelegen hatte. Finn verschwand ins Haus und kam gleich darauf mit einer Flasche Champagner wieder.

»Wir wollen auf unsere Schwester anstoßen!«, rief er.

Chiara wurde von den anderen umringt, die alle das neue Familienmitglied umarmen wollten.

»Hol Papa her. Er weiß schon von Chiara!«, rief Imke Tom zu.

Als alle sich auf der Terrasse versammelt hatten, hob Imke ihr Glas.

»Auf Chiara und Caroline und dass man niemals die Hoffnung aufgeben darf!«

Imke schaute zu ihrem Vater hinüber, der mit Tränen in den Augen sein Glas erhob.

# 40.

Daniel hatte gefühlt jeden Quadratmeter in Oosthusen nach Imke abgesucht. Aber all seine Bemühungen waren nicht von Erfolg gekrönt. Traurig und enttäuscht stieg er in Toms Wagen und fuhr zurück zum Gut. Der Gedanke, Imke könne mit Chiara weggefahren sein, um Abstand von ihm zu bekommen, ließ ihm keine Ruhe. Hoffentlich war es noch nicht zu spät, ihr seine Gefühle zu gestehen.

Als er den Jeep vor dem Gutshaus parkte, sah er, dass Imkes Renault vor der Garage stand. Er konnte es kaum erwarten, sie wiederzusehen.

Die Matthiesens saßen noch immer im Garten, wie er hören konnte. Er eilte den Gartenweg entlang. Sein Herz hämmerte in der Brust.

Auf der Terrasse herrschte ausgelassene Stimmung. Auf dem Tisch standen noch reichlich Leckereien zum Brunchen. Chiara saß zwischen Tom und Finn und unterhielt sich angeregt mit ihnen. Sie sah irgendwie verändert aus. Ehe er weiter darüber nachdenken konnte, hörte er Imke lachen. Bei ihrem Anblick stieg ein warmes Gefühl in ihm auf. Sie schob gerade ein Tortenstück auf den Teller ihres Vaters und reichte es ihm. Gegenüber saßen Jens und Okka und warfen sich verliebte Blicke zu. Anna und Bobbie tollten lautstark über den Rasen. Maike, Pia und Frauke tauschten Rezepte aus. Ein Bild der Familienidylle.

Daniel hatte das Gefühl, hier nur zu stören, und stahl sich davon.

Kaum war er ein paar Schritte gegangen, rief jemand seinen Namen. »Daniel! Daniel! Warte!«

Er drehte sich seufzend um.

Bobbie kam kläffend auf ihn zu gerannt, gefolgt von Anna.

Jetzt konnte er sich nicht mehr so einfach davonstehlen. Er mochte Finns Tochter und das schwarze Fellknäuel mit den Knopfaugen und wollte beide nicht enttäuschen.

Daniel breitete die Arme aus. Was dann folgte, war zu einem lieb gewonnenen Ritual zwischen ihnen geworden. Anna würde angerannt kommen, und er musste sie hochheben und, wenn Bobbie es zuließ, mit ihr kreiseln, bis sie vor Freude jauchzte. Anna rannte freudig auf ihn zu, und er hob sie hoch. Zum Drehen kam es nicht mehr, weil Bobbie knurrend in sein Hosenbein biss. Trotzdem kreischte Anna vor Vergnügen. Als Daniel sie wieder auf den Boden setzte, hatte sich Bobbie noch immer in sein Hosenbein verbissen. Daniel beugte sich zu ihm hinunter und versuchte, den Hund von der Hose zu trennen. Bobbie knurrte nur noch wilder.

»Bobbie, aus!«, befahl Maike, die ihm zu Hilfe geeilt war. Sofort ließ das schwarze Fellknäuel von ihm ab und rannte Anna hinterher.

»Tut mir leid, Bobbie übertreibt es manchmal. Du wolltest doch nicht etwa gerade gehen?« Sie hakte sich bei ihm ein und zog ihn zum Tisch. Zögernd begleitete er sie.

»Wenn du jetzt gegangen wärst, hättest du womöglich deine Chance bei Imke verpasst«, raunte sie ihm zu.

»Schaut mal, wer gekommen ist!«, rief sie den anderen zu. Während ihn alle freudig begrüßten, stand Imke auf und lief ins Haus.

Maike gab Daniel einen kleinen Schubs.

Daniel fand Imke in der Küche. Sie stellte das schmutzige Geschirr auf den Geschirrwagen.

»Hallo, Imke.«

»Hallo, Daniel.« Sie zupfte an ihrem Seidenschal.

»Können wir bitte kurz wegen der vergangenen Nacht miteinander reden?«

»Da gibt es nichts zu reden. Ich habe dir doch geschrieben, dass wir sie lieber vergessen sollten, okay?« Ihre Stimme zitterte.

Er konnte diese Nacht aber nicht einfach aus seinem Gedächtnis streichen und so tun, als wäre nichts geschehen. Zu stark war das, was er für sie empfand.

»Das kann ich nicht, Imke.«

»Herrgott Daniel, mach doch kein Drama aus der Sache. Wir haben eine Nacht miteinander verbracht. Das passiert vielen. Das hat noch lange nichts zu bedeuten.«

Ihr warmer und zugleich verletzlicher Blick widersprach ihren Worten.

»Mir hat es aber etwas bedeutet.« Er schluckte gegen den Kloß in seinem Hals. Für einen Moment glänzten ihre Augen.

*Sie empfindet doch etwas für mich.*

Langsam ging Daniel auf sie zu. Imke machte einen Schritt zurück und stand jetzt mit dem Rücken zum Vorratsschrank, sodass sie nicht ausweichen konnte. Sie wollte sich an ihm vorbeidrängen, aber er hielt sie fest. Mit dem Zeigefinger hob er ihr Kinn an und zwang sie, ihn anzusehen.

»Die letzte Nacht war etwas Besonders für mich.«

Er spürte, wie sich ihr Körper anspannte.

»Aber sie war ein Fehler«, entgegnete sie.

»Du kannst mir hundertmal sagen, dass die letzte Nacht ein Fehler gewesen ist. Aber deine Blicke und dein Körper strafen dich Lügen.«

»Das bildest du dir ein.« Sie zupfte wieder an ihrem Schal, als läge ein Strick um ihren Hals. Ihr Blick war unsicher, fast ängstlich.

»Ich muss dir etwas sagen, was ich schon lange hätte tun sollen. Aber mir fehlte einfach der Mut.«

Sie schwieg. Ihre Nasenflügel bebten, wie immer, wenn sie etwas bewegte.

»Imke, ich liebe dich. Ich liebe dich, seitdem ich das erste Mal dieses Gut betreten und dich gesehen habe.«

Als sie nicht antwortete, beugte er den Kopf hinab und küsste sie sanft. Sie ließ es geschehen. Daniels Kuss wurde fordernder. Ein Beben ging durch ihren Körper, und ihre Lippen wurden nachgiebiger. Sein Mund löste sich von ihrem, und Daniel küsste ihr Kinn, ihre Wangen und knabberte schließlich spielerisch an ihrer Ohrmuschel. Sie stöhnte leise, als sich seine Lippen an ihrem Hals abwärtsbewegten. Tiefer, immer tiefer bis zu der Stelle, die sie unter dem Seidenschal verbarg. Ihre Hand tastete nach dem Schal.

»Es stört mich, wenn ich nicht alles von dir sehen kann«, flüsterte er ihr ins Ohr.

Sie zog den seidigen Stoff noch enger an ihrem Hals zusammen. Jetzt wusste er, wovor sie sich noch immer fürchtete.

Aber Daniel gab nicht auf. Er küsste sie voller Leidenschaft und Hingabe, bis sie die Augen endlich schloss. Seine Hände gingen auf Entdeckungsreise. In der Nacht hatte sie ihm gezeigt, was sie mochte. Mit den Fingernägeln kratzte er sanft über ihre bloßen Schultern und Oberarme, bis sich eine Gänsehaut bildete. Ungestüm erwiderte sie jetzt seine Küsse, legte die Arme um seinen Nacken und presste sich an ihn. Der lockere Knoten des Schals hatte sich gelöst. Er zog den seidigen Stoff fort und ließ ihn auf den Boden gleiten. Erschrocken stieß sie ihn zurück und bedeckte ihre Narben mit der Hand. In ihren Augen schimmerte es feucht.

Daniel schüttelte den Kopf und versuchte, ihre Hand fortzuziehen. Aber sie wehrte sich.

»Ich liebe dich Imke. Ich liebe jede Narbe an dir, weil sie ein Teil von dir ist. Du brauchst sie nicht vor mir zu verstecken.«

»Aber du wirst sie eines Tages abstoßend finden.«

Er schüttelte den Kopf und strich eine Strähne aus ihrem Gesicht.

»Warum zweifelst du noch immer? Ich habe sie doch schon gesehen. Im Mondlicht wirken sie geheimnisvoll.«

Eine Träne löste sich aus ihrem Augenwinkel und rollte ihre Wange hinab. Er küsste sie fort und streichelte ihr Gesicht.

»Du bist wunderschön«, flüsterte er.

»Wunderschön heißt perfekt. Ich bin nicht perfekt, wie du sehen kannst«, widersprach sie.

»Aber perfekt für mich. Und jetzt sag mir, dass du mich nicht liebst«, forderte er an ihren Lippen. »Dann gehe ich und verlasse für immer das Gut«, flüsterte er zwischen seinen Küssen.

»Ich liebe dich nicht«, sagte sie und zog seinen Kopf zu sich herunter.

»Du bist eine schlechte Lügnerin, Imke Matthiesen.« Er lächelte.

»Ich weiß«, antwortete sie und schlang die Arme um seinen Nacken, bevor ihre Lippen sich auf seine legten und sie in einem innigen Kuss die Welt um sich herum vergaßen.

Nach einer Weile lösten sie sich voneinander. Daniel bückte sich nach ihrem Schal.

»Den brauchst du nicht mehr. Es gibt nichts, was du vor mir verstecken musst.« Mit diesen Worten stopfte er den Schal in seine Jackentasche. Imke wollte protestieren, aber dann lächelte sie.

»Ich liebe dich und vertraue dir, Daniel«, flüsterte sie.

»Endlich! Ich dachte schon, du sagst das nie zu mir.«

Er zog sie in die Arme und wollte sie nie mehr loslassen.

# Epilog

Imke eilte in ihrem bekleckerten Maleroverall zu Chiara, um sich von ihr zu verabschieden. Fast hätte sie die Schwester verpasst. Das hätte sie sich nicht verzeihen können. Aber bei der Renovierung von Daniels Haus vergaß sie manchmal die Zeit.

»Wann kommst du zurück?«, fragte Imke ihre Schwester.

»Sobald ich drüben alles mit dem Erbe geregelt und für Wilson einen neuen Betreuungsplatz in Deutschland gefunden habe. Keine Sorge, zur Apfelernte bin ich rechtzeitig wieder da.«

Imke umarmte Chiara ein letztes Mal.

»Ich vermiss dich jetzt schon«, gestand sie.

»Aber du hast doch noch Daniel und Tom und Pia und Papa und …«, zählte sie auf.

»Ja, aber die Aushilfe hat keinen Humor und kein Händchen für Deko«, beschwerte sich Imke.

»Hey, du wirst sehen, die Wochen vergehen wie im Flug«, tröstete sie Chiara.

»Sag mal, kannst du zum nächsten Fest Johnny engagieren? Wir bräuchten noch einen guten Musiker. Du weißt doch, der Männergesangsverein ist zwar ganz nett, aber nicht der Reißer.«

»Ich werde ihn fragen, ob er nach Finns und Maikes Hochzeit noch ein wenig länger bleibt. Aber versprechen kann ich dir nichts. Du weißt ja, wie sprunghaft er ist.«

Imke betrachtete die Perlenkette an Chiaras Hals. Sie glänzte im Sonnenschein mit Chiaras Augen um die Wette. Ihre Schwester hatte nicht gelogen, dass sie das Schmuckstück in die Nachttischschublade des Vaters gelegt hatte. Nach dem Verkauf von Mariellas Anwesen würde sie sehr wohlhabend sein.

»Die Kette steht dir viel besser als mir.«

»Blödsinn«, winkte Chiara ab. »Die würde genauso gut zu dir passen.«

»Ja, aber Mama wollte sie dir geben«, erwiderte Imke.

»Imke hat recht. Deine Mutter wollte immer, dass du sie bekommst«, mischte sich ihr Vater ein, der Chiaras Beautybag trug.

»Okay, okay. Mach es gut, Papa. Und bitte höre auf Immie. Dr. Morhoff hat dir Diät verordnet und Spaziergänge.« Chiara umarmte ihren Vater und küsste ihn auf die Wange.

»Deshalb habe ich beschlossen, meine stille Teilhaberschaft an Finn abzutreten«, erklärte er. »Ich glaube, ich muss bei ihm etwas gutmachen. Außerdem wird es Zeit, dass ich mich endgültig meinen Blumen widme. Dr. Morhoff meinte, dass meine Blutwerte wieder viel besser sind. Spaziergänge mache ich natürlich auch«, versprach er.

Nichts freute Imke mehr als diese gute Nachricht.

»Finn hat es verdient. Dann sehen wir ihn hoffentlich öfter hier«, sagte Chiara.

Nachdem ihr Vater die Tasche verstaut hatte, nahm er beide Töchter in den Arm.

»Ich bin stolz auf euch«, sagte er bewegt. Es war das erste Mal, dass Imke so etwas von ihm hörte.

»So jetzt muss ich aber, sonst verpasse ich noch meinen Flieger.« Chiara warf ihnen eine Kusshand zu und stieg ins Taxi.

Imke und ihr Vater sahen dem Wagen nach, bis er hinter der Gutsauffahrt verschwand.

»Sie kommt wieder, Papa«, tröstete sie ihn.

»Ich weiß«, antwortete er. »Ich habe immer daran geglaubt.«

Nachdem Imke sich auch von ihrem Vater verabschiedet hatte, radelte sie zu Daniel zurück. Sie konnte es kaum erwarten, wieder in seinen Armen zu liegen.

Der Duft heranreifender Äpfel schwebte durch die Luft.

Daniels Bienen waren in diesem Jahr besonders fleißig gewesen, denn die Apfelbäume trugen mehr Früchte als im Vorjahr.

Von Weitem sah sie Daniel, der ihr zuwinkte. Es war das

größte Glück, sich bei ihm geborgen zu fühlen. Das gleiche Glück wünschte sie auch Chiara. Vielleicht war der nette Anwalt Henning aus Hamburg der Richtige. Er vertrat ihre Schwester im Prozess gegen Flaviu. Imke war nicht entgangen, wie er Chiara angesehen hatte.

Wer weiß …

Das Schicksal war so verzweigt wie die Krone eines Apfelbaumes. Aber alle Äste streckten sich der Sonne entgegen.